ICO

イコ-霧の城-

Miyabe Miyuki

宮部みゆき

講談社

ICO

イコ -霧の城-

Miyabe Miyuki

宮部みゆき

講談社

目次

装幀　鈴木成一デザイン室

ICO《イコ》

——霧の城——

――いつだかわからない時代の、
どこだかわからない場所でのお話。

第一章　すべては神官殿の申されるまま

1

機織《はた》りの音が止《や》んでいる。

しばらく前から、老人はそれに気づいていた。そして待っていた。また機が動き出すのを。しかし、待てども待てども、それは沈黙したままであった。

老人は、使い込まれて飴色《あめいろ》になった一枚板の机に向かい、その上に古文書の綴《つづ》りを何冊もひろげていた。蔀窓《しとみ》から吹き込んでくる微風が、黴《かび》の浮いた古文書の端と、老人の真っ白な長い顎鬚《あごひげ》の先を震わせて通り過ぎる。

老人はわずかに頭をかしげ、耳を澄ませた。機織りの音に代わって、もしや泣き声が聞こえてくるかもしれない。

御機屋《みはたや》は、何日も前に完成していた。お浄《きよ》めも済み、いつでも使えるようになっていた。いや、すぐにも使い始めねばならなかったのだ。だが、オネは泣き叫んで嫌がり、御機屋に近づこうとさえしなかった。あまりにも残酷だ、やめてくれ、やめさせてくれと、老人の衣の裾にすがりついて訴えた。

老人には、その涙が涸《か》れ果てるまで泣かせておくしかなかった。それから諄々《じゅんじゅん》と説いて聞かせた。いつかこうなることは、おまえも知っていたはずだ。あの子が生まれたときから、おまえにもわかっていたはずだ——。

昨夜の日暮れ時から真夜中までかかって説き伏せ、何とかこの夜明けに、オネを御機屋に連れて行くことができたのだった。そしてようやく、重たげな機織りの音が始まったのに、今はもう止んでいる。

老人は窓の外に目をやった。木立の葉が揺れている。鳥が歌っている。光はまぶしく、陽射しは暖かい。しかし今この村には子らの声もなく、村人たちは、畠を耕すときでさえ、ひっそりと息をひそめている。畝《うね》を巡るのは力強い鋤《すき》の音ではなく、嘆きを含んだため息だ。狩りに出た者たちも、山の獣道《けものみち》を獲物を追ってたどりつつ、やはりふと足を止めては、長い吐息をついてこの村を見おろしているかもしれない。

生贄《ニエ》の刻《とき》。

この老人——トクサ村の村長《むらおさ》は、今年七十歳になった。彼が彼の父親からこの座を引き継いだのは、十三年前のことである。そして、まだ壮年の男だった老人が、新しい村長として、父のやれなかったこと、父がやろうとしなかったことのあれこれをこの手で成し遂げようと考えをまとめ始めた矢先に、あの子は生まれた。間もなくニエとなろうとしている、あの不幸な子供は生まれた。

あのころ、村長の父はすでに深く病み、身体も気も弱っていた。それでもあの夜、ムラジとスズの赤子に角《つの》が生えている、角のある子が生まれたぞという報せを聞いたときには、一種の気概と悲哀に満ちた顔をして、決然と床を蹴って起きあがった。そしてそのまま村の産所へ赴《おもむ》き、自らの手で生まれたての赤子を抱き取り、その小さく柔らかな頭を探って、角の存在を確かめた。

それから父親は、家に戻って息子を呼んだ。扉も蔀《しとみ》も閉《た》て切り、燈火の芯を短くして明かりを落とすと、ともすれば夜風にまぎれそうなほどの低い声で語りだした。

「わしはおまえに、なかなか村長の座を譲ろうとしなかった。おまえが立派な村の男として皆の信頼を集めていることは知りつつも、あえておまえの頭を押さえていた。おまえはそれを、ひそかに不満に思うこともあったろう。わしは知っていた。しかし、それを責める気はない。おまえが不満を持つのは当然だったのだから」

村長は、声もなくただうなだれた。父の顔が怖かった。病み疲れた老人のはずの父親が、なぜかしら急に、異形《いぎょう》のもののように恐ろしく見えたのだ。

「しかし、わしが村長の座にしがみついていたのは、何も未練があったからではない。ただただ、おまえにニエのことを背負わせたくなかったからなのだ。わしは臆病風に吹かれた。遅かれ早かれおまえに任せねばならぬことなのに、それを先延ばしにしたかった。しかしそれは誤りだった。〝霧の城〟におわすお方は、わしらの浅はかな了見などお見通しだ。見るがいい。わしが病に負けて、ようようおまえに村長の座を譲った途端に、角のある子が生まれ出た」

村長の父の声は、泣いているかのように震えていた。

このトクサの村では、何十年かに一人、頭に角を持った子供が生まれてくる。生まれたての赤ん坊の時は、角は目立たない。赤子の薄い髪の毛の下にさえ隠れてしまうほどの、円くてなめらかな突起に過ぎない。

角を持って生まれた子は、角のない子供よりも丈夫に育つ。すくすくと手足が伸び、身体は健康で、病気ひとつしない。子鹿のように野を駆け、うさぎのように跳び、栗鼠《りす》のように木に登り、魚のように泳ぐ。

その子が育ってゆく間、頭の角は、依然として、髪の下にひっそりと眠っている。だから一見したところ、その子は普通の子供たちと、何ら変わるところがないようにも見える。ただその子が抜きん出て元気で、いくつもの森を越えて響き渡る狩人《かりうど》の声と、知恵に輝く瞳を持っているということだけを除けば。

しかし、頭の角は、まがうことなき〝しるし〟であった。その子がニエであることのしるし。やがてその子が〝霧の城〟へ行かねばならぬというしるし。村が背負わされたしきたりのしるし。

〝霧の城〟がこの世にかけた、呪いの楔《くさび》のしるしでもある。

その子が十三歳になると、角はその本性を現す。一夜のうちに急速に伸びて、頭の両側に、まるで小さな水牛のそれのように、髪を分けて姿を現すのだ。

それこそが「生贄《ニエ》の刻《とき》」である。

〝霧の城〟が呼んでいる。時は満ちた。その子をニエとして捧げよと。

村長の父は言った。「先《せん》のニエが生まれたのは、わしが幼い子供のころのことだった。古文書には、一人のニエが生まれ、生贄の刻が来て〝霧の城〟に送られてから、次のニエが生まれ落ちるまで、百年もあいだがあいたという事例もしるされている」

辛そうに目を閉じ、首を振った。

「わしらにも、そういう幸運が訪れると良いと願っていたが、かなわなんだ。おまえの代には、ニエの子を見ずに済むようにと、わしは心を尽くして祈ってきたのに。むしろ、今度は早い。おそらく、先のニエは力が弱かったのだろう」

だから〝霧の城〟は飢えを覚え始めているのだと、父は言った。

「それでも、今夜生まれたあの子が十三歳になるまでの猶予《ゆうよ》はある。そのあいだに、わしはおまえに、ニエを送るしきたりについて、おまえが知らねばならぬことを教えよう。おまえは我が家に伝え置く古文書もひもとかねばならぬ。とはいえ、難しいことは何もない。やがてあの子が十三歳になり、〝生贄の刻〟が来たれば、帝都《みやこ》から神官殿が来て、すべてを手配してくださろう。おまえはただ、神官殿の申されるままに従えば良いのだ」

村長の父は、思いのほか強い力で村長の手首をつかんだ。

「それよりも肝心なのは、ニエの子を逃がさぬことだ。あれをこの村から出してはならぬ。そしてあれに、自らの運命を、厳しく、子細に、よくよく言い聞かせなければならぬ。手加減をしてはいけない。弱気になっては駄目だ。あの子は〝霧の城〟が指さしたニエなのだからな」

村長は怯《おび》えた。ほんの今しがた生まれたばかりの赤子。何と愛おしく、弱々しく、大切なものに思えたことか。ニエのしるしを持っているといっても、いとけない赤子であることに変わりはない。いったいどうやって厳しくすればいい？　生まれたときから、おまえはいずれ〝霧の城〟に捧げられる命なのだと、どんな言葉で語り聞かせればいいというのだ。

しかし、そういって父に抗弁するだけの勇気が出てこなかった。だから代わりに、弱々しく問いかけた。

「それでも、あの子を逃がさずに留め置くことはできても、もしかしたら病にかかるかもしれません。怪我をするかもしれない。十三歳まで育たずに死んでしまうかも――」

村長の父は、きっぱりと退けた。

「ニエの子は病にかからぬ。怪我もせん。並はずれて丈夫なのだ。だから村長としておまえがなすべきことは、あれが狼のように孤高に、鳩のように柔和《にゅうわ》に、己の運命に逆らわぬように育てることだけだ」

「育てる――？」

「そうだ。今夜生まれたあの子は、村長の手で育てる」

「しかし、親はどうします？」

「産後の母親が起きあがれるようになったらすぐに、この村から放逐《ほうちく》する」

「そんな！」

「それもしきたりだ。ニエの子、角の生えた子をなした夫婦は、このトクサの村を離れなければならぬのだ」

そこで初めて、村長の父の表情が緩み、目尻が濡れた。

「酷な仕打ちに聞こえよう。だが、これはむしろ慈悲なのだ。やがて必ず引き離されるとわかっていながら、赤子を育てる親の辛さはどれほどのものだろう。定められている別離なら、早い方がいい。それにムラジとスズの夫婦は、帝都で安楽に暮らせるはずだ。赤子はまた産めばよい。三人でも五人でも、望むだけ産んで育てればよい。いかに貪欲な〝霧の城〟も、ひとつがいの男女から、二度までもニエを奪い取ろうとはなさらぬ」

村長は父の強い口調に圧《お》されて、何も言えない。ようやく、己の妻の名を呟《つぶや》くのが精一杯だった。

「オネ……」

そうだ、妻は何と思うだろう？　村のしきたりについては、妻も彼と同じく、話で聞いて知っているだけのはずである。そこに自ら関わらねばならなくなったことを知ったなら、彼女はどうするだろうか。

「オネには何と言えばよいのでしょうか」

彼は妻とのあいだに、六人の子をもうけた。そのうちの四人は、何やかやの災いや病で、いくらも育たぬうちにとられてしまった。育ちあがったのは、息子が一人と娘が一人。失った子たちの分まですくすくと育ち、立派に成人した。息子は嫁取りも済ませた。

「私とオネに、赤子など……これから育てられるでしょうか」

「育てられるとも。孫のようなものだ」

村長の父親は、抜け落ちて不揃いになった歯をちらと見せ、酷薄な笑いを浮かべた。

「考えてみるがいい。今夜あの子が生まれたおかげで、遠からず恵まれるだろうおまえの孫は、角を持って生まれる運命を免れ得たのかもしれぬ。そう思えば、苦労など感じぬだろう」

村長は身震いをした。確かにそうだ。今夜ニエが生まれたおかげで、今後何十年かは安心して暮らせる。私の孫は免れた。が、背中を走る冷たい震えが、それに対する安堵からのものなのか、そういうことを言ってのける父親に対する恐れから来るものなのか、自分でもわからなかった。

父はまだ村長の手をつかんでいた。それをさらに固く握り直して揺さぶりながら、村長の耳の底まで叩き込もうとするかのように、一語一語、語気を強めてこう言った。

「肝《きも》に銘じておくのだ。村長は恐れてはならぬ。村長は疑ってはならぬ。これは村の罪ではなく、ましてや村長の罪でもない。我らはしきたりに従うだけだ。すべて神官殿の申されるままに従うだけだ。それさえ無事になしとげれば、〝霧の城〟は満足してくれる」

すべて神官殿の申されるままに。すべて神官殿の――村の罪ではない――この村は――この村の村長は――村長は――

「村長」

呼びかける声。呼ばれているのは自分だ。老人は十三年の時を駆け戻り、長い顎鬚《あごひげ》と痩《や》せて枯れた肩を持つ七十歳の今に返って目をしばたたいた。

「恐れ入ります。おじゃまでしたか」

戸口のところに、野良着姿の村の男たちが数人、肩を寄せ合うようにして立っていた。

「いや、少し調べものをしていただけだ」

男たちは譲り合うように顔を見合わせ、ようやく一人が口を開いた。

「オネ様が御機屋《みはたや》で泣いておられます」

「ひどく暴れて、機を壊そうとされました。私らで押さえましたが、どうにもお気持ちがおさまりませんようで……」

なるほど、機織りの音は依然止んだままである。

「わしが行ってみよう」

村長の老人は、机に両手をついて、ゆらりと椅子から腰をあげた。

オネ――オネよ。どうかもう泣かないでおくれ。村長は心のなかで請い願った。

オネよ。幾度言い聞かせたらわかってくれるのだ。どれほどの涙も、どれほどの怒りも、通じはしないのだということを。どれほど高く天に拳を突き上げようと、どれほど強く地を掌《てのひら》で叩いて嘆きの叫びをあげようと、すべて無駄なのだということを。

遠く西の彼方、陽の沈むところ、地の果ての断崖《だんがい》にそびえ立つ、古《いにしえ》の〝霧の城〟。そこには、我らの声は届かぬ。かの城主の怒りを和《やわ》らげ、その呪いを、たとえしばしのあいだであっても遠ざけることができるものは、ただ、選ばれしニエだけなのだということを。

2

頭の上の方から、小石がころころと転げてきた。ひとつ、ふたつ。

少年は起きあがると、岩屋のいちばん高いところに、ぽっかりと開いた小窓を見あげた。岩を砕き、削り取ってこしらえたその小窓の縁は、長い長い年月を風雨にさらされ、すべすべと円くなっている。

その真ん中に、ひょこん——と、小さな顔がのぞいた。

「おい、おい!」と、その顔は呼んだ。「いるんだろ、おい!」

少年は微笑んだ。トトだ。

「うん、いるよ」

どうやってあんなところまでよじ登ったものか、トトは小窓の縁に片手をかけている。

「何だよ、寝ぼけた顔をしてさ。まだ寝てたンかい?」

確かに少年はごろりと横になっていたのだ。この岩屋では他にすることがない。

「トト、ここへ来たら叱られるよ」

少年の言葉に、トトは口を尖らせた。

「へっちゃらだよ。誰にも気づかれてない」

「でも——」

「ゴチャゴチャ言うなよ。せっかく差し入れを持ってきてやったんだから」

トトは言って、白い布袋を投げ落とした。少年は急いで拾い上げ、中を見た。果物がひとつ、焼き菓子の包みがひとつ。

「ありがとう」

トトはフンと鼻を鳴らして照れた。

「見張りのおっさんに見つからないように食うんだぞ」と、まるで年長の男みたいな口振りで忠告する。「見つかったら、取り上げられちまうンだろ？」

「そんなことないよ」

少年は笑った。見張りは厳しいが、けっして意地悪ではない。交代でやってくる村の男たちの、誰もが親切だった。ただ、彼らは一様に、少年の目を避けていた。日に三度の食事を運んできてくれるときも、寒い夜に火を焚《た》きにきてくれるときも、怯えるように、謝るように、うつむいたり脇を向いたりして、用が済めばそそくさと出てゆく。

「なあ、イコってばよ」

トトはちょっと声を小さくして、少年の名を呼んだ。

「おまえ、逃げたくないンか？」

少年——イコと呼ばれた角のある少年は、岩屋の窓から目をそらし、灰色の壁を見つめた。この岩屋は、村の北側にある。もともとここにあったごつごつした岩山を、手掘りでくりぬいて造りあげたものなのだそうだ。もちろん最初から、〝生贄《ニエ》の刻《とき》〟を迎えたニエの子を、神官殿が来られるまでのあいだ、閉じこめておくために造ったのである。

その後の年月が、岩屋の壁から、石切斧《おの》や打ち斧の刃の痕《あと》をきれいに消してしまった。掌で撫でてみても、つるつると滑らかな感触が伝わってくるだけだ。

それほどに遠い昔からの決まり事。

この村のしきたり。

イコの頭には、いろいろな言葉が浮かんできた。今の気持ちを説明するには、たくさんの言葉が要《い》る。それを上手に選び出し、並べて口にするだけの自信がない。なにしろ、イコはまだ十三歳だった。

結局、こう答えた。「逃げられないよ」

トトは両手で小窓の縁をつかむと、ぐいと頭を突き出した。「そんなことあるもんか。逃げられるよ。おいらが手伝ってやる」

「ダメだよ」

「ダメじゃねえって。ゼッタイ逃げられる。夜になったらここを抜け出して、森へ入っちゃえばいいんだ。牢《ろう》の鍵は、おいらが盗み出して開けてやる」

「だけど、逃げてどこへ行くの？　これからどこで暮らす？　他所《よそ》の町や村には行かれないよ。すぐ見つかっちゃって、連れ戻されるだけだ。この頭の角を見たら、誰だってすぐに、僕がニエだってことに気づくもの」

「山で暮らせばいい。ケモノを狩って、木の実を採って、土地を耕して畑を作ってさ。おまえってすごく身体が丈夫だし、力も強いから、きっとやっていかれるよ」

そこまで言って、ちょっと怒ったようにぐいと口を尖らせてから、トトは付け足した。

「もちろん、おいらも一緒だ。二人で山ンなかで暮らそうぜ」

トトはイコよりもひとつ年下だが、さらに幼い弟と妹たちがいて、とても可愛がっている。あの子たちを捨て、家を離れて暮らすなんて、彼にできるわけがない。寂しくて寂しくて、死んでしまうだろう。

それでも、トトは口先だけで言っているのではない、本気なのだとイコは感じた。

その本気が、辛かった。トトはイコのいちばんの友達だ。いちばんの友達が、こんなふうに思い詰めてしまっている。そうさせているのは誰でもない、この僕だ。

「トト、ありがとう」

「なんだよ、よせよ」

「だけど、やっぱり無理だよ」

「おまえ、そんなイクジナシだったか？」

「僕が逃げたら、村が大変なことになる。ニエが行かなかったら、〝霧の城〟が怒ってしまうから」

村だけではない。帝都《みやこ》でさえも滅ぼされてしまうだろう。一夜のうちに。いや、それどころか、またたきするほどの猶予《ゆうよ》もないかもしれない。

トトは急に怒り出した。

「だから何なんだよ。大変てのは、どう大変になるんだよ。〝霧の城〟ってのは、そんなにおっかないものなのか？　父ちゃんも母ちゃんも、話をするのも嫌がるんだ。母ちゃんなんか、耳をふさいで逃げちまう」

嫌がっているのではない。話してはいけないという決まりがあるのだ。それもしきたりの内だ。〝霧の城〟は、たとえはずみで口に出された悪口であろうとも、聞き逃すことはない。刃向かう者を許さないのだ。けっして、けっして。

「十五歳になったら、成人の儀式があるだろ。そのときにわかるよ。村長《むらおさ》が、詳しいことをちゃんと教えてくださるよ」

「おいらは、今、知りたいんだ」トトは大声を出した。「何にも教えてもらえないまんまで、澄ましていられるかよ。おまえ、〝霧の城〟に連れていかれたら、もう帰ってこられないんだろ？　おいらは嫌だよ。友達がそんな目に遭わされるのに、黙っておとなしくなんかしてられるかよ」

「だけど僕はニエだもの」

「頭に角が生えてるからか？　どうしてそれがニエの証《あかし》なんだよ。だいたい、誰がそんなこと決めたんだよ」

だから、それがしきたりなんだってば——と言いかけて、イコは口をつぐんだ。

ぷんぷんと怒っていたトトは、にわかに声を落とした。「イコ、おまえは——いろいろ知ってるんだろ。教えてくれよ。このままじゃ、おいら、たまんないよ」

イコはうなだれた。自分の知ったこと、この目で見たものを誰にも話してはいけないと、村長からは厳しく止められている。

あれはもう何日前のことになるのか。一夜のうちにイコの頭の角が大きくなると、村長はすぐに、イコをある場所に連れて行った。馬にまたがり、往路に三日、帰路に三日。狩人も足を踏み入れることない、北の禁忌《きんき》の山を越えて。道中では誰にも会わなかった。頭上を飛ぶ鳥も見かけず、下草のなかに兎《うさぎ》の気配もなく、雨上がりのぬかるんだ道に、狐《きつね》の足跡もなかった。

そこがどうして〝禁忌の山〟と呼ばれているのか。どうして誰も近づかないのか。どうして生き物の気配がないのか。すべての疑問は、峠《とうげ》に立ち、眼下に広がる光景を目にした瞬間に氷解した。

村長は言った。「おまえをここに連れてきたのは、〝霧の城〟の怒りがどれほど恐ろしく、ニエの果たす役割がどれほど大きいか、しっかりと知らしめるためだ。ニエにしか、〝霧の城〟を鎮《しず》めることはできぬ。ニエがその役割をまっとうせねば、これほどに悲惨なことが起こる。よくよく心に刻んでおくれ。そして、どうか背中を向けて逃げ出すことなく、その責任を果たしておくれ」

今も、その声が耳の底に残っている。

自分がニエであることを、イコは子供のころから知っていた。ずっと、そのように育てられてきたのだから。

毎日の暮らしのなかでは、村の子供たちと何ひとつ変わることはなかった。イタズラをすれば叱られ、良いことをすれば褒《ほ》められる。畑仕事や家畜の世話。読み書きを学び、川で泳いだり木に登ったり、一日は早く、夜の眠りは平和で暖かい。頭の角も、まだ髪の下に隠れていたから、イコ自身でさえも、まったく気にしていないときが多かった。

それでも、イコは自分がニエであり、他の子供たちとは違う存在であることを知っていた。村長が、どんなときでもイコがそれを忘れないように、静かに根気強く言い聞かせてきたから。

しかし、そうやって重ねられてきた村長のどんな言葉よりも、禁忌の山の峠から見る光景の方が強かった。それはイコに、有無を言わせず、己に課せられた使命の重さを痛感させた。イコは思わず、片手をあげて自分の頭の角に触れた。ニエのしるし。この惨事を防ぐことのできる、選ばれた者である証。

どうして逆らうことができるだろう。どうして逃げ出すことができようか。

帰路では、イコはもう決心を固めていた。茫漠《ぼうばく》としていたニエとしての役割が、自分のなかではっきりと形を成していた。幼い少年の、その腹の据わりように、先を行く村長が、馬上で密かに涙を落としていたことには気づかないまま。そして村に戻ると、強《し》いられることもなく、自分から進んでこの岩屋に入ったのだった。

「よし、わかった!」

トトがまた声を張り上げたので、イコはびくりとして我にかえった。

「わかったって、何が?」

「誰も教えてくれないなら、おいら、自分の目で確かめる。おいらもおまえと一緒に行くよ。〝霧の城〟までついて行く!」

とんでもない話だ。イコは飛び上がり、小窓のすぐ下の壁に張りつくと、懸命に訴えた。

「バカなことを言うもんじゃないよ! 神官殿に知れたら大変だ。トトだけじゃない、小父《おじ》さんも小母《おば》さんも、弟や妹たちまで捕まえられて、牢屋に放り込まれちまうよ。みんなをそんな目に遭《あ》わせていいのかい?」

トトはひるんで、ちょっとまばたきをした。でも言葉は強気のままだ。

「なんで捕まるんだ? なんでおいらが〝霧の城〟へ行っちゃいけないんだ? ニエしか行っちゃいけないのか? だったら神官たちだって行っちゃいけないんじゃないかよ」

「そういうのを屁理屈っていうんだ」

「おまえ、どっちの味方なんだよ?」

わけがわからなくなってきた。イコはトトの怒りで真っ赤になった顔を仰ぎ、ふっと力が抜けて、吹き出してしまった。もちろん、心から可笑《おか》しいわけでも、笑いたいわけでもない。それでも笑ってしまうのはなぜだろう。

友達だからだ。トトがいい奴だからだ。そのトトともう会えなくなる。ああ、それだけは、どんなにか寂しくてつまらないことだ。トトは本当にいい奴なんだもの。

でも、だからこそ——僕が〝霧の城〟へ行く意味もあるんじゃないか。

「〝霧の城〟が怒るとどうして怖いのか、どんなことが起こるのか、たしかに僕は知ってるけれど、教えるわけにはいかない。決まりなんだから、破っちゃいけないんだ。西風の吹く日には淵《ふち》で泳いじゃいけないとか、馬の蹄《ひづめ》を削らずに山道を登らせちゃいけないとかいうことと同じだよ。だから、成人の儀式まで待っててよ」

イコはできるだけ穏やかに話した。

「でも、ニエが行けば、その怖いことを防ぐことができるっていうのは、ホントだよ。それにね、トト。〝霧の城〟へ行っても、ニエは死ぬわけじゃないよ」

「だって、もう帰ってこられないんだろ」

「そうだけど、でも死ぬわけじゃないんだ。村長が言ってた。〝霧の城〟へ行ったニエは、〝霧の城〟の一部になって、永遠の命を与えられるんだって」

これは嘘じゃないし、慰めでもない。本当に村長がそう言ったのだ。最初は、イコも驚いた。てっきり命をとられるとばかり思っていたのに、そうじゃないというのだもの。

「永遠の命……？」トトは疑わしげに呟いた。

「じゃあ、おまえは〝霧の城〟でずっと暮らすってことか？」

「うん、そうだよ」

具体的にどういうことなのかは、イコにもわからない。実は村長も知らないのじゃないかと思う。

そしてこの事柄は、イコの心に、密かな好奇心も植えつけた。〝霧の城〟に行ったら、何が起こるのだろう？　〝霧の城〟の一部になるというのは、どういうことなのだろう？

トトは納得しない。「村長は、何でそんなことを言えるんだ？　見てきたわけじゃないくせしてさ」と、舌鋒《ぜっぽう》鋭く食い下がる。

「神官殿に教えてもらったんだって」

「じゃ、神官は全部知ってるんだな？」

「もちろんさ。帝都の大学者なんだからね」イコは先回りして釘を刺した。「だけどトト、神官殿が村に来ても、あれこれ訊ねたりしたらいけないんだよ。さっき言ったのは、脅かしじゃない。本当に捕まえられちまうよ。僕は、僕のせいでトトたちが牢屋に入れられたりするなんて、嫌だからね。トトがあんまり言うことをきかないと、村の人たち全員がお咎《とが》めを受けることにだってなるかもしれないんだし」

不満げに口を尖らせ、やっとこさ、トトは「わかったよ」と答えた。

「よかった」イコは心から言った。安堵のため息が出た。

「でもおいら、また来るよ。それに、すっかり諦めたわけじゃないしな」

言い捨てて、トトは小窓から離れてしまった。イコはあわてて呼びかけた。

「諦めたわけじゃないって、どうするつもりなんだよ？」

「教えてやンない」

「これは遊びじゃないんだ。本当に大変なことなんだよ。わかってるのか、トト？」

「わかってるって。じゃあ、またな！」

元気に返事を投げ返して、トトは去ってしまったようである。イコはまだしばらく、小窓を見上げて突っ立っていた。

3

織り機にかけた糸が見えにくいのは、涙で目が曇るせいだとばかり思っていたが、そうではなかった。陽が落ちかけているのだ。御機屋《みはたや》の四隅にはすでに闇が淀み、天井の梁《はり》もはっきりとは見えなくなっている。

オネは座台から滑り降りると、織り機の横に回って、織り上げたところをながめてみた。半日をかけて、ようやく中指の長さほどを織っただけである。まだ、柄らしい柄も浮き上がってはいない。

万が一にも火を出してはいけないので、御機屋には灯をともさぬ決まりだ。今日はもう作業を続けることはできない。疲れているのではないが、さんざん涙を流したせいだろう、うずくように痛むこめかみをそっと指で押さえて、オネはため息をもらした。こんなものを織るのは嫌だ。こんなものを織るために、わたしはあの子を育てたのではない――

それはおまえの考え違いだと、村長《むらおさ》である夫には厳しく叱られた。村長の妻が、村のしきたりを違《たが》えてどうする。イコが哀れだとおまえは言うが、あの子はもう覚悟を決めている。おまえのその未練、その愁傷《しゅうしょう》が、かえってあの子を苦しめているのがわからぬか。

イコはどうしているだろう。岩屋に入って、今日でもう十日を過ぎた。オネも含め、女たちは岩屋に近づくことを固く禁じられている。だからオネは、あの子の顔も見なければ、声も聞いていない。ちゃんと食べているかしら。底冷えのする岩屋で、風邪などひいてはいないだろうか。

いいや、大丈夫であることはわかっている。イコはずっと、村の誰よりも丈夫で元気な子だった。これまでに何度も、オネはそれをこの目で確かめてきた。

あの子が、見上げるような木のてっぺんから転がり落ちてもケロリとして起きあがり、「継母《まんかか》さま、ホラこれ」と、掌に大事に包んだ小鳥の雛《ひな》を見せてくれたこと。幼い身ながら淵に潜って魚を捕るのがあんまり上手なので、成人の儀式を終えたばかりの若い漁人《すなどり》たちに喧嘩を売られ、五、六人を相手に大暴れをしたのに、擦《す》り傷《きず》をこしらえただけで帰ってきたこと。懐かしく、誇らしい思い出。

村人たちは皆、オネがイコを愛《いと》おしむ気持ちは、あの子に対する深い同情と、後ろめたさに根ざしていると思っている。村長でさえそうだ。とんでもないと、オネは思う。イコは本当に可愛い子で、彼女はイコを心底愛してきた。あの子を育てるのは、いつだって楽しかった。

こういうことには子供同士の方が敏感なもので、孫たちが何度か、

「お祖母さまは、あたしたちより、あのニエの子の方がお気に入りなのでしょう」

と、口を尖らせたことがある。そんなときにはいつも、ええ、そうね。イコはあんたたちのような生意気な口はきかないし、欲深でも意地悪でもないからね——そう言い返してやりたい気持ちを押し込めて、だってあの子は可哀想なニエなのだからと弁解した。すると孫たちは満足そう

に笑い、自分はニエでなくて良かったと言ったものだ。

　これまでに、オネの本音を鋭く見抜いた大人は、たった一人しかいない。亡くなって早《は》や五年になる、彼女の実の兄だ。

「おまえはイコに魅せられているようだ。だが、忘れてはならない。ニエの子があんなにも純真で優しく可愛らしいのは、あれはヒトではなく、したがって魂が虚《うろ》であるからだ。虚には悪しきものは宿らぬ。虚は愛を吸い込み、吸い込んだのと同じだけ、それを与えた者へとまた投げ返す。だからニエの子を愛することは、それを育てる者にとっては格別に容易で快いのだ」

　そして、ニエの子が〝霧の城〟へ行くのは、本人にとってもけっして悲劇ではないのだと、彼はオネに教えた。

「なぜなら、ニエの子の魂は、その子が生まれたときからずっと〝霧の城〟に在るのだから。ニエの子は、己の魂を身体に納めるために〝霧の城〟へ行くのだ」

　オネの実家《さと》は帝都《みやこ》の商家である。裕福に育ち、教育も充分に受けた。六つ年上の兄は帝都の神学校へ進み、二十二歳で神殿神官の資格を得たが、昇殿儀式の直前に自ら申し出てその職を辞し、野に下った。当然のことながら、彼の師も両親も猛反対をしたのだが、兄は聞き入れなかった。帝都の外れの小さな町に家を借り、近隣の子供たちを集め読み書きを教えて生計を立て、妻もめとらず、古文書をひもとき勉学に没頭し、謹厳《きんげん》で慎ましい生涯をおくった。実家へは、二度と足を踏み入れなかった。両親が晩年、さすがに気が弱り、何度か人を遣《や》って和解を申し出ても、穏やかにしかしきっぱりと退けるだけであった。

　オネがトクサの村へ嫁ぐことが決まったのは、兄がそのようにして実家を出て、ちょうど一年後のことだった。オネは十七歳だった。兄弟姉妹は他にもいたが、勉学好きで気性の優しいこの兄と、オネは格別に親《ちか》しかった。だから婚礼が間近になると、両親の目を盗み、使用人の小女一人を供に、そっと兄の家を訪れた。別れの挨拶《あいさつ》をしたかったのである。

兄は喜んで彼女を迎えた。オネは、兄が出自からは考えることのできない貧しい暮らしをしていることに驚いたが、しかしその顔の明るいことに慰《なぐさ》められた。彼は手ずから素朴な料理をつくり、新鮮な飲み物を注いで妹をもてなした。

「トクサの村か……」

オネが嫁ぎ先のことを話すと、兄はそう呟いて、しばし考え込んだ。

「遠いところなのでしょう？　たいそうな田舎だと聞いています。でも、土地が肥えていて水が美しくて、海にも山にも生き物が満ちあふれていて、とても豊かな村だとも」

兄はうなずき、静かな目でオネを見た。

「この縁組は、どこから持ち込まれた話なのだね？」

オネは詳しいことを知らなかった。娘は親の命ずることに従うだけだ。

「たぶん、父上が進めた話なのだろう」と、兄は言った。「おまえの夫となる若者は、村長の息子だと言ったね」

「はい。ですからわたしは、ゆくゆくは村長の妻となるのです」

「それでは、トクサの村には他所《よそ》には無いしきたりがあり、村長はそれを守る役割を担うということは聞いているかい？」

オネは何も知らなかった。兄はつとまばたきをして、粗末な土塗りの壁に目をやった。

「お兄さま？」

兄が長いこと黙っているので、オネは不安を感じて呼びかけた。

ようやく口を開いたとき、兄の語調は穏やかなままだったが、その瞳が少しだけ翳《かげ》っていることを、オネは見逃さなかった。この兄は喜怒哀楽を、瞳の色にしか映さない。子供のころから、それは変わらない。

「おまえの嫁ぐことに、私は反対するわけではないよ。トクサの村は平和で豊かなところだ。不安を感じることはない」

「でも……」

「おまえは、父上母上が思っておられる以上にしっかりとした娘だ。賢くて強い。きっと良い妻になれるだろう」

兄がお世辞を言うはずはないことは知っていたが、ほめられたことで、オネの不安は強くなった。

「さっきおっしゃった、しきたりというのはどういうことですか？」

「私は軽率で困る」と、兄は微笑した。「嫁入り前の美しい妹を、よしなし事で脅かしてしまったようだ。なに、おまえが怖がらねばならないような種類のものではないよ。どの村にも、その村の決まり事があるものだ。そういうことだ」

兄は微笑を消さず、しかし目の翳《かげ》りは深くなっている。何か喉につかえているのだ。こんなときは、あれこれ問うよりも黙っていた方がいいと、オネは知っていた。兄上はとても正直な人なのだから。

「トクサの村は、豊かで美しい」と、兄はゆっくりと言葉を続けた。「それは、いわば……代償のようなものだ」

オネにはよくわからなかった。さらに問いかけようと口を開きかけると、兄は急ににっこりと笑みを大きくして、オネに向き直った。

「これからは、手紙のやりとりをしよう」

「お兄さまとわたくしと？」

「そうだ。おまえが実家にいるうちは、まわりの目がうるさくて、かえって不自由だった。嫁ぎ先ならば気が楽だ」

「そうですね……」

「もしもおまえの婿殿《むこどの》が嫉妬《しっと》するようならば、これは帝都にいる変わり者の兄からの手紙だと言いなさい。たくさんの本を読み、頁《ページ》の隙間にたまった埃《ほこり》を髪にくっつけ、衣の裾を引きずりながら書庫を歩き回るのが大好きな学生の兄だと」

オネは笑った。「立派な学者の兄だと申します。だってお兄さまは、神殿神官にとどまらず、大神官にさえなれる方だという評判だったのですもの」

「おまえはいつでも私を自慢にしてくれていたのだよね」と、兄も笑った。しかし瞳は悲しいままであった。

そうして、本当に兄妹の手紙のやりとりは始まった。数は多くない。オネは兄の手紙のすべてを大事に保管しているが、それでも文箱《ふばこ》ひとつにおさまってしまうくらいの量だ。兄はどの手紙でも、オネの暮らしぶりを訊ね、気候や作物の出来具合を心配していた。オネが母親になると、子供たちの様子を詳しく知りたがった。オネはつぶさに書き送った。一方兄は、自分が教えている子供たちのこと、読んでいる本の興味深さ、学問の奥の深さを語り、帝都で流行《はや》っている軽佻《けいちょう》なことどもについて面白おかしく書き綴《つづ》ってきたが、トクサの村のしきたりについては、けっして書こうとはしなかった。

十三年前——イコが生まれ、オネが夫からそれについて初めて詳しいことを知らされ、薄い髪の下に丸い角の存在を確かに感じさせる赤子を抱いたときの心の動揺を隠せないまま、急ぎの手紙を送りつけるまでは。

「わたしが嫁ぐとき、お兄さまがおっしゃっていた事の意味が、ようやくわかりました」

その手紙に、兄は今までいちばん長い返事を寄越した。

「我らが神殿に敬《うやま》い奉じる偉大なる神の、すべてを生み出し、すべてを癒《いや》し、すべてを治める愛の力を、おまえもよく知っていることだろう」

兄は風格さえ感じさせる文字で書いていた。

「しかし我らが偉大なる神とて、この地上を平らげるまでには、険しい道のりを歩まれねばならなかった。そこには争いがあり、戦もあった。トクサの村は、そのなかでも格別に熾烈《しれつ》な戦のあった場所だ」

かつて我らが偉大なる神は、今トクサの村のあるその土地のあたりで、強大な敵と戦ったことがある。そしてついに敵を倒し、封じることがかなったが、それには犠牲も伴った。トクサの村のしきたりと、そのしきたりの芯をなすニエという存在が、それだ——

「ニエは生まれながらにして敵の虜囚《りょしゅう》であり、しかしながら神の戦士であり、神の敵を封じるための要《かなめ》の石でもある。ニエはヒトの形こそしているが、その本性はヒトではなく、戦う神の指先なのだ。ニエの子を守り育てるおまえは、神の一部をその身に預かるのだということを、ゆめゆめ忘れてはならない」

オネは返事を書き送った。お兄さまの言う「神の敵」が、トクサの村が長い年月に亘《わた》ってその怒りを恐れてきた〝霧の城〟の城主なのですか？　ニエは、どのようにしてその怒りを和らげることができるのでしょう？

――それはニエにしかわからず、ニエにしか知らされぬことだ。ヒトの身で、それをうかがい知ろうとしてはならない。

兄の手紙には、得心《とくしん》のいくところもあり、不得要領《ふとくようりょう》のところもあった。常に我らが神を讃える言葉で始まり、同じようにしてしめくくられているが、やりとりを続け問答を重ねてゆくうちに、オネには、お兄さまは本当にこれらの言葉を信じているのかしらと、ふと疑問に思われるときもあった。

そしてあるとき、こう問うた。「お兄さまが神官への道を自ら絶ったことと、トクサの村のニエのしきたりには、何かしら関わりがあるのではありませんか？」

それは遠回しながら、若き日に神官を志した兄に対して、信仰への疑問を抱いたことがあるのではないか――と問いかけていたのだった。オネ自身は深くこだわらなかったが、もしもその手紙を誰かに見せたならば、破り捨てられてしまったことだろう。我らが偉大なる神。その恩寵《おんちょう》による地上の平和。そこに疑いを差し挟むことは大罪だった。

その手紙に、返事はこなかった。代わりに、兄が亡くなったという報《しら》せを受けたのだった。

ニエは生まれながらにして敵の虜囚であり、しかしながら神の戦士である――

オネは目を閉じ、脳裏に浮かぶ懐かしい兄の面影に問いかけた。でもお兄さま、わたしにとっては、イコは愛し子でしかないのです。あの子を〝霧の城〟へ追いやり、どうしてわたし一人が安穏としておられましょう。

「オネさま？」

蔀窓《しとみ》のところから、小さな声がする。オネは顔をあげた。

「まあ、トト」

イコの大の仲良しだ。背伸びをしてこちらをのぞきこんでいる。

「迎えに来てくれたの？　ご苦労さま」

陽は急速に落ち、御機屋はすっかり暗くなっていた。オネは手探りで、機の脇に立てかけてあった古文書の写しを取り上げ、くるくると巻き取った。灯がないので、早朝や夕暮れには足元さえおぼつかなくなる。だから、オネの出入りには、必ず誰かが付き添って送り迎えをすることになっている。

「そうじゃないんです。内緒で来たんだ」

トトは早口でささやき、まわりをきょろきょろとうかがった。

「どうしたの？」

「ねえ、オネさまは知ってるでしょ。帝都の神官は、今どの辺まで来てるんですか？」

帝都は遠い。早馬が、神官一行が出発したという報せを持ってきてから、今日で十日。山をふたつ越え、大河を渡り、トクサの村からいちばん近い街道の宿場に着いたという報せが来てから、二日が経つ。

「まあ、なぜそんなことを知りたいの？」

宵闇のなかでさえ、トトの目が輝いた。

「オネさま、帝都《みやこ》の神官ってすごく偉いんでしょう？」

期待に満ちた、はずむ口調だ。

「村長《むらおさ》には叱られるようなことでも、帝都の神官が〝よろしい〟って言ったなら、やっても叱られないいんだよね？」

頰笑みながらも、少し用心する気持ちになって、オネは窓の外のトトに近づいた。この子は何を考えているのだろう？

「トトは、村長がお叱りになるようなことをしようと思っているの？」

「ううん、そんなんじゃないよ」あわてて首を振る。このあたりのそそっかしさが、しかし、トトの可愛げでもある。

「ね、教えてください。神官たちは今どこまで来てるんですか？」

「わたしは知らないのよ、トト」オネは嘘をついた。「それに〝神官〟という呼び方はいけません。〝神官さま〟か〝神官殿〟と呼ぶのよ。あなたの言うとおり、とても偉い方々なのだから」

「だけど、うちの父ちゃんも母ちゃんも呼び捨てにしてるよ」

「それはおうちのなかだからよ」オネは思わず笑ってしまった。

「ふうん……。そういえば、さっきイコも〝神官殿〟って呼んでたなぁ」

オネは窓の縁に飛びついた。「まあ、トトあなた、イコに会ったの？」

「え？　あ、うん」トトは急にへどもどした。

「岩屋に行ったのね？　どうやって見張りに見つからないようにしたの？」

「木に登って、枝から枝に渡って行ったんです。ソンで、岩屋の上のごつごつした岩場に飛び移って、明かり取りの窓のそばまで、岩肌をずうっと伝っていったの」

オネはびっくりしたが、すぐに、確かにトトならそういう離れ業もできるはずだと思い直した。この子とイコは、これまでにも、しばしばそのような〝曲芸〟をしては村の男たちを驚かせてきたのだから。

「イコは元気でしたか」

「うん。でも退屈してた。ひとりぼっちで閉じこめられているんだもんね」

「そうね……」

オネはまた涙がにじんできて、それをトトに見られないよう、あわてて顔をうつむけた。

「オネさま、怒らない？」トトは、そっと窺《うかが》うようにこちらをのぞき見た。

「怒りませんよ。あなたはイコといちばんの仲良しなのだもの。あの子が心配で、様子を見に行ってくれたのね。ありがとう」

トトに笑顔が戻った。いっぺんに安心してしまったようだ。

「おいらね、イコを逃がそうと思ったの」

トトはイコに話したことを繰り返した。

「だけどイコは逃げないって。そんなことをしたら、村が大変なことになるからって。だからおいら、それじゃおいらも一緒に〝霧の城〟へ行くって言ったんだ」

「何ですって？」さすがに、オネも度肝《どぎも》を抜かれた。「あなたが〝霧の城〟に？」

「うん、そうだよ」ケロッとしている。「でも、イコはそれもダメだって。神官に――神官殿に知られたら、やっぱり大変なことになるから」

トトは思い切り不満げに頬をふくらませた。

「オネさま、あいつ、いつからあんないくじなしになったの？　あれもタイヘン、これもタイヘンって、ビクビクしてさ。だけど、どうタイヘンなのか、教えてくれないんだ。成人の儀式のときに村長が教えてくれるまで待ってろって。一人で何でもわかっちゃったふうな口きいて、おいらのこと仲間はずれにするんだぜ」

トトの不満は、オネにもわかる。オネも仲間はずれだからだ。村長とイコは、二人だけで禁忌の山を越えて出かけ、帰ってくると、二人だけにしかわからない秘密を抱えて閉じこもってしまった。村長は日頃からおしゃべりな人ではないが、輪をかけて無口になった。そしてイコは岩屋に入ってしまった。

「何がどんなふうに大変なのか、トト、わたしも知らないのですよ」詫《わ》びるような気持ちで、オネは言った。「村長は、わたしたちがそれを知る必要はないとおっしゃるの。ただ、しきたりを守らねば大変なことになるということだけわかっておればいいのだ、とね。そして、わたしたちは村長がおっしゃることに逆らってはいけないの」

トトは頬《ほお》をふくらませたまま、フンというような声を出した。「だけどさ、村長よりも、神官さまの方が偉いんでしょ？　神官さまの言うことの方が上なんだよね？　だからさ、オネさま。神官さまにお願いして、おいらも一緒に〝霧の城〟へ行ってもいいってお許しをもらえれば、村長だっておいらのこと叱れないでしょ？」

　オネはちょっと絶句してしまった。

「それじゃあなた、神官さまに直訴《じきそ》しようというの？　それで神官さまが今どこにおられるか知りたいの？」

「そうです」トトはケロリとして答えた。

「そんな……あなた……イコは、あなたが一緒に行くなんて言い出したら、それを神官さまに知られたら大変なことになるとは言わなかった？」

　トトはじれったそうに肩を動かした。「だから、それは、黙ってくっついて行ったらダメだけど、お許しをもらえばいいってことじゃないの？」

　なんとまあ。やっぱり子供なのだ。わかっていない。

「神官さまがそんなお許しをくださるとは思えないわね」

「なんで？　頼んでみないとわからないよ」

　これはいけない。理を説いても無駄だ。早くこの子の逸《はや》る心を抑えてやらなくては。オネは言った。「そうですね。頼んでみましょう。でもトト、それはわたしに任せてちょうだい」

「オネさまに？」

「ええ。わたしがイコと一緒に〝霧の城〟へ行くわ。一緒に行かせてくださいと、神官さまにお願いしてみます」

「でもオネさま、〝霧の城〟は遠いんでしょ？　オネさまは身体が弱いじゃないか。そんな遠くへ旅なんかできやしないよ。おいらの方がいいよ」

「いいえ、わたしの方がいいわ。大人だもの。神官さまだって、そうおっしゃるでしょう」

「じゃ、おいら、こっそり後を尾《つ》けていく」

「いけません！」オネはトトの頭に手を乗せた。「そんなことはできませんよ」

「できるよーだ」

「できません。わたしがあなたのお父さまに言いつけますから」

「そんなのズルイ！」言いかけて、急にトトは首をすくめた。「誰か来た！」

オネが窓から首をのばしてみると、薄暗がりの中を近づいてくる松明《たいまつ》が見えた。村人が迎えに来たのだろう。

「トト、逃げなさい――」

「大丈夫だよ、オネさま」トトは身軽に窓によじ登り、そこから屋根の上へとあがった。

「ここなら見つからないから」

トトの声のしっぽが耳から消えないうちに、松明がゆらゆらと動き、村人がオネに呼びかけてきた。

「そこにおられるのはオネさまですかい？」

「はい」と答えて、オネは蔀窓《しとみ》を閉め、戸口の方へ回って戸を押し開けた。

「すみません、お迎えが遅くなりまして」

狩人《かりうど》の衣を着た村の男だ。屈強な身体つきで、腰には短い剣を帯び、広い背中に半弓と矢筒を背負っている。この男は村の狩人たちのなかではいちばんの年長で、頭《かしら》だ。川の対岸から、枝の先にぶらさがったリンゴの実を射抜くほどの弓の名手でもある。

御機屋《みはたや》は、村はずれの森の一角を切り開いて、急ごしらえで建てられた。だから、とりわけ早朝や夕闇のころには、まだ獣がまわりをうろつくかもしれないし、おまえの送り迎えには、狩人を遣《や》るから――村長はそう言った。が、オネは察していた。武装した者を供につけるのは、わたしが逃げ出すのを防ぐためだろう。

御機屋は、いよいよ〝霧の城〟へ向かうというときに、ニエに着せる〝御印《みしるし》〟を織るための場所だ。御印は、すぽんと上から被るだけの、ごく簡素な布だが、そこには決められた文様を織らねばならぬ。オネが村長から渡された古文書の写しには、その文様が描かれているのだった。手本通りに織れば、さして難しいものではない。

そして、それを織るのはニエの子を育《はぐ》んだ女の役目。それもしきたりである。だからオネが織らねばならぬ。しきたりを守る側は、何が何でもオネに織らせねばならぬ。

「すぐお帰りになれますかな？」

「はい。参りましょう」オネは古文書の写しを胸に抱き、後ろ手に小屋の戸を閉めた。松明がぱちぱちとはぜて、明るい火の粉がオネの前をふわふわと横切った。

先に立ってゆっくりと歩き出しながら、狩人の男は低い声で言い出した。「お迎えが遅くなりましたのは、山で怪我人が出たからなのです。お許しくだされ」

「まあ！　ひどい怪我なのですか」

「岩場から落ちて両足の骨が砕けました」狩人の声は淡々としていた。「あれでは、治ったとしてももう狩りは無理でしょう。また歩けるようになるかどうか」

怪我人の名を聞くと、この春に成人の儀式を終えたばかりの青年だった。オネは首を振った。

「可哀想に……」

「未熟者なのです」と、狩人は続けた。「岩場に登るときには、見通しのいい場所に着いても、決して北の山の方を見てはいかんと、あれほど言っておいたのに」

オネはぎくりとした。「北の山——禁忌の山ですね？」

「そうでございます」

「何が見えたのですか、あの方角に」

「いつもは何も見えません。それでも、目をやってはいけないと、わしは若い者たちに厳しく言い聞かせています。万にひとつ、何かが見えることがあるやもしれませんからな」

「それで、今日は何かが見えたのですね？」

狩人頭はオネに背中を向けたまま、わかりませんと短く答えた。

「でも——」

「怪我人は譫言《うわごと》のようなことばかりを言っておりますからな。頭もやられてしまったのかもしれませぬ」

オネは一瞬、目を閉じた。

「それに、何かを見て、それでも正気を保っておられたとしても、見たものについて語ってはいかんのです。わしは子供のころからそう教えられて育ちました。オネ様はご存じでしょうか。わしの親父も狩人頭でしたからな。親父は昔、岩場に鳥を射ちに登り、北の山の方を見やって、すっかり頭がおかしくなってしまった者がいたという話をしてくれたものでした」

「……怖しいことですね」

「話だけです」と、狩人頭は続けた。「しかしその事が起こったのは、やはり生贄《ニエ》の刻《とき》だったそうですよ」

オネさま——と呼びかけながら、狩人頭は足を止め、振り返った。松明の火の粉がオネの顔にかかった。狩人頭の顔は、松明の明かりに照らされつつも、青白く強ばっていた。

「〝霧の城〟は、生贄の刻を知っています。捧げられるべきニエがあまりにぐずぐずしていると、かの城は苛立つのです。そしてその苛立ちを、風に乗せて報せて寄越す。だから未熟な狩人が、運悪くそれを見てしまう」

オネは狩人頭の目を見つめた。相手も正面からオネを見据えていた。

「わしらは〝霧の城〟が何処《どこ》にあるか、正確な場所は知りませぬ。が、そこに至るには、北の山を越えてゆくということぐらいは知っている。だからこそ、北の山は禁忌の山になっているのですからな。〝霧の城〟は、あの山を越えた先にある」

誰も踏み込んではいけない山を越えた向こう、海に面した崖《がけ》の縁《ふち》に。

「しかし、かの城の主の悪意は、今、北の山の空にまで近づいてきています。それほどに焦《じ》れているのです」

「……何を言いたいのですか」オネはやっと、そう呟いた。

「オネさまは機織りを厭《いと》わしく思っておられるとか」狩人頭の口調が厳しくなった。「愛おしんで育てたイコを手放すのがお辛いのはわかります。わしも人の親だ。お気持ちはお察しする。が、イコは人の子ではありません。あれはニエです。ニエのために時を稼いで引き延ばしたとしても、何ひとつ良い結果など出ませんぞ」

狩人頭が遅れたのは、きっと村長と、このことについて話をしていたからだろう――オネはぼんやり考えた。

「わたくしは時を稼いでなどおりません」

「それならばよろしいのですが」狩人頭はくるりと背を向け、また歩き出した。今度は早足になる。「明日は夜明け前にお迎えにあがります。早く御印を織り上げていただかねば、いたずらに神官殿ご一行をお待たせしてしまうことになりますからな」

　オネは首うなだれてその後をついていった。


　トトは屋根の上で耳をそばだてていた。

　怪我人が出たって。タイヘンだ。それはトトにもよくわかる〝タイヘン〟だ。でも、今はそれどころではなかった。

　そうなのか！　〝霧の城〟は、けっして行ってはいけないときつく止められている、あの北の山を越えたところにあるのか！

　とても素晴らしいことを思いついた。トトは踊り出したいような気持ちだった。

オネさまは神官殿に願い出て、イコと一緒に行くという。でもトトは行ってはダメだという。

それならば、ちょっぴり先回りをして、待ち伏せしていたらどうだろう？　そして神官殿ご一行がやって来たら、見つからないように後を尾《つ》けてゆくのだ。そうすれば、必ず〝霧の城〟にたどりつける。

（神官たちは、どうせイコとオネさまを置いて帰っちゃうんだろうからな）

そしたら、トトは姿を現して、

（イコと一緒に冒険するんだ！）

オネさまだって、おいらたち二人と一緒なら大丈夫だ。おいらたちは強い。

トトは、もっと凄い思いつきをして、今度こそ本当に屋根の上で飛び上がった。

もしかしたら、おいらたちは〝霧の城〟の主と戦って、やっつけることだってできるかもしれない！

「ヤッホウ！」

小さく叫んで、トトは屋根から飛び降りた。

4

風向きによっては、岩屋のなかにまで御機屋《みはたや》の音がはっきりと聞こえてくる。イコが〝霧の城〟へ旅立つまでは、村の誰も他の機屋を使ってはいけないとされているので、機の音がすれば、それは継母《まんかか》さまが僕のために御印《みしるし》を織っている音なのだと、イコにもわかった。

薄暗い岩屋のなかで一人ぽつねんとしていると、時が過ぎるのもよくわからない。イコは、御機屋の音が聞こえると新しい一日が始まったことを知り、それが停まると夕暮れが来たことを知った。そうやって三日を数え、四日目の朝が来て、イコは、朝の食事を運んできてくれた見張り番の男から、思いがけないことを聞かされた。

「トトがいなくなっちまったんだ」

トトの父親は狩人だ。今の季節はとりわけ早起きになる。が、今朝父親が起きてみると、トトの寝床は空っぽだった。さらに、妹の一人が、夜中のうちにトトがこっそりと家を抜け出そうとしているのを見たというので、たちまち騒ぎになった。

「あのイタズラ坊主は妹に、兄ちゃんは、皆にナイショでちょっと出かけるんだと言ったそうだ」

「何処《どこ》へ行くとは言わなかったんですか?」

「何にも。なにしろ妹はまだチビだし、半分寝ぼけていたらしいからな。トトを引き留めたり騒いだりしなかった」

おまけに、二頭いる村の馬のうちの一頭が、厩《うまや》から引き出されているというのである。村の馬は、トクサの村から他所《よそ》へ急ぎの遣いを出さなければならないときのため、日頃から大事に飼っているものだ。どちらも賢い駿馬《しゅんめ》である。白馬の方が銀星《しろがね》、栗毛の方が矢風《やふう》という名だ。

イコにはピンときた。トトは馬が好きで、その世話をするのも上手だった。馬たちもトトにはよく懐《なつ》いていた。

「トトが乗っていったんですよ……」

「そうなんだろうな、きっと」見張りの男は顔を曇らせている。「家のなかからは、着替えとかちょっとした日保《ひも》ちのする食い物なんかも持ち出されとるそうだ。あのイタズラ坊主、いったい何処へ行くつもりなんだろう。イコおまえ、何か心当たりはないか? 村の衆で手分けして探しにかかってるが、トトが夜中のうちに出立《しゅったつ》したのだとしたら——しかもあの馬で——方角の見当だけでもつかないと、大人の足でもなかなか追いつけるもんじゃない。トトが行きそうな場所が思い当たらないか？」

数日前にトトとかわした会話が鮮やかによみがえり、イコは不安で胸苦しくなるほどだった。

（おまえと一緒に〝霧の城〟へ行く）

しかしトトは〝霧の城〟が何処にあるか知らない。村長《むらおさ》とイコの他は、誰も知らないのだ。一人で行かれるはずがない。

でも――

トトはそそっかしいところがあるけれど、それは頭の回転が速いということでもある。イコに、一緒に〝霧の城〟へ行くなんて許されないと言われ、腹を立てたトトは、しかし（諦めたわけじゃない）とも言っていた。

ひょっとしたら、やがて出立するイコの先回りをして、〝霧の城〟へ向かう道筋の何処かで待ち伏せしようなどと考えついたのかもしれない。そしてその道筋は、きっとあの北の禁忌の山の方向にあるに違いないと見当をつけたのかもしれなかった。これは易《やさ》しい足し算だ。

実際には、〝霧の城〟へ向かうには、ただ北の禁忌の山を越えるだけでなく、そこから今度は西へ進路を取って、森を抜け岩場を越え、険しい道のりを何日も何日も歩くのだと、村長は教えてくれた。その行き方は、帝都《みやこ》の神官殿しかご存じない。だから、トトが一人で〝霧の城〟にたどり着くなんて、どんな奇跡に恵まれたとしてもあり得ないことだろう。

だが、北の禁忌の山に入ることならできる。そこまでならば、トトにもできる。イコにだってできたのだから。

「トトは、どっちの馬を連れ出したんですか？」

「矢風だよ」

それなら間違いない。矢風は岩場や山道に強いのだ。どんな狭い切り通しでも崖っぷちでも、少しも恐れずに風を切る矢のように走り抜けることからその名がついたのだから。

「トトは北の禁忌の山に向かったんだと思います」

イコの言葉に、見張りの男は真っ青になった。「おい、なんでそんなことがわかるんだ？」

「村のみんなは、誰も北へは探しに行っていないんでしょう？」

「当たり前じゃないか。禁忌の山だ。近づいちゃならんのだ」

「でも、トトはそっちへ行ったんです。夜中のうちに村を出たのなら、もう山道にさしかかってるころでしょう」

他の場所を探したって無駄だ。一刻も早く北へ向かい、トトを連れ戻さねば。彼があの山を越えた向こうに広がる光景を目にする前に。

「村長にお願いしてください。僕に銀星を貸してほしいんです。僕がトトを追いかけます。必ず連れ戻して来ますから」

見張りの男はあとずさった。「何を言い出すんだ。おまえをここから出すわけにはいかんよ。そんなことぐらいわかっとるだろう」

「わかっています。だけど、禁忌の山に入れるのは僕と村長だけだし、村長はもうお歳だから、とても銀星を乗りこなすことはできないでしょう」

しげしげとイコの顔を見て、見張りの男はさらに岩屋の壁際まで退《しりぞ》いた。

「おまえは、禁忌の山に入ったことがあるのかね？」

「はい。生贄《ニエ》の刻《とき》が来るとすぐに、村長が僕を連れていってくれたんです」

「なんでまたそんなことを」

「僕の心が迷わずに済むように」イコは急いで言い足した。「でも、そんなことよか、早くトトを捕まえなくちゃ！」

見張りの男は、イコの勢いに押されるように、駆け足で岩屋を出ていった。イコは気が急《せ》いて、ぐるぐると岩屋のなかを歩き回った。今日は機の音も聞こえてこない。村中がひっくり返っているのだ。継母《まんかか》さまはどうしているだろうか。

ほどなくして、岩屋に村長がやって来た。見張り番の男は牢を開けると逃げるように外へ出て行き、イコは村長と二人になった。

「村長、僕に――」

皆まで言わせず、村長は発止《はっし》とイコの頬を打った。イコはぽかんと口を開いた。

「村長？」

「おまえはトトに何を吹き込んだ？」

村長の表情は厳しく、口元が変なふうに歪んで見えた。イコが今まで一度も見たことのない顔だ。二人で禁忌の山を越えたときだって、こんな怖い顔はしていなかった。

「僕が――トトに？」

「そうじゃ。トトがここを訪ねていたことは知っておる。おまえたちは仲良しだった。せめてそれぐらいは許してやろうと、わしは知っていて目こぼししていたのだ。それが仇《あだ》になってしまった。おまえはトトに何を持ちかけ、どんな企てをしたのだね？」

企て？　僕が？　僕がどうしてトトを巻き込んだりするだろう。いちばんの友達を。こんな見当違いの非難が、どうして村長の口から飛び出すのだろうか。あまりの驚きに、イコは頬を打たれた痛みさえ感じなかった。

「子供ながらによく考えたものだ」

村長は言って、身体の両脇で拳を握りしめた。そうしていないと、またイコを打ってしまいそうになるのを抑えているのかもしれなかった。

「トトが姿を消し、おまえがトトを探しに行くという口実で村を出る。銀星と矢風を走らせれば、大の大人の狩人でもおまえたちには追いつけぬ。そうやって逃げようとしているのだろう？言いなさい。素直に認めるのだ。トトとは何処で落ち合う約束をしてある？　二人で合流したら、何処に逃げるつもりだったのだ。言っておくが、おまえたちに逃げ場所などないぞ」

何ということだろう。村長はとんでもない考えをお持ちだ。

「違います！　そんな企てなんて、僕もトトも考えたこともありません！」

「この期《ご》に及んで嘘をつくつもりかね？」

「嘘じゃない！　村長は僕を信じてくださらないんですか？」

イコは思わず村長にすがりついたが、村長はその手を振り払い、背中を向けた。

「おまえが素直にニエの運命を受け入れてくれたことを、わしは心から喜んでいた。済まないと思いつつも、この身は深い感謝の念で満たされていた。それなのに、おまえはわしを裏切っていたのだな」

村長の痩せた背中を見つめて、イコには口にするべき言葉がなかった。それほどに、その背中は冷たく頑《かたく》なだった。どんな弁解も説明も通用せず、すべて跳ね返されてしまうだけだろう。

イコが幼かったころ、この背に何度もおぶってもらったものだ。そしてイコは、来《きた》るべき自分の運命を承知していたから、角が今のように大きくなる以前から覚悟していた。僕は、年老いて足の弱った村長をおぶってあげられるような歳になるまでは、ここにはいられないのだと。

「おまえの御印は、今日にもできあがる」と、村長は岩屋の壁に向かって言った。「御印ができたら、村の櫓《やぐら》から狼煙《のろし》をあげ、川の向こうの宿場におられる神官殿にお知らせすることになっておった。神官殿は一日もあればトクサの村に着かれる。そして、すぐにもおまえを連れて出立される手はずになっていた」

ようやく声を絞り出して、イコは言った。

「トトが無事に村に戻るまでは、僕は何処にも行きません」

「そうだろうよ」冷たいだけでなく、そこにかすかな軽蔑《けいべつ》さえも混ぜて、村長は笑った。

「それもまた時を稼ぐ算段になるからな」

「そんな意味じゃないです！」

「いずれにしろ、銀星はもう発った。神官殿に、事の次第をお報せするためにな。トトの処遇については、神官殿のお沙汰を待つばかりだ。そして我らは、そのお沙汰が届くまで、あの子が気まぐれな冒険心を起こして近くの狩り場へでも一人で出向いたのではないかという一縷《いちる》の希望を抱きつつ、探し回ることしかできぬ。北の禁忌の山には誰も遣《や》らぬ。おまえをここから出して探しに遣るなどとんでもないこと。その手は通用せぬ」

頬が冷たいので、なんだろうと手をあげてみて、初めてイコは自分が涙していることに気がついた。

「僕は――自分のニエとしての責任から逃げ出そうなんて思っていません」

村長は黙っている。

「とりわけ、禁忌の山を越えて、あそこであの光景を見てからは、本当に一瞬だって迷ったことはありませんでした。あんなことが、トクサの村に……何処にだって……起こってはならないから……あんなことを防ぐために、僕が役に立てるなら、それが僕の運命なら、進んで受け入れようと思ってきました」

村長は老木のように立ちつくしている。岩屋のなかで動いているものといえば、震えながら言葉を吐き出すイコのくちびると、ふたつの眼からぽろぽろ落ちる涙の雫《しずく》だけだ。

「その気持ちに嘘はないです。僕は嘘なんかついてない。自分が逃げるためにトトを危ない目に遭わせるなんて、僕にはできない。そんなことできません」

村長の頭がゆっくりと傾《かし》ぎ、低くかすれた声が聞こえた。「ニエに心を許してはならぬと、古文書は厳しく教えていた。わしはその教えを、本当に理解してはおらなんだ」

そして衣の裾を引きずるようにして、よたよたと岩屋を出ていった。イコは引き留めなかった。もう何も言えずに、ただ静かに涙を落とし続けた。

村長が出ていくのと入れ違いに、御機屋から音が聞こえてきた。

継母さまだ。継母さまに会いたい。継母さまなら僕の気持ちをわかってくださる。今までずっとそうだったように。わかっていますよ、イコ。さあさあ泣かないで。そういって慰めてくださるだろう。

いや、それもまた夢かもしれない。もうそんなことはないのかもしれない。ニエであることを受け入れるというのは、村長も、継母さまも、みんなが変わってしまうのを受け入れるということでもあるのだ。

初めて、その過酷さが身に染みた。とうとう、イコは両手で顔を覆《おお》い、声をあげて泣き出した。


やっぱり、こいつは凄いや。

この足並みの軽いこと。疲れを知らぬ足運び。つやつやとした馬体。精悍《せいかん》なほどにしっかりとした首まわりに、漆黒《しっこく》に輝く瞳。栗色のたてがみをなびかせて、矢風《やふう》は走る、走る。

トトは上機嫌だった。浮かれているといってもいい。いっぺんでいいから、こうして矢風を走らせてみたいと思っていた。あまりの爽快《そうかい》さに、自分が何処に向かっているのか、そも何のために内緒で村を抜け出したのか、忘れかけてしまうほどだった。

夜中に村を出たので、明《あけ》の明星が輝くころには、北の禁忌の山の麓《ふもと》までたどり着いていた。ずっと草原を走り抜けてきたので、そこで休憩をとって矢風に水をやり、馬体をなでさすって、うんと褒《ほ》めてやった。自分も焼き菓子を食べ水を飲み、夜明けの光のさしかけるのを待って、禁忌の山へと登り始めた。

生まれて初めて訪れる禁忌の山。話にさえ聞いたことがない。が、その様子は拍子抜けするほどに平穏で、緑豊かで明るかった。道らしい道はないが、斜面はなだらかだし、ゆらゆらと長い葉をゆらす柳の林の足元には、芝のような短い下草が生えているだけなので、矢風はそれまでとさして変わらない足取りで登ってゆくことができた。トトは、馬があんまり逸《はや》らないように、ときどき首を叩いて宥《なだ》めてやりながら、矢風の蹄《ひづめ》がさくさくと下草を踏む音を心地よく聞いて進んだ。

朝の光をいっぱいに浴びるころには、もう四合目ほどまで登っていた。馬上で身をよじって見おろすと、走り抜けてきた草原が、どこまでも真っ平らに広がっている。美しい。

なんだい、ちっとも怖いことなんかないじゃんか。この山のどこが禁忌なんだ？

トトの胸はふくらんだ。希望の光が、その小さく整った顔を内側から明るく照らす。彼の心は舞いあがり、早や〃霧の城〃へと飛んでいた。イコと二人で〃霧の城〃へ乗り込み、城の主《あるじ》を倒して村を守るのだ。禁忌の山は、蓋《ふた》を開けてみればこんなものだったのだ。〃霧の城〃だって、実はそんなに恐ろしいものじゃないかもしれないじゃないか。みんな、闇雲に言い伝えを恐れて臆病《おくびょう》になっているだけだ。面と向かってみたらこっちの方が強いってことだってある。

矢風の足取りも、トトの心をそのまま写し取って、ますます軽くなる。峠《とうげ》を目指して、小さな戦士と勇猛果敢な年若い馬は、ためらいもなく登ってゆく。

それでも——もしもトトがもう少し大人で、もう少し油断のない狩人の目を持っていたならば、きっと気がついたことだろう。この山に、この森に、彼と彼の駆る矢風のほかには、まったく生き物の気配がないことに。鳥も鳴かず、虫も飛ばない。冷え冷えとした森の空気に、ただ木々の葉が揺れるだけ。それこそが、ここが狩人たちのもっとも忌み嫌う死の山である印だということに。

しかしトトは気づかない。矢風も怯えない。そうして人馬一体となった彼らが、とうとう峠にたどり着くときが来た。森が切れ、空が広がり、視界が大きく開けた高所で、トトは矢風から降り立った。

そして眼下に信じられないものを見た。

街だ。

灰色の城壁に囲まれている。なんて立派で大きな街なのだろう。トクサの村の何倍もある。立派な石造りの家々が密集し、煉瓦《れんが》敷きの街路が何本も交差している。あれは教会だろうか。尖塔《せんとう》が空に向かってそびえている。あの大きなお堂のような建物の、てっぺんには旗が翻《ひるがえ》っている。

そして人が――そう、人がいる。街路を埋め尽くしているのは、人の群だ。

トトは目を見開いて、ぽかんと口を開けた。未だ恐れを感じてはいない彼の心も、しかし、この光景の放つどうしようもない違和感には反応していた。

この立派な街は――どうしてこんなに隅から隅まで灰色なんだろう？　あんなに大勢いる人たちも、どうしてみんな灰色なんだろう？

何より、どうして誰も動かないのだろう？

道を埋め尽くしたまま、どうしてみんなじっと固まっているのだろう？　目をこらしてよくよく見れば、あの旗、あれさえも動いていない。トトの頬を撫でている峠の風は、あの街には届いていないというのだろうか。

捜索に出た村の男たちは、皆、手ぶらで空《むな》しく帰ってくる。馬に水をやり、自らも休息をとり、頭をつき合わせて相談し、そしてまた出かけてゆく。誰の目にも懸念《けねん》の色と、トトが向かったのは「北」に違いないという確信の色が、不吉の度合いだけを異にして、密に混じり合って浮かんでいる。

5

昼過ぎに村長《むらおさ》は、宿場から来た使者に会った。使者が携《たずさ》えてきた手紙は、帝都《みやこ》の神官一行がしびれを切らしていることを告げていた。

御機屋《みはたや》では音がしている。オネは御印《みしるし》を織る作業を続けているのだ。トトの身を案じるオネを、村長は頭から叱りつけた。それどころではないという彼の言葉に、オネはほとんど憎むような目を返してきた。それでも彼女の手が止まっていないことは、喜ばなくてはならないだろう。

あと三日の猶予《ゆうよ》を請《こ》う旨を手早くしたためて、村長は丁重に使者に渡した。手紙と一緒に、神官一行が身にまとっている尊大さをも運んできた使者は、騒がしく出入りする村の男たちの様子に、あからさまに咎《とが》めるような視線を投げていた。

「事態がもしも村長殿の手に余ることならば、帝都から僧兵の一小隊を送り込むのはたやすいことというお話でした」

語る口調にも、居丈高な響きが混じっている。村長はひれ伏した。

「それには及びませんとお伝えください。トクサの村は、すべて神官殿の申されるままに従い申す所存です。我らの忠心には、一片の曇りもございません」

使者が立ち去ると、村長は一人、拳を握りしめた。ふつふつと湧きあがるこの怒りは、イコの卑劣な振る舞いや、トトの無鉄砲さや、オネの意固地さに向けられているもの——どんなにそう思いこもうとしても、その意思の下から、隠しようのない本音が顔を出す。威張り屋の、そっくり返った神官どもめ。そんなにもニエが欲しいならば、とっとと来て自らの手を汚せばいいではないか。なんだかんだと理屈をつけてはいるが、トクサの村に滞在することを避けるのは、ニエを捧げるこの村の嘆きを聞きたくない、村人から非難の視線を向けられたくないという、怯懦《きょうだ》によるものに他ならぬ。そうでないと言い張るのならば、育ての母のオネに御印を織ることを強い、イコを岩屋に閉じこめ、村人の問いかけを封じるという汚れ仕事を、自らここに来てやってみるがいい。

しかし固めた拳を振り上げる先はなく、村長は肩を落とすことさえも自らに禁じる。抑えようのないこの怒りのなかには、思わずといえども、イコの頬を打って手ひどい言葉を投げかけた自らに対する嫌悪感も混じっていることを、苦く噛みしめて。

その村長を、村の女が息せき切って呼びにきた。数日前、岩場から落ちて大怪我をした狩人が、今し方息を引き取ったという。村長の心はさらに重く沈み、その顔は石に刻まれた像のように強《こわ》ばってゆく。彼の心もまた石になってしまえばどれほど楽であろう。そう、石に。すべてが石に——

石だ。これはすべて石だ。

人も、街も、何から何まで石になっている。

だから動かないのだ。旗さえも、風に翻《ひるがえ》る形のまま停まっているのだ。

トトは峠を駆け下りて、あの大きな街、城塞都市の内側に足を踏み入れていた。矢風は彼に轡《くつわ》をとられて、おとなしやかに歩んでいる。つい先ほどまでは、その背中に堂々とまたがっていたトトは、今は馬体に身を寄せて、そこから伝わってくる生き物の温《ぬく》もりだけを頼りに、すくんでしまいそうになる自分を励ましていた。

見渡す限りに灰色の、石化した世界。

往来を埋めている人びとは、ある者は空を指し、ある者は頭を抱えて逃げ出すところで、ある者は口を開いて悲鳴をあげている。その姿のまま石と化している。どれほどの長い年月が、この上を通過していったのだろう。おそるおそる伸ばしたトトの指に触れられて、がさりと欠け落ちてしまうものもあった。

ぶるると、矢風が鼻を鳴らした。トトは手綱を握り直した。

交差するどの道を折れても、石となった人びとが待ち受けていた。トトは最初、それらを全部作り物だと思おうとした。何かよく判らない、だけど立派な目的があって、帝都の偉い人たちが、ここに城塞都市の石像を作り上げたのだ。数え切れないほどの人の像を彫り、家の像を造り、最後にそれを城壁で囲んで、ここに陳列したのだ。

何のために？　戦《いくさ》のときの囮《おとり》？　ああ、きっとそうだ。そうに違いない。街着に身を包み、頭には革の兜《かぶと》さえかぶらず、荷を負ったり子供の手を引いたり、籠《かご》を持ったり水を汲んだりしている人たち。これほどよくできていれば、敵が間違って攻め寄せてきても不思議はない。

でも、だったらどうしてこの石像たちは、まだ敵が来てもいないうちから、泣いたり叫んだり怯えたりしているのだろう。どうしてみんなで西の空を指しているのだろう。

トトは飛び抜けて賢い子供ではなかったが、よく見える目を持っていた。その目は彼に、彼が逃げ込もうとしている安全な想像を裏切るものを、次から次へと見せつけていた。石の人びとの顔に浮かぶ、まぎれもない恐怖の表情。襲い来る何物かを指弾《しだん》する手つき。逃げられないという諦めの嘆き。

戦の囮の石像が、最初からこんな顔をしているはずはない。

樽を積み上げた路地の入口に突き当たり、トトは足を止めた。樽に触れると、その表面が砂のようにさらさらと削《そ》げ落ちる。つと首をのばすと、樽の向こう側に、自分と同じくらいの背格好の子供が隠れているのが見えた。石と化したその子の髪の上に、樽から落ちた砂がこぼれかかる。

その子の顔は笑っていた。

襲い来る何かから隠れたのではなく、ただ無心にかくれんぼうをして遊んでいるところに、何かが来たのだ。その何かが、この子が事態を理解するだけの隙も与えずに、この子を石に変えてしまったのだ。

トトは悟った。この街は作り物などではない。これが禁忌の正体なのだ。

これが〝霧の城〟の呪いなのだ。

かの城の主は、一瞬でひとつの城塞都市を、これほどに残酷なやり方で滅ぼすことができるのだ。

イコもきっと、これを見たのだ。彼の言う「タイヘン」とは、こういうことだったのだ。村を守らねばならないという彼の決意は、この光景を見たからこそ生まれたのだ。

矢風が軽くいななないて、トトに鼻面をこすりつけてきた。トトは石となった子供から目を離すことができないまま、矢風の首を撫でてやった。

この通りの端では、厩《うまや》がひとつ、まるまる石と化している。もちろん、馬房の馬たちもそのまま灰色に固まっている。今、トトが掌に感じている矢風の温もり、毛並みのやわらかさ、鼻をくすぐる臭い。そのすべてが冷たい灰色に変わってしまうと、あの馬たちのようになるのだ。

矢風がまたいなないた。今度は両脚を持ち上げて、明らかに怯えている。トトは手綱を引っ張ると、振り返って馬体を仰いだ。

空が目に入った。この死の街の人びとが一様に指さし恐れたまま固まっている、西の空が目に入った。

信じられないという以上に、あり得ないものをそこに見つけた。

細かな黒い霧？　小さな小さな黒い羽虫の群？　空に漂っている。漂いながら形を成している。広い額。真っ直ぐな鼻筋。流れる黒髪。そして、一対の目。

女の顔だ。視界いっぱいに浮かんでいる。

トトの心のなかに、声が聞こえてきた。

——おまえは誰だ。

イコと二人、村のそばの洞窟《どうくつ》に潜って遊んだことがある。他の子供たちが怖がって潜らないような深みまで進んでみると、小さな地底湖を見つけた。水晶のように澄んだ水が溜まっていて、底の方から淡い燐光《りんこう》が漏れていた。イコとトトがそこに向かって石を投げると、水音が跳ね返ってきた。洞窟の壁に反響し、さらに水に跳ね返り、また壁に跳ね戻って震える音。いくつもいくつも石を投げ込むうちに、それらの残響が重なり合って、不可思議な音楽のようにも、祈りの声のようにも聞こえてきた。

その声は、トトにそれを思い出させた。地の底から響き昇る音。

女の顔は空にあるのに、呼びかける声は地から伝わってくる。それは、トトの心の底に、直《じか》に呼びかけられているからかもしれない。

——おまえは誰だ。何を求めてここに足を踏み入れた。

空に広がる女の顔の、くちびるが動き、歪んでゆく。

——不埒者《ふらちもの》め。

矢風が猛《たけ》り立って首を振り動かし、トトの手から手綱が離れた。つかみ直す間もなく、馬は狂ったように走り出す。

「矢風！」トトは叫んだ。

石となった人、人、人に阻まれて前脚を蹴り上げた矢風に向かって、空にいる女の顔の視線が動いた。黒い霧で形作られたくちびるが、優雅にすぼまってふうと息を吐いた。

トトのすぐ傍《かたわ》らを、氷のように冷たい風が通りすぎる。その風はまたたく間に矢風に追いつき、その美しい栗色の身体を包み込んだ。足を踏み鳴らし、悲鳴をあげるようにいななく矢風のしっぽの先が、後脚の蹄《ひづめ》が、脛《すね》が、背中がたてがみが、みるみる灰色に染まってゆく。

いななきが、突然宙で途切れた。矢風は、行く手をふさぐ石化した人を蹴り上げようとした前脚の形もそのままに、その場で石になってしまった。

トトの息が止まった。矢風が、矢風が、矢風が石になってしまった――

「嫌だぁぁ！」

喉を逆流するような悲鳴と共に、トトは息を吐き出した。同時に足が地を蹴った。逃げなくては。ここから出なくては。あの女から逃げ出さなくては。生きてここを出なくては。村に帰らなくては。

無我夢中で逃げ出した。後ろを振り返らなくても、女の顔が空を飛び、追いかけてくるのを背中で感じた。女の顔が笑っていることもわかった。

遮《さえぎ》る石を押しやり、乗り越え、ぶつかった街角を曲がり、トトは逃げた。花籠を抱えた女が、彼の体当たりに、足元から粉々に砕けて散った。舞いあがる埃に咳き込みながら、トトは自分に鞭《むち》打って走った。城壁を目指すのだ。さっきくぐってきた、開けっ放しの城門へ向かうのだ。どっちだっけ？　右か、左か。自分は今どこを走っているのだ？

冷たい風が、頭の上をかすめる。声のない悲鳴が喉元に駆けのぼり、足がもつれかけてトトは手をついた。

すぐ目の先に、一軒の家の戸口があった。つっかえ棒をして、戸が開いている。この街のなかでは、戸口の奥に溜まった暗がりさえ、闇色よりも石の色に似て見えた。きっと家のなかもすべて石化しているのだ。

また、風がかすめた。トトは一目散にその家のなかに駆け込んだ。何かがしたたか脛《すね》にぶつかり、派手な音をたてて壊れた。人だろうか。物だろうか。

窓からは戸外の陽光がさしかけてくる。トトは身を伏せ、這うようにして家のなかを進んだ。それでも目の隅で、窓のすぐ外側をよぎって、女の顔を形作る黒い霧が飛ぶのを捕らえた。怒りに燃えた蜂の群のように、ふくらんだり列になったりしながら、ぴったりと追尾してくる。

トトは両手で部屋のなかの瓦礫《がれき》をかき分け、窓のすぐ下まで進んで、ぴったりと背中を押しつけた。息が切れ、心臓は今にも口から飛び出しそうだ。

あの女の顔を形作っていた黒い霧のようなものは、移動するときまったく音をたてなかった。そこが羽虫の群とは違うところだ。だから、いっぺんそうして安全な壁に張りついてしまうと、今度はなかなか動き出すことができなかった。ちょっとでも首をのばして外を見たら、あれが宙いっぱいに広がって、ふたつの黒い瞳でトトを見据えているところかもしれない。せめてあいつが何処にいるのか、見当だけでもつけることができたらいいのに。

あまりの怖さに、ぽろぽろと手放しで涙を流していたらしい。自分を励まし、呼吸を整えながら、手で顔をごしごしとこすった。

そうして初めて、室内を見回した。

思ったとおり、内部もすべてが石と化していた。脚のところに凝《こ》った彫刻のほどこされたテーブル。床に敷かれた丸い円座。ひっくり返った背もたれ付きの椅子。みんな灰色だ。窓の反対側の壁を覆《おお》ったタペストリーには、太陽と月と星の運行を描いた、きれいな柄が浮き出している。こういう織物は、トクサの村の特産品である。だからトトはよく知っていた。元は色鮮やかな手織の品だったはずだ。手で撫でればしっとりと重く、縒《よ》り合わされた上質の糸の手触りが、きっと心地よく感じられたことだろう。それが今では、かちかちに乾燥した薄切りのパンみたいになって、壁にくっついている。

この街は、いつからこんな恐ろしい状態で放置されているのだろう。

この街が生きていたのは、どれほど昔のことなのだろう。

トトのすぐ傍らに、丸々とした果物が傷ひとつないまま石化して、ころりと転がっていた。そっと指先で触れると、ぐずりと崩れてトトの指の形の穴があいた。思い切って掌で包み込んでみようとすると、たちまちのうちに果物の形を失い、灰色の砂となって指のあいだからこぼれ落ちてしまった。

石化して、風化している。時が容赦《ようしゃ》なくこの街をむしばんでいるのだ。

おののくようなため息をひとつ吐いたとき、何かと目があった。灰色ずくめの室内の、信じられないくらい低い場所に、一対の目があってトトの方を向いていたのだ。

テーブルの向こう側だった。すらりとした人の形の石が、横ざまに倒れている。右耳を下にして、肩をすくめたような姿勢で、脚がちぢこまっている。

きれいに整った顔立ちだ。髪型からして女のひとだ。柳の若木のようにしなやかな身体の線は、石になってもまだ美しい。

開きっぱなしの瞳の、石の凝視《ぎょうし》。心なしか、トトに向かって微笑んでいるかのような優しい眼《ま》差《ざ》し。この人はここで何をしているところだったのだろう。誰のお母さんで、誰のお姉さんだったのだろう。石と化す寸前の、最期の言葉は何だったのだろう。

「ごめんなさい」

両手で顔を覆って、トトは泣いた。ここに来るべきではなかった。踏み荒らすべきではなかった。自分はなんて愚かだったんだろう。

こらえきれない嗚咽《おえつ》で、肩を動かしてしまった。そのはずみだろう、トトが身を潜めていた側の壁で、何かが突然大きな音をたてて崩れた。ぎょっとして飛び退《の》くと、蔀窓《しとみ》を押し上げていたつっかえ棒が、きれいに砕け落ちていた。灰色の埃が舞いあがる。

膝立ちになって、トトは窓際から離れた。と、耳ざとく今の音を聞きつけて、窓の向こうの方から宙を飛び、歪んだ女の顔が近づいてくるのが見えた。トトの魂が身体の底でひっくり返った。ああ、見つかっちゃう！

外へは逃げられない。隣の部屋は？　通路のようなものが見えるが、その前には食器棚のようなものが倒れかかっていて、トトには乗り越えられそうもない。ほかに出口は？

必死で見回した目の隅に、壁のくぐり戸のようなものが引っかかった。開いている。トトは森の兎のように素早く、ためらうことなくそこへ飛び込んだ。

頭から下へ向かって落ちた。ごろごろと転がり落ちながら、これは階段だということがわかった。地下室だ。地下室があるんだ。

もんどりうっていちばん下の段まで落ちると、頭がごつんと壁にぶつかった。そのとき、頭の上のついさっきまでいた部屋で、がらがらと盛大な破壊音が響き、くぐり戸から差し込んでいた階上の明かりが、一気にとぼしくなった。

トトが入り込んで動き回ったことで、石化したまま放置されていた部屋のなかのものが壊れ始めているのだ。さっきの果物と同じだ。

閉じ込められてしまった――

ほんの一筋、新しくできた瓦礫《がれき》の隙間から差し込む糸のような明かりを頼りに、トトは闇を見あげた。どうやら、階段の上から三分の一ぐらいまで、瓦礫が落ちかかっているみたいだ。これを手でどけて、登っていくことができるだろうか。

だけど階上の部屋に戻れば、そこにはまたあの黒い霧の形作る女の顔のバケモノが待っている。

トトは背後によどむ地下室の暗がりを振り返った。こそりとも音がせず、埃っぽい匂いと冷えとした空気は、階上と同じだ。広い地下室なのだろうか。他にも出口はあるだろうか。

また床を這うようにして、トトはゆっくりと進み始めた。ふたつの掌に触れるのは、石の床の感触だけ。遮《さえぎ》るものはない。右へ、右へと手を伸ばしてゆくと、壁みたいなものにぶつかった。手でさすると――これは？　部屋の壁じゃないぞ。何か家具だ。仕切りがあって、そこに何か収納されている。

何だろう？　暗闇のなかでトトは、今まで誰にも、イコにさえ見せたことのない大人びた表情で顔をしかめて、懸命に手探りをした。収納されている〝何か〟を撫でさすり、軽く叩いてみて、次に指先をひっかけて――

すると、それがするりと動いてトトの掌のなかに落ちてきた。トトはそれを慎重に両手で持ち直すと、階上からの頼りない明かりの下まで運んでいった。

その〝何か〟とは、本だった。

壁際には本棚があるのだ。

もちろん、本も石になってしまっている。表紙をめくることなどできないし、強くつかむとやっぱり指の痕がつく。表紙に書かれている言葉は、この薄い明かりのなかではっきり読みとれないが、それでも何だか見慣れない文字だということはわかった。

トトはちらりと、村長《むらおさ》の家の書庫を思い出した。いたずら半分でイコと二人、忍び込んで探検していたら、こっぴどく叱られたことがあったっけ。出入口の扉以外は、どの壁も本で埋め尽くされていた。

この石になった本は、村長の書庫で見かけたたくさんの本に似てる。

ひょっとしたら、ここも書庫なのかもしれない。この家の主《あるじ》も、村長みたいな偉い人で、難しい古文書なんかを研究していたんだろうか。

トトはそろりそろりと動いたが、それでも、手のなかの本は、彼がちょっと指に力を込めると、呆気《あっけ》なくぱさりと折れてしまった。トトはそれを慎重に足元に置き、再び両手で床を掃《は》くようにしながら探検を始めた。奥の方まで進んでしまうと、階段からの明かりは届かなくなる。鼻をつままれてもわからない真の闇だ。ただ、その闇のなかでも、壁の三方が書棚で、そこには数え切れないほどの本が収められているらしい——ということがわかると、トトはちょっぴり安心した。

村長はいつも言ってた。本を読め。学問をしなさい。知識こそが人を強くするのだ、と。トトはそういう言いつけを、身を入れて聞いたことがなかった。だって、狩人は強くて素早ければいいんだから。学問は、頭はいいけど足は遅い奴に任せておけばいいんだと思っていた。

それでも、わからないことばかりのこの街で一人、闇よりも怖いものに怯えて隠れていると、

彼のなかに植え付けられてきたわずかばかりの〝知識への尊敬〟が頭をもたげ、

（ここは安全だよ）

（ここは守られているよ）

と、小さくささやくのが聞こえるように思った。それともこれは、ただの気のせいだろうか。

ここは本の砦《とりで》。でも――残念ながら、出口はない。あの階段をあがるしかないようだ。

仕方がない。何とかして階上にあがり、外へ出よう。ぐずぐずしていて陽が落ちたら、真っ暗闇のなかに取り残されることになる。

いや、ちょっと待てよ。

階段の瓦礫を取り除き、上に戻るのは、むしろ陽が落ちてあたりが暗くなってからの方がいいのではないか。あの黒い霧の固まりだって、明かりがなければ、トトを見つけにくくなるだろう。闇がこの街を包み込めば、トトが身を潜めることのできる場所も増える。

おいらは狩人だ。ひるむ心を叱咤《しった》するために、トトは強く拳を握って胸にあてた。夜のなかでも駆けることができる。方向を見失うことなんかない。星を仰ぎ月の高さを見て進めば、この街を抜け出して村に帰ることだって、けっしてできないことじゃない。

難しいけど……。とりわけ、矢風《やふう》がいない今となっては。

トトは奥歯を噛みしめて、弱気の波に抗《あらが》った。溺《おぼ》れてしまうのは簡単だ。そんなのカッコ悪いじゃないか。もう泣いちゃ駄目だ。何としても村に帰らなくちゃ。

よし！　気合いを入れ、ちょっとのあいだ前後を忘れて、トトは闇のなかで勢いよく立ち上がった。と、左肘を嫌というほど何かにぶつけて、声も出ないほど痛かった。どすんと音がして、肘にぶつかった何かが倒れ、壊れたようだ。今まで気づかなかったけど、小さい家具がそこにあったのかもしれない――

空を切る気配のようなものを察して、トトは飛び退いた。その勘に誤りはなかった。さっきぶつかったものよりずっと大きなものが、ぐらりと傾いてトトの耳のそばをかすめ、ずしんと腹の底に堪《こた》えるような音をたてて倒壊した。

ものすごい埃に、トトは手で口と鼻を押さえた。これはもしかすると――小さい家具が倒れて書棚にぶつかり、今度は書棚が壊れて崩れ落ちてしまったのかも。

埃がおさまるのを待って、足元を手探りすると、壊れた本の山ができていた。ああ、やっぱりそうだ。

と、その新たな本の破片のなかで、何かが光っていることに気がついた。

階上からの光を受けているのではない。ここは真っ暗だ。が、その何かは光っている。雲の多い夜でも、かすかにまたたく狩人の星のような青白く美しい光。

トトは両手で砂をかき分けた。その光るものは、すぐに正体を現した。

それもまた、本だった。

ただ、石になっていない。紙の本だ。古びてはいるが、この手触りは間違いない。

トトは大急ぎで明かりのあるところに移動して、両手で大事に抱えたその本を検分した。薄べったくて、白い本だ。階上からの明かりにまともに照らされても、その本が発している輝きは消えない。

表面についた埃をそおっとぬぐってみる。本の輝きはわずかながら明るさを増した。表紙には、五つの言葉が並んでいる。トトには読むことのできない、教わったことのない言葉だ。古文書に使われている言葉だ。村長ならば、読み解くことができるだろう。

たった一冊だけ。この本だけが、〝霧の城〟がこの街にかけた恐ろしい石の呪いを免れた。そして浄《きよ》い光を放っている。

この本は——きっととても強いものなのだ。〝霧の城〟に負けないものなのだ。

ならば、トトのことも助けてくれるかもしれない。

トトは顔をあげ、口を結び、階段を埋めている瓦礫を見た。

音をたてないように、本当に気をつけてゆっくりと作業をしたので、階段が通れるようになるころには、陽はとっぷりと暮れていた。それでもトトは、階段の下の暗闇に潜んで、辛抱強く待った。夜よ来い。月よ今宵《こよい》は姿を隠していてくれ。おいらが逃げる道を、帳《とばり》をめぐらして隠してくれ。

待っている間に、ちょっとだけうとうとした。そのあいだも、輝く本を、しっかりと胸に抱きしめていた。弓矢や槍《やり》を抱くように、身体とひとつになるくらいに、ぴたりと抱きしめて離さなかった。

あたりが夜のなかに沈むと、トトは階段をのぼった。腕のなかの不思議な本は、トトを勇気づけるように輝きを放ち、彼の足元を照らしてくれた。それでいて、軽く掌で表紙を覆うだけで、すぐに輝きを封じ込めることもできる。これならば、あの女の顔に見つけられる心配も少ない。

トトは、石と化し夜に眠る街を走り抜けた。

道には迷わなかった。トトの狩人としての素質は、これほどに怯えていても、けっして彼を裏切らなかった。

矢風のそばを通り過ぎた。一瞬、涙がこみ上げてきて、トトは片手で馬体を撫で、首を抱いてやった。ごめんよ、こんなところに連れてきてしまって。ごめんよ、ひとりぼっちで置き去りにして。

「いつかきっと、迎えに来るからな」

きっぱりとそう誓って、トトは城門を目指した。

こうして街を出た。禁忌の山の麓まで、足を緩めずにトトは走った。息をあえがせ、胸は苦しく、足は疲労に悲鳴をあげたが、それでもけっして立ち止まらなかった。休んではいけない。今、ここで走らなくては間に合わなくなる。そんなふうに、しきりと思った。

トトの腕のなかで、本は輝く。

彼が禁忌の山の山道にさしかかると、森の彼方に月が顔をのぞかせた。まるで、トトが木々のあいだにまぎれることができるまで、待っていてくれたみたいだった。

月の光を受けて、本の輝きも増した。トトにはわからない方法で、月の光と本の光とが、笑みをかわしあっているみたいにも思えた。

峠まで、あと少し。立派な大人の狩人でさえ、こんなふうには走れまい。しかし、今のトトには魔法がかかっているかのようだった。

6

途切れがちの浅い眠りに、むしろ疲労が増したような夜明け。村長《むらおさ》は、村人たちのあわただしい訪れに驚かされた。

「村長、トトが、トトが見つかりました！」

「今、皆でこちらに運んでいるところです」

朝焼けと共に出発した捜索隊の狩人が、草原に倒れているトトを見つけたのだという。

「様子はどうだ？」

「ひどく弱っていて、口もきけません。でも目は開いていますし、私らの呼びかけは聞こえているようです」

すぐに村の入口が騒がしくなった。捜索隊がトトを連れ帰ったのだ。村長は、奥の間から飛び出してきたオネを強く制した。

「おまえは御機屋《みはたや》へ行きなさい」

「でも――」

「忘れたか。少しでも早く御印《みしるし》を織り上げることが、今のおまえの務めだ。これは村長の命令である」

オネは痩せた肩を落として引き下がった。

村長はトトの家へ急いだ。トトの父親は狩人であり、狩りには不可欠の武具をつくる職人としての腕も立つ。並大抵のことで狼狽《うろた》えるような男ではないが、今、簡素な家の戸口に立ち、戸板に乗せられたわが子が運び込まれるのを見守っているその顔は、今にも壊れそうなほど蒼白《そうはく》に強《こわ》ばっていた。奥で泣き叫んでいるのは彼の妻だろう。

「医師は呼んだか」

「はい。遣《つか》いの者を、銀星《しろがね》で走らせました」

村長は戸口に提げられた布をはねのけると、素早くトトの家に入った。トトは大勢の大人たちの手で戸板の上から寝床へと移され、仰向けに寝かしつけられている。父がトトの頭を撫で、母が涙ながらにかき抱き、まわりを取り囲む大人たちのあいだから、小さな弟妹が、大声で泣きながら手をさしのべ、トトに呼びかけている。

トトのまぶたが動き、口元が震えるのを、村長は確かめた。身体中が埃だらけで傷だらけだが、大きな怪我はないようだ。二本の足はぐったりと力無く投げ出されている。両手は胸のあたりでぎゅっと縮こまっている。

村長は気づいた。トトは——何か持っているようだ。

ひとつ息を吸い込んでから、村長は朗々《ろうろう》と声をあげた。「皆の衆。よくぞトトを無事に見つけて連れ帰ってくれた。まずは喜ばしい。済まぬが一時、トトとわしを二人にしてはくれないか。大切な話がある」

その声で、皆はようやく村長がそこにいることに気がついたようだった。はっと身じろいで、一同が道を空ける。しかしトトの両親は、子供のそばから離れようとしない。

「まことに済まない。しかし、わしには村長としての務めがある。そこをどいて、トトと話をさせてくれ」

村長はトトの両親の顔を見つめた。

「間もなく医師が着くだろう。その前に、ほんのしばらくの間でよい」

この村の存亡に関わることなのだ――

そこまで言い添えて、やっと通じた。トトの父が妻の肩を叩き、立ち上がった。トトの母ははらはらと涙をこぼし、我が子の頭や頬を撫でたりさすったりしつつ、そっと寝床の上へ横たえた。

皆が家の外へ出るのを見届けて、村長は衣の裾をとり、風のように素早くトトの枕辺へと歩み寄ると、膝をついた。

「トト。わしが誰だかわかるか」

トトの頭がかすかに動いた。

「話ができるかね」

乾ききってひび割れた幼子のくちびるが、何とか声を絞り出した。「む、むら、おさ」

村長は掌をトトの額に置いた。陽射しのない場所の土のように冷たく、じっとりと湿っている。そっと撫でてやると、村長の手が埃で汚れた。そのざらりとして細かい手触り。村長の背中に寒気が走り、北の禁忌の山の峠から見おろしたあの光景が、脳裏に浮かび上がってきた。

村長はトトの手や足にも触れてみた。どこに触れても冷たい。そして埃にまみれている。あの埃――石と化した街の空気。

「おまえは、北の禁忌の山に行ったのだね」

トトはしきりとまばたきをして、小さな顎《あご》をうなずかせた。

「峠を越え、山の反対側へと下りた。そしてあの街に入ったのだな？」

トトがまたうなずいた。

「では、石と化した人びとを見ただろう」

見ました――と、トトは口の動きだけで答えた。もう、声が出てこない。

「他に何を見た。おまえはあの街で何かに会わなかったか？」

返事の代わりに、トトの目尻から涙が伝い落ちた。身体全体がわなわなと震え始める。

「会ったのだな？　誰と会った。何を見た」

か細い身体に残ったありったけの力を振り絞ろうとしているのだろう、トトの呼吸が速くなった。

「か、かお」

「顔？　どんな顔だった」

「お、オンナの、ひと」

怖かった――と、トトは言った。涙があふれ出す。

哀れさに胸が詰まりながらも、恐怖の方が先に立った。村長は両手を握りしめた。

「女の顔を見たというのか。それはおまえを追いかけてきたか？」

トトは目を閉じてうなずいた。村長の身体中の血が瞬時に冷えて、心臓が悲鳴をあげた。

「おまえは行ってはならぬ場所に行ったのだ。してはならないことをしたのだぞ」

カタカタと、トトの小さな歯が鳴った。

「ご、ごめんなさい」

そしてトトは、胸の前でぎゅうっと抱きしめた自分の腕を動かそうとした。腕はなかなか動かない。固く錆《さ》びついてしまった閂《かんぬき》を引き抜こうとすると、ぱらぱらと錆が落ちるのに似て、トトの細い腕の筋肉が張りつめると、腕の皮膚から灰色の埃の薄片がはがれ落ちた。

「こ、これ」

トトの腕が少しずつ緩むと、そこに抱きしめられているものが、村長の目にもちらりと見えた。

本だ。古びてぼろぼろになった書物ではないか。

「これ、が」

村長はトトの手首をつかみ、幼い子の身体を損ねないように精一杯気をつけながら、彼の腕を緩める手伝いをした。

「これ、が、守って——くれた」

かすれた声でそう呟いて、トトは大きな瞳で村長を見つめた。トトはその本を、何とかして村長に渡そうとしているのだった。

トトの腕と腕のあいだに隙間ができた。するりと本がずり落ちた。村長はあわててそれを掌に受け止め、そっと引き出した。

灰色の埃にまみれている。表紙の布は、その灰色よりも、わずかながらさらに白い。石の匂い——村長があの街を見おろしたとき、風が運んできたのと同じ匂いが、ぷんと鼻先に漂った。

村長は本の表紙を慎重に手で払い、そこに書かれた短い文字の連なりを読み取った。

「光輝《こうき》の書」

我が目を疑った。信じられない。なぜこんなものが？　どうしてここに？

「トト、おまえはこれをどこで見つけた？　本当にあの街のなかにあったのか？」

幼子の肩をつかみ、揺さぶって、叱りつけるように声を大きくした。が、トトの瞳は急速に焦点を失い始めていた。村長の手に本を渡すと、それで大切な役目を終えたとばかり、トトの腕はがくりと垂れ、身体の両脇に滑り落ちた。

「トト、しっかりしなさい！」

力つき、ゆっくりと泳ぐトトの視線が、一瞬だけ村長の顔の上に戻り、口がかすかに動いた。

「これ――光」

「光？　光がどうした？」村長はトトの口元に耳を押しつけた。「トト、言ってくれ！」

村長には、トトがもう一度「ごめんなさい」と言ったように聞こえた。が、呼気にまぎれてしまうようなその弱々しい声は、次の瞬間、村長自身の驚きの声にかき消されてしまった。

ぐったりと仰向けになったトトの身体が、爪先から固まってゆく。何か大きな灰色の波が押し寄せて、みるみるうちにトトの身体を覆ってゆくかのようだ。いや、トトの身体という透明な器を、灰色の水が生き物のように満たしてゆくかのようだ。

だがこれは水ではない。

石だ。トトは石になってゆく。

「トト！」

村長は、その灰色の波からトトを引き出そうと、両手を伸ばした。が、つかまえたものは、すでに石と化した細い肩。顎の先が、鼻が、頬が、石へと変じてゆく。

何か大切なものを必死で見届けようとするかのように、トトは目を見開き、そのつぶらな瞳がきゅっと収縮した。それからさあっと灰色に変じた。村長が、トトの瞳が見届けたものを見ようと身を乗り出すその前で、トトは髪の先まで石になってしまった。

めまいに襲われ、村長は思わずよろめいて、本を取り落とし、トトの身体の脇に手をついた。本は拍子抜けするほど軽い音をたてて軽く跳ね、トトの頬のそばにことりと落ちた。

光輝の書。

あたかも、涙を流しながら石と化したトトの頬を優しく撫でようとするかのように、その本はトトの顔に触れていた。

村長は震えながら本を拾い上げ、ついさっきまでトトがしていたのと同じように、両手で胸に抱きしめた。

この世にあるとは思えない書だ。失われて久しく、時の彼方に埋もれたと、遠い昔に諦められていた書だ。

それが、この幼子を守ったという。

村長は膝立ちになり、胸に抱きしめた書物を両手で大切に包み込んで、目の高さに掲げた。書は輝いて見えた。呪われた石の朽ちた埃をまといながらも、それ自身はまったく朽ちていなかった。村長の掌のなかで確かに息づき、内に秘めた力を村長のなかに注ぎ込む。

村長は、身体の震えが止まり、呼吸が鎮まり、身体の芯が浄《きよ》められてゆくのを感じた。

「おお、我らが神よ」と、村長は呟いた。

「古《いにしえ》の叡智《えいち》よ。永遠《とこしえ》なる清浄の守人《もりびと》よ」

村長の目に、初めて涙が浮かんだ。たった一筋、しわだらけの頬を流れ落ち、顎の先に止まってから、作物の芽に降りかかる春の最初の雨のひと雫《しずく》のように、ぽつりとトトの右の頬に落ちた。

「我らが神よ。あなたが——トトを呼ばれたのですね」

深く秘され、幾星霜《いくせいそう》を堪え忍び、ようやく時満ちて、今再び、迷い怯える我らが元へ。

その運び手に、トトを召された。

頭を垂れ、光輝の書に額を押しつけて、村長は一時《いっとき》、全身全霊で祈りを捧げた。やがて顔をあげると、片手で優しくトトの頭を撫でてやった。

「おまえは勇敢だった。でかしたぞ、トト」

そして、村長は立ち上がった。


ぐずぐずしている暇はなかった。村長は村人たちを全員集めると、しなければならないことを、矢継ぎ早に指示していった。

「これから三日のあいだは、誰ひとり猟に出てはならぬ。男たちは村の四隅に足場を建て、篝火《かがりび》を焚《た》き、交代で見張りにつく。昼も夜も、火を絶やさぬようにするのじゃ。女たちは水と塩で村中をくまなく浄め、機《はた》という機をすべて動かして、織物を織ってくれ。子供たちよ、陽のあるうちは、皆で祭りの歌をうたっておくれ。楽器の鳴らせる者は、持ち寄って奏《かな》でておくれ。陽が落ちて村の門戸を閉じてからは、見張りの男たちを除いては、皆、家にこもり、物音を立ててはならぬ。身体を休め、夢魔《むま》を寄せつけぬように、手をつなぎあって静かに眠る。そして夜明けが来たら、また同じようにして過ごすのだ。この三日だ。この三日が大切じゃ」

村の者たちは当惑した。何より、御印を織る御機屋があるうちは、他の機は動かしてはならないというのが「生贄《ニエ》の刻《とき》」のしきたりだと、村長自身が厳命したのではなかったか。それを進んで破ろうというのか？

村長は揺るがなかった。

「どうかわしのこの新しい命《めい》に従ってほしい。三日が過ぎ、四日目の朝が来たら、狼煙《のろし》をあげて宿場におられる神官殿を呼ぶ。その日のうちに、神官殿一行は来たりて、イコを〝霧の城〟へと連れ去ることだろう」

「しかし村長、村の四隅で篝火を焚くなど、まるで戦《いくさ》ではありませんか。ただ事ではない。何の理由もなしに、そんなことをしていいものですか？」

理由はあると、村長は力強く答えた。

「これは戦なのだよ」

ひととおりの指示を終えると、村長は御機屋へと向かった。ばたんと戸を開けると、なにも言わずにオネの手から糸通しを取り上げ、織りかけの御印を機から引《ひ》き剝《は》がして、彼女を死ぬほど驚かせた。

「いったい何をなさるのです？　どういうおつもりなのですか！」

色をなして問いつめるオネの両肩に手を乗せて、村長は言った。

「かつて分かたれし知と勇の、再び出会い結びあうとき、長き呪いの霧は晴れ、古《いにしえ》の光輝は地に蘇るなり」

「あなた……」

村長は、懐深くおさめた「光輝の書」を取り出すと、その表紙を開き、彼女の前に差し出した。

「ここを御覧。そら、先《せん》にわしが渡した御印の柄とよく似た柄が、ここに描かれているだろう？」

オネは夫とその書のページとを見比べた。確かに彼の言うとおりだが――

「これこそがイコに着せる御印だ。今まで織ったものは捨ててしまえ。そして、大急ぎでこの新しい御印を織っておくれ。余裕はない。村人たちが疲れてしまわぬうちに、大急ぎで織りあげておくれ」

夫の目に光が宿っている。言葉よりも、その強い光がオネを動かした。

「それは――イコを助けることにつながるのですか？」

思わず夫の袖をつかみ、問いかけたオネに、村長はうなずいた。

「そしてあの子が、我らを助けることにもつながるだろう！」

7

水底から浮かびあがる淡い光。身体を包む清浄な冷気。

——深いのかな。

——きっとね。

——ずうっと潜っていったら、どっかに通じてるかな。

トトがそう言って、えいと声を出して石を投げる。地底湖の水面に波紋が広がる。

——寒いけど、気持ちいいな。

——深呼吸すると、胸のなかがきれいに洗われるみたいな感じだね。

思い出だ。洞窟《どうくつ》探検。地底湖を見つけて、その美しさに驚き、歓声をあげた。手にしていた松《たい》明《まつ》を取り落としそうになって、僕はとっても慌ててしまった——

イコはハッとして目を開けた。

明かり取りの小窓から、夜明けの光が射し込んでいる。身体は冷え切って、強ばっている。そういえば、昨夜は寒くてなかなか寝つかれなかった。

(だから、あんな夢を見たのかな)

トトと二人で潜った洞窟。這ったり潜ったり登ったり、けっこうきつい道行きだった。でも寒くて寒くて汗もかかず、奥歯がガタガタ鳴ったっけ。

水底に漂う淡い燐光《りんこう》の、精霊の衣のような儚《はかな》い美しさ。今も、目を閉じればはっきりと思い浮かべることができる。魅せられたように瞳を輝かせ、湖底をのぞきこんでいたトトの横顔も。

この三日ほど、村のなかはひどく騒がしかった。夜明けから始まって、陽のあるうちは、鉦《かね》と太鼓《たいこ》の音と子供たちの歌声が絶えることがなかった。何が起こっているのだろう？　いよいよ神官殿ご一行が到着するので、歓迎の用意をしているのだろうかと、イコは思った。

トトは、どうしているだろう。他の子供たちと一緒に歌っているのだろうか。

――おまえはトトに何を吹き込んだ。

村長《むらおさ》との、あのひどいやりとりの後、イコは食べられず眠れず、いっそ、岩屋の壁に頭を打ちつけて死んでしまおうかとさえ考えた。でも、それから一夜明けて、見張り番の男が、トトは帰ってきたから心配するなと教えてくれて、安堵《あんど》のあまりまたちょっと泣いた。

どこで見つかったんですか、怪我はしていないんですか、トトはどうしてこっそり村を出たりしたんですか。ちょっとでいい、トトに会わせてもらえませんか。すがるようにして訊ねたのに、見張り番の男は何も教えてくれなかった。

――とにかく、トトのことはもう心配するな。おまえはニエの務めを果たすことだけを考えておればよいと、村長がおっしゃっている。

苦い実を噛んでいるかのような顔で、そう繰り返すだけだった。

――飯はちゃんと食えよ。出立《しゅったつ》が近づいているのだから。

そしてまた、一人ぼっちで岩屋のなか。夢のなかでしか、仲良しの友達の顔を見ることもできなかった。

身体をほぐすために岩屋のなかを歩き回り、腕をぐるぐるさせたり、足を曲げ伸ばしたり。そうしているうちに気がついた。今朝は歌や音楽が聞こえてこない。御機屋《みはたや》の音もしない。

昨日までとは様子が違う。

岩屋の入口に、人影が見えた。イコは急いで両手で顔をこすった。

村長だ。長い衣の裾を引きずり、痩せた肩を張って近づいてくる。そのすぐ後ろに、オネが従っている。

「継母《まんかか》さま！」

思わず声をあげたイコに、オネが笑いかけた。みるみるうちに、その目に涙が溢れる。

イコに駆け寄ろうとしたオネを、村長は手で制した。そして、彼女が両手で捧げ持っていた美しい布を取り上げ、恭《うやうや》しい手つきで自分の袖にかけると、うなずいた。

「――イコ」

オネが両手を広げて呼びかける。イコは一瞬、窺《うかが》うように村長の顔を見た。その目に優しい許しの光を見つけて、次の瞬間にはオネの腕のなかに飛び込んでいた。

「イコ、イコよ。わたしの良い子、わたしの可愛い子」オネは歌うように何度も何度も呼びかけて、イコを抱きしめ、頭を撫でた。

「こんなところでずっと一人、寂しかったでしょう、悲しかったでしょう」涙を落としながら、オネはそう繰り返した。「わたしたちを許しておくれ。こんなしきたりをおまえに強《し》いて、おまえ一人を辛い目にあわせる。わたしたちの力弱さを許しておくれ」

「継母さま……」

イコはオネの腕のなかで、村長の顔を見た。イコの頬を打ったあの日からたった数日で、またいちだんと憔悴《しょうすい》したように見える。しかし村長は泣いてはいなかった。イコとオネの二人を見守る表情には、イコを育ててくれたかつての村長の、威厳に満ちた優しさが戻っていた。〝生贄《ニエ》の刻《とき》〟の到来を知ったときに、村長の瞳から消え失せていたもの。それが今、蘇《よみがえ》っている。

「オネ、もうよいか」

村長は穏やかにオネに問いかけ、微笑んだ。

「辛い気持ちはわしも同じだ。が、別れを惜しんでおれば、きりがない」

オネは泣きながらうなずき、両手でイコの頬を包むようにしてひと撫でゝすると、身を離した。

オネが下がると、彼女に並んで立ち、村長はイコに向き合った。

「この夜明けに狼煙《のろし》を焚いた。午前《ひるまえ》には神官殿ご一行が着くだろう。出立の儀式を済ませたら、おまえは〝霧の城〟へと向かうことになる」

イコはごくりと喉を鳴らし、急いで頬に残った涙を拭うと、姿勢を正した。

「はい、わかりました」

もっと強い意志のこもった返事をしたかったのに、涙で震えた声しか出せなかった。それでも、自分の決意に揺るぎのないことを示すために、イコは真っ直ぐに村長の目を見つめた。何があっても、もう二度と泣いたり嘆いたりしない。うろたえない、動揺しない。

が、次の瞬間、あまりにも思いがけないことが起こって、イコはぽかんと口を開いた。

村長とオネが、その場でゆっくりと恭《うやうや》しく跪《ひざまず》いたのである。

「む、村長？」

あわてて身をかがめるイコに、村長は強い声を発した。「そのまま」

オネがイコに頬笑みかけ、胸の前で指を組み合わせると、祈るように頭を垂れた。

跪いた村長の目は、イコの肩の高さにあった。ひたと見上げられ、村長の瞳をのぞきこんで、イコはつい先ほどの浅い眠りのなかで見ていた夢を思い出した。村長の目のなかにも、あの洞窟の地底湖の底に漂っていたのと同じ、浄《きよ》く美しい燐光がある。

「我らの希望の光よ」と、村長は静かな口調で言った。

イコはこれまでに何度となく、村長がこの素晴らしい声で祈るのを聞いてきた。豊穣《ほうじょう》の祈り、戦士の祈り。この世のありとあらゆる命を創造された、尊《たっと》い神に呼びかけるとき、村長だけが響かせることのできる声。

今はそれが、イコに向けられている。

「かつて分かたれた知と勇の、ここに今再び相まみえる。貴方こそ我らの剣であり、貴方こそ我らの導きである」

たまらず問いかけようとしたイコに、村長は優しく微笑んだ。

「こちらへおいで」

イコは半歩近づいた。村長は、袖にかけていたあの美しい布を、そっと広げた。

布の真ん中あたりに、首を通す穴が開いている。白と深い藍色《あいいろ》と、ごくごく淡い紅《べに》の色。三色が入り交じって、複雑な模様を織りなしている。イコの目には、その模様がただの柄ではなく、古文書にあるような古代文字に見えた。

「さ、これを」

両腕を差し伸べて布を掲げ、村長は言った。

「これが貴方の御印《みしるし》である」

イコは御印に首を通した。丈はイコの腰に届かないほどだが、幅はちょうど肩幅で、背中と胸をすっぽりと覆う。

次の瞬間、イコは胸が熱くなるのを感じた。まるで——心臓の真上に、誰かの力強い掌が押しあてられたかのようだ。

ごく繊細《せんさい》な琴を鳴らすような音が、かすかに聞こえた。イコは両手を広げて自分の身体を見おろした。御印を織りなす、糸の一本一本が光っている。そこに光の血が通い、一斉に流れ始めたとでもいうかのように。端から端、柄から柄、白銀色の光が走り抜ける。

そして消えた。光が消えると同時に、胸の熱さも消えた。しかし、失くなったのではない。光も熱も、イコの身体のなかに入っていったという感じがした。

「おお、確かに」村長は目を潤ませている。

「御印も貴方をお認めになった」

オネは両手で顔を覆って泣いている。

「村長、これは……何ですか？」

イコの問いに、村長は立ち上がり、イコの両肩に優しく手を乗せて、答えた。

「ニエに着せられる御印だよ。しかし、おまえの御印は特別だ。これまで〝霧の城〟に送り込まれてきたニエたちが身につけていたものとは違う」

イコは胸のあたりをさすってみた。滑らかな手触りだ。ただ、光が消えてしまった今となっては、新品の布だというだけで、これという特色が感じられるわけではなかった。

「ここには祈りが織り込まれている」と、村長は御印を指して言った。「遥《はる》か昔、闇が我らの上に君臨していたころ、その力に対抗することのできる唯一の希望として、見出され、唱えられていた祈りの言葉だ」

「闇が君臨していたころ……？」

遥か昔の話？　闇とは何のことだ？　〝霧の城〟の主だろうか。でも、今でも〝霧の城〟は恐れられている。だからこそのニエだ。それとも、昔、今よりももっと強い力で、〝霧の城〟が人びとを虐《しいた》げていた時代があったというのか。

「どうやら、おまえを混乱させてしまったようだ」村長は言った。「失われて久しい古《いにしえ》の叡智《えいち》について、今、語ることができる部分は、ごく限られている。わしの理解の及ばぬことがたくさん残されている。しかしな、イコ。これだけは確かに言える」

村長は、イコの肩を静かに揺すった。

「おまえは我らの希望を背負い、〝霧の城〟へ赴《おもむ》くのだ。そこで何が待ち受け、おまえが何に直面せねばならぬのか、済まぬが、わしにはわからない。だが、おまえはけっして負けぬ。そして、きっと〝霧の城〟からこの村に帰ってくる」

信じられない話だった。〝霧の城〟へ行ったニエは、〝霧の城〟に囚われて、永遠の時を過ごすのではなかったのか？

「〝霧の城〟に何があるのか、その目で見て、その耳で確かめておいで。おまえならばできる。必ずできる」

その言葉は、イコの心の底にまで響いた。村長の言葉が落ちたところから、あの地底湖で見た波紋にも似た美しい残響が、あとからあとからわき上がってくる。

オネが膝立ちのまま、身を投げ出すようにしてイコを抱くと、泣きながら言った。「わたしたちは待っているわ。おまえが帰ってくるのを待っている。どんなときでも、わたしたちが待っていることを忘れないでね」

イコは身体を震わせた。もう寒くもなく、怖くもなかったけれど、何かが身体のなかで震え、イコを高揚《こうよう》させていた。

「この御印に織り込まれた祈りの言葉は、トトが見つけてきてくれたのだ」

「トトが？」

イコは目を見開いた。思わず村長の衣の袖をつかんだ。「トトは元気なんですか？　やっぱり北の禁忌の山に行ってたんですか？」

村長は笑みを消し、厳粛な面もちでうなずいた。「おまえがわしと一緒にあの山に行き、見てきたものを、トトも見たのだ」

あの恐ろしい光景を。

「そしたら、これ——この祈りの言葉——これも、あの街から？」

村長はもう一度うなずく。イコの頭のなかに、石と化した城塞都市の光景が蘇った。トトは何処へ踏み込んだのだろう。何処を歩き、なぜこれを見つけることになったのだろう。

「トトのことでは、おまえに辛い思いをさせて、済まなかった」

村長の声は苦渋でかすれた。イコはかぶりを振った。そんなの、もういい。

「トトは元気なんですか？」

「大丈夫だ」

短い返事は、それ以上の詮索《せんさく》を禁じていた。イコはじっと村長の目を見つめ、

「僕が〝霧の城〟から帰ってきたら、トトに会えますよね？」

「会えるとも」

それなら――と、イコは口を結んだ。もう何も怖くはない。

泣き濡れた顔を袖で拭って、オネも立ち上がった。イコの決心を察し、乱れた心を懸命に鎮めているのだろう、笑顔を見せる。「さあ、イコ。それでは一度、その御印をわたしに返してちょうだいね」

村長の家で暮らしていたときには、よくこうして呼びかけられたものだった。まあ、イコったらまた泥だらけになって。早くその服を脱いでちょうだい。お食事の前に着替えなくてはいけませんよ。

「着たままでいたらいけないんですか」

村長が、まるで内緒話を共有する友達でもあるかのように――実際、ふとトトを思い出させるような茶目っ気を見せて――イコに笑いかけた。

「ニエに御印を着せるのは、神官殿の役目なのだ。出立《しゅったつ》の儀式の際にな。しかしわしもオネも、この御印がおまえのものであり、おまえが選ばれた者であり、またおまえが御印に堪《た》える者であることを、密かに確かめておきたかった。だから」

オネが後を引き取った。「だから、あなたが出立前にわたしたちと会ったことと、この御印が

特別なものであることは、神官殿には内緒にしておかなくてはいけませんよ」

イコは大きくうなずいた。でも――

「村長。帝都《みやこ》の神官殿は、この特別な御印のことを知っても、村長や継母さまのように喜んだりしないんですね？　だから隠しておかなくちゃならないのですね？」

返事の代わりに、村長はこう言った。「おまえは賢い。その賢さが〝知〟だ。どうか、かつてそこから分かたれた〝勇〟を見出し、我らに再びの光を与えておくれ」

8

轡《くつわ》を前後する三頭の黒い馬。乾いた草を踏みしめる。

その身を帝都の神兵《しんぺい》二人に守られ、神官はトクサの村へと到着した。陽は中天に高く、澄み切った陽射しの下、草原は輝き、木々の枝はそよ風に揺れる。

トクサの村は静謐《せいひつ》のなかにあった。

村人たちはおのおの衣服を改め、戸口を掃き清め、そこにひれ伏して一行を迎えた。子供たちは、オネが御印を織り上げるまでの歌や踊りで、大人たちは絶え間ない警戒で、それぞれ疲れ切っていた。母の背に負われ、ぐっすりと眠り込んでいる幼子もいる。

長い長い辛抱がようやく終わる。神官殿が来たりて去れば、村の暮らしは元通りになる。

声を立てたり、神官殿一行に話しかけることは、堅く禁じられている。その姿を直視することも許されない。

一行は村長《むらおさ》の家の前で村長夫妻から丁重な挨拶を受けると、すぐに出立《しゅったつ》の儀式の支度にかかった。ここから先は、村長夫妻の他には、特に選ばれた狩人三人しか立ち会うことが許されぬ。他の村人たちは家に籠もり、蔀窓《しとみ》をおろして静寂を守るのみである。

神官が、長く裾を引く旅装の黒いローブを脱ぐと、その下には純白の衣があった。鞍《くら》に取り付けた革の鞄から、凝った図柄の織り出された長い袈裟《けさ》と、一瓶の聖水を取り出す。神官は祈りの言葉を唱えつつ、袈裟の肩と胸と裾の部分に一度ずつ指先を触れ、そこに聖水を振りかけると身にまとった。

美しく、あでやかでさえある出で立ちだ。しかし、もしも村の子供らが神官の姿を目にしたならば、その異様さに怯えることだろう。

頭から、すっぽりと頭巾《ずきん》をかぶっている。頭巾の裾は肩にまでかかり、目や鼻の部分にさえ穴があいていない。よくよく見れば、頭巾の素材が目の粗い布で、それをかぶったままでも神官の視界に不自由はないことがわかるが、それにしても、これでは神官の顔立ちはおろか歳も性別もわからない。

帝都《みやこ》の国教会に仕え、〝生贄《ニエ》の刻《とき》〟に立ち会うほどの高位の神官は、民草《たみくさ》にはけっして顔を見せないのがしきたりなのである。

神官の後ろには神兵が、左右に少し離れて付き従っている。革と鎖を組み合わせた旅装用の軽《けい》鎧《よろい》を身に付け、腰に剣を帯び、編み上げの頑丈そうな革靴で足を固め、この二人もまた顔を隠している。こちらは頭巾ではなく、銀色の兜《かぶと》をかぶっているのだ。

その兜には角がついていた。一人の兜は、イコの頭に生えているものと、そっくり同じだ。もう一人の兜の角は、大きさと生えている位置は同じだが、向きが違っていた。先端が肩の方を向いているのだ。

国教会を守る神兵は、普段はこんな装備をしてはいない。村長も、この出で立ちは古文書のなかの絵図で見たことがあるだけだった。

〝生贄の刻〟にのみ、意味を持つ武装。

神官は腰に差した錫杖《しゃくじょう》を抜くと、それを目の高さに掲げた。錫杖の先端についた丸い飾りが、陽を受けてきらきらと輝く。

村の門のすぐ内側の地に、神官は歩きながら、錫杖で円を描いた。東西南北の縁で暫時《ざんじ》足を止め、それぞれの方角におわす地の精霊の加護を願う呪文を唱えては、錫杖の先で地を軽く突く。頭巾にさえぎられ、その言葉はほとんど聞き取れない。

神官は円の中央に移動すると、両膝をついて祈り始めた。神兵たちよりもさらに後ろに下がり、最初から跪《ひざまず》いて頭《こうべ》を垂れていた村長は、すぐ隣でオネが、緊張のあまり震えているのを感じた。

村長は、丁寧《ていねい》に折り畳んで腕にかけた御印に、そっと指先を触れた。そうすると、少しは落ち着くような気がした。

神官が立ち上がり、村長の方を向いた。

「では、ニエをここに」

村長は振り返り、岩屋に続く道の端で待っていた狩人の一人に手をあげてみせた。狩人は岩屋へと駆け出した。

ほどなく、イコの姿が見えた。

前に一人、後ろに二人、狩人たちが付き添っている。三人とも収穫祭の時の正装で、それぞれに、まだ一度も獲物の血を受けたことのない弓矢を担い、剣は持たず、片手に松明《たいまつ》を掲げている。真昼の松明は、焦げ臭い煙を立ち上らせて、パチパチと音をたてていた。

イコはすでに水浴びを済ませ、こざっぱりとした衣に着替えていた。足拵《ごしら》えは、履き慣れた編み上げの革のサンダルだ。その小さな顔は白く、くちびるは真一文字に結ばれている。

「こちらに来なさい」

円の手前で足を止めたイコを、神官は呼んだ。

「私の前に。跪《ひざまず》くのだ」

イコは素直に従った。村長は、オネがうつむいたまま、一粒の涙を落とすのを見た。

神官は錫杖でイコの両肩を軽く打ち、さらに頭のてっぺんに軽く触れた。そのあいだも、ずっと呪文を唱えている。

「立ちなさい」

イコが立ち上がると、今度はその腰の両側と、左右の膝を軽く打つ。

「後ろを向きなさい」

イコはそうした。彼の顔がこちらを向いたので、村長は視線を感じた。オネが顔を上げようとして、懸命にこらえている。

イコは怯えているように見えた。村長は、心の底で懸命に励ましの言葉を繰り返した。

神官はもう一度、イコの両肩を打ち、背中の中央に錫杖で触れた。

「もう一度こちらを向き、跪きなさい」

神官は聖水の瓶を持ち上げ、イコの頭の上に聖水を振りかけた。さらに、左右の角の上にも同じようにした。

真新しいイコの衣に、小さな水のしみが飛び散った。

神官は聖水の瓶を神兵に渡し、両手で錫杖を水平に持った。肩の高さに持ち上げ、呪文を唱えながらそれを頭上まで差し上げる。

次の瞬間、神官が地に描いた円が、まばゆい白銀色に輝いた。まるで、銀の輪が地面から浮き出てきたようだった。

シュン――と音がして、それはすぐに消えた。

イコは目を見張っている。神官はゆっくりと腕をおろし、錫杖を縦にして、胸の前に持った。先端の飾りが光る。

「祝福は終わった。この者には確かにニエの資格がある。血は血に還り、時は巡り、人にはふさわしき道のあることを、我らが神は言祝《ことほ》いでおられる」

神官は村長に顔を向けた。頭巾に包まれたそれには、まったく表情がない。

「御印を」

村長は膝立ちになって進み、頭を低く、両腕を精一杯前に差し伸べて、神官に御印を手渡した。

神官が受け取り、それを広げる。と、わずかに首をかしげた。

村長の目の底で、耳の奥で、血がざわめいた。心臓が喉元まであがってきて、どくどくと脈打っている。

神官は御印に見入っている。

もしや、この御印が特別なものであることを、見破られたのではあるまいか。これがイコだけに与えられたものであることに、気づかれたのではあるまいか。

「ニエよ、前に出なさい」と、神官は言った。そして、広げた御印をイコに着せかけた。

御印はイコの胸と背中を覆い、彼の衣に彩りを与えた。それは彼に、とてもよく似合っていると、村長は思った。

風が通り抜け、御印の裾をふわりと持ち上げた。御印が元に戻るとき、それは自らイコの細い身体に寄り添うように見えた。

イコの黒い瞳は、またたきもせずに神官の頭巾を見上げている。神官もまた、イコを見おろしている。

「今こそ、出立の時である」神官は宣言した。

「馬を引け」


村長とオネは、手を握り合って村の門に立った。神官一行が見えなくなるまで、じっと立ちつくしていた。

「あの子は……戻ってきますね？」

オネの涙ぐんだ声が、村長の耳元で言った。

「戻るとも」

御印がイコをお守りくださる。必ず、必ず。


馬に乗るとき、神兵がイコの両手に手鎖をかけた。

「口をきいてはならぬ」と、神兵は言った。

「おまえが何か言っても、我らは答えぬ。しかしおまえは、我らの言いつけに従うのだ。〝霧の城〟までは五日の行程。そのあいだのみ、我らは旅の友となるが、もしもおまえのふるまいに怪しいところがあれば、即座に斬り捨てる。心しておけ」

はいわかりましたという返事さえ、聞いてはいないような風情だった。

イコは神官と同じ馬に乗せられた。神官が後ろで、イコが前。手綱《たづな》は神官がとっているし、手鎖が不自由なので、馬の首につかまることもできない。もしも馬が走り出したら、振り落とされてしまうかもしれない。

だが、その心配はなさそうだった。神官たちはけっして馬を急がせず、並足で進んだ。互いに話をすることもなく、地図を確かめる様子もない。道を知り抜いているのか。

草原を北へ。あの日、村長と歩んだ道だ。イコの胸に、切ない思い出がこみあげた。禁忌の山をまた越えて、石と化した城塞都市をもう一度見ることになるのは、なおさら辛く悲しい。

トトはどうしているだろう。出立まで、とうとう顔を見ることはできなかった。

日暮れ前には、禁忌の山の麓《ふもと》へとたどりついた。しかし神官たちは、イコが村長と登っていった、あの細い山道へは近づかなかった。麓をしばらく西へ進み、山肌が深い森に覆われているところで足を止めた。

「近くにわき水がある。馬を休ませろ」

神官は命じて、自分は馬をおりた。イコもおろされた。一人の神兵が、馬をわき水まで連れていくあいだ、イコの手鎖の端を、もう一人の神兵がつかんでいた。

神官は森を仰ぎ、錫杖を取り出して祈りを捧げている。その手が天を突き、錫杖の先端がまばゆく輝くと、突然森の木立がわらわらと騒ぎ、一筋の道が現れた。

イコはぽかんと見惚《みと》れてしまった。

昔話に聞いたことがある。魔法の封印だ。この道は、きっと神官殿だけが通ることのできる道なのだろう。だから普段は、魔法で封じてあるのだ。

森のなかの白い道を、生き物の気配のない静けさに包まれて、ただ馬の蹄《ひづめ》の音だけを道連れに、どのくらい進んだろうか。いちばん星がまたたき始め、山道の途中の、わずかながらも開けた場所に出た。

その夜は、そこで野営した。

焚き火を囲み、足を休め、食事をつくる。神官たちは、まずイコに食べ物をくれた。手鎖ははずしてくれず、だからイコは、犬のように顔を器に近づけて食べなければならなかった。家でこんなことをしたら、継母《まんかか》さまにうんと叱られるだろう。

イコが食べ終えると、神兵が近づいてきて、イコの頭からすっぽりと袋をかぶせた。そして、足にも鎖をかけた。

「おまえはもう寝《やす》むのだ。明日は夜明け前に発つ」

袋のなかの暗闇で、イコは耳を澄ませた。風の音しか聞こえない。神官たちは、あんなに黙っていて、気詰まりではないのだろうか。

食事をするときは頭巾や兜を外さなくてはならないので、イコに目隠しをするのだろう。あの人たちは、ニエに顔を見せてはいけないのかもしれない。

時おり聞こえてくる馬の鼻息と、その温もりを枕辺に、イコは草の上で眠った。

峠道に出ることなく、禁忌の山を越えた。そこから先は、草原と緩やかな丘。三日目には川を渡った。禁忌の山を離れると、周囲に生き物たちが戻ってきた。

しかし、人家もなければ村落もない。果てしなく、自然だけが広がる旅路だった。

道中の慰《なぐさ》めに、イコは馬たちに親しんだ。彼らが休んでいるときに、そっと近づいて首を撫でてやる。馬は三頭とも頑丈な身体つきで、疲れを見せずに淡々と歩いた。トクサの村で移動や農耕のために飼っていた馬たちよりも、気質がおとなしいようだった。

二人の神兵のうち、一人は、イコがそうやって馬を撫でたり話しかけたりしているのを、咎《とが》めずに見逃してくれた。兜の角が上を向いている方の人だ。もう一人の方は、気がつくとすぐに飛んできて、乱暴にイコを引き離した。一度など、あまり強く押しやられたので、イコは尻餅をついてしまった。

神官は、一緒に馬に乗っているときでも、馬を下りて歩いたり休んだりしているときでも、イコに対してどんな所作も見せなかった。こちらに目を向けることさえないようだ。

頭巾と長い袖と編み上げ靴のせいで、肌もほとんど見えない。ときどきイコは、あのローブの下には、本当に人間がいるのだろうかと思った。

四日目の道中で、空気のなかに、森や山や草原とは違う匂いを感じた。今までかいだことのない匂いだ。イコは、思わず鼻をくんくんさせた。と、たまたますぐ隣に、角が上を向いている兜の神兵が馬を並べていて、「潮の匂いだ」と教えてくれた。

途端に、後ろに乗っている神官の身体が強ばるのが感じられた。神兵がイコに話しかけたから、咎めているのだ。隣の神兵は、ひるんでぐいと顎《あご》を引いた。馬も数歩足を乱し、遅れた。

海が近い——それは、〝霧の城〟に近づいているということだ。

五日目の朝、緩やかに登ったり下ったりする道を、雑木林のなかを分けて進んでいるとき、頭上を飛び交う真っ白な鳥に気がついた。潮の匂いはますます濃い。あの鳥は、きっと海鳥だろう。トトにも見せてあげたいな。

やがて風の音が聞こえてきた。風だと、最初は思った。でも、雑木林は静かにたたずみ、頬に触れる空気にはかすかな乱れもない。

そうか、これは海の音なのだ——

ざわざわと、寄せては返す。

きつい登り道にかかった。馬たちはぶるるといななく。周囲を取り囲んでいる雑木林が、この道の登り切ったところで開けている。

空が見える。潮騒が高まる。

「おお」と、神兵が兜の奥で小さく感嘆した。

第二章　霧の城

1

森の出口だ。

あたりでは小鳥たちが陽気にさえずり、それを追う猛禽《もうきん》のひときわ高い鳴き声が、頭上高く横切ってゆく。

緑にきらめく木々の葉のなかに、古びた一対の石柱が立っている。ただ踏みならされただけの土の道はそこで途切れている。明らかに、この柱は、何か石造りの建造物の一部のように思われた。

数段の石段を登ると、その先にはぽっかりと明るい空間が開け、微風が吹き込んでくる。

先頭の神兵が馬を急がせ、蹄《ひづめ》が敷石にあたって硬い音をたてた。あるところは縁が欠け、あるところは苔《こけ》に覆われてはいるけれど、しかしそれが人の手で敷き詰められたものであることに疑いはなかった。

神官とイコを乗せた馬が、後に続いた。馬具が鳴り、馬の首筋が汗で光る。もう一度、神兵の一人が何か小声で感嘆した。三頭の馬は、森のなかに出現した石造りの舞台に、轡《くつわ》を並べて立ち止まった。

イコはまぶしさに目を細めた。

断崖だった。イコたちは、目眩《めまい》を誘うほどに高い断崖の縁に立っているのだった。陽光に輝く海は、足元、遥か下方に広がっている。生まれて初めて目にする海だ。しかしイコの瞳には、緩やかな潮の流れも、断崖を洗う波頭の白いきらめきも、何ひとつ映ってはいなかった。崖の対岸に広がる光景。それだけに心を奪われていた。

褪せた土煉瓦《つちれんが》色の巨大な城。切り出したままの石を積み上げたような荒々しい造形が、蒼水晶《あおずいしょう》色《いろ》の空を切り取って、どっしりと視界を占めている。左右に長々と伸びる外塀は、そこだけ唯一、優美な曲線を描く石の土台柱に支えられ、寄せる波が足元を洗うのにまかせている。

断崖絶壁に面していながら、いささかの華奢《かしゃ》な趣《おもむき》もない。それはあたかも、かつてはこの断崖の一部だった巨大な岸壁を彫り抜いて造りあげられたものであるかのように見えた。あるいは自然の気まぐれな造形力が、たまさか、この場に人の造り得る城の形に似たものを彫りあげてしまったのだというかのようにも見えた。

これこそが〝霧の城〟だった。

イコがこれまで、夜は夢、昼はうつつに想像を巡らせてきた〝霧の城〟の姿と、これほどかけ離れたものはなかった。もちろん、晴れ上がった空のせいもあるだろう。鳴き交わす鳥の声の愉しさもあるだろう。しかし、ここには微塵《みじん》の陰鬱《いんうつ》もなく、恐怖の色もなく、これを仰ぎ見る者が感じる畏怖《いふ》のなかに、不吉な影はかけらさえ射していない。

それほどに、雄々しく美しかった。ただよう古《いにしえ》の香りは、気品にさえ通じていた。

神兵の一人――この短い旅を通し、イコに親切だった、角が上向きの兜《かぶと》をかぶった神兵が、ため息のような声をもらした。

「ここか……」

そのとき、神官とイコを乗せた馬が、ぶるるといななくいて前脚を上げた。イコははっとして我にかえった。強い海風に、胸と背中を覆う御印《みしるし》がはためいている。

彼方の城の正面に、堂々たる石造りの城門が見える。今、それは手前に向けて、いっぱいに開け放たれている。

しかし、そこに渡るすべはなかった。

ここにいたって、イコはようやく気がついた。今自分たちが立っているこの石造りの舞台は、対岸の城門へ渡る橋の一部であったのだ。馬が三頭並んでも楽に渡ることのできる、幅広の大きな石橋だ。しかし、目の先、ほんの数歩分を進んだところで、すっぱりと途切れている。片手をひさしに陽射しを遮り、対岸をすかし見ると、〝霧の城〟の城門のところでも、同じように橋が切れていた。

ここに入ってはならぬ。

ここを出ることも許されぬ。

断ち切られて宙に浮いた橋は、言葉ではなく造形で、イコにそれを伝えてきた。対峙《たいじ》する二つの断崖のあいだに横たわる海こそが、他のどんなものよりも確実で厳しい番兵役を果たしているのだ。

そう思ったとき、ここに着いて初めて、イコはこの光景の美しさのなかに、打ち消しようのない不安なものを感じた。そしてようやく、この晴天にもかかわらず、雄大な城の全景に、うっすらと白い霧がかかっていることにも気がついた。

「崖下へ降りるのだ」

頭巾《ずきん》の奥から、神官がそう言った。言葉と同時に、手綱を取って馬の頭を崖の左手の方へと向けた。そちらに、つづら折の急な崖道が切り開かれている。

三頭の馬は、一列になってその道を下った。土を踏み固めただけの素朴な道で、手すりもない。角々では足を踏み外してしまいかねないほどの狭さだ。しかし、神官の手綱さばきは落ち着き払っていた。

馬上でイコは首をよじり、ずっと〝霧の城〟を仰いでいた。目を離すことができなかったのだ。

おまえはここにやって来た。

とうとう、ここにやって来た。

何かが心の奥で騒いでいた。

城の正面が頭上へと遠ざかり、海面が近づいてくると、白い海鳥が岩場を飛び、波が渦巻いているのが見える。

崖下にはまた小さな石造りの室《むろ》があり、細い石柱で支えられた屋根があった。日陰になったせいか、空気が急に冷たくなった。岩場から跳ね飛ぶ波しぶきが、イコの腕にあたって冷たい感触を残す。

一同は馬を下りた。室は船着き場であった。一艘《いっそう》の小舟が陸に引き上げてある。二人の神兵が小舟を引き出し、磯から引き入れられた水路へと浮かべる作業をしているあいだ、神官はこちらに背を向けて、岩場にたたずんでいた。イコは耳を澄ました。神官が、潮の音にまぎれてしまいそうなほど小さな声で、祈りを唱えているのが聞こえたような気がしたからである。

用意ができると、四人は船に乗り込んだ。イコが小舟の船べりに近づくと、手鎖をかけられたままで不自由だろうと察したのか、先に乗り込んでいたあの神兵が手を差しのべてくれた。しかしそれよりも前に、イコはぽんと飛んで小舟に乗り込んでいた。ちゃんと小舟の中央に向けて飛んだので、華奢《きゃしゃ》な船体はちっとも揺れなかった。

兜の奥で、神兵がちらりと笑ったように、イコは感じた。トクサの村で、イコが飛んだり跳ねたりすると、オネたちがよくそうしたように。まあ、身軽で元気な子だね、と。

しかし、兜の奥にあったかもしれないその表情は、瞬時に消えた。親切な神兵は、小舟の艫《とも》でイコに背中を向けた。今度は、その背が詫びるように丸まるのを、イコは見た。

小舟を漕ぐのは、もう一人の神兵の仕事だった。舳先《へさき》には神官が乗った。腹の羽毛が真っ白で、くちばしの赤い海鳥が海面を滑空し、イコたちの小舟を目がけて飛んできて、あやういところで神官の頭巾をかすめて飛び去った。それでも、神官は身動きひとつしない。

イコは小舟の縁から両手を伸ばし、海の水に触れてみた。澄んだ水に魚影が見えた。

潮の流れを横切り、小舟はゆっくりと進んだ。船着き場を離れるとすぐに、イコはうんと仰向けになって〝霧の城〟を見上げた。外塀を支える石の柱の、滑らかなカーヴが空を区切っている。小舟が城の左手の方へと漕ぎ進んでゆくと、正面からでは見えなかった、別の柱や側面が見えてきた。〃霧の城〃は、どうやら、ひとかたまりの巨大な建物があるだけではなく、いくつかの棟にも分かれているようだ。断崖の裂け目を越えて、棟と棟とをつなぐ心細い石の通路や、太い赤銅色《しゃくどういろ》の導管が何本も空を横切っている。しかし〃霧の城〃はあまりにも巨大であり、イコの小さな頭では、その全景を想像することは難しかった。

小舟が〃霧の城〃の海面に落とす影のなかに入ってしまう直前、城門のあたりで何かが光ったように、イコは思った。そういえば、左右の城門の柱の上に、大きな丸い珠《たま》があったような気がする。あれが陽を受けたのかもしれない。

対岸に近づくと、小舟はさらに左へと進み、〃霧の城〃の脇腹へ回り込んでいった。そこまでゆくと、〃霧の城〃とそれの建っている断崖とは、ますます見分けがつけにくくなってきた。〃霧の城〃がこの地と一体化しつつあるのか。それとも、この崖が〃霧の城〃を呑み込みつつあるのか。

永い永い昼と夜の繰り返しのうちに。

「あの洞窟に入るのだ」

舳先の神官が、右手をあげて指さした。確かに、前方の岩肌に、洞窟がぽっかりと口を開けている。自然にできたものだろうが、周囲を石柱で補強してある。小舟の舳先はそちらに向いた。

洞窟に漕ぎ入ると、視界が暗くなるのと同時に、あたりは急に静かになった。潮の騒ぐ音が遠のいたのだ。まるで誰かに聞き咎《とが》められるのを恐れるかのように、小舟は粛々と進んでゆく。

太い木を格子に組み合わせた柵《さく》が、行く手を遮《さえぎ》っていた。神官は右手の岩場を見上げると、兜の角が下を向いている方の神兵に呼びかけた。

「あの上に、柵を下げる仕掛けがある」

神兵は身軽に船べりから岩場へと飛び移り、いったん姿が見えなくなった。滑るように進む小舟の舳先が柵にぶつかりそうになったころ、重々しく軋《きし》りながら、ゆるゆると柵が下がって路《みち》を開けた。

小舟が柵のあったところを抜けると、さっきの神兵が岩場の上に戻ってきて、どすんと舟のなかに飛び降りた。

やがて、対岸にあったのと同じような、小さな木の桟橋《さんばし》が見えてきた。朽ちかけて傾いているところまでよく似ている。

小舟が着くと、神官は先に下りた。神兵がイコの背中を押した。

そこも洞窟だったが、天井はずっと高く、奥行きもありそうだった。船着き場の先で、砂地の道が左右に分かれている。

「剣を」と、神官が言った。

うなずいて、角が下を向いた兜の神兵が、洞窟の右手奥の方へと歩み去った。そこには石造りの通路があり、岩場の奥へと続いている。

イコがまわりを見回していると、神官の手がイコの肩を軽く突き、左の道へ進むようにと促した。歩き出すと、湿った砂が、イコの履いている革のサンダルの下で、きゅっきゅっと愛嬌《あいきょう》のある音をたてた。今では、イコの耳に入るのはその音だけだった。

少し歩くと、洞窟の壁が、ゲートのように丸く抜けているところに出た。そこをくぐると、急に道が平らになった。もう岩場ではない。切り出されて磨かれた石が敷かれた通路に立っていた。

イコは目を見開いて、その場でぐるりと廻りながら、頭上を仰いだ。

こんな造りの部屋を、イコは生まれて初めて見た。吹き抜けのある大広間——とでも言えばいいのかもしれない。全体に円筒形で、天井が高い。見上げていると首筋が痛くなるほどだ。

その円筒形の内周には、充分に人が歩くことのできそうな幅の歩路が造られている。ところどころに梯子《はしご》も見える。たぶん、ぐるぐると内周を巡りながら、てっぺんまで登ることができるのだろう。ただ、よくよく見ると、何ヵ所か足場が崩れ落ちていることにも気がついた。完全に歩路が切れてしまっているところもあった。

この円筒形の広間の中央に、床から天井までど真ん中を貫いて、やはり円筒形の太い石柱のようなものが立っていた。いや、柱というには太すぎるか。いずれにしろ、この建造物が広間の天井を支えているわけではなさそうだ。何か別の機能がありそうだった。

今イコが立っている平らな通路は、この風変わりな筒状の建造物に突き当たって終わっていた。そしてそこには、大人の背丈よりやや高いくらいの、一対の石像が据えられていた。四角い石像だが、人の形を模したもののようにも見える。頭にあたる部分には目が描かれている。少なくとも、イコにはそれが目のように見えた。

トクサの村のどんな祭礼でも、こんな石像を飾ることはない。街道のあちこちに据えられた旅の神の像ならば、形はちょっとこれに似ているけれど、もっとずっと小さいはずだ。

神官はゆっくりとその石像に歩み寄り、その傍らで、足を止めた。角が上を向いた兜の神兵は、そこからやや離れて、イコのすぐ脇に立っていた。

「寒くはないか」

神官の耳に入ることを恐れているのか、呼気にまぎれてしまうような小さな声で、神兵はイコにそう尋ねた。

イコはかぶりを振った。神兵はもう何も言わなかったが、手振りで（俺は寒い）と示し、軽く腕をさすっている。

あるいは、（俺は怖い）という身振りだったのかもしれない。本当はイコにも、「怖くはないか」と尋ねたかったのかもしれない。

重たげな足音が聞こえてきた。船着き場で別れたもう一人の神兵が戻ってきたのだ。

イコは驚いた。

神兵は、巨大な剣を両手で捧げ持っていた。足音が引きずるように重くなったのも、無理のないことだった。その剣は、床に立ててみれば、彼の肩口にまで達しそうだ。鞘《さや》に収められた両刃の剣で、柄《つか》のところに鎖がついている。握りはイコの手首ほどの太さがあった。すっかり艶《つや》の失せた銀色で、相当古いものであるようだ。

神官が進み出て、神兵を手招きした。そしてイコの肩に手を置いて引き寄せると、自分の前に立たせた。

剣を持った神兵は、ためらうように神官の方を見た。神官はうなずき、手振りで彼に、あの一対の石像の前へ立つようにと示した。神兵は何歩か前に出た。そして今度は、自分の同僚であるもう一人の神兵の方を見た。どちらの神兵の顔も兜の奥に隠されている。でもイコには、二人の表情が見えるような気がした。ひどく怯えている。

「剣を抜くのだ」と、神官が命じた。「恐れることはない」

神兵は、剣を水平に捧げたまま、右手で柄を握った。その重さに耐えかねて、腕がぶるぶると震えている。

神兵の右手が動いた。これほどに古びた外見にもかかわらず、剣は、日々怠《おこた》りなく手入れされている兵士の剣と同じように、音もなくするりと鞘から離れた。

その瞬間、眩《まばゆ》い光がほとばしった。

とっさに、イコは目をつぶり、手をあげて顔を覆った。それでもその光は、つぶったまぶたの隅々までも、白く明るく照らし出した。

おそるおそる目を開けてみる。神兵は、両足を踏ん張り肩に力を込めて剣を捧げ持っていた。今やその身体全体が、剣から放たれる光に包み込まれている。光はどんどん広がって、イコや神官たちをも包み込む。

いや、光は剣からのみ迸《ほとばし》り、放たれているわけではなかった。あの一対の石像も輝いている！　剣の放つ光に呼応して、よりいっそう強く——そして石像が——並んだ石像の端から端へと光が走り——

突然、音をたてて左右に分かれた。そこに通路が現れた。すると同時に、光も消えた。

「剣を収めよ」と神官が命じた。剣を持った神兵は、光を失うと、たちまち古びた銀色に戻ってしまった剣に目を落とし、呆然としているようだ。

神官はもう一度、彼を促した。神兵は狼狽《ろうばい》し、にわかに恭《うやうや》しい手つきになって、剣を鞘のなかへと収めた。

「行こう」

神官が先に立ち、石像のあいだを通り抜けた。イコは彼の後に続きながら、通りしなに、そっと指先で石像に触れてみた。冷たかった。あの眩い光はどこから来たのだ？　この石像には、魔法か呪文で光が封じ込められているのだろうか。

近くでよく見ると、石像の腹のあたりがくぼんでいて、そこには、昔話に出てくる小鬼の姿が浮き彫りになっていた。

四人が歩み入った小部屋も、やはり円い形をしていた。部屋の中央に、鋼《はがね》と銅で作られた、見慣れない仕掛けが据えられている。その仕掛けから放射状に、床の上へと、やはり鋼の板が設置されている。

神官が剣を持っていない方の神兵に何か命じ、神兵が部屋の仕掛けに手をかけた。取っ手のようなものを動かすと、仕掛けが回転し、がくんと音がして、床が持ち上がり始めた。イコは尻餅をつきそうになった。

上昇している。部屋の床が、上へ上へと動いているのだ。そおっと壁に触れると、指先が壁にこすれる感触があった。ごおん、ごおんという音。足の裏から伝わってくる振動。確かに昇っている。

なんて便利なんだろう。これならば、怪我人でも年寄りでも、階段や坂道をのぼりおりしなくてもいい。〝霧の城〟には、こんな進んだ仕掛けがあるのか。

「凄いいや」と、声に出して呟いてしまった。

取っ手を動かした、あの親切な神兵が、同感を示してうなずいた。神官はそっぽを向いている。剣を持った神兵は、切っ先を床につけて、両手で柄《つか》を支えている。その様子は、しっかり押さえておかないと、剣が勝手に動き出すのではないかと恐れているようにも見えた。

ごおんという音が止まった。

そこにはまた、下で見たのと同じ、一対の石像があった。今度は神官がうなずいただけで、神兵が進み出て剣を抜き放った。再び眩い光が走り、石像は道をあけた。

神官がするりと通り抜けて出てゆく。衣の裾が、ひらりと浮いた。

人気《ひとけ》はない。どんな生き物の気配もない。聞こえるのは自分たちの足音と、神兵たちの武具が鳴る音だけだ。

最初は、とても狭くて天井の低い場所に出てしまったのだと思った。が、神官に従って歩き始めると、すぐにそれは間違いだとわかった。狭く見えたのは、イコたちがあの動く床に乗って着いた地点が、この広間の中央にかかる、大きな階段の真下にあたっていたからだった。

そう、そこは広大な広間だった。イコは深く息を吸い込み、震えるような感嘆のため息と共に吐き出した。

トクサの村中の人たちを集めて、ここで祭りをすることができるだろう。床に敷き詰められた四角い石の数は、村の物見櫓《やぐら》から仰ぐ夜空の星の数にも劣らぬだろう。この高い天井に届くほど、強い矢を射ることができる狩人は、トクサの村にはいないかもしれない。

でも……ここはいったい、何をするための広間なのだ？

壁一面に、頑丈な石造りの枠が設けられている。そのひとつひとつに、風変わりな丸い形の、棺《ひつぎ》のようなものが納められている。

うん、そうだ。ようなものじゃなくて、これはホントに石棺《せっかん》だ。先に立って、回廊状の階段をのぼり、広間の中央へと進んでゆく神官の後をゆっくりと追いながら、イコはオネから聞いた昔話を思い出していた。あのお話に出てくる、悪い精霊を封じ込めるために、大陸中の魔導士が集まってこしらえたという石棺に、これはみんな、そっくりだ。

その昔話の悪い精霊は、天と地の狭間《はざま》の虚《うつろ》から生まれた。虚の精だから魂を持たない。それが悔しくて、人の子をさらっては魂を抜き、自分の空っぽの胸のなかにしまおうとしては失敗し、地団駄踏んでいるうちに、空っぽの胸のなかに悪魔をつくりあげてしまったというお話。

自分がつくった悪魔なのに、虚の精霊は悪魔に勝てず、悪魔の言うなりに、悪いことばかりをするようになってしまった。驚いた創世の神は、虚の精霊に魂を与えてやる。そうすれば、おとなしくなると思ったのだ。でも、精霊の胸に生まれた悪魔は、もらった魂をもらったそばから食い尽くしてしまい、だから、神がいくつ魂を与えても、虚の精霊は満たされることがない。それどころか、かえって飢えがつのるのだった。

創世の神は大いに困り、とうとう、地に散らばっている賢いヒトの魔導士たちを集めて、虚の精霊を悪魔ごと封じ込める石棺を造るようにと頼むのだった。虚の精霊に子供たちを捕られた、その悲しみと怒りを以て、人の手で封じること。それしかもう方法はない、と。

そうして造りあげられた石棺は、歪んだ卵のような形をしていた。そしてその全面に、浄化《じょうか》と慰霊《いれい》の言葉が刻まれていた。魔導士たちが呪文を唱え、刻まれた言葉に力を与えると、石棺は光り輝き始めた。そして、虚の精霊を吸い寄せて、封じ込めることに成功したのだった。

今、イコの目の前に、見渡す限りずらりと並べられている石棺にも、やっぱり文字と絵柄が刻み込まれていた。イコはふと胸元に手をあて、御印《みしるし》に触れた。御印に織り込まれた古代文字と、石棺を彩る文字と絵柄。似ているところはないだろうか。

どちらも、イコには読むことができない。石棺の絵柄は、人の形を模しているようにも見える。いずれにしろ、あれにもきっと意味があるのだ。

では、どんな意味が?

お話のなかでは、それは浄化と慰霊だった。

それとも、悪を封じるという意味?

（これが貴方の御印である）

この御印を着せかけて、村長《むらおさ》はそう言った。イコに、「おまえ」ではなく「貴方」と呼びかけて。

（御印も貴方をお認めになった）

その目に希望の光を宿して。

それなのに、ここで御印を思わせる絵柄の石棺を仰いで、思い出されるのは不吉な昔話ばかりだ。

イコは御印の胸元を、そっとつかんだ。

イコがたくさんの石棺を観察することに夢中になっているうちに、神官と二人の神兵は、壁際にまで進んでいた。彼らは、三人並んで足を止め、あるひとつの石棺を仰いでいた。

「あれだ」

壁に仕切られた四角い升目《ますめ》のなかに納められた、数え切れないほどの石棺。そのなかのひとつを、神官は指さした。

その石棺は、薄青く、また薄赤く、生き物のように脈動しながら、どくん、どくんと光っていた。

神官が指を組み合わせ、定められた祈り、〝生贄《ニエ》の刻《とき》〟にここを訪れたこのときだけ、唱えるためにつくられた祈りを捧げると、石棺は重々しい音をたて、台座ごとするすると前へ滑り出てきた。

神兵たちは、思わず半歩後ずさりした。彼らの兜《かぶと》の角がぶつかって、鈍い音をたてる。

石棺の蓋が、ゆっくりと開いた。

「生贄をここへ」

神官の声に、二人の神兵は、はっと身じろいで互いの顔を見た。兜の奥に隠されて、もちろん表情はわからない。だが、互いに臆して譲り合う気持ちは通じ合った。

「おまえが連れてくるのだ」

神官が、剣を持っていない方——兜の角が上を向いている神兵に、厳しく命じた。

剣を持った神兵は、鎖鎧《くさりよろい》に包まれた同僚の肩が、わずかに落ちるのを見た。彼が身体の向きを変え、ニエの子の方へと歩き出すとき、踵《かかと》を引きずっていることにも気づいた。

彼らは二人、この聖なる〝生贄の刻〟の守護として選ばれ、その任務を果たせば、神兵としては至高の域に到達することになるはずだった。無事帝都《みやこ》に帰れば、さらに一階級の昇進は間違いない。

それでなくても、帝都の神兵の身分は高い。神兵。それは、神の戦士であり魂の防人《もりびと》であると認められた者にしか与えられない聖なる役職。現実の暮らしのなかでも、彼らが身にまとう権威は——神官の権威を後ろに背負っているからこそそのものではあるにしろ——木《こ》っ端《ぱ》役人など足元にも寄せ付けないほどの強力なものがある。

二人の神兵は、いずれも厳しい試練を経て、今の身分を得た。彼らの国家への忠誠と、天地を創り賜《たま》い人に魂を与え賜《たも》うた創世の神への信仰には、針の先ほどの隙もない。

しかし、それでもなお、人の親、人の子である彼らにとって、目の前にいる無邪気で元気な子供を生贄とする任務は、肩に重く心に辛いものであった。

帝都を出立《しゅったつ》する前に、神官からは説示を受けていた。〝霧の城〟は、我ら神官神兵に、非情を求めてはおらぬ。我らがニエの子を哀れみ、その子と別れの悲しみを分かち合うこともまた、〝霧の城〟の望む〝生贄の刻〟のあり方なのだと。〝霧の城〟はニエの子を喰らうだけでなく、その子を捧げる我らの心の傷みをも等しく喰らわねば、けっして満足することはないのだと。

だから悲しんでもいいのだ。嘆いてもいいのだ。怒ってもいいのだ。

ただし、逃げ出すことだけは許されぬ。

神兵はイコに近づき、その肩に触れた。ニエの子は、何に感嘆していたのか、心ここにあらぬ風情で振り返った。

神兵は、この子の手を引き、背を押して連れて行くことはできないと思った。彼には、このニエの子と同じくらいの歳の子供がいるのだった。この道中、ふとした拍子に、ニエの子の手鎖を見てしまうと、それだけで彼の心はじくじくと血を流して傷んだ。もしも我が子がこんな目に遭わされたらと、思うだけで胸が張り裂けた。

しかし生贄を捧げなければ、〝霧の城〟の怒りは解けぬ。〝霧の城〟がその憤怒《ふんぬ》を迸《ほとばし》らせれば、人の世に未来はない。

善良なる我らが創世の神は、その善良なるが故に万能ではない。邪神に荷担し、冥府《めいふ》で結ばれし盟約《めいやく》を以てその力を借り、地上の平和に仇をなすものは、創世の神のまったき敵。これと戦い、平らげるには、人もまた血を流し、犠牲を供して、我らが神に味方するしか術《すべ》はない。

すまない――という呟きを、彼は心の奥底に押し込めた。

「俺につかまれ」

神兵はイコに手を差し伸べて、そう言った。兜の奥で、彼の目に涙がにじんでいることを、悟られないようにと祈りながら。

イコが素直に言われた通りにすると、神兵は軽々と彼を抱き上げた。そして重い足取りのまま、何かを待ち受け、期待に喉を鳴らしているかのように、どくん、どくんと底光りを繰り返す石棺の方へと運んでいった。

「我らを恨むでない。すべては村のためなのだ」

石棺の蓋《ふた》を閉じるとき、神官がそう言った。彼がイコに投げかけた、最初で最後の言葉である。

2

詫びてはいなかった。厳《いか》めしくもなかった。頭巾《ずきん》の奥から聞こえてきたその言葉は、あくまでも淡々と冷えていた。

村のため――

それは嘘だ。トクサの村だけのためじゃない。イコはあの石と化した城塞都市の風景を思い出しながら、心のなかで呟いた。そしてようやく、わずかながら怒りを感じた。〝生贄の刻〟というしきたりのすべてを、トクサの村のせいにするなんて、ずるいじゃないか。

石棺の内部は広く、座っていれば、天井に頭がつっかえることはない。ただ、両手首は、石棺の奥に取り付けられた木枠に固定されてしまっている。おかげで、イコは石棺の前部に背中を向けて、うずくまるような格好をせざるを得なくなっていた。これは罪人を晒《さら》すときと同じ仕掛けだ。ニエは罪人じゃないはずなのに。

石棺の前部には小さな窓が開いていたが、そちらを振り向くためには、うんと首をよじらなければならず、すぐに苦しくなってしまう。イコは、遠ざかってゆく神官たちの足音を、背中で聞いた。

ややあって、ごおんという音が聞こえた。神官たちがあの円筒に乗り込み、床が下がってゆくのだ。行ってしまう。イコ独りをここに残して。

広間に静けさが戻ってきた。

〝霧の城〟の静寂《せいじゃく》。長い年月、この城を支配してきた沈黙。

ことりことりと、イコの心臓が鳴った。イコはゆるゆると息をした。ずいぶん長いこと、独りでそうやって、静かに息を整えていた。

何も起こらなかった。

このまま、ずうっとここでこうしているのだろうか。石棺に閉じこめられ、飢えと渇きで死ぬことが、生贄に課せられた使命だというのだろうか。

イコは村長の顔を思い浮かべた。オネの声を思い出した。わたしたちは、おまえが帰ってくるのを待っている。

でも……どうやって？

そのとき、身体が感じた。小鳥の羽毛の震えにも似た、ごくかすかな振動を。

石棺が揺れている。

最初は気のせいかと思った。今朝、旅の携帯食糧をもらって以降、何も食べていない。こんなにも気が張りつめていなかったら、とっくに空腹でお腹《なか》がぐうぐう鳴っていただろう。だから、あまりにもお腹が減りすぎてめまいがしたのかと、とっさにそう思ったのだ。

でも、それは勘違いだった。イコがふらついているのではなく、本当に石棺が揺れているのだ。

揺れは上下左右、どんどん激しくなってゆく。両手を木枠に囚われたまま、イコは両足を踏ん張って恐怖をこらえた。振動が強くなるにつれ、低い轟音《ごうおん》も高まって、イコの耳をいっぱいに満たした。揺れているのは石棺だけでなく、この広間全体だ。広大な空間が身震いをして呻《うめ》いている。

そのとき、前後の揺れが、石棺の耐える限界を超えた。手首をいましめていた木枠が音をたてて外れた。神官たちがイコをここに閉じこめたときの手順を、そっくりそのまま逆戻りして、石棺は壁の枠から吐き出されるように飛び出し、蓋がはじけ飛んだ。イコは宙へと放り出された。身体が浮き、視界がくるりと廻り、次の瞬間には、冷たい石張りの床に叩きつけられていた。右の角がしたたか床にぶつかり、甲高《かんだか》く乾いたコツンという音をたて、それから、すべてが真っ暗になった。


雨の音が聞こえる。

ざあざあと降りしきっている。

イコは高い塔を昇っていた。目も眩《くら》むほどに頭上高くそびえる、中空《ちゅうくう》の塔だ。地階からでは、天井は暗い影になってしまってよく見えない。

内周を巡る螺旋《らせん》階段は、塔そのものと同じく、古びて朽ちかけていた。螺旋階段にはイコの目の高さほどの手すりがついており、槍《やり》の穂先《ほさき》のように尖った返しが、ぐるりとその縁を飾っている。

雷鳴が轟《とどろ》いて、イコは身をすくめた。何時《いつ》の間にか外は夜になり、嵐に包まれていたのだ。塔の高さの半分ほどまで昇ると、息が切れてきた。寒い。目の先の壁には窓が開いていて、ぼろぼろになった日除けの布が、強い風にはためいている。そこから吹き込む風の冷たさと、石壁の放つ冷気が、イコの身体を芯まで冷やしてしまう。

稲妻が閃《ひらめ》き、イコの目を射た。でもそのとき、一瞬の光が視界を照らし、イコは塔の内周のてっぺんに、何かがあることに気づいた。

用心深く壁に手をついたまま、目をこらし、見つめてみる。あれは——なんだ？

鳥籠《とりかご》だ。何て大きな鳥籠だろう。塔の天井から吊り下げられているのだ。

イコは急ぎ足でまた螺旋階段を登り始めた。あと二、三周すれば、あの鳥籠と目の高さが同じくらいになる。

近づけば近づくほど、鳥籠は異様だった。トクサの村では、卵を採るために飼っている鶏たちは放し飼いだが、魔物を祓《はら》う声を持っているという夜鳴き鳥や、祝儀《しゆうぎ》に祭壇に供《そな》えて歌声を待ち、その鳴く音色で吉凶を占うために捕まえてくる風羽鳥《かざはねとり》は、草木の蔓《つる》と柳の若木の枝でこしらえた綺麗《きれい》な籠に、大事に大事に収めて飼う。籠の細工が美しいので、それだけでも飾って目を愉しませることができるほどだ。

だが、この塔のてっぺんから吊り下げられている鳥籠は、そんな華奢《きやしや》な代物ではなかった。鉄《くろがね》で作られているらしく、どっしりと重そうだ。円形の底の部分の差し渡しは、イコの身の丈より長いだろう。格子は太く頑丈そうで、隙間は掌の幅にも満たない。明らかに、鳥よりもはるかに大きなものを閉じこめるための籠だ。

外周の底にはぐるりと棘《とげ》がつけられている。これは、籠のなかのものが逃げないように閉じこめておくためではなく、むしろ、なかのものを逃がそうと試みるものを排除するための拵《こしら》えのように思われた。

鳥籠はゆっくりと揺れている。強い風のせいだ。イコはどんどん走って登った。もう少しで、鳥籠の内部に目が届くほどの高さまで登れるだろう。それにしてもごつい鳥籠だ。ぶら下げている鎖の太いこと。僕の手首ぐらいありそうじゃないか。

と、そのとき、鳥籠から何かが滴《したた》り落ちたことに気づいた。足を止め、螺旋階段の際ににじり寄ってみる。水——水滴だろうか？　ぽとり、ぽとり。またぽとり。遥《はる》か目の下の地階まで。滴り落ちて輪を作る。真っ黒な輪だ。ただの水じゃない。影を溶かし込んだような、漆黒《しっこく》の滴りだ。

それが鳥籠の底から染み出している。きっと、なかに何か入っているのだ。

トクサの村の狩人たちが、仕留めた獲物を鞍《くら》につけて帰ってくると、馬の足元に血が滴る。その様を、イコは思い出した。あの鳥籠のなかには生き物がいるのだ。どんな生き物であるにしろ、それが真っ黒な血を滴らせているのに違いない。

雷鳴が轟いた。まるで、イコにそれ以上昇るな、詮索《せんさく》をするな、立ち去れと叱りつけるかのように。

それでもイコは昇って行った。鳥籠の底が目の高さになる。のぞきこむ。おや、なかは空のようだ。何も入ってない。だって何も見えない——

いや、何かが動いた。暗くてよくわからないけれど、確かに動いた。

人だ。あれは人の頭じゃないか？

イコは立ち止まった。それと同時に、鳥籠のなかでうずくまっていた黒い影が、するりと半身を起こしてこちらを向いた。

ほっそりと、すんなりと、しなやかな人の影。満月の夜、足元に落ちる人の影。薄闇のなかでその輪郭《りんかく》はぼやけ、しかし音もなく動いている。首と肩の美しい線が、おぼろに見える。

込み上がってきた悲鳴を嚙み殺しながら、イコは壁際に後ずさった。背中と肩が、べったりと壁にくっついた。黒い影には目鼻がなく、本当にこちらを向いているのかどうかさえ定かでない。それでもイコは視線を感じた。稲妻と雷鳴。さしかけた強い光に、鳥籠のなかの影が浮き上がる。目の迷いではない。イコは見ている、黒い影を。黒い影も、イコを見ている。

籠の底から滴り落ちるは、この黒い影が流している黒い生き血。

目の前のものに気をとられて、イコは知らなかった。自分が強く背中を押しあてているその壁に、ぽつりと黒い染みが浮き出たことを。それはイコの左の指先から始まり、みるみるうちに広がって、イコの身体全体を包み込むほど大きくなった。

この冷たさ。はっと身じろいだがもう遅い。壁から湧き出た漆黒の影は、流砂のごとくイコを呑み込みにかかっていた。引っ張り込まれる。吸い取られる。助けを求め、イコは空しく宙をつかんだ。鉄の鳥籠のなかの黒い影は、抗《あらが》うイコを見つめている。それの流した黒い血が、塔に吸い込まれ、壁を通ってイコに襲いかかった。それを知りつつ、どうすることもできないというように――

イコは目を見開いた。

夢だ。今のは夢だ。気を失って、夢を見ていたんだ。

イコは俯《うつぶ》せに、手足を伸ばしてぺったりと倒れていた。

しばらくのあいだ、そのまま横たわっていた。自分の身に何が起こったのか、それ以前にここは何処《どこ》なのか、体感できるほどに頭がはっきりするまでは、動くことができなかったのだ。

ここは〝霧の城〟だ——

起きあがり、座り込んだまま身体のあちこちを点検してみた。怪我はないみたいだ。立ちあがって膝を曲げ伸ばしてみた。ぴょんと跳ねる。うん、どこも痛くない。イコはいつだって、継母《まんかか》さまたちをびっくりさせるくらいに丈夫な子なのだった。

顧《かえり》みると、すぐ傍らに、壁の枠から飛び出した石棺が、まるで壊れた荷車のように、前のめりになって落ちていた。蓋と留め金の部分が壊れてしまっている。砕けた石を、イコは拾ってみた。冷たくざらついている。

石棺はもう光ってはいなかった。

何の理屈があるわけでもなかったが、ふとイコは思った。石棺が死んじゃった。でも、何でそんなふうに思うんだ？　それは——複雑な絵柄と古代文字をどくんどくんと明滅させていたときの石棺が、まるで生き物みたいに見えたからだ。うん、確かにそうだった。

石棺は大口を開けてイコを呑み込み、頭からがりがり食べようとした。でもイコは、石棺にとっては毒になる食べ物だった。だから大慌てで吐き出したのだけれど、毒にあたって壊れてしまった。

石棺にとっての毒は、〝霧の城〟にとっても毒であるはずだ。そう考えたとき、風もない広間のなかで、御印《みしるし》がふわりとそよいで持ち上がり、またイコの胸の上に落ち着いた。

イコはそれを手で押さえた。この御印は貴方のものだ。村長《むらおさ》の言葉が、再び耳に蘇る。

イコは生贄《ニエ》であるはずなのに、この角は、紛れもなくその証であるのに。

石棺は壊れ、イコを捕らえ損ねた。

その意味するところは何だ。

広間中の壁を埋め尽くす枠と、そこに納められた数え切れないほどの他の石棺は、最初に見たときと同じように、ひっそりと静まりかえっていた。イコの石棺を除けば、所定の位置から動いているものはひとつもない。

小窓からの薄明かり。気を失ってから、さほど時が経っているわけではなさそうだ。豪雨と雷鳴は、やっぱり夢のなかのものだった。

それでも、あの黒い人影の記憶は鮮明だった。あれは誰だろう？　あれこそが〝霧の城〟の城主なのか。イコの夢のなかに忍び込み、その正体をかいま見せて、イコを怯えさせようとしたのだろうか。

両の掌を筒にして、口にあて、イコは呼んでみた。「おーい」

壁に反響して、自分の声が返ってくる。

もう一度。「おーい、誰かいませんか」

相手をしてくれるのは木霊《こだま》だけだ。神官も神兵たちも、とうに立ち去ってしまった。

イコを取り囲み、見おろしている、物言わぬ石棺たち。そこに囚われ、塵《ちり》となり、〝霧の城〟

の一部とされたかつてのニエたち。

そのなかで、イコは自由だ。

とりあえず、ここから出よう。〝霧の城〟から出て行こう。トクサの村では、村長と継母さまが待っている。


広間の壁のあちこちも、よく見ると崩れていた。何段にも重なった枠には、上に登れるように梯子《はしご》がかけてあるが、それもガタついていて危なっかしい。

好奇心と、もしや誰かがいないかと――思いがけず石棺から出てきてくれたり、イコの足音を聞きつけて、助けを求めてくれたりしないかという想いに急《せ》かれて、ぐるぐる空しく歩き回り、梯子にも登ってみた。

でも、やっぱり誰もいなかった。とことん独りぼっち。ただ、そうやって視点を変えて見回してみたおかげで、回廊状の階段を上っていった先の壁に、木の取っ手のようなものがあることに気がついた。

近寄ってみると、確かに取っ手だ。上から下に動かせるようだ。うんと背伸びをすれば手が届く。

長い年月、動かされたことがないらしく、取っ手は手強《てごわ》かった。イコは顔を真っ赤にし、全身の力を込めた。抗議するように、取っ手の木の部分がぼろぼろとはげ落ちて、顔の上に落ちかかった。

とうとうイコの力が勝って、取っ手はがたんと下へ動いた。と、一瞬遅れて、広間の何処《どこ》か近い場所で、何かがさらに大きな音をたてた。

イコは階段から手すり越しに見おろし、すぐ目の下の扉が開いていることに気がついた。神官たちとここへ来たとき、剣から放たれる白い光に呼応して開いた、対になった石像の扉のちょうど真向かいにある木の扉だ。さっき見つけたときには、押しても引いても開いてくれなかった。表面がだいぶ傷んでいるので、壊して開けることができないかと思っていたのだけれど、この取っ手が鍵になっていたものであるらしい。良かった！

嬉しかったから、走って扉をくぐった。その先はまた別の部屋、広間よりはずうっと狭い部屋になっていて、床に段差がついている。何に使う部屋だろう。

イコは、パチパチという音に立ち止まった。広間ほどではないがここも天井が高く、壁の上部の周り縁に、松明《たいまつ》が設置されているのだ。赤々と燃えている。

懐かしい火の色だ。ほっとしそうになって、だがこれは妙だと思い直した。

誰が灯した？

誰のための明かりだ？

神官たち？　帰る前に、ここを通って火を点けたのか？　そんなはずはない。石棺に閉じこめられると、すぐに、彼らがあの上下する円い床に乗り込んで、降りてゆく物音を聞いた。それに、もしも彼らがイコの通ってきた扉を抜けたなら、壁の取っ手が上がっていたはずはない。だいいち、神官たちには松明を灯す必要などなかった。

では、城主が灯したのか。新たなニエ、新鮮な生贄《いけにえ》を迎えるために？

〝霧の城〟は生きている。

イコはかぶりを振った。考えても仕方がない。臆病風に吹かれるだけだ。幸い、床の段差は高いけれど、イコがよじ登れないほどではなかった。手も足も、滑らかに力強く動いてくれた。いちばん高い段差を登ると、そこで行き止まりだった。見上げると、もう一段高い段差がある。だが、そこには飛び上がっても届かない。と、天井から太い鎖が下がっていることに気がついた。何かをぶらさげていたものが、鎖が傷んで途中で切れてしまったという感じがする。

夢のなかの、鋼鉄の鳥籠を思い出した。あれもこんなふうに、太い鎖で吊り下げられていたじゃないか。

ぶるると身震いが出た。イコはジャンプして、鎖をつかんだ。するすると登ってゆく。縄《なわ》登りなら得意だ。半分ほど登ると、周り縁というよりは通路のような足場を見つけた。体重をかけて鎖を揺らし、振り子の反動をつけて、ぽんと着地。大丈夫、大丈夫だ。ちゃんとやれる。

正面の壁には、四角い窓が並んで開いていた。窓の縁に飛びついて、腕で身体を引き上げると、向こう側にはもっと広い部屋があるのが見えた。よし、行こう。出口を探し出すんだ！

3

窓の縁から隣の部屋へと——

身を躍らせたとき、唐突に、思っていたよりもずっと高いところから飛び降りることになると気がついた。耳元でひゅうと風が空を切る。目測を誤った！

が、次の瞬間には、イコは両足ですとんと石の床に着地していた。積もり積もった埃が、白い煙のようにぱっと舞い上がった。

ひやりとした。振り返って四角い窓を仰ぐ。トクサの村でも、あんな高さから飛び降りるようなイタズラはしたことがなかった。でも、どこも痛くないし、脚も膝もしっかりしている。もともと元気なのは自分の取り柄だと思っていたけれど、ここに来て、さらに強くなったのかもしれない。

御印《みしるし》のおかげだろうか……？

それでも、ちょっと空腹であることには間違いない。それに喉が渇いた。どこかに水はないかしら。耳を澄ましてみたが、聞こえるのは、ここでもまた松明《たいまつ》がぱちぱちと爆《は》ぜながら燃えている音だけだった。

この部屋はまた広大だった。石棺のある大広間の——半分ぐらいの広さはありそうだ。イコが飛び降りた場所のすぐ左手に、あの石造りの像みたいなものが並んでいる。今度のは一対ではなく、四体が仲良く頭を並べて道をふさいでいるのだ。

像の上部には、半円形の透かし彫りの明かり取りがあり、向こう側にも通路か部屋があるらしいことが窺《うかが》えた。でも、この像は、神兵が船着き場のどこかから持ってきた不思議な剣がなければ、動かすことはできない。

他には、出口らしいものは見あたらない。正面は行き止まりの壁だ。

目の先の床の上に、そこだけ滑らかにならされた石で、円い台座のようなものがしつらえられていた。何か、底が円いものを運んできて設置するための目印のようにも見えた。

それにしても、この壁と天井。なんて高いんだ。部屋の床の部分は四角いけれど、上の方へゆくと壁は丸みを帯び、回廊状の階段が、壁の内周を這うようにしてうねうねと上へ延びている――

そこで気がついた。これは、夢に出てきた場所だ。あの階段。尖った手すり。そう、思い違いじゃない。確かにここはそうだ。

イコははっとして、遥か高みの天井を仰いだ。ここが夢の場所に間違いないならば、天井からは、あの恐ろしい鳥籠がぶら下がっているはずだ！

そのとおりだった。てっぺんの近くに開いている窓から差し込む陽射しを受け、確かに、鋼鉄の鳥籠の底が鈍い光を放っていた。

イコは自分の足元に目を落とした。閃《ひらめ》いたのだ。床の上にある円い台座。あれは、あの鳥籠をここに下ろすことができるという印じゃないのだろうか。

背中がぞくりとして、腕に鳥肌が立った。夢で見た光景、夢のなかで起こった出来事が、頭のなかに蘇る。イコは慎重に足を進めて、円い台座の縁に立ち、もう一度頭上を仰いだ。

今にも、黒い生き血が滴り落ちてくるのではないか。

だが、しばらく待っても何も起こらない。それなら、上に昇ってみよう。両脇の壁に梯子《はしご》がかかっており、梯子を登ると、そこから回廊状の階段への上がり口に通じている。

思いの外、梯子には傷《いた》んだ様子がなく、しっかりとイコの体重を受け止めてくれた。軋《きし》むことさえない。イコは急いで梯子をあがり、階段を登り始めた。夢のなかでの行動が、そっくりそのまま再現される。違っているのは、外が嵐ではなく、明かり取りの窓から陽光がさしかけていることだけだ。どんどん登ってゆくと、上方の窓の縁に布がさがり、風にひらひらとはためいているのも見えてきた。これも夢と寸分たがわない。

登ってゆくほどに、鋼鉄の鳥籠がはっきりと見えてきた。イコの心臓がどきどきと跳ねた。今にもあの黒い人影が見えてくるのじゃないか。それは黒い血を流し、イコの方にゆっくりと頭をもたげる――

イコは足を止めた。

ああ、鳥籠のなかに何かいる。

しかしそれは、黒い影ではなかった。

白い――それもただ真っ白なのではなく、ほのかに輝いている。真夜中に仰ぐ月のような白さ。音もなく水辺を飛ぶ蛍《ほたる》のような、淡く浄《きよ》い輝き。

でも、人影だ。

「誰？　そこに誰かいるの？」

そっと手すりに近づきながら、イコは鳥籠に向かって声を放った。すると鋼鉄の檻《おり》の向こうで、白い影がつと動いた。

「そんなところで何してるの？」

思わずそう問いかけてしまってから、イコは急いで言い足した。「待ってて。今、下におろしてあげるから」

また走って階段を登りながら、イコは胸が躍るのを感じた。〝霧の城〟に囚われ人がいる！　僕と同じニエだろうか？　石棺に入れられず、あんなところに閉じこめられているのは、どんな事情があるのだろう？

とにかく、助けなくちゃ！

気持ちに急《せ》かれて登っていくと、いきなり階段が崩れ、途切れている場所にぶつかった。鉄の鳥籠はまだ頭上にあり、寸断された場所さえ渡れれば、その先の階段は無事に残っている。でも、そこまでは相当な距離があった。走って飛んでも届きそうにない。

イコは壁の右手の窓に目をやった。高いところにあるけれど、飛びついてよじ登ればなんとかなりそうだ。幸い、途切れた場所を渡った先の、向こう側の階段のそばにも窓が開いている。窓の外の壁を伝って、あちらの窓からまた中に入ればいい。

窓の縁に登り、頭を外に出してみて驚いた。そこは広いベランダになっていた。海鳴りと鳥の鳴き声が聞こえる。

ベランダに出ると、陽光がまぶしくイコの目を射た。爽やかな空気が肺を満たした。やはり、ここは塔のようだ。はるか真下の足元は海。空の方がずっと近く、手をあげれば雲がつかめそうなほどに感じられる。

岸壁にそそりたつ、雄大な〝霧の城〟。ベランダから見渡し、自分が本当にそのなかにいることを、イコは初めて実感した。ベランダからの景色には視界に限りがあるけれど、それでも、他にもここと似たような円形の天井を持つ塔がひとつと、複雑に入り組んだ建物の連なりがよく見える。窓もたくさん見えるけれど、もちろん、どこにも誰もいない。

強い風が吹いている。

ベランダの端まで走り、窓を通って塔の中に戻った。一段と高い場所まで登ったからだろう、中にいても風の唸りが耳に届く。でもそれは、イコを怯えさせるより、むしろ励ましてくれた。

明るい空と潮風は、イコがけっして身動きもとれずに閉じこめられているわけではないことを教えてくれる。〝霧の城〟を取り囲む美しい自然は、立派に生きているのだ。出口さえ見つけることができれば、イコもまたその自然のなかに戻り、同じように生きてゆくことができるのだ。

階段は、ちょっと先で今度こそ本当の行き止まりになっていた。手すりに三方を囲まれた場所の、右手には木の扉。大広間を出るときイコが通ってきたのと同じ形だが、やや大きい。そしてその扉の脇に、やはり大広間で見たのとよく似た取っ手のような仕掛けがあった。今度のは壁についているのではなく、床に設置されている。

取っ手に両手をかけ、ぐいと倒した。イコは、脇の木の扉がさっと上がり、新しい通路が開くのではないかと思っていたのだが、その予想ははずれた。この取っ手こそが、鳥籠を動かす仕掛けになっていたのだ。

ぎしりと重く軋んで、巻きあげられていた鎖がほどけ、鋼鉄の鳥籠はゆるゆると下がり始めた。取っ手をいっぱいに倒したところで、イコは手すりに寄って下を見た。下がってゆく――下がってゆく――。今では真上から見おろしているので、鳥籠の中央に、白く輝く人影が倒れ込んでいるのが見える。

やっぱり、あの円い台座は鳥籠の受け皿になっていたのだと思った途端、再び鎖が軋んで下降が止まった。反動で、鳥籠が左右に揺れる。まだ台座に着いてはいない。途中で止まってしまったのだ。

イコは取っ手を動かしてみたが、もう反応はなかった。何かに引っかかっているのかもしれないけれど、距離が遠くてここからではわからず、どうしようもなかった。

イコも階段を駆け下りた。汗がこめかみから流れるのを、走りながら手の甲で拭う。やっぱり喉が渇いた。

鋼鉄の鳥籠は、ちょうどあの四体の像の頭の高さぐらいのところで止まっていた。階段を下りきると、目の高さが釣り合い、鳥籠のなかがよく見えた。

白い人影は、鳥籠の中央に立ち上がっていた。ほっそりとした身体。華奢《きゃしゃ》な首。裾丈《すそたけ》が膝頭に届くくらいの、きれいだけれど風変わりなドレスを着ている。ドレスの色も白い。

そう……女の人だった。

俯《うつむ》いて、足元を見ている。イコに気づいてないはずはないのに、こちらの方には目もくれない。もう一度声をかけようとして、イコは口をつぐんだ。何と呼びかけたらいいかわからなかったのだ。さっきも返事はなかった。もしかしたら聞こえないのかもしれない。

さて、どうしたものか。どうやったら鳥籠を台座まで下ろせるだろう？

呼吸を整えながら、しばらく考えた。身体の汗がひいてゆく。

とにかく、もっと鳥籠に近づいてみよう。反対側の壁の縁をぐるっと回っていけば、あの四体の像が並んでいるところまで行けそうだ。像の上部の明かり取りのさらに上に、庇《ひさし》のようなでっぱりが見えている。あそこまで行ってみれば、もっと様子がわかるだろう。

いったん梯子を下り、反対側の壁まで走る。そこの梯子を上り、壁の縁を駆ける。そのあいだじゅう、イコは鳥籠のなかの女の人から目が離せなかった。彼女はまったく動かなかった。人ではなく、人形のようにさえ見えた。

いや本当に、人の形こそしているけれど、人ではないのかもしれない。あの浄《きよ》く白く輝く身体は、生身の人間などではなく、もしかしたら精霊の化身なのかもしれない。
継母《まんかか》さまがよく話してくれた、森の精霊のことを思い出した。優しい心の持ち主で、森で育《はぐく》まれるすべての命を愛おしみ、その一方で、森の恵みを受けて生きる人の命をも守ってくださる。だから、迷っている旅人や傷ついた狩人を見つけると、若い娘の姿に化身して現れ、助けてくれるのだ。

　四体の像の真上までたどりつくと、イコは迷った。

　鳥籠のなかの女の人は依然として動かない。イコに背中を向けて立っているだけだ。この距離なら充分に声も届くはずだ。呼んでみようか。鳥籠の扉を揺さぶり、開けることはできないかと訊ねてみようか。

　いや……駄目だ。あの腕ときたら、イコよりも細いくらいじゃないか。重い鳥籠を揺さぶることなんか、到底できそうもない。

　どうしたらいいか。

　よく見ると、鳥籠を吊り下げている鎖は、いかにも太くて強そうだけど、だいぶ傷んでいるみたいだ。鳥籠の本体も、目で見るほど頑丈ではないかもしれない。

　うん、そうだとイコは決めた。ここから鳥籠の上に飛び移ってみよう。鳥籠の円い縁から飛び出している危険な棘《とげ》にさえ注意すれば、難しいことではない。イコが鳥籠に乗っかれば、二人分の体重で、鎖の引っかかりを取ることだってできるかもしれない。

　ジャンプすると、イコは苦もなく鳥籠の天井に飛び乗った。途端に、鋼鉄の鳥籠ががくんと傾いた。確かに鎖は傷んでいた。イコが予想した以上に脆《もろ》くなっていたのだ。今の衝撃で、輪のひとつがぐいと延び、呆気なく切れた。鳥籠はわずかに傾きながら、部屋中に響く音をたてて台座の上へと落下した。

反動でイコは鳥籠から振り落とされた。切れた鎖が跳ね上がり、壁を叩いた。その振動で、イコが石の床に尻餅をついたのに一拍遅れて、壁の松明の燃え木が一本、からんと軽い音をたててすぐそばに落ちてきた。まだ火が点いている。

が、それに目をとられたのはほんの一瞬のことだった。イコは床にへたりこんだまま、ぽかんと口を開けて鳥籠を見た。

あの白い女の人が、鳥籠から出てくる。

落下の衝撃で扉が開いたのだ。彼女はゆっくりと、川の浅瀬を歩いているみたいな足取りで鳥籠の縁をまたぎこした。その脛《すね》の線の美しさ。彼女は裸足だった。足の指の一本一本、爪先までもが、神々《こうごう》しいまでの白い光をたたえていた。

彼女はゆるりと首を巡らし、自分を捉えていた鳥籠を見、部屋の石壁を見回し、それからイコへと視線を下げた。

確かに女の人だ。でも、遠目で見たよりもずっと若い。少女と言った方がいい。それでもイコよりは背も高く、ちょっぴり年長のようには思える。

短く切った栗色の髪。さらさらと頬を撫でている。髪と同じ色合いのつぶらな瞳が、しっかりとイコの顔を見据えている。

精霊だ——イコは思った。やっぱり精霊だ。

だってこんなにも綺麗《きれい》なんだもの。

彼女のくちびるが小さく動き、言葉を発した。

松明の燃える音だけが響く静けさのなかで、しかしイコにはその言葉が聞き取れなかった。今まで聞いたこともない言葉だったのだ。

そおっと爪先を運んで、滑るように音もなく、彼女は近づいてくる。また何か呟いている。話しかけられているんだ。

でも、意味がわからない。

「き、君――」

やっと口が開いて、声が出た。

「君もイケニエなの？」

精霊も〝霧の城〟に囚われることがあるの？　誰かが君をここに連れてきて、鳥籠のなかに閉じこめたの？

その問いは言葉にならなかった。代わりに、イコの口はほとんど勝手に動いて、自分がニエであることを語っていた。角が生えたから、ここに連れてこられたんだよ――

少女はイコのすぐそばまで近づくと、優雅に膝を折ってしゃがみこんだ。そしてイコの方に手を差し伸べ、イコの頬に触れようとした。

その白い指先。宝石のような瞳。トトと探険した洞窟の地底湖が放っていたのと同じ、神秘の輝き。

そのとき、イコは気づいて目を見張った。黒い煙の塊《かたまり》のようなものが、少女の背後へと迫っている。

4

いったい何が燃えて、こんなへんてこな煙が現れたのだ？

そんな疑問に気をとられていたのは、ほんの一瞬のことだった。その一瞬のうちに、少女の背後に立ちはだかった黒い煙の塊から二本の太い腕が伸びた。少女の華奢《きやしや》な身体をすくうようにして引っさらい、肩の上に担ぎ上げると、くるりとこちらに背を向けて、部屋の隅へと歩き出す。少女が小さく悲鳴をあげたが、まったく意に介する様子がない。

そう、歩いている。漆黒の煙、暗黒の霧。しかしそれには腕も脚も、分厚い肩もある。ヒトの姿に似てヒトには非ず、その巨大な頭は膨《ふく》れて歪み、イコのものと同じような角が生えていた。

煙の塊なんかじゃない。魔物だ。怪物だ。

認識に頬を叩かれ、イコは悟った。石の床から跳ね起きると、後を追った。

真っ黒な煙の怪物は、足取りだけはのしのしと、しかし音もたてず、そこはまた煙や霧の如く、滑るように素早く部屋を横切ってゆく。それが背中を向けていても、目玉が光っているのが見えた。一対の目玉は、それぞれがイコの拳ほどに大きく、瞳もなければまぶたもなく、ただ夜空を横切って燃え尽きる寸前の流れ星のように煌々《こうこう》と輝いている。

その肩の上で、少女は諦めたようにぐったりしている。

いつの間にか、部屋の隅の石床の上に、今まで見たことのないものが出現していた。それもまた漆黒の——円い輪のようにも見えるが、その水が動いている。いや、水じゃない。やっぱり真っ黒な、煙か霧だ。輪の内側で渦巻き、煮え立つように激しく揺れざめいている。

その輪のそばまで行くと、怪物はぐいと前に屈んだ。節くれ立った脚を踏み出し、黒い渦のなかに入って行く。するとその身体がずぶずぶと沈み始めた。少女を肩の上に担いだまま。

たちまちのうちに怪物は腰まで沈み、すぐに胸までが輪のなかに消えた。少女は両手を伸ばし、渦巻く黒い煙の縁に、必死でしがみついている。引っ張られる。引きずり込まれる。少女は首を振り、栗色の髪が乱れ、か細い二の腕に力がこもる。しかし、少女を呑み込もうとする渦の力はあまりに強く、一人ではとても抗うことができない——

イコはほとんど前のめりになって駆けつけ、少女に向かって手を伸ばした。驚きと恐怖で声が出ない。ただただ夢中で少女の手首を握り、力任せに引っ張った。少女を捉えている渦の力は強く、イコは、少女の腕が抜けそうになるのをはっきり感じた。自分の肩も、ごきりと鳴った。力むあまりに革のサンダルが滑って、床に転んだ。

倒れた拍子に、もう一方の手も少女に届いた。今度は両手で彼女の手首をつかみ、体勢を立て直しながら、満身の力を込めて、彼女を渦のなかから引っ張り出した。

少女の裸足の爪先が、渦の縁を越えた。すると彼女はその場に倒れ込み、つないでいた手が離れた。イコもぜいぜいとあえぎながら、石床の上に膝をついた。

少女は溺れかかったときのように、苦しげに息をしている。そのすぐ後ろで、黒い渦はまだぐるぐると騒いでいる。

「い、今の何？　これは何？」

彼女をもっと渦から遠ざけた方がいい、早くここから逃げた方がいい、もういっぺん手を引っ張って立ち上がらせなきゃ——さまざまな考えが頭のなかで泡立つ。それでも、口をついて出たのはその言葉だった。

「君を狙ってたよね？」

さらって、連れ去ろうとしていた。あの渦のなか、奥深く。黒い煙の煮えたぎる底の底までもへと。

少女は床にへたりこみ、頭を下げてまだあえいでいる。イコも、自分の心臓があわてふためき、喉元あたりまであがってきて、そのせいでかえって呼吸がふさがれてしまっているみたいな感じを覚えた。落ち着かなくちゃ。

胸に手をあて、御印《みしるし》に触れ、冷静になろうと大きく息をついたとき、また目の前から少女が消えた。あの黒い怪物が、彼女を引きずるようにして連れてゆく。新手だ。部屋の反対側の隅へ向かってゆく。ああ、そこにも黒い渦が出現しているのだ。

いったい、あれは何なんだ！

今度は驚きと恐怖ではなく、怒りと苛立ちにせき立てられて、イコは逃げてゆく怪物へと飛びかかった。拳を固めて殴りかかったのに、でもその拳は空を切った。怪物の身体を通り抜けてしまったのだ。やっぱり煙の塊だった。どれほどじたばた暴れたところで、霧を押しのけようとしているみたいに空しい。

よろめきつまずきながら、少女は怪物に引きずられてゆく。イコが殴ろうと蹴ろうと体当たりをしようと、怪物は何も感じないらしい。拳や足があたった瞬間、煙でできた輪郭《りんかく》がわずかに乱れるだけだ。どうしたらやっつけることができるんだろう？

イコは首がちぎれそうなほどの勢いで周囲を見回した。少女はどんどん遠ざかる。黒い渦へと連れて行かれる。そのとき、もっと恐ろしいことに気がついた。黒い怪物は、少女を捉えているあの一体だけではない。そこにも、ここにも、何体もいる。何対もの目玉が、真っ白に底光りしている。あるものはイコのそばをうろつき、あるものは少女の後ろに、少女を捕えている仲間の背を押すように付き従っている。イコが少女の方に駆け出そうとすると、すかさず二体が進路にふわりと立ちふさがった。

拳じゃダメだ。蹴ってもダメだ。武器なんて持ってない——

ぱちぱち、ぱちぱち。松明《たいまつ》の燃える音。

イコの頭のなかにも、明かりが点いた。

そうだ、火だ。火なら、どんな怪物だってひるませることができる。

床に落ちて傾いだ鋼鉄の鳥籠のすぐ脇で、まだあの燃え木が燻《くすぶ》っている。火が残っているのだ。イコは一直線に走って燃え木を拾い上げると、それを両手でしっかりとつかみ、怪物たちに向かって突進した。

最初のひと振りで、燃え木に残っていた小さな炎が消えてしまった。これじゃただの木の棒だ——

でも、次のひと振りで、進路を邪魔する怪物の腹の辺りを横薙《よこな》ぎにはらうと、それは途端に輪郭を失い、宙に漂う煙の残滓《ざんし》と化して、イコの前から消えてしまった。不気味な白い一対の目だけが、ほんの一握りの黒い煙をその周囲にまとわりつかせて、ふらふらと浮いている。

イコの胸に勇気が湧いた。めちゃくちゃに木の棒を振り回しながら、まっしぐらに少女の方へと進んだ。少女は今しも、部屋の反対側の隅にある黒い渦のなかに引きずり込まれようとしている。怪物の黒い腕が、彼女のほっそりとした胴に巻きついている。

ぶん、ぶん、と棒を振ると、自分の周りで風が起こるのを感じた。煙を追い散らす風だ。力いっぱい風を起こし、怪物どもを、もとの煙へと戻してしまえばいい！

少女を捕えている怪物の首をめがけて棒を振ると、煙が乱れて怪物の目が動いた。右目と左目が散り散りになり、肩の輪郭も大きく崩れた。

「つかまって！」

イコは左手を差し伸べて、少女に叫んだ。膝のあたりまで渦のなかに沈んでいる。

ほんのひと呼吸の間——まばたきするほどの短い時——なぜかしら少女はためらった。彼女の瞳がイコをとらえ、問いかけるように、イコの瞳、イコの心の底までも見透かそうとするかのように、澄んだ眼差しを投げかけた。彼女の視線があたったところ、額に、頬に、髪にそしてこの目に、さながら清水で浄《きよ》められたかのような涼やかさ、清々《すがすが》しさを、イコははっきりと感じることができた。

そして少女は、思い切ったように手を伸ばし、自分からイコの手をつかんだ。

指と指。掌と掌。しっかりと繋《つな》ぎあった手と手のあいだに、奔流《ほんりゅう》が流れた。浄く温かく、ああ、この温もりは何かに似ている——トクサの村の狩人たちを喜ばせる、豊猟を約束する吹き下ろしの南風。懐かしさと喜びと、安堵を含んだ柔らかな風。それが一気に押し寄せてきて、イコを包んだ。

するとと、視界が変わった。

同じ石の床。同じ石の壁。見上げる天井。壁の松明。

円い台座の上に、棘《とげ》をまとった鋼鉄の鳥籠が鎮座している。壊れていない。傾いでもいない。中身は空っぽで、扉は閉まっている。

鳥籠の傍らに、銀糸で織られた重たげなローブの裾を引き、杖をついた老人が佇《たたず》んでいる。杖の頭には、宝玉に彫刻をほどこした飾りがついている。イコはその彫刻が、何を模したものだか知っていた。天球儀だ。月と星々の動きを示し、その運行から、天文学者たちが神のご意志を諮《はか》るために使うものだ。

老人の髪は長く、鬚《ひげ》も長い。どちらも純白だ。老人がかすかに首を振り、イコの目に彼の顔が見えた。眉毛もやっぱり白く長い。目を覆い隠すほどだ。それでも、老人の表情を隠すことはできなかった。彼は嘆き、悲しんでいた。

――斯様《かよう》なものに古《いにしえ》の叡智《えいち》を費やすなど、人の歩むべき道ではござらぬ。

ローブを着た老人は、ゆっくりとそう呟きながら、杖の端で鳥籠を示した。

――我らが主君は道を踏み誤ろうとしておられる。この道に先はない。通じる先はただ暗闇のみじゃ。

この部屋だ。でも、床に埃はない。壁石は割れても欠けてもいない。鋼鉄の鳥籠は、つやつやと鋼《はがね》の光を放っている。作られたばかりなのだ。

ローブを着た老人は、杖を握りしめて唸るように言った。

——過ちじゃ。大いなる過ちじゃ。この城は、滅びへの道を歩んでおる。

イコはあえぎながら息を吸い込んだ。長いこと水に潜っていて、あわてて水面に飛び出したみたいだった。そうだ、ほんの一瞬、時が止まったみたいに長い一瞬、心がどこかへ潜っていた。そして戻ってきた。そして息をついた。

視界も戻った。目の前の少女。しっかりと握りしめた手と手。反対の手に構えた木の棒の感触。

すぐ足元で渦巻く黒い煙。その中心から一対の目が生まれ、続いて、むっくりと新たな黒い怪物が身を起こす。

この渦が怪物の〝元〟なのだ。

とっさに、イコはできたての怪物の頭を棒ではらった。少女と手をつないだまま、振り向きざまに背後にいた怪物もやっつけた。

怪物は、棒で薙《な》ぎはらわれると呆気なく形を失うが、目玉までは失くならない。そしてしばらく経つと、また煙を集めて元通りになってしまう。そのあいだにも、新手《あらて》が次々と渦のなかから湧き出てくる。きりがない。

逃げなくちゃ。だけど出口には、四体の像が立ちふさがっている。イコが飛び降りた窓はあまりに高く、そこへ戻るための鎖もなければ足場もない。梯子《はしご》を上っても、もうあの窓には届かない。

焦って棒を振り回し、勢い余って体勢が崩れ、イコは少女の手を離してしまった。と、少女がつと顔をあげ、四体の像の立ちふさがっているところへと、ふらりと踏み出した。すかさず怪物が近づいてくる。

イコはあわてて少女のそばに駆けつけた。革のサンダルが片方、すっぽ抜けそうになった。少女はイコの顔を見て、それからまた四体の像に目をやった。イコには意味のわからない言葉で、何か呟く。そしてあの頼りない足取りのまま、なおも四体の像のあるところへ行こうとする。

イコはもう一度少女の手を取った。すると、今度ははっきりと、彼女に引っ張られるのを感じた。あっちへ行こうと主張しているのだ。

「でも、行き止まりだよ！」

イコは叫んで、彼女の手を引っ張り返した。すると少女は、嫌々をするようにかぶりを振り、イコの手を引っ張り直す。瞳が訴えている。行こう、行こう。

ぼやぼやしているうちに、まわりを怪物たちに囲まれてしまった。イコは背中に少女をかばいながら、自分の身体を芯にして、円を描くように木の棒をぐるぐると振り回した。少女は緩やかに、でも滑らかに動いて棒を避け、怪物たちを追い散らしたイコが息を切らしながら棒をおろすと、白い右腕を優雅に差し伸べて、四体の像の並んでいるところを指さした。

わかったよ、わかった。イコは少女と手をつないで走り出した。彼女の髪と、白いドレスの肩掛けがひらひらとなびく。

部屋を横切り、落下した鳥籠のそばを通過する。少女は足が速かった。イコの前を、狩人を導く森の精霊さながらに駆けてゆく。四体の像はもう目の前に迫っている。

突然、稲妻のような白い光の筋が、宙を横切って走り抜けた。

少女は見えない壁にぶつかったかのように立ち止まり、はっと後ろに下がった。イコもひるんで足を止めた。

あの四体の像が、白い光を発しているのだ。神兵が、不思議な長剣を掲げたときと同じことが起こっていた。白い光は、四体の像のそれぞれから飛び出して、宙でひとつにまぶしく結束し、そこに素早く何かを描いて消えてゆく。

ごごっと音をたてて、四体の像が動き出した。行進しながら位置取りを変える騎士たちのように、前後左右に整然と分かれると、道を開けた。

少女は、片手をかばうように顔の前に挙げていた。彼女のすぐ右手に、黒い怪物が腕を持ち上げて迫っていた。が、像が光を放った瞬間に、それは消えた。淀む煙が清浄な風に吹き消されるが如く、跡形もなく消え去った。底光りする目玉も残さずに。

唖然と口を開け、イコは部屋のなかを見回した。左右の隅に出現していた怪物の〝元〟、黒い煙が煮えたぎるように沸き立っていたあの渦も、みるみるうちに蒸発して消えてゆく。後には、部屋の他の部分と何ら変わることのない、石敷きの床が顔を出した。

少女はゆっくりと手を下ろした。驚いている様子も、怖がっている様子もない。強《こわ》ばっていた彼女の肩がつと下がり、腕が身体の両脇に垂れた。

——消えちゃった。

イコはごくりと空唾《からつば》を呑み込み、動悸《どうき》を抑えるために胸に手をあてた。

——煙みたいな怪物たちを、あの娘《こ》がやっつけちゃったんだ。

そして、閉ざされていた扉も開けてくれた。

少女はわずかに俯《うつむ》いて、同じ場所にひっそりと佇《たたず》んでいる。イコは（自分でもどうしてそうするのか然《しか》とはわからないままに）足音を忍ばせて、そっと彼女に近寄った。

「ど、どうやったの？」

少女はつと首をひねり、イコの足元に目をやった。でも、何も言わない。

「そ、そうだよね。言葉、わからないんだ。僕の言うことも、君にはわからないんだよね。ごめんよ」

少女はまばたきをした。長い睫毛《まつげ》が綺麗だ。

「とにかく、ここから出よう。こんなところにいたら、危ないもの。僕と一緒に行こうよ。ね？出口を探そう」

自分でもそのとき気がついたのだけれど、イコはまだあの木の棒をしっかりと握りしめていた。武器とも呼べない素朴なものだけれど、あの怪物たちを追い散らすには、ちょっとは役に立ったようだ。大事にしなくちゃ。

右手で木の棒をつかみ直し、左手を——衣の袖のあたりでこすってから——促すように差し出した。少女の顔をのぞきこむ。少女はイコの目を見ず、差し出された手ばかりを見て、躊躇《ためら》っているのか思案しているのか、しばらくのあいだ動かなかった。

それから、やっと決心したのか、イコの手を取った。

掌の柔らかな感触。ほっそりとして長い指。爪のひとつひとつが、新鮮な花弁のようにつやつやと光っている。

つないだ手からイコの身体へと、また、微風のように優しく、継母《まんかか》さまの膝のように安らかな感じが伝わってきた。真夏の暑いとき、頭から川に飛び込んで、清らかな水に身体を浸したときを思い出す。汗も埃もいっぺんに洗い流され、頭の芯までひんやりと浄めてくれる。流れ込んできたその〝気〟が身体全体へと染み渡るのを感じて、あまりの心地よさに、イコは思わず目をつぶってしまった。

疲労がとれた。空腹も消えた。喉の渇きも感じなくなった。ついさっきまでは、鳥籠のてっぺんから落っこちて床でお尻を打ったところが、ちょっぴり痛かった。その痛みも消えてしまった。

癒《いや》しの力だ——

そしてまた、幻影が来た。閉じたまぶたの裏いっぱいに、ここではあるけれど現在《いま》ではない光景が広がった。

四体の像。少女が動かしてくれたあの像が、前後に二体ずつ整列している。その前で、黒い長衣に黒いヴェールをかぶった人物が、こちらに背中を向け、跪《ひざまず》いて祈りを捧げている。手に何か持っているのか？　いや指を組み合わせているだけか。その人物は、ほとんどうずくまるようにして身を屈めているので、はっきりとわからない。だが突然、その人物の胸のあたりからまばゆい雷光が迸《ほとばし》り、それを受けて四体の像が動き出した。頭を並べ、ちょうどイコが初めてこの部屋に足を踏み入れたときと同じように、道をふさいで立ちはだかった。

像が止まると、跪いていた人物が立ち上がった。ヴェールがかすかに揺れた。その人物が、手ではね除けたのかもしれない。おかげで、白い頬と、耳を覆う髪の一部が見えた。綺麗に結い上げた髪——女だ！

幻はそこで消えた。イコは目を開けた。

手をつなぎ、すぐ脇に立っている少女は、ぼんやりと前方に目をやっている。彼女には今の幻が見えなかったのだろうか？

黒い渦から助け出そうと、初めて少女と手をつないだときに見えた幻——あのなかに登場してきた老人と、今の黒衣の女。二人は別人だし、それぞれに別のことをしていた。

老人は鳥籠のことで腹を立てていた。手にしていた杖についた天球儀は、老人が学者である印かもしれない。きっと凄く偉い学者だ。だって村長《むらおさ》でさえ、天球儀について書いた書物は持っていたけれど、天球儀そのものは持っていなかったんだもの。

では黒衣の女は何者だろう？　祈りを捧げ、あの不思議な光を操って像を動かしていた。そう、封印していた。あの像は、何体か揃って封印の扉の役割を果たしているのだ。

命のないものを動かして、そんなことをさせられるなんて、普通の人じゃない。

魔女か？

昔話のなかには、よく魔女が出てくる。この世を創った善き神に敵対する邪悪な神々の従人《しもべ》となり、生きとし生けるものすべてに仇をなす闇の眷属《けんぞく》たちの一員。なかでも魔女は、堕落《だらく》したヒトの女が成り下がるもので、姿形こそ人間に似ているけれど、心は邪神の唱える暗黒の呪文に満たされて、だから魔女のいるところは何処でも、真昼でさえ薄暗くなってしまうのだという。

そんなものが、〝霧の城〟に？　ここの城主は魔女なのだろうか。

イコは一人、かぶりを振った。考えたって仕方がない。だいいち、どうしてこんな幻が見えるのか、幻が何を示しているのかということ自体、わからないのだ。

――この娘《こ》と手をつなぐと、見えるみたい。

イコは彼女の表情を窺《うかが》った。怯えているようにも、悲しんでいるようにも見えない。でも笑いもしないし、興味深そうでもない。少女はすぐそばにいるのだし、顔をのぞきこむのは易しいことなのに、イコには、彼女が霧の向こうにいる人のように思えた。

この少女こそ、何者なのだろう？

黒衣の女が作った封印の扉を開くことができる。神兵の捧げ持っていた剣と同じ力を、その身の内に秘めている――

つないだ手を軽く引いてみた。少女はイコの方に目を向けた。向けただけで、瞳にはイコは映っていない。

少女はイコより頭ひとつ背が高かった。肩の位置もイコより上にある。歳も上のようだし、お姉さんみたいだ。察することができるのは、それだけ。伏せた睫毛《まつげ》のあいだからのぞく栗色の瞳に、何かしらの手がかりが隠されていないかと、イコは一心に見つめてみたけれど、無駄だった。

ふと、彼女のドレスの肩掛けに目が行った。

イコの御印《みしるし》と同じく、この肩掛けに、〝霧の城〟の力に対抗し得る、不思議な魔力が込められているのかもしれない。頭に角は生えていないけれど、あんな恐ろしい鳥籠に閉じこめられていたのだ。この少女だって、生贄《いけにえ》であるに決まっている。彼女の身を案じる誰かが、村長と継母さまがイコにしてくれたのと同じように、そっと魔力のある肩掛けを着せかけて、無事に帰れるようにと計らってくれたのだろう。

「さ、行こう」

元気を出して、イコは呼びかけた。彼女が誰であれ、一人より二人の方が心強い。二人なら、きっと大丈夫だ。

5

封印の扉の先には小部屋があった。また大きな段差があって道を阻《はば》んでいる。いったい、〝霧の城〟というのはどうしてこんなに不便に造ってあるのだろう。あっちにもこっちにも段差があって、真っ直ぐには進めない。

今度の段差はたいそう高く、イコも両手をいっぱいに伸ばして飛びつき、よじ登らねばならなかった。下に残った少女は、ふらふらと漂うように足踏みをしている。イコが目を離すと、封印の扉の方に戻っていこうとするので、大声で呼び止めた。

「こっちだよ！」

段差の縁に腹這いになり、手を伸ばした。

「つかまって。上るんだ」

言葉が通じないことはわかったから、身振り手振りも添えて、一生懸命に説きつけた。少女はやっと手を差し伸べ、イコの手をつかんでくれた。彼女を引っ張り上げようとして、イコはまたぞろビックリした。

なんて軽いんだ。

黒い渦巻きのなかから引っ張り出したときとは場合が違う。イコの腕には彼女の体重がすべてかかっているはずなのに、薪《まき》を入れる籠ぐらいの重さと手応えしかない。少女の透けるような白い肌と、その身体を内側から満たしている光を、イコはあらためてまじまじと見つめた。

やっぱり精霊みたいだ。呼吸《いき》はしているのかしら?

肩掛けの胸にかかるあたりが、わずかに上下している。うん。吸って吐いて、僕と同じだ。手足には関節がある。頰には産毛《うぶげ》が生えている。

少女は気づいていないけれど、あまりにまじまじと見つめていたので、イコは勝手に気恥ずかしくなってしまった。

「そ、外に出られそうだね」

段差を上った先には、アーチ形の出口が見える。そこには陽光が溢れていた。

「行こう! こっちこっち」

手招きしながら走り、アーチをくぐって、驚きに打たれた。

橋だ。真っ直ぐに延びた長い長い石橋の端っこに、イコは立っていた。端の反対側は、あまりに遠くてはっきりと見えない。

潮騒《しおさい》が聞こえる。石を積み上げた欄干《らんかん》から身を乗り出すと、鳥籠が下がっていた塔のてっぺんから下を見たときと同じように、くるりと目が回った。足元には青い海が横たわっている。頭上を雲が流れ、四方八方から海鳥の声が聞こえてくる。

耳のそばで風が鳴る。御印《みしるし》がはためく。

橋の両脇に設けられた石積みの欄干の突端に、石像が一体立っている。

その足元まで近寄って、イコは見あげた。少女を後ろに置き去りに、魅せられたようになってまばたきもせずに――

騎士の像だ。胸当てを着け、脛《すね》と甲を守る具足を帯びている。その上から膝まで届く丈のマントを羽織っているので、武装の細かいところは見えないけれど、たぶん、腰には剣をさげているのだろう。

兜《かぶと》もかぶっていた。神兵たちがかぶっていたのと同じ形だ。角がついている。先端が上を向いているが、向かって左側の角は折れてしまっている。

騎士の像はこちらを向き、橋の向こうに背中を向けて、マントの下に腕を隠して立っていた。闘いの像ではない。騎士を象徴する形としては、いっそおとなし過ぎるほどの〝思索〟の像だ。長い歳月、ここで風雨にさらされていたからだろう、像は全体に摩滅して、騎士の顔立ちもぼけてしまっているけれど、もともとの表情にも、猛々《たけだけ》しいものがあったとは思えない。

〝霧の城〟に仕えていた騎士の誰かを記念して作られたものなのだろうか。帝都《みやこ》にも、歴代の近《この》衛《え》騎士団長や、この国を襲ったいくつかの戦役で功績を残した騎士たちの像が立てられていると聞いたことがある。どれも皆、馬にまたがり鞭《むち》を振り上げていたり、剣を構えて命令を発していたり、彼らの武勇と忠義を讃えて在りし日の姿をそのままに映した、素晴らしい像だという。

でもこの騎士の像は、ただ考え込んでいるだけのように見える。変わってる。

もっとよく見ようと、イコは騎士の向かい側の欄干の上に登ってみた。欄干の高さはイコの腰よりも低いけれど、足場は狭く、たったそれだけ登っただけで、さらに眼下の海面が遠くなり、一瞬ひやりと寒くなった。イコは上手にバランスをとりながら、騎士の像へと向き直った。横顔を見ても、思いに耽《ふけ》るような表情に変化はない。マントの一部に、小さな染みが点々としている。血しぶき？　いや、ただの雨の染みかもしれない。

きっとすごく古いものだ。〝霧の城〟と同じくらい古いかもしれない。兜の角はいつ折れたのかしら。折れ目も、ぎざぎざがなくなってのっぺりとしている――

どきん。

イコは目を見張った。この角度から見ると、よくわかる。

この角は、兜にくっついてるものじゃない。

確かに騎士は兜をかぶっている。でも、神兵たちの兜とは違う。この騎士の兜は、うなじのあたりがちょっと長く延びた、お椀《わん》みたいな形をしているのだ。そして耳の上に丸い穴が開き、そこから角が外に出せるようになっている。

角は兜にくっついているのではなく、騎士の頭から生えているのである。

ニエだ。僕と同じだ。角が生えている。

ニエの騎士。これはいったいどういうことだ？

あまりに驚いたせいで、自分の立場を忘れてしまった。バランスを崩し、イコは欄干から落ちそうになった。視界いっぱい、海面がぐっと迫る。わっと叫んで両手を振り回し、かろうじて欄干の内側へと転がり落ちた。

はっと息を呑むような声が、間近で聞こえた。置き去りにされて、アーチ形の出口のそばに立っていた少女が、両手を口元にあてて怯えている。

「アハ、ごめんごめん」

イコはあわてて少女に笑いかけた。少女の手がゆっくりと下り、身体の両脇へと戻る。そして彼女は近づいてくると、立ち上がったイコに並んで立った。

騎士の像を仰いでいる。彼女が何かを正面からしっかりと見つめるのは、これが初めてじゃないか。

強い海風が少女の髪を乱し、睫毛《まつげ》も揺らしてゆく。二度、三度とまばたきを挟みながら、少女はじっと騎士の像に目を据えている。

「この騎士、僕と同じニエみたいなんだ」

イコは小声で言ってみた。

「僕と同じように、石棺に入れられたんだけど抜け出したのかしら。それとも昔は——この像はずいぶん古いものみたいだから、うんと昔には、ニエが〝霧の城〟に捧げられることがなくって、この騎士は騎士としてここに仕えていたのかしら」

少女のくちびるが、かすかに動いた。風のせいではない。何か呟いたのだ。名前——みたいに聞こえた。そう、うろ覚えの名前を、口に出して確かめるために、呼んだみたいに。

「君の知っている人？」

少女は答えない。イコは彼女の手を取った。すると、半ば予想し、半ばは恐れていたことが起こった。三度《みたび》、幻が訪れたのだ。

騎士の像が動き出した——

ゆっくりと首をよじり、騎士はイコの方に顔を向けた。兜《かぶと》の面《おもて》に穿《うが》たれた二つの穴の奥から、考え深そうなまなざしがこちらに注がれるのを、イコは感じた。

具足が触れ合って、かちかちと音を立てる。騎士は手すりの上から降りてきた。彼がイコの傍らに立つと、強い海風に、マントの裾がふわりとなびいた。

イコは何も言うことができず、ただ目を見張って騎士を仰いでいた。危険は感じなかった。恐怖もなかった。驚きも、最初の一撃が過ぎてしまうと、風に運び去られて消えてしまった。ひどく懐かしいような、慕わしいような想いが、胸の底からこみあげてくる。

なぜだ？　理由などないのに。この騎士の頭に生えている角のせいか？

騎士は右肩を動かし、腕を伸ばした。マントがさらりと動き、その下から肘のあたりまでが現れた。騎士が甲冑《かっちゅう》の下に着る、目のつんだ綿の衣服。その袖のところから、ぱらぱらと埃が落ちた。

出し抜けに、イコは悟った。

この騎士は石像じゃない。最初から石で造られた像なんかじゃないんだ。この人は、元は人間だった。血の通ったヒトだった。

北の禁忌の山の向こうにある、城塞都市と同じだ。何か邪悪な力が、あの都市をそうしてしまったのと同じように、このヒトを石に変えてしまったのだ。

騎士の手が、イコの右肩に置かれた。力強く、それでいて優しい指の感触が伝わってくる。驚いたことに、温もりさえも感じられるのだ。

そして騎士の目は、穏和な光をたたえながら、イコの瞳をのぞきこんでいた。顎《あご》まで届く兜の下で、その口元が頬笑んでいることを、イコは確信した。まるで村長《むらおさ》みたいだ。イコに何かを説くときに、村長はいつもこんなふうにした。いいかね、イコ、よくお聞き。

いや、それだけじゃない。この感じはまるで、まるで――
お父さんみたいだ。

僕はお父さんというものを知らないのに、どうしてそんなことを感じるのだろう？

騎士の声が聞こえてきた。

――我が子よ。

イコの耳にではなく、心のなかに語りかけてくる。

――私の過ちを許してほしい。我が子よ。試練のなかにある私の子供たちよ。

騎士の手がイコの肩から離れた。彼はまた首をめぐらせ、イコが逃れてきた塔を見、長々と海を渡る古い石橋に目をやり、さらに遠く海原《うなばら》へと視線を遊ばせた。

その声がイコに語りかけてくる。

〝霧の城〟よ。

かくも強き悲憤。
かくも深き罪障《ざいしょう》。
かくも過酷な償《つぐな》いの長い刻《とき》。
我が咎《とが》は、千年の星霜《せいそう》を経ても消ゆることはなかった。
ここに封じ込められし不毛の歳月。

今も我が身を苛《さいな》み、繋《つな》ぎ止める。

しかし我が子よ。

騎士は再びイコを見返った。

――愛がなかったわけではないのだ。

そして騎士は悠然《ゆうぜん》と踵《きびす》を返し、肩の上のマントを背中へと払いのけると、古い石橋へと歩み寄った。彼の歩みに、風になびくマントが従い、鋼鉄のブーツが重々しく鳴る。

騎士は石橋を渡ってゆく。その後ろ姿が、石橋の上にたゆたう白い霧のなかに呑み込まれてゆく。

イコは声を取り戻した。「待って！」

走り出した。少女の手を取ったまま、前後を忘れてイコは駆け出した。古い石橋の上で、革のサンダルがひっかくような音をたてる。突然のイコの勢いに、裸足の少女はつんのめるようにして引きずられてゆく。

「待って！　待ってください！　あなたは誰です？　あなたは僕の――」

騎士の姿は白い霧のなかに消えた。

突然、足元から轟音《ごうおん》が湧きあがった。がくんと揺れて、イコは尻餅をつきそうになり、あわてて両手を振り回し、しっかりと摑んでいた木の棒と、少女の手を離してしまった。

すぐ足元で、石橋に亀裂《きれつ》が走り、みるみるうちに崩れてゆくのだ！　イコは空《くう》に身体を泳がせ、きわどいところで亀裂の向こう側へと倒れ込んだ。

あっという叫びが、背後であがった。石橋の亀裂のなかに、少女が落ちてゆく。手足が必死で宙を掻《か》くが、石橋の縁には届かない。砕けた石橋のかけらと一緒に、ドレスの裾と肩掛けをなびかせ、彼女もまた石のように落下してゆく。

イコは振り向きざまに身を投げ出して、石橋の縁ぎりぎりのところで少女の右手をつかんだ。少女の身体が大きく揺れ、足先が弧を描いて石橋の裏側の方にまで届きそうになる。

イコは、前に飛び込んだときの自分の身体の勢いで、ずるずると縁から下に落ちそうになった。革サンダルの爪先を立てて踏ん張り、左手で石橋の縁をがっきと摑んで、肩先まで宙に乗り出したところで、やっと止まった。

少女の両目は恐怖に焦点を失い、激しい風に乱された髪が、その白い顔をなぶっている。

「大丈夫、あわてないで！」

イコは少女を引っ張り上げにかかった。

「落ちないよ、大丈夫。僕がつかまえてるからね」

慎重に、慎重に。彼女の左手が裂け目の縁に届き、そこにつかまる。首まであがった。肩まで引っ張り上げた。上半身が裂け目の縁まで持ち上がった。

「よいしょ！」

少女はひと飛びで石橋の上にと戻った。裂け目の縁から充分に離れ、安全なところまで引っ張ると、イコはそこでやっと力を抜いた。少女も膝からへたへたと崩れた。

細い肩が震えている。瞳はまだ激しく動揺し、ざわざわと騒ぐ風の音に、少女の荒い呼吸音が混じる。

「こ、怖かったね」

気がつけば、イコも汗びっしょりになっていた。

「ごめんね。僕が急に走ったから」

少女はイコの顔を見ると、軽く目を伏せてかぶりを振った。

「〝霧の城〟は、すごく古いんだもんね。ここだけじゃない、建物が傷《いた》んで危なくなってる場所が、他にもあるかもしれない。これからは、もっと気をつけて歩かなくちゃいけないよね」

イコの言葉に、少女は大きく息をつくと、身体を起こした。古い橋の向こう側を見やっている。

白い霧はまだ流れているけれど、橋の上をだいぶ走ってきて近づいたから、橋の先に何があるのか、遠目に見えるようになった。また、封印の像だ。今度のは二体だ。仲良く並んで道を閉ざしている。

そちらへと歩いていったはずの、あの騎士の姿は消えていた。

イコは膝立ちになったまま、崩れた橋のあちら側——渡ってきた側を見た。手すりの上には、騎士の像が立っていた。こちらに背中を向け、マントに身を包んで。

騎士が動き出したように見えたのは、やっぱり幻だったのか。心に聞こえてきた声も、幻聴《げんちょう》だったというのか。

少女は立ち上がり、ドレスの裾をはらった。イコは彼女を見上げた。

「あの、石像」

イコが指さすと、少女は優雅に首をめぐらせ、騎士の像の方を振り返る。

「あの騎士は、元は人間だったんだよ。石像じゃなくて、人間が石にされて、あそこに立っていたんだ。僕、幻を見た――」

少女は答えない。手をあげて、目にかかる髪をそろそろと撫でつける。

「あの騎士も、〝霧の城〟に呪われて、ここに閉じこめられていたんだ。僕と同じニエで、ここの虜《とりこ》になっていたんだ。だけど、どうしてだろう？　どうしてあんな立派な騎士が」

頭のなかに、ゆっくりと手すりから降りてきて、石橋へと歩み去る騎士の所作がよみがえる。

「そういえば、あの騎士、剣をさげてなかったな……」

マントをはねのけたとき、鋼鉄の胸当てや腰垂れが見えた。でも、剣は帯びていなかった。少なくとも、あれだけの武装なのに、長剣を身に付けてはいなかった。

「君、さっき騎士のそばで、何か呟いてたよね？　僕には、名前を呼んでるみたいに見えた。それ、勘違いかな」

少女はイコに背中を見せたまま、ただ黙って立っている。蕭々《しょうしょう》と鳴る海風に、イコの声が聞こえないのかもしれない。

――我が子よ。

騎士はそう呼びかけてきた。イコの胸に、その切実な響きが焼きついて離れない。

――試練のなかにある私の子供たちよ。

イコは両親の名前も顔も知らない。それもしきたりなのだと、村長は言っていた。ニエの子を持った者は、その子を村長に託して、遠く離れなければならないのだと。もちろん親子の名乗りなどすることはできない。その必要もまたない。

僕のお父さん。イコは思った。お父さんもニエだったなら、大人になるまで生きていたということがあるはずない。僕と同じ歳になり、頭の角が成長したら、〝霧の城〟へ連れてこられ、あの石棺に入れられたはずだ。そしたら、僕のお父さんになれるはずもない。

――今も我が身を苛《さいな》み、繋ぎ止める。

ため息をついて、イコは立ち上がった。少女と同じようにして、膝についた埃をはらう。ついでに、傍らに落ちていた木の棒を拾い上げた。

「もう、あっちには戻れないね」

古い石橋には、ジャンプしてもとうてい届かないほどの亀裂ができてしまった。橋は絶え、死んだ。〝霧の城〟の一部が死んだのだ。

石棺が壊れたのと同じだ。御印《みしるし》の力が〝霧の城〟に及ぼしている影響。それは頼もしいことだけれど、一面では危険だ。本当に、これから先は用心しなくてはいけない。

「でも、戻ることなんかないんだもん、いいよね」

イコが言うと、ようやく少女が振り返り、かすかに頬笑んだ。その笑顔の、なんて可憐なことだろうか。満開の花の森が微風にそよぎ、無数の花びらを風に乗せる。少女の頬笑みはそれに似ていた。口元から、芳《かんば》しい花の香が立ちのぼるかのようだ。

二人は手をつなぎ、古い石橋を渡った。その先では、封印の石像が無表情の下に謎を隠して、二人を待っていた。

6

再び宙を稲妻が駆け、石像はあっさりと動いて道を開けた。少女はまぶしそうだった。彼女自身、どうして自分が近づくと石像たちが動くのか、その力がどこからくるのか、まったくわかっていないようだ。困惑して、怖がっているようにも見える。

「それ、痛くないの？」

イコは心配になった。稲妻は少女目がけて走るわけではないけれど、像と少女のあいだに出現するのだ。

「ビリビリとか、しないの？」

少女は、イコに問われている意味がわからないようだ。言葉の壁は大きい。

小さな木の扉と、部屋の内壁をぐるりと巡る階段。上に通じているようだ。

幸い、木の扉はすぐに開けることができた。

「待っててね。様子を見てくるから」

今でも充分に高いところにいるのだ。できればさらに上にのぼるようなことは避けたい。出口を探すなら、下へ下へと向かうように心がけねば。イコはそう考えた。

ところが、扉をくぐった途端、イコは落胆した。そこは狭いベランダで、かなりの距離を隔てて、対岸にも同じようなベランダが張り出している。かつては橋か通路があったらしいが、今では何もない。目眩《めまい》のするような空間が、足元にぽっかりと開けているだけだ。

縁に立ってのぞきこむと、遥《はる》か眼下には緑の木立と、白っぽく乾いた地面が見えた。城の内庭かもしれない。庭を横切ると、対岸の建物の出入口らしい扉へ行くことができそうだけれど、この高さではどうしようもない。

結局、あの階段をのぼるしかないか。がっかりして扉へ戻ろうとしたとき、少女のかすれた悲鳴が聞こえた。

イコは駆け戻った。部屋に飛び込み、ぎくりとして立ちすくんだ。

黒い煙の怪物たちだ。いつの間にか現れて、腐肉にたかるハゲタカさながらに、わさわさと少女を取り囲んでいる。狭い部屋の片隅に、ぐるぐるとした黒い渦も出現している。

カッと頭に血がのぼり、イコは木の棒を振り立てて怪物たちに突進した。台座の間で見たのと同じ、角の生えた大柄な煙の怪物たちが何体も、ひょこひょこと卑《いや》しい足取りでイコの攻撃をかわし、底光りのする白い目をぎろぎろさせては、ふわりと避けてまた少女にまといつこうとする。しかしイコは、もう怖くなかった。こいつらの正体が何であれ、たかが煙の塊だ。何度出てきても、何十体出てきても、みんなやっつけてやる！

「こいつめ、こいつめ、こいつめ！」

これでどうだ！　と、ぶんぶん棒を振り回して、煙が消えてゆくのを見届けると、スッとした。しかし渦はまだ消えていない。白く光る一対の目玉になった怪物の芯も、まだふらふらと宙を漂っている。

と、そのとき、少女がきゃっと叫んだ。見ると、翼のある鳥に似た煙の怪物が、彼女のドレスの襟をつかんで舞い上がったところだった。イコは総毛だった。こいつら、飛べるのか？　少女はじたばたともがきながらも、階段の上へと運ばれてゆく。ということは、下からは見えないけれど、階段の上にも黒い渦があるのだ。まずい！

イコは階段を駆けのぼろうとした。やっつけた怪物の残り物、煙の帯がすっと鼻先をかすめ、漂っていた一対の白く光る目が、イコの頭上をかすめるように行き過ぎながら、

——邪魔をするな。邪魔しないでくれ。

ぞっとして、イコは棒を握りしめた。怪物たちの声か？

——おまえは我らの仲間だのに、どうして我らを阻もうとするのか。どうして慈悲を垂れてはくれぬのだ。

声はひとつではなかった。そこからもここからも、重なり合い響き合い、請うように怒るように、諭すように聞こえてくる。

間違いない。部屋のなかを徘徊《はいかい》し、飛び回り、イコの周囲を巡りながら、怪物たちが呼びかけてくる声だ。

おまえは我らの仲間だのに。

「違う！」

叫びながら、イコは棒を振り回した。イコの進路に立ちふさがっていた煙の怪物は、角のある頭をひょいとかしげて、卑屈な猫背もそのままに、実体のない不気味な身軽さで脇に飛び退くと、イコを見おろした。

——仲間。ぼ、僕の仲間。

──いいや、おまえは我らと同じだ。なぜならば我らもニエなのだから。

──この頭の角こそ、その印。

──我らはあの石棺で果てた。身体は朽ちても、魂はこの呪われた城に留まり、永遠の生なき年月を、冷たい塵芥《ちりあくた》にまみれて過ごしてきた。

──我らは〝霧の城〟に繋ぎ止められ、また〝霧の城〟を繋ぎ止める。

──我らの邪魔をせんでくれ。

イコはぜいぜいとあえぎながら、それでも何とか棒を構えていた。でも、手が震えて狙いが定まらない。

少女を連れ去った翼のある怪物の影が、頭上から消えた。ああ、いけない。早く助けなきゃ。

──幼きニエよ、御印《みしるし》に守られし幸運の子よ。どうか我らの邪魔をせんでくれ。我らに憐れみを垂れてくれ。

「ウソだ……」

がくがくする顎《あご》を懸命に噛みしめて、イコは呟いた。それから、今度は大声で言い返した。

「そんなの、みんな嘘だ！」

胸いっぱいの呼気を怒鳴り声にして吐き出してしまうと、息を止めたまま階段を駆け上がった。のぼりきったところの狭いフロアの真ん中に、黒い煙の渦が煮えたぎっていた。少女はもう、顎の下までそのなかに消えてしまっている。

棒を放り出し、イコは両手を肘《ひじ》まで渦のなかに突っ込んで、少女の細い肩をつかんだ。少女の瞳は渦の色を映して暗く沈み、その白く輝く身体も、すでに渦と一体になりかけていた。それでも彼女が駆けつけてきたイコに気づくと、かすかな希望と哀願がその上に閃《ひらめ》いて、小さな火花のように輝いた。

「頑張れ！　ほら、もうちょっと！」

少女の上半身が渦から出た。彼女の手を取って引っ張ろうとしたとき、イコは後ろから突き飛ばされて、渦の向こうへと頭から転んでしまった。怪物だ。渦からあがろうとしている少女の上に立ちはだかっている。少女は半ば口を開け、声にならない悲鳴をあげながら、視界をふさぐ煙の怪物を仰いでいるだけ。怪物の白く底光りする目玉に見入ってしまっている。

怪物は少女を見つめてかぶりを振っている。

見つめ合う二対の目と目。少女の身体がまた渦のなかに沈んでゆく。ゆっくりと、でも確実に。怪物はかぎ爪の生えた両手を広げ、しかし少女を脅しているというよりは、むしろ懇願《こんがん》するかのように首を縮めている。

愕然《がくぜん》としながらも、イコは悟った。怪物は少女にも話しかけているのだ。イコに呼びかけたのと同じように、呼びかけているのだ。少女はそれに耳を貸してしまっている。

何を？　何を話している？　何を聞いている？　何が彼女を説得している？

彼女のほっそりした顎の先が、煮えたぎる黒い煙に浸る。渦の縁につかまっていた両手が、ゆっくりと離れてゆく。

怪物はうなずく。そしてその醜い両手が胸の前に合わさり、少女に感謝を示すように、指が組み合わされて、怪物の目と目の間へと掲げられた。

祈っているのだ。少女のために。

少女の頬が半ばまで、渦のなかに沈んだ。見開かれた大きな瞳は、あの優しい栗色ではなく、渦の色の漆黒に染まっている。渦もまた、彼女を説き伏せているのだ。
少女は諦めてしまった——
イ、ケ、ナ、イ。
イコの頭のなかに、声が聞こえた。それが誰の声なのか、思いをめぐらす隙もなく、目の裏いっぱいに幻像が見えた。

少女が沈んでゆく。ついに頭のてっぺんまで渦のなかに消え、さらさらと美しい髪の一筋が風にふわりとなびいたかと思うと、それも沈んで見えなくなる。その瞬間、ぐつぐつと煙を沸き立たせる黒い渦の芯から、封印の像を動かすときに似た、まばゆい閃光《せんこう》が放たれる。光が空を走る音が聞こえる。

閃光は輪になって空を飛ぶ。それに打たれて、怪物たちは瞬時に蒸発する。黒い渦もかき消える。そしてイコは——閃光はイコの身にも届き、

（あっ！）

思わず両手を前に、眩《まぶ》しい光から目をそむけ、驚きの声をあげたその姿勢、その表情のままで——
イ、コ、は、石と化す。
あの城塞都市の人びとのように。

古い石橋の手すりに佇《たたず》む騎士のように。
イ、ケ、ナ、イ。
再び聞こえたその声は、切迫した警告だ。

幻像が消え、そこから解放されると同時に、イコは胴震いをひとつして、うおおっと吠《ほ》えながら少女に向かって突進した。少女はもう額しか見えない。沈んでゆく。もう沈んでしまう。

やみくもに渦のなかに突っ込んだ手が、少女の柔らかな頰に触れた。首に触れた。イコはひっかくようにして彼女をつかみ、死にものぐるいで引っ張り上げにかかった。肩掛けをつかむことができた。少女がもがくように動かした腕に触れた。

「駄目だ、駄目だ、駄目だよ！　そんなの駄目だ！」

少女の顔が渦の上に飛び出した。黒い渦に溺れかけて、必死で息を吸い込む。その恐怖の表情が、イコに鞭《むち》をくれた。助けるんだ。絶対に助けるんだから！

無我夢中だった。ようやく少女が黒い渦の縁に這い上がると、イコは歯を剝《む》き出し、唸るような声をあげて、まわりをうろつく怪物たちを威嚇《いかく》した。そしてぐったりと両手を床についている少女の身体に両腕をまわし、満身の力で抱きかかえると、さっとフロアの縁から階下へ飛び降りた。

イコも少女も、階下の石の床の上に尻餅《しりもち》をついて、壁際に着地した。イコは少女をそこに残すと、落ちた木の棒をひっつかみ、振り回した。勢い余って壁を叩き、肘がじんと痺《しび》れる。それでもイコは止まらなかった。棒に薙《な》ぎはらわれて、怪物たちが煙に戻る。翼の怪物が、床にたたき落とされる。イコは、大声でわめいたり叫んだりしながら、凶暴に暴れ続けた。

そしてふと見ると、床の上の黒い渦がゆっくりと蒸発してゆく。残っていた怪物たちの目から光が失せ、漂う煙へと還ってゆく。襲撃は終わった。

息を切らせ、震えながら立ちすくみ、イコは自分の頰が濡れているのに気づいた。暴れながら泣いていたのだ。

棒を握ったままの腕が、がくりと下がる。棒の先端が床にあたって軽い音がした。振り返ると、壁際の少女は、膝を折って座ったまま、両手で顔を覆っていた。その白い指が動き、組み合わさって、額にあてられる。さっき怪物がしていたのと、同じ仕草だ。そして、彼女もまた祈っている。ただ、それは懇願ではなく、許しを請い詫《わ》びているように、イコには見えた。


出口の探索を続けるために動き出すことが、なかなかできなかった。ずっとこの部屋にいたら、また怪物たちが現れるかもしれない。でも、新しい場所に出れば、そこにだってまた先回りしているかもしれない。怪物たちはイコのように、手探り足探りで〝霧の城〟を彷徨《さまよ》っているわけではないのだから。

それでも、ずっと座り込んでいるわけにはいかない。陽のあるうちに、脱出することはかなわなくても、せめてもう少し低いところまで降りなくては。

声をかけて少女を促し、でもイコは、彼女と手をつなぐことができなかった。怖かったのだ。心は千々《ちぢ》に乱れ、イコの小さな身体中に散らばって、それぞれに震えている。だからイコ自身にも、自分の考えがどこにあるのかさっぱりわからなかった。〝霧の城〟の謎は深く、少女の手を取ると見える幻は、その解明へとつながるものであるのかもしれない。知りたい。でも恐ろしい。知ってしまうと後戻りできなくなるような、イコがイコのままでいられなくなるような、これは恐ろしい謎なのだ。

継母《まんかか》さまのお顔を思い出そう。トトの陽気な声を思い出そう。みんなのところに帰るんだ。トクサの村に戻るんだ。

——我らに憐れみを垂れてくれ。

——おまえは我らの仲間だのに。

ともすると、懐かしいトクサの村への想いを押しのけて、怪物たちの哀願が耳に蘇《よみがえ》ってくる。我らは〝霧の城〟に繋ぎ止められ、また〝霧の城〟を繋ぎ止める。それはいったい、どういうことだ？

——我らの邪魔をせんでくれ。

怪物たちは、少女を捕らえ、黒い渦の底へと引っ張り込もうとしている。それが、彼らの言う〝霧の城〟を繋ぎ止めることなのか？　だから、イコが少女を助けることは、彼らの邪魔をしていることになるというのか。

だとしたら、この少女は何者なのだ。

隣の部屋に移ると、そこにはまた大きな段差があった。段差の上には広々としたテラスがあり、高い天井を、角張った柱が何本も立ち並んで支えていた。イコは、身体が疲れているというよりも心が萎《な》えて、この段差を登るのに、たいそう苦労をした。先に進みたくないという気持ちを、どう抑えても抑えきれないのだ。

やっとこさよじ登ると、今度は少女に呼びかけた。彼女はなかなか近づいてこなかった。

「どうしたの？　ここを登らないと、先には行けないみたいだよ」

少女は躊躇《ためら》っているという以上に、嫌がっているという感じがした。

「この先に、何かあるの？」と、イコは訊ねた。そして、深く考えるよりも先に、おそらくは千々に乱れた心の断片で、そのときいちばんイコの口の近くにあったものが発した問いを、そのまま言葉にしてしまった。

「君は、この城のことをよく知ってるんじゃない？　そうだろ？」

言ってしまった言葉に、自分で驚いた。何でそんなことを思いついたんだ？

少女は段差から離れたところに立ち、イコを見上げている。裸足が石の床を踏み、彼女は背中を向けた。来た道を戻ろうとしている。

「もう、一緒に逃げ出さないの？　君はここに残るっていうの？」

隣の部屋へと通じるアーチの前で、少女は立ち止まった。

「また怪物たちに襲われるよ。あいつら、君を狙ってるんだ。わかってるんでしょ？」

うなだれて、きれいなうなじが見える。少女はアーチの縁にそっと手をかけた。

そして、するりと出ていってしまった。

イコはぽつりと取り残された。両腕で身体を抱き、段差の上に立ち、立ち並ぶ柱の間からさしかける明るい陽光を背中に受けて、その姿は、古い石橋の上に佇んでいた騎士の像に似て見えた。

今度は別の心の断片が、イコの口元を動かした。「行っちゃダメだよ」

小さな呟き。それが呼び水になった。イコは両の掌を丸めて口元にあて、深く息を吸い込むと、呼びかけた。

「おーい！」

狩人たちが森の狩り場で呼び合うように。

「おーい！」

白い影のようなほっそりとした少女の姿が、アーチの向こうにぽんやりと浮かんだ。

イコは身体を折り、バランスを崩さないように気をつけながら、精一杯乗り出して手を伸ばした。「一緒に行こうよ。ね？」

少女は近づいてきた。頼りない足取りにはまだ迷いがあったけれど、イコが少女の手を取ると、彼女はその手を握り返してきた。力は弱かったけれど、確かに握り返してきた。

柱の間を通り抜けると、天井が失くなった。テラスではなくて、もっと広い。この棟の屋上に出たのだ。物見用だろうか、狭い一角だけれど、階段をあがって、さらに高くなっている場所もある。

眩《まぶ》しい。青空が鼻先に見える。一片の日陰もない場所に、初めてたどりついた。

「展望台みたいだね」

イコは少女に話しかけた。少女は陽光に目を細め、風が髪と肩掛けを優しく撫でている。ここの風は、もう潮風ではなかった。森の匂いを含んでいる。海鳥の声も聞こえない。

階段をあがって一段と高いところからながめると、美しい緑の木立を囲んで、建物がコの字形に建っていることがわかった。陽射しを手で遮りながら見回すと、展望台を横切り、反対側の階段を降りると、そこに細い通路のようなものがあるとわかった。

走って、そこまで行ってみた。ただの通路ではなかった。言ってみれば、そう、駅だ。通路が張り出しているすぐ下に、長々と線路が延びている。

帝都《みやこ》には、線路を使う乗り物があるそうだ。話を聞いたことはあった。本のなかに絵が載っているのを見せてもらったこともある。馬や牛が車を引いて、けっこうな速さで線路の上を走るのだそうだ。

イコは線路に飛び降り、道なりに右手の方へ歩いてみた。すぐに、ここでは何が線路の上を走っているのかわかった。突き当たりに、蓋のない小さな箱みたいなトロッコが停まっていたからだ。トロッコなら知ってる。宿場町の先の小さな鉱山で、銀を運び出すのに使っているから。

車輪はちゃんと線路の上に乗っている。イコが飛び乗ると、小さなトロッコはぎしりとかしいだ。レバーがついていて、それを動かすと、トロッコが前後に揺れた。なるほど、これを上げ下げすると走るんだ。

急に元気が出てきた。これに乗ってどんどん走れば、怪物たちが出てきたって振り切れるぞ！

7

「おーい！」

イコはトロッコを走らせながら、元気よく少女に呼びかけた。ぴょんぴょんと飛び跳ねるようにしてレバーを動かし、爽快《そうかい》な風を楽しみながら。

少女はトロッコ駅の、石敷きのプラットホームの端にしょんぼりと立っていたが、イコの声を聞きつけると、振り向いて目を見張った。イコは手を振った。

「おいでよ！　ほら、乗って乗って！」

少女に手を貸してプラットホームから助けおろすと、トロッコの上に引っ張りあげる。少女は珍しそうにトロッコの箱を見回し、イコの隣に並ぶと、箱の縁を両手でつかんだ。

「そうそう。しっかりつかまっててね。よし、出発！」

トロッコは走り始めにはぎしりと軋《きし》るけれど、一度車輪が廻り出してしまうと、長い年月風雨にさらされながら放置されていたとは思えないほど軽やかに動いた。スピードがあがると、少女はちょっと怖くなったのか、箱の縁につかまったまましゃがみこんでしまった。イコは笑いながら、片手をレバーから離して少女の手を取った。

「大丈夫だよ。風が気持ちいいよ！」

線路は建物の縁に沿って、一直線に走っている。イコは胸をそらし、大きく吸い込んだ息が身体のいちばん深いところを通り抜けてゆくのを感じた。涼やかなこの風の流れが、身体のなかを洗い浄めてくれる。疑問や疑念、恐怖や猜疑《さいぎ》、先行きの知れぬ不安までも。

先の方で、線路が緩やかに右にカーヴしているのが見えてきた。イコは少しスピードを落とした。そして御印《みしるし》を風にはためかせながら、隣の少女に笑顔を向けた。

少女はいなかった。

白いドレス、つぶらな瞳、すんなりとした柳のような肢体《したい》の少女の代わりに、そこにいたのはイコよりもまだ幼い女の子。三歳？　いや四歳？　やっぱり白いドレスを着ているけれど、その丈は幼い女の子のくるぶしにかかるほどに長い。ドレスの袖と肩掛けはなくて、きれいな花模様の刺繍《ししゅう》のある襟《えり》がついている。女の子の髪は長く、頭の後ろでひとつに束ねて、子馬のしっぽのようなその髪の束が、艶やかな亜麻色《あまいろ》に輝いている。

幼い女の子は小さな手でトロッコの縁につかまり、声をたてて笑っていた。その瞳も栗色だが、今ははじけるような喜びの色を映して、ほとんど琥珀色《こはくいろ》に明るく輝いていた。

「速い、速い！」

女の子は歓声をあげた。

「お父さま、お父さま、トロッコ速いね！」

視界が流れる。女の子の楽しげな声が、イコの耳元を通りすぎる。でも視界のなかの女の子は、イコに向かって話しかけている。イコのことを知っているかのように——いや、女の子の目には、イコがイコではなく、別の人物に見えているのかもしれない。

それとも……この光景全体が幻なのか。

女の子ははずんだ声で、ねだるように問いかける。

「この次も、お帰りになったら、またトロッコに乗せてくださる？　約束よ？　きっとヨルダと一緒に遊んでくださる？」

トロッコは疾風のように進み、イコは何か言おうとして口を開き、風で舌が乾くのを感じた。

少女の声が喜びにはじける。

「お父さま、ヨルダ、お父さまが大好き！」

はっと身じろぎして、イコはまばたきした。

隣には少女がいた。イコの手を握ったまま、片手でしっかりとトロッコの箱の縁をつかみ、小首をかしげている。

線路がカーヴしている地点が、すぐそこに迫っていた。イコはあわててレバーを動かすのをやめた。トロッコはがくんと抗議するように揺れ、減速した。そして、惰性《だせい》で傾きながら、滑るようにカーヴへとさしかかった。

今のは何だ？　また幻か？　だけど、あまりにも現実との継ぎ目が滑らかで、どっちがどっちだか見分けがつかないほどだった。

あの幼い少女は何者だろう。イコの隣にいる、イコよりも背の高い、イコよりも大人びた、お姉さんのようなこの少女とは別人なのか。幻像は何を意味しているのか。

僕は目を開いたまま夢を見ていた——

まるで、誰かの思い出のなかに飛び込んだみたいだった——そう、あの幼い女の子の、楽しい過去の思い出に。

（お父さまが大好き！）

トロッコはカーヴを曲がる。線路の縁は断崖になっていて、その下には何もない。足元まで青空が広がっているだけ。ああ、もっともっとスピードを落とさなくちゃ。

そして再度目をあげたとき、イコはトロッコの右手の壁の上に、あの黒い煙の怪物たちが、まるでトロッコを見送るように、何体か佇《たたず》んでこちらを見おろしていることに気づいた。一瞬の通過。それでも、彼らの底光りする白い目が、走り過ぎるトロッコを追いかけて、ゆっくりと視線を移すのが見えた。

追いかけてはこない。ただ、見送るだけ。

なぜかしら、ひどく淋しげに。

それとも、今のもまた別の幻像なのだろうか。イコはありもしないものを見て、ありもしない声を聞いたのか。

さらに進むと、トロッコの線路の行き止まりが見えてきた。駅がある。終点だ。イコは慎重にレバーから手を離した。トロッコはスピードを落とし、がらがらと車輪の音もやかましく、やがてぴたりと停まった。

つかの間、駅のプラットホームに登ると、そこにまた黒い煙の怪物たちが待ち受けているような気がして、イコはひるんだ。が、それは思い過ごしだった。誰もいない。何もいない。うららと明るい陽の照りつけるプラットホームの先に、アーチ形の屋根をつけた通路が見える。また先に進めるようだ。

イコは少女の手を引っ張り、トロッコから降りた。彼女と手をつなぎ、一瞬、

(君の名前はヨルダっていうの?)

問いかけが喉元まであがってきたけれど、イコはそれを呑み込んだ。言葉は通じない。通じないんだ。

アーチ形の通路を抜け、吹き抜けのある短い廊下を渡ると、大きな石柱の立ち並ぶテラスに出た。そこを抜けると、さらに広大で天井の高い大広間へとたどりついた。

天井の中心に、数え切れないほどの燭台《しょくだい》を擁《よう》した巨大なシャンデリアがさがっている。格子型に張り巡らされた太い梁《はり》が、シャンデリアを支えている。イコはぽかんと口を開け、こみあがってきた驚きが頭のてっぺんから蒸発してしまうまで、うんと時間をかけて広間の隅々までも観察した。

二人は、回廊に囲まれたこの大広間の二階の入口に立っていた。目の前には、広間の反対側へと通じる橋がかかっている。少女の手を離し、足元を一歩一歩確かめながら橋の真ん中あたりまで進んで、手すりにつかまりながら下をのぞいてみた。ところどころに、うち砕かれ、腐食《ふしょく》した家具の残骸《ざんがい》が見える。倒れた燭台、大きな台座と、その上に飾られていたのであろう女神像。やっぱり床に倒れて、壊れてしまっている。

大広間はほぼ円形で、一階の、イコが立っている橋を渡りきったところの真下に、両開きの扉があった。左右どちらの扉もいっぱいに開け放たれて、戸外の陽射しがさしかけ、前庭なのだろうか、青々と輝く芝生の一部がちらりと見える。

トロッコの線路は、いくらか下降していたのだ。あれほどスピードが出たのも、そのせいだろう。ずいぶんと下まで降りてきたのだ。

イコの心を安堵の波が洗った。あの両開きの扉から、外に出られる。

ただ問題は、この橋の上、二階の回廊から、下の大広間まで降りる術《すべ》がないことだ。この階段は、あくまでも広間の天井近くを横断しているだけで、階下へ降りるためのものではない。飾り廊下みたいなものだ。そう、昔この城で、舞踏会とか戦勝の宴とか、華やかな集まりがあったときに、着飾った貴婦人や騎士たちが、この回廊や橋を行き来して、階下に集まった宴席の客たちと、手を振りあったり言葉を交わしたりしたのだろう。大広間の下と上で、乾杯の声や歓声が交差して――

もしも〝霧の城〟に、そんな時代があったとしたならばの話だが。

もう少し先まで進んでみると、この橋もまた年月の重みに耐えきれず、あちらこちらがひび割れて、壊れかけていることがわかった。とりわけ、反対側に渡りきるあたりの、回廊との継ぎ目部分がとても危ない。長さはイコの肘から手首ぐらいまで、幅はイコの掌ほどもある裂け目ができていて、隙間から下が見える。指先で突っついてみると、裂け目から石の細かいかけらがぱらぱらと階下へ落ちた。

走ったりせず、静かに少女のもとに引き返すと、イコは首を振った。

「すごく豪華な大広間だけど、変な造りだね。これじゃ下に降りられないよ。どこか別の道を探さなくちゃ」

意味が通じたのか通じないのか、少女もそっとかぶりを振った。

「ロープでもあればいいんだけどね……。しょうがないや」

気を取り直して、イコは少女に手を差し伸べた。少女はちょっと躊躇《ためら》った。それからイコと手をつないだ。

「回廊の端っこから、壁を伝って降りられないかなぁ」

言いながら、イコは何気なく首をめぐらせた。すると、右手の回廊を、白い袖無しのドレスを着たあの幼い女の子が、亜麻色《あまいろ》の髪のしっぽをなびかせて、ころころと走ってゆくのが見えた。

ああ、また幻だ！

思う間もなく、幼い女の子はドレスの裾を踏んで、ぺたりと転んだ。きゃっと声をあげ、両手をついて、泣き出した。

彼女の後を追うように、縁取りのある緩やかな短着《チュニック》をまとい、裾のゆったりとしたズボンをはいた男の人が、回廊を歩いてゆく。彼は幼い女の子が転ぶと、足を速めて近づいた。そして両手

を差し伸べて、

（おやおや、そんなに走るからだよ）

幼い女の子を抱き上げ、肩の高さよりも高く持ち上げると、

（ヨルダはずいぶんとお転婆さんになったのだね）

優しい声でそう言って、左腕で軽々と少女を抱き取ると、右手で少女の頬に触れた。慰《なぐさ》め、慈《いつく》しむようなその手つき。少女の涙を拭ってやるその指に、凝った紋章の彫り込まれた大ぶりの指輪が光る――

今度こそ、自分でも顎《あご》ががくんとするのがわかるほどに強く身を震わせ、イコは少女の手をふりほどくと、鞭《むち》のように素早く反転して飛び離れた。その動作があまりに荒々しかったので、突き放された少女がよろめいた。

「き、君は」

言葉が通じないことも忘れて、イコは呼吸を詰まらせながら言った。

「君は誰なんだ？　さっきから、君と手をつなぐと、いろんなものが見えるんだ。幻だけど、本物みたいにはっきり見えるんだ。それもみんな、この〝霧の城〟のなかのことだよ。昔のことが、目の前に見えるんだ。君は誰なの？　ここに住んでいたの？」

一気に吐き出しながら、イコはようやく確信した。さっきからイコの目に見える幻、時にイコを包み込みそうなほどありありと現実的な幻像は、この少女の〝思い出〟なのだ。なぜかはわからないけれど、少女と手をつなぐと、イコにはそれが見えるのだ。

「君の名前はヨルダっていうんだね？　そうだろ？」

拳を握って少女ににじり寄り、イコは問いつめた。

「小さいころは、もっと髪が長かったろ？　君はこの回廊を走ったり、トロッコに乗ってはしゃいだりしてた。それに君には優しいお父さんがいて――」

イコよりも背の高い少女は、詰め寄るイコを見おろしながら、そっと左右に首を振った。

わからないという意味なの？

それとも、違うという意味なの？

焦《じ》れた気持ちが、ようやく言葉になった。

「首を振ってるだけじゃ、通じないよ！」

イコの大きな声が、天井にまで反響した。どっしりとしたシャンデリアが、イコの叫びに、わずかに揺れたようにさえ思えた。

それでも少女は答えなかった。ただかぶりを振り、音もなくイコのそばをすり抜けて、階下に降りるには役に立たない、壊れかけた橋へと足を踏み出してゆく。

彼女はあの危険な裂け目のあたりまで行くと、しばし足を止め、じっと下を見おろしていた。それから、シャンデリアの真下にまで戻ってくると、そうっと指を立てて頭上をさした。

「何？　何だよ？」イコは、すぐには彼女のそばに近寄らなかった。「何だっていうの」

少女は指を立てる。どうやら、シャンデリアをさしているようなのだ。

「あれをどうかしろっていうの？」

当てずっぽうで、腹立ちまぎれに問い返すと、少女はうなずいた。

「どうしろっていうのさ」

イコは両手を腰にあて、少女を睨《にら》んだ。少女は手を下げて、叱られたみたいに肩を落とした。怖いのも嫌だけれど、怒るのはもっと嫌だ。だって、怒るとすぐに悲しくなるから。イコは自分で自分に苛立《いらだ》ちながらも、腹立たしい気分がすうっと消えてゆくのを感じた。

「よく、わかんないけど」そう言って、ほっとため息をついた。「わかったよ。ちょっとあのシャンデリアを調べてみるよ。だからこっちへ来てなよ。真下にいると、危ないよ」

少女はするすると走って戻ってきた。イコは回廊をぐるりとめぐり、突き当たりまで行って、壁を調べた。窓枠と壁の出っ張りを上手に利用すれば、梁《はり》のあるところまで登れそうだ。

実際、やってみると難しい作業ではなかった。すぐ梁に手が届いた。埃っぽくて、するする滑る。慎重に身体を引っ張り上げると、梁の上に立った。梁はしっかりとイコの体重を支え、楽に歩けるほどの幅があった。革のサンダルの足跡が、白い埃の上にくっきりと残る。

シャンデリアのそばまで行くと、イコはしゃがみこみ、シャンデリアを固定している金具を確かめた。いくつもの留め金で、厳重に梁に取り付けられている。が、そのうちの半分ぐらいは腐食して外れており、あとの半分も危なっかしく歪んでいた。

驚いた。あの娘《こ》、どうしてこんなことに気がついたのだろう。

(うっかり橋を歩くと、頭の上からシャンデリアが落ちてくるかもしれないから危ないって、僕に教えてくれたのかな?)

イコは、梁から足を滑らせないように注意深く重心を移動させ、首を伸ばして、シャンデリアの縁越しに下を見やった。少女はイコに言われたとおり、この大広間の中空を横切る橋の端っこにいて、心なしか心配そうな表情でこちらを仰いでいる。

イコはちょっと手を振ってみた。少女は手を振り返さなかった。今度は、何かしら指示らしい仕草をしてくれるわけでもない。

イコは梁に腰をおろし、天井のいちばん高いところから足をぶら下げて、しばし休んだ。薄暗く涼しいこの梁の上で、少女と離れて、ほっとした。それは不親切で冷たいことだけれども、今この瞬間には、ごく正直な本音でもあった。

石棺の間からこの大広間まで、無我夢中で〝霧の城〟のなかを駆け下りてきた。ゆっくり考えるどころか、静かに呼吸をする余裕さえなかった。今はその貴重な時間だ。

自分でもそれと気づかないうちに、掌《てのひら》で御印《みしるし》を撫でていた。そうすると心が安まり、慰めと力を得られるような気がした。僕はここから出ていくんだ。そして、みんなが待っているトクサの村へ帰るんだ。必ず帰れる。だって御覧よ、もう外へ通じる扉がすぐそこに見えている。どうにかしてここから下に降りられれば、あの陽光をはじいて青々と輝く芝生の庭に出ていくことができるんだ。

あの娘の正体とか、煙の怪物たちの謎めいた言葉については、外に出てから考えればいい。村《むら》長《おさ》なら知ってるかもしれない。訊いてみればいいんだ。

考え込むことなんかない。あの娘と手をつなぐたびに現れる幻像なんか、気にすることはない。だって、あれもまた、〝霧の城〟が僕を怖がらせようとして見せているだけのものかもしれないじゃないか。そうだよ。あの娘には全然関係のないことかもしれない。

それなのに、どうしてこんなに胸騒ぎがするんだろう？　何かこっぴどい間違いをしているような気がして仕方がないのはなぜだろう。変だよ。

まるで、胸の奥に真っ暗なものが巣くっているみたいだ。それが繰り返し繰り返し囁《ささや》きかけてくる。そうだ、煙の怪物たちだ。あいつらと闘ったときに、あいつらの一部を吸い込んじゃったんだ。それが胸に宿って、僕の心を内側から黒く染めようとしているのだ。そうに違いない。

聞こえてくる。胸の奥底の声。

おまえはここから逃げ出すことはできない、い、い、い、い、い、い、い。

いや、違う。ホントはこう言っているのだ。

おまえはここから逃げ出してはいけない、い、い、い、い、い、い、い。

あの少女を連れ出してはならない、い、い、い、い、い、い、い。

彼女を、元のあの檻《おり》のなかに戻してしまえ。あの娘は〝霧の城〟のものなのだ。だからこそ、あの娘の思い出が、この城には満ちているのだ。触れれば鮮明に蘇る。

「ああ、うるさい！」

イコは声に出して言った。身体の内側から囁きかけてくる声を、自分の大声で遮《さえぎ》ったつもりだった。そしてきっと顔をあげた。

そのとき、見た。

シャンデリアの真下、広間の空をよぎる大きな橋。凝った彫刻をほどこされた手すりから、何かがぶら下がっているのだ。いくつも、いくつも。

それらの足が、宙にゆらゆらと揺れている。

人だ。何人もの人たちが、手すりからぶら下がっているのだ。頭を上に、両足を宙に。

いったい何をやっている？　イコは目を見開いた。そして、心の底を木槌《きづち》で打たれたみたいな強い衝撃と共に悟った。首吊りだ。この人たちはみんな、手すりで首をくくっているのだ。軽鎧《けいよろい》を身につけた騎士がいる。警備兵だろうか。白い法衣のようなゆったりしたローブをまとった婦人もいる。着飾った若い娘もいる。袖口とズボンの裾を紐でくくり、頭には日除けの帽子をかぶった農夫らしい男もいる。

どの顔も青白く、苦痛に歪んでいる。食いしばった口元から、青黒い舌をはみ出させている者もいれば、断末魔の恐怖をそのままに、両手の指をかぎ爪のように曲げて、首に食い込むロープをかきむしったまま事切れている者もいる。剝《む》き出《だ》しになった腕や足の脛《すね》が、血にまみれている。ああ、見える。ぽとりぽとりと血が垂れている。

その光景は、かつては無数の燭台を灯し、その光をクリスタルガラスに映して輝いていたであろう堂々たるシャンデリアの下に、もうひとつの奇怪な、長い橋の形をしたシャンデリアが出現したかのようだった。燭台の代わりに大勢の人びとの亡骸《なきがら》をぶら下げ、光の代わりに彼らの血を、足元の広間の床へと滴らせている。

この広間で行われていたのは、ただの舞踏会なんかじゃない。

これも幻なのか？　なんでこんなものが見えるんだ？

亡骸たちは、右に左に揺れている。その下を、宙に林立する死者のロウソクの真下を、古い石橋のところで出会ったあの騎士が、今、ゆっくりと通り過ぎてゆく。彼は城の奥へと向かってゆく。決然とした歩みに迷いはなく、頭上に展開している無惨な光景にもためらいを見せない。騎士は知っている。人びとの無惨な死を知っている。しかし彼は顔もあげない。恐れることもなく嘆きもしない。亡骸たちの血が、彼の片方だけ残った角の上にも滴り落ち、兜のカーヴに沿って流れ落ちる。彼の額にも落ちかかる。しかし、それを手で拭うことさえもしない。

どこへ行くの？　どこへ向かっているの？

誰に会いに行くの？

高みから見おろしていても、イコの目に、騎士の青ざめた頬と、強く引き結ばれた灰色のくちびるが見てとれる。大股の歩みに、マントの裾が翻《ひるがえ》る。あの石像がそうだったように、やはり騎士は剣を帯びていない。それでいながら、その瞳の暗い輝きと、ぐいと引かれた顎からは、厳しい果たし合いに出向く剣士の、悲壮なまでの勇気と決意を感じ取ることができた。

あなたは誰なんだ。

大声で叫んだつもりでも、あえぐような呼気を吐き出しただけだった。そして目が覚めた。現実に――あるいは正気に返った。あまりにも勢いよく幻像のなかから飛び出し、まっしぐらに自分自身のなかに飛び返ってきたせいで、身体ががくんと揺れた。梁に乗せていたお尻がずれて、バランスがくずれた。格子状に走る埃まみれの梁が、視界のなかでくるりと円を描き、イコは背中からシャンデリアの上に落っこちた。広げた手足が燭台にぶつかり、古びて黄色くなったロウソクがバラバラと払い落とされてゆく。

半身をよじり、半ば仰向けになって、イコはシャンデリアの上に横たわっていた。左足の脛から下は、燭台をなぎ倒して、シャンデリアから空《くう》にはみ出している。

ああ、サンダルが脱げなくて良かった。とっさにそう思った。心臓が破裂して小さな破片になって、身体中に飛び散っててんでにドキドキしている。迂闊《うかつ》に動かず、そのままの姿勢でゆっくりと息を吸ったり吐いたりしていると、飛び散った心臓が少しずつ元の場所に集まってゆくのが感じられた。

そのとき、どこかでみしりと音がした。

シャンデリアから、ぱらぱらと埃が落ちる。

腐食《ふしょく》し、緩んで歪んでいた金具。

長い年月の浸食と重力の枷《かせ》に耐えかねていたシャンデリアの留め金は、イコの落下の衝撃に、とうとう限界を超えた。最初の一本がぱちんと音をたてて外れると、一人の敗走をきっかけに、列を乱して逃げ出し始める兵士たちさながらに、次から次へと外れていった。

シャンデリアは梁を離れ、ほんの一瞬だけ、重力に従うよりもこれまでの惰性《だせい》に倣《なら》う方が安全だと言わんばかりに宙に浮いていた。そして落下を始めた。

起きあがるのが半秒遅く、イコの手は、惜しいところで梁に届かなかった。シャンデリアが空《くう》を切る音と、それの起こした風で髪が舞い乱れるのを感じた。足元が抜けた。腰が砕けた。ぽかんと開いた口から、声にならない叫びと一緒に魂が吸い出されてゆく。身体より軽い魂は、落ちる身体に置いてきぼりをくって、空に漂う。

前後を忘れ、何の考えもなく、とにかく頼れるものを探して、イコは留め金の残骸をまとったシャンデリアの支柱にしがみついた。がらがらと轟音《ごうおん》をたてて、シャンデリアは橋の上に落下した。その差し渡しは、ちょうど橋の幅をいっぱいに満たし、燭台の立っているいちばん外側の輪っかが手すりの上にどすんと着地した。しぶとく残っていたロウソクが、飛び上がるみたいに台座からはずれ、手すりを越えて広間へと、弧を描いて落ちてゆく。イコは身を縮め、シャンデリアの中央に丸くなっていた。おかげで、ロウソクを失った台座の、剝き出しになったロウソク立ての棘《とげ》から逃れることができた。

もうもうと埃が舞いあがる。イコは頭を起こし、わっと叫んで右に避けた。シャンデリアを吊していた鉄の鎖が、じゃらじゃらと派手な音をお供に、本体を追いかけて落ちてきた。それはイコのすぐ傍らにがちゃりと叩きつけられると、自身の重みに引っ張られて蛇のように身をくねらせながら、台座の輪っかの隙間へと落ちていった。

目のなかに埃が入ってちくちくする。口のなかまで埃の味だ。イコはそろそろと起きあがった。と、橋の端っこに立った少女が、両手を口元にあてて立ちすくんでいるのが見えた。瞳が驚きで拡大し、ほとんど白目が見えないほどだ。

大丈夫だよ——少女に声をかけようと、イコは口を開きかけた。だがそれよりも先に、耳が新しい異変を聞きつけた。

何かにひびの入る音。不吉な振動。

下から衝撃が突き上げてきた。シャンデリアが前に傾く。台座の輪っかが手すりの上をずるりと滑る。

今度は何だよ！　と思う間もなく、橋の反対側の端が崩れ、二階の床から離れた。シャンデリアの留め金と同じく、この橋もまた長い年月と重力に負けかけていたのだ。

反対側の端、少女の立っている場所を起点に、ちょうど滑り台よろしく、橋は大広間を横断して、二階の床から離れた断面を、あの芝生の庭へと通じる両開きの扉の前に向けて、地をどよもすような響きと共に着地した。シャンデリアはイコを乗せたまま、手すりを滑って遊ぶ子供みたいに、するすると加速度をつけてその斜面を滑降し、大広間まで滑り落ちると、勢い余ってそこで反転した。イコは宙に放り出された。

今度は俯《うつぶ》せに落っこちた。ぺたんとお腹を打ち、息が止まった。今や埃は霧のように大広間全体を覆いつくし、ようやく戻ってきた静寂のなかで、石のかけらや燭台から飛び出したロウソクがころころと転がる音だけが、そこここで囁くように聞こえる。

手足がバラバラにならずに済んだこと。息ができること。どこも折れていないし、血も流れていないこと。俯せに倒れたまま、イコはそれらの事どもを、慎重に確認した。今度こそ、まわりで何も聞こえなくなるまで、うっかり動いたりしないつもりだった。

ようやく半身を起こしてみると、ついさっきまで大広間の天井を渡っていた橋が、少しばかり傾斜こそきついけれど、二階から一階に降りるためには充分に頑丈な通り道となって、広間の中央に鎮座していることがわかった。きれいにひっくり返ったシャンデリアは、その脇に落ちて鎮まっている。

少女はさっきまでと同じ場所にいた。まだ両手で口元を覆って立ちすくんでいる。イコは立ち上がり、斜めになった橋の下まで行くと、彼女を見あげた。

「おーい」と、呼びかけた。「何かめちゃくちゃだけど、通り道ができたよ。降りておいでよ。足元に気をつけてね」

少女は怖がっているのか、なかなか足を踏み出さなかった。イコは橋のつくった斜面を登っていった。途中で両手を床につかなければならないほど急だった。

「怖かったら、お尻でずっていって降りてくればいいよ。滑り台みたいなもんだもの」

すると、少女はちょっと首を振った。笑ったようにも見えた。年頃の娘さん。そんな男の子みたいなことはできないわ——そういう意味かもしれなかった。

ささやかだけど温かいものが、本当に久しぶりに、イコの心に触れた。

「ちょっとずつ降りれば、転ばないよ」

そう言って、笑った。少女の目も笑ったように見えたのが嬉しかった。

それでも、少女を助け降ろしながら、イコは、橋の手すりにチラチラと目をやらずにはいられなかった。ここに、たくさんの亡骸がぶら下げられていた。血の染みや、亡骸を吊り下げたロープの跡が残ってはいやしないか。そう思うと、胸が悪くなる。

手すりは年月の埃と、今の崩壊で生まれた新しい埃とにまみれていた。掌でこするとざらざらした。石のかけらがちくりと痛かった。

ようやく少女が下まで降りると、イコは身体についた埃を払い、乱れてしまった御印を直した。そして、ふと思いつき、足元に落ちていたロウソクを一本拾いあげた。どこかで使い道があるかもしれない。それをズボンの腰にはさむと、上に置いてきてしまった松明《たいまつ》の棒の代わりに、武器になりそうなものを探した。今の衝撃で壊れたのか、広間にあった椅子の足が折れて転がっている。拾って振ってみると、いい具合だった。

少女はと見ると、彼女はイコに背を向けて、斜めに落ちた橋の向こう側、さっきシャンデリアの上で見た幻のなかで、片角のある騎士が歩み去っていった方を見ていた。一心に見ていた。案じるように。その先に、彼女の想いを引っ張る何かがあることを知っているかのように。

イコは黙って、少女の肩掛けの先を引っ張った。少女が振り返ると、目と目があった。

問いかけ。疑問。でも、すぐ先で輝いている芝生と、両開きの扉から吹き込んでくる爽やかな外気は、そんなものなど脇へ除けておけと、イコを誘っていた。

二人は手をつなぎ、扉を通り抜けた。靴の底を通して、芝の地面の柔らかさと温もりが伝わってくる。それはイコを勇気づけ、生気を与えた。

眼前には、降り注ぐ太陽の光の下、広々とした芝生の中庭を囲んで、入り組んだ通路とテラス、そしてひときわ大きな跳ね橋が、二人を待ち受けていた。

8

さしもの複雑な造りの〝霧の城〟でも、ここまで来ると、もう行く手の見えない迷路ではなくなった。地上に降りた、目と鼻の先にあった太陽と青空が、頭上高くへと遠ざかったという、気分の問題もあるかもしれない。塔の回廊やテラスで、絶えずごうごうと耳元で唸っていた渦巻く風の音も、ここでは高い城壁に遮られて鎮まっている。

芝生の中庭を突っ切り、その先でまた陸橋のようになっている建屋を通り過ぎる。跳ね橋をおろすのに少し手間取っただけで、イコは順調に進んでいった。

跳ね橋を渡るとまた広い庭に出て、その端の方は一部は墓所《ぼしょ》になっていた。樹齢を重ねた柳の木々が、乾いてひび割れた幹を曲げ、枝を垂らして、思いやり深い墓守のように陽射しを遮り、涼やかな日陰をこしらえている。イコは少し遠回りをして、四角い墓石が地面に整列している場所へ立ち寄ってみた。墓石はどれも古びていて、刻み込まれている名前も碑文も、薄れてしまって読みとれないものばかりだった。

敷地内にあるのだから、きっと〝霧の城〟と関わりの深い人びとが眠る墓であるに違いない。でも、城の主やそれに連なる血筋の人たちのものだとは思えなかった。それならば、別誂《べつあつら》えで、もっと立派なものであるはずだ。少女も、これらの墓に、特別な関心を示しはしなかった。

墓所の先に深い水路があり、二人は一時、そこに並んで影を落とした。水面はずっと下にあるので、そこに映る二人の顔は、ほの暗い影に混じってしまってよく見えない。それでも、二人の顔と身体の輪郭が水面に落ちているのを見て、イコはほっとした。隣にいる少女は精霊でも幽霊でもない。ちゃんと影ができて、その姿が水にも映るんだから。

水路の上には、壁を伝って、銅《あかがね》でできた太い導管《パイプ》が通っていた。イコには乗り越えることのできない高い側壁に沿って這い登り、カクカクと曲がり、城のなかのどこかへと消えてゆく。これが水道――というものだろうか？　帝都《みやこ》にはそういうものがあって、だから町に住む人たちは、誰も水汲みや井戸掘りなどしないでいいのだと、村長《むらおさ》が言っていたことがあるのを思い出す。

そういえば、神兵たちと乗った小舟からも、〝霧の城〟の内外を走る似たような導管を仰ぎ見た。〝霧の城〟には、そこに暮らす人びとの快適さ、安楽さを保証するための、数々の仕掛けがあるようだ。しかし、動力源は何だろう？　今は機能していないように見えるから、その動力は、とっくの昔に絶えてしまっているのだろうか。

知識がないことが、もどかしかった。ただ自分が知らないだけで、今でも帝都のお城や神殿では、同じような仕掛けが使われているのかもしれない。

二人は墓所から離れ、前庭の中央に戻った。芝生の照り返しもあって、汗ばむほどに暑い。また重々しい石造りのアーチが見えてきた。庭の左右に、そこへと通じる石の階段がある。

「もうひと頑張りだよ」

少女に声をかけ、その手を引っ張って、イコは足を急がせた。このだだっ広く上下に入り組んだ場所で、もしやあの霧の怪物たちに襲われると、面倒なことになると思ったからである。

顎の先から汗が滴る。でも不思議だ。少女と出会い、彼女と手をつないで行動するようになってから、飢えも渇きも、身体の疲労も感じなくなった。だからこそ、ここまで駆けて来られたのだ。

二人は走って石造りのアーチを抜けた。そこに広がっていた光景は、イコが探し求めていたものだった。〝霧の城〟のなかで唯一、イコに見覚えのある景色だった。

正門だ。崖の対岸から、波立つ青い海を挟んで遠く見た、あの巨大な両開きの門。

開いている。海に向かって、どちらの扉もいっぱいに開放されていた。

「門だ！」

イコは歓声をあげた。ぴょんぴょん飛び跳ねながら、少女に指さして見せた。

「ほら、門だよ！　開いてる！　あそこから外に出られるよ。僕、知ってるんだ！」

喜びと安堵で目が回りそうだった。じっとしていられずに、両手で少女の手を取って、跳ね回った。

それにしても何という威容だろう。

顔を正面に向けていては、視界に収まりきらない。右から左へ、塔の部分を除いては、〝霧の城〟そのものと、ほとんど同じくらいの高さのある城壁が連なっている。左へずうっと視線を飛ばしてゆくと、城壁が角形に折れているところに別棟があり、そこには崖の部分も露出していて、やはり青々と草が茂っている。そしてその草地の上に、たまげるほど大きなお皿のようなお椀のような、円くてちょっと底にくぼんでいるものが、海の方にその内側の部分を向けて立っている。

右手方向も同じだった。長々と続く雄大な城壁の先に別棟があって、巨大なお皿が、やや斜めに傾いて空を仰いでいる。

どちらのお皿も、こちら側からだと、正面の部分は、ごくごく細い三日月ぐらいの形にしか見ることができない。それでも、明るく光っていることはわかった。

——鏡かな？

そして、視界の正面を悠々と占める、この正門。高さは城壁と変わらない。これほど巨大なものであるのに、いったいどんな石で築かれているのか。遠目で見ては、継ぎ目や重ね目などが、いっさい見あたらない。

左右の門扉《もんぴ》の、蝶番《ちょうつがい》の部分にあたる太い柱の頂点には、それぞれ丸い珠《たま》をいただいている。その珠もまた、陽光の下で、静かな輝きを内に秘めている。そうか、小舟の上から何かが光るのを見たけれど、あれはこの珠だったんじゃないか。太陽が反射したんだ。

二人が佇《たたず》むゲートの下と、巨大な正門のあいだを隔てているのは、柔らかな芝生に覆われた、正門と同じ幅いっぱいに広がった通路だけだ。さらにその中央には石畳が設けられ、左右には、歩哨《ほしょう》のように、丈の高い松明《たいまつ》の台が一対ずつ立ち並んでいる。真昼の陽光の下、松明は消えているが、その様は、まるで二人を差し招き、さあここをお通り、ここが出口だよと教えてくれる、輝かしい標《しるべ》のようにも見えた。

「行こ！」

イコは少女の手を引っ張り、彼女がつんのめるくらいの勢いで駆け出した。走る。走る。イコの感覚では、半ば宙を飛んでいた。もう何者にも邪魔させない。正門はあまりにも巨大過ぎて、走っても走っても近くならないような気がする。月を追いかけているみたいだ。だけど違う。違うんだ。一歩、また一歩、踏み出し、蹴りあげ、また踏み出すごとに、自由が近くなってゆく。脱出の時はすぐそこにまで来ている。

そのとき、突然少女が悲鳴をあげて転んだ。二人の手が、捩《よじ》れて離れた。

少女はもんどりうって倒れ、石畳の上を、松明の台の足元にまで転がっていった。イコも勢い余って前のめりに転んだ。あわてて起きあがろうとしたが、少女の様子に凍りついてしまった。倒れてもまだ悲鳴は止まず、両手で顔や身体をかきむしるようにしながら、足をバタバタさせて苦しんでいる。

「ど、どうしたの？　どうしたんだよ」

這うようにして少女に近づき、その身体に触れることもできないまま、伸ばしかけた手を宙に泳がせる。まるで身体に火が点いてでもいるようだ。見えない何かに襲われて、身体じゅうを引っかかれてでもいるようだ。イコは目が回りそうなほどの勢いで周囲を見回し、煙の怪物たちを探した。あいつらか？　あいつらのせいなのか？　いや違う。何もいない。ここにはただうららと陽が照っているだけじゃないか。

二人はようやく、正門までの道のりの半分までを走ってきていた。あともう半分、立ち上がって走ればすぐそこだ。潮風が吹いてくる。波の騒ぐ音だって、すぐにも聞こえてきそうなほどだというのに。

ふと、頬に風を感じた。正門の向こうから優しく吹き込んでくる海風ではない。〝霧の城〟から吹き下ろす、冷たくよそよそしい気の流れ。

イコは目を上げた。倒れ込んだ少女の上、〝霧の城〟を背景にした中空に、風の流れが集まってゆく。それが目に見える。何もない無の空間から、ひと筋、またひと筋と、鞭《むち》のようにくねりながら立ち現れ、ひとつに捩《よじ》り合わさってゆく。無数の短い稲妻が、その中心で音もなく閃《ひらめ》く。

ひとつひとつの流れには形がなく、色もない。しかしそれらが合流してゆくと、そこに形成されてゆくものの姿が見えてきた。煙だ——あの漆黒の煙の怪物たちと同じ色。光を吸い込む暗黒の粒子の集まりでありながら、集まれば集まるほどに力を増し、光と反対の輝きを放つ。

イコは膝立ちのまま身構えかけたが、宙に出現しつつあるものを見つめるうちに、あまりの驚きに構えが解けてしまった。手が下がり、ぽかんと口が開く。

そこに現れ出《い》でたものは、煙の怪物たちとは違っていた。漆黒の霧と煙を寄せ集め、姿を成していることは同じでも、怪物たちよりもはるかに人間らしかった。

結い上げた髪。小さな顔。骨張った肩と細長い腕。豊かに裾の広がった衣装。袖口と裳裾《もすそ》にほどこされた、優美な刺繍《ししゆう》の縁取りまで見て取れる。

女だ——

小さな、肉の落ちた顔。痩《こ》けた頬。尖った顎。ただ顔色ばかりが骸骨《がいこつ》のように白い。あの煙の怪物たちの底光りする白い眼《まなこ》が、そのまま顔となったかのようだ。そして怪物たちとは反対に、この女の一対の眼は、漆黒《しっこく》に落ち込んでいる。だから瞳は見えない。それなのに、それはイコを見据えていた。大鷲《おおわし》さながらに両手を広げ、ふくらんだ袖に闇を孕《はら》んで。

封印の石像のところで見た幻像だ。あの幻像のなかの、黒衣の女だ。こちらに背中を向け、一心に祈りを捧げていた——

〝霧の城〟の何処《どこ》かから、鐘の鳴る音が響き始めた。イコは耳を疑った。どこに鐘楼《しょうろう》があったろう？　この鐘は誰が鳴らしているのだ？

緩やかに、堂々とした鐘の響きが合図であるかのように、イコたちの背後で、ゆっくりと正門が閉じ始める。海風の通り道が狭められてゆく。

少女は気絶してしまったのか、ぐったりと倒れ込んでいる。イコはわななきながら、両手で彼女を抱こうとした。立って。立ち上がるんだ。門が閉まっちゃう。間に合わなくなっちゃうよ。

絶えずさざ波立つ漆黒の煙と霧をまといながら、中空に浮かぶ黒衣の女が、イコに呼びかけてきた。「おまえは何者だ」

その声もまた煙でできているかのように、風に掻き乱されている。

「ここで何をしておるのだ？」

壁越しに聞く人声のように、大きくなったり小さくなったりする。

イコは少女の身体をかばうように腕を回し、頭上の黒衣の女を仰いで、ひたすらに口で激しく息をしていた。目をそらすことはできなかった。動くこともできなかった。

答えちゃいけない。森で魔物に会ったときは、たとえ自分の名を呼ばれても、返事をしてはいけない。村長《むらおさ》も、継母《まんかか》さまも、怖い昔話をするたびに、そう教えてくれた。返事をすれば、魂を盗られる。目をつぶりなさい。そんなものはそこにはいないのだと、心に言い聞かせなさい。魔物はあなたの心の隙に入り込む。だから心を閉じていなさい。

「穢《けが》れた角を持つ少年。己《おのれ》はニエであろう。ニエが石棺《せっかん》を逃れ出て、こんな場所で何をしようとしていると訊ねているのだ」

目を閉じても、耳をふさいでも、黒衣の女の問いかけは消えなかった。

目を開けると、黒衣の女の底なし沼のような目とぶつかった。イコは震えて後ずさった。反射的に、右手が御印《みしるし》をぐいとつかんだ。

女の白い顔の上、一対の暗黒の裂け目にも似た目が、つと細くなった。

「それは——？」

鐘が朗々《ろうろう》と鳴り響く。正門はもう半分以上閉じている。門の落とす影が、イコたちのいるところにまで届く。

「そうか」黒衣の女は訳知り顔でうなずいた。

「運のいいニエであることよ。その幸運を大切に、さっさと我が城から立ち去るがよい。拾った命だ。もう一度落としてしまわぬうちに、私の前から消えるがよい」

我が城——

この黒衣の女こそが、〝霧の城〟の城主だというのか。

「あ、あ、あんたは」

イコは震え、よろめきながら立ちあがった。黒衣の女の正面に立つ。「あんたがここの主《あるじ》なのか？」

「そうだ。私こそがこの〝霧の城〟の城主。〝霧の城〟の落とす影のなかで生きる、すべての命を統《す》べる女王」

黒衣の女は右手を動かし、人差し指を立てて、イコの鼻先に突きつけた。その動作は、そこから伝わる感情を別にすれば、鋼鉄の鳥籠から出てきた少女が、イコに指を向けた仕草とよく似ていた。

〝女王〟は指まで痩せさらばえていた。老婆というより、すでに骸骨《がいこつ》のようだった。その爪ばかりが鋭く尖り、黒曜石《こくようせき》のように鈍く光った。

「穢れたニエの少年よ。おまえの命も我が手のなかにある。ここに留め置かれたおまえの同胞たちと同じ運命をたどりたくないのなら、さあ、立ち去れ」

言われなくたって出ていってやる。恐怖と闇雲《やみくも》な負けん気が混ぜこぜになって、イコの心は沸《ふっ》騰《とう》していた。少女の元に飛び帰り、しゃにむに彼女を抱き起こそうとした。

「その娘《むすめ》に手を出すでない！」

〝女王〟の声が空を切った。本当に刃《やいば》で斬りつけられたかのように、イコの首筋に鋭い冷気が走る。

「ニエの手で触れるでない。おまえはその娘が何者であるか知っているのか」

そうだ、この娘は何者なんだ？

ぞくりと震えて、イコは〝女王〟を仰いだ。負けずに言い返そうと思うのに、喉から飛び出した声は、無惨に裏返って割れている。

「誰だっていうんだよ？　この娘《こ》は閉じこめられてたんだ。この娘もニエなんだ！　僕と一緒に、こんなところから逃げ出すんだ！」

〝女王〟の尖った顎が上がり、頬が歪んだ。受け止めきれないほどの恐怖に、イコの足がくたくたと萎《な》えた。〝女王〟が笑ったのだ。イコの返事を聞いて、嘲笑《ちょうしょう》したのだ。

石畳の上に倒れ伏していた少女が、腕をついて半身を起こし、中空に浮かびながら哄笑《こうしょう》する〝女王〟の方を仰ぎ見た。今にも泣き出しそうな横顔だ。

イコはそっと横に動き、少女の傍らに跪《ひざまず》いた。少女の肩に手を置くと、震えが伝わってきた。少女の目は〝女王〟の姿に釘付けになっている。

視線に気づいたのだろう。〝女王〟は笑いを断ち切ると、つと少女の方に視線を向けた。横座りになったままの少女が、それでもはっと全身でたじろぐのを、イコは感じた。

〝女王〟は、ことさらにゆっくりと言葉を紡《つむ》いで少女に呼びかけた。「わたしの可愛いヨルダ」

今度はイコがたじろぐ番だった。思わず、少女の肩に置いた手に力がこもり、少女の顔をのぞきこむ。

ヨ、ヨルダ。やっぱりこの娘《こ》の名はヨルダというのだ。それだけじゃない。わ、わたしの可愛いヨ、ヨルダ、だって？

〝女王〟は少女だけを見つめている。少女も魅入られたように〝女王〟から目を離すことができない。視線がぶつかりあう。

「この生意気なニエの少年は、おまえもニエだと言っているよ。これほどの非礼があるだろうか。ねえ、わたしの可愛いヨルダ。わたしの愛娘《まなむすめ》よ」

イコの膝から力が抜けた。手がだらりと垂れた。聞き間違いなんかじゃない。愛娘だって。この娘と〝女王〟は母子《おやこ》だというのか！

この呼びかけに、ヨルダは何も答えず、ただ、逃げるようにうつむいてしまった。片手があがり、口元を押さえる。その指先までもが震えている。

「う、う、嘘だ」口元をわななかせながら、かろうじてイコは言い返した。「この娘《こ》があんたの子供だなんて、そんなの嘘に決まってる」

「ほう」〝女王〟はまたも満面に笑みをたたえ、イコの方へと目を移した。「おまえは私の言葉を疑うというのか。つくづくも生意気なことだ」

「だって！」

イコはさっと立ち上がると、しゃにむに〝女王〟につっかかっていった。〝女王〟は素早く片手を伸ばし、イコに向かって骨張った掌をひと振りした。ただそれだけで、イコは軽々と後ろに吹っ飛ばされ、石畳の上に転がり落ちた。目から火花が出た。

「ニエの分際で、軽々しく私に近づくでない！」〝女王〟は笑みを消し、蒼白《そうはく》の顔に漆黒に燃える双眸《そうぼう》を光らせる。「わたしのヨルダを連れまわし、その穢《けが》れた足で城中を駆け回っただけでも許し難い罪だというのに」

イコはよろめきながら起きあがった。「だって、もしも本当に母子だったなら、どうしてこの娘をあんな恐ろしい鳥籠なんかに閉じこめたりしたんだ。母親が子供にそんなことをするなんて、おかしいじゃないか！」

〝女王〟は尖った顎の先を持ち上げると、吠えるように短く笑った。「私が私の娘をどうしようと、おまえの知ったことではない。ニエの身で私に指図をしようなどと、分不相応にもほどがあろうものを」

イコが再び迫ろうとすると、〝女王〟はかぎ爪のような指を振りあげた。すると、二人のあいだにヨルダが割って入った。言葉はないまま、無言でイコの前に腕を伸ばし、イコを阻《はば》もうとする。イコが彼女の顔を見ると、ヨルダはすがるように目を潤ませてかぶりを振った。

興味深そうに目を細め、〝女王〟は二人を見おろしている。

「どうやら、ヨルダはおまえに慈悲をかけているようだ」

それを不審に思うよりは、面白がっているような口振りである。

「一重《ひとえ》にも二重《ふたえ》にも幸運なニエの子よ。ヨルダに免じて、おまえの命は助けてやろう。すぐにも立ち去るのだ。ただし、かつて私が栄光のなかにあり、民草《たみくさ》の歓喜と尊敬の念に包まれて歩み出たこの城の正門を通ることは断じて許さぬ」

まるでその言葉があるのを待ち受けていたかのように、巨大な門扉《もんぴ》は地を震わせながらぴったりと閉じてしまった。門扉の隙間から差し込んでいた陽光は絶え、門扉のつくる大きな影が、前庭全体を覆い尽くす。

鐘の音が止んだ。

「地を這う虫のように卑《いや》しく、とるに足らない存在であるおまえ一人ならば、〝霧の城〟には、いくらでも、それにふさわしい出口が見つかるだろう。卑しきニエよ。壁の割れ目から這い出るがよい。それともその手で地を掻《か》き穿《ほじ》り、土中の穴を抜けて逃れ出るか。いずれおまえにふさわしい方法で、私の城から出てゆくのだ」

イコの御印が、風もないのにひるがえった。〝女王〟はその目に光が入ったかのように顔をしかめる。そういえば、さっきもそうだった。イコが御印に手を触れると、〝女王〟は嫌なものでも見たかのように目を細めたのだ。

今度は意識して、イコは御印の上に手をあてた。そして〝女王〟に歩み寄った。

渦巻く闇の衣を身にまとい、〝女王〟はイコを見据えている。イコもにらみ返す。

「あんたがこの城の主だというのならば、ニエを捧げさせているのもあんたなんだろ？　どうしてこんなひどいことをしてるんだ？　何の必要がある？」

一気に問いかけて、両足を踏ん張り、さらに畳みかけた。「この城のなかにいる、黒い煙か霧の塊みたいな怪物たちも、もともとはニエだったんだろ？　あんたの呪いか魔術かなんかで、あんな姿に変えられてしまったんだ。〝女王〟だなんて、嘘じゃないのか？　本当の女王なら、立派な、偉い人のはずだ。心の優しい人のはずだ。何の罪もない人たちを、犠牲に捧げさせたりするもんか。あんたは嘘つきだ。本当は魔女なんだろう？」

しゃべるほどに怒りが増して、イコはほとんど怒鳴っていた。言うだけ言わせておいて、〝女王〟は羽虫でも追い払うかのように、また掌をひらりと振った。イコはまたぞろ呆気なく吹き飛ばされた。今度はさっきよりも遠くへ、宙に弧を描いて飛んでゆくと、肩から胸へと、もんどり打って石畳の上に落っこちた。頬がすりむけ、血がにじむ。

頭がふらつき、身体中が痛んだ。うまく息ができなくて、目の前が真っ白になる。

「減らず口もそこまでだ」

〝女王〟の声が冷たく響く。

「さあ、ヨルダ。城のなかへお戻り。ニエの子など相手にするものではない。おまえは自分の身分を忘れている」

何度まばたきを繰り返しても、視界がぼける。イコはおぼろな景色として、宙に立ちはだかる〝女王〟と、石畳の上にくずおれたまま、怯えるように身をすくめ、それを見上げているヨルダの姿を見た。

「こんな、魔女の言うことなんか――聞いちゃ駄目だ」

気が遠くなりかけているのか、イコには自分自身の声もおぼろに聞こえた。口がうまく開かない。と、〝女王〟が指を振ったかと思うと、イコの身体が宙に浮き、次の瞬間には三度空《みたびくう》を飛ばされて、ヨルダのすぐ傍らへと叩きつけられていた。弄《もてあそ》ばれている。骨がバラバラになりそうだ。肘も膝も傷だらけになり、たらたらと血が垂れる。

ヨルダが身体ごとぶつかってきて、イコに覆《おお》い被《かぶ》さるようにしてかばった。〝女王〟を仰ぎ、懇願するかのように激しく嫌々をしている。

「おまえはなぜ、こんな卑しいニエの子に情けをかけるのか」

〝女王〟はヨルダに問いかけていた。

「おまえはやがてこの城を継ぐ者。私の分身。私と心をひとつに、〝霧の城〟に君臨し、再びこの世を統《す》べる栄光の座に戻る時を待つ身ではないか。よもや、それを忘れたとは言うまいに」

半ば気を失いながらも、イコにはヨルダが泣いているのがわかった。

「待つことに倦《う》んだというのか。それでも運命《さだめ》には逆らえぬ。ヨルダよ、よくお聞き。私はおまえであり、おまえは私なのだ。いずれ時が来たれば、おまえにも、それがどれほど大きな祝福であるか、身に染みてわかることであろうよ」

〝女王〟の姿が薄れ始める。イコの目が霞《かす》んでいるせいではなく、ここから消えて立ち去ろうとしているのだ。

「ニエの子よ。立ち去れ。二度の機会はないぞ。ヨルダはおまえなどとは身分が違う。おまえがヨルダに手を触れることを、私は許さぬ。けっして許さぬ」

女王のまとう漆黒の衣が霧へとほどけ始め、やがて、現れたときと同じように、空のなかに溶け込むようにして、その姿が消えた。

イコは石畳の上に倒れていた。ヨルダはそのそばに寄り添い、両手を石畳について泣き続けている。〝霧の城〟は二人の頭上にそそり立ち、静寂があたりを支配していた。

ぐったりと横たわったまま、イコは泣いているヨルダを見ていた。涙が落ちて、石畳に小さな小さな染みをつくる。そして、見る見るうちに乾いて消えてしまう。〝霧の城〟の落とす影が、彼女の悲しみなど、まるで最初から存在しなかったもののように、吸い取り消し去ってしまうのだ。

頭を持ち上げると、首がぎくりと痛んだ。思わず「イテ！」と声が出た。ヨルダがイコに目を向けた。白い頬に、幾筋も涙の跡が残っている。

二人の目が合った。ヨルダの泣き顔を見ていると、イコも泣けてきそうになった。

「本当なの……？」

弱々しい声しか出せなかった。

「あの魔女の言ったことは本当なの？」

ヨルダは答えず、手の甲で涙を拭いた。

「君の名前はヨルダっていうの？」

ヨルダは手を止め、顔の半分を手で隠したまま、静かに静かにうなずいた。

イコは石畳の上に頭を戻した。心から気力がすうっと抜け出してゆく。

「じゃ、あの魔女は、本当に君のお母さんなの？」

ヨルダはまたうなずいた。石畳の上にへたり込んだまま、身をよじってイコに背中を向けてしまった。

「君はニエじゃなかったんだね……」

問いかけるのではなく、自分で自分に言い聞かせる。イコは声に出して呟いた。

「さっきからね、君と手をつなぐと、いろんな幻が見えたんだ。その幻のなかには、あの魔女――〝女王〟も出てきた。古い石橋のところで見た、角が片方折れた騎士も出てきた。それとね、子供のころの君も出てきた」

ヨルダのほっそりとした背中に、イコは語りかけた。

「トロッコに乗ったときは、君は君のお父さんと一緒だったよ」

はじかれたように、ヨルダが振り返った。イコは彼女の目を見てうなずいた。もう一度、痛みをこらえて頭を持ち上げ、さらに我慢して半身を起こした。あまりにもあっちこっちが痛いので、もう、正確に身体のどこが痛いのかもはっきりわからない。痛くないところといったら、そう、目玉ぐらいのものか。

でもその目玉は、ともするとこみ上げてきそうになる涙のせいで、熱くなっている。

「小さいときの君は、お父さんとトロッコに乗ってはしゃいでた。お父さんのことが大好きだって言ってたよ」

ヨルダの涙は止まっていた。潤《うる》んだ目を上げて、彼女はふと、遠くを見るような目つきになった。

「君が大好きだったお父さんは、どこに行ってしまったの？　死んでしまったの？　そして君はお母さんの手で、ずっとあんなふうに閉じこめられていたの？　教えてよ。ここではいったい何が起こったの？　君の知っている〝霧の城〟は、こんな恐ろしくて悲しくて、寂しい場所じゃなかったんじゃないの？　君が育ったころの、美しかった〝霧の城〟は、いったいどうしてしまったんだい？」

ヨルダが何か呟いた。短い言葉だった。イコには聞き取れても、意味がわからない。

彼女はそっと膝をずらし、イコのそばに寄った。すんなりとした腕が伸びて、労《いたわ》るようにイコの頬の傷に触れた。

温かみを感じた。ヨルダの指先から、それは奔流《ほんりゅう》のように溢れ出て、イコの身体のなかに流れ込み、満たしてゆく。

御印に織り込まれた柄が、内側から光り輝き始めた。イコは目を見張った。

身体の痛みが——消えてゆく。

そこらじゅうにあった擦り傷切り傷から流れ出る血が止まり、乾いてゆく。青痣《あおあざ》が薄れ、元の健康な肌の色に戻ってゆく。ズキズキとうずいて、曲げることも伸ばすこともできなかった節々《ふしぶし》が、滑らかな動きを取り戻す。

イコは両手を広げ、癒《い》えてゆく自分の身体を見おろした。御印の輝きは、夏の夜の蛍《ほたる》の光のように淡く、イコの心臓の鼓動にあわせて、ゆっくりとまたたいている。

最後のひとつの擦り傷が消えると、御印の輝きも消えた。ヨルダがイコの頬から手を離した。

呼吸さえ止めて、イコはまじまじとヨルダの美しい顔を見つめた。さっきまで泣いていたその瞳が、きらきらと輝いている。

「ありがとう」と、小さく言ってみた。

ヨルダは頬笑《ほほえ》もうとしたが、その笑みは途中で萎《しお》れ、形のいいくちびるの両端が下がってしまって、彼女は目を伏せた。

「君にはきっとこの御印と同じ力があるんだ」と、イコは言った。「あるいは、御印の力に働きかけることができるのかな。あのね、僕にこの御印を着せてくれた村長《むらおさ》と、継母《まんかか》さまは言ってたよ。この御印があれば、僕は〝霧の城〟に負けないって」

イコは両手でヨルダの両手を取った。

「あんなところに閉じこめられて、君は嫌だったんだよね？　ここから逃げ出したいよね？　だったら、一緒に行こう」

ヨルダは激しくかぶりを振ったが、イコは負けなかった。

「君には力があるんだよ。〝霧の城〟に負けない力が。そして僕には御印がある。さっき気づかなかった？　〝女王〟はこの御印を嫌ってた。だからこそ、僕を殺すことはできなかったんだ」

それはとっさに心に浮かんだ思いつきに過ぎなかったのだけれど、口に出してみると、確信が生まれた。きっとそうだ。間違いない。〝女王〟が本当に強いならば、立ち去れなんて脅す代わりに、イコをひとひねりにすることだってできたはずじゃないか。

希望に満ちて、イコはヨルダの瞳をのぞきこんだ。その底に秘められ、封じ込められた歳月を――ヨルダという〝時の娘〟の真実を、イコの目ではまだ見ることはできなかったけれど、しかし何かが確実に解け始めていることを、つないだ手の温もりが伝えていた。

第三章　ヨルダ——時の娘

1

　あまりにも永く、あまりにも静かで、それ故に深く身に馴染《なじ》み、血肉にさえなってしまった孤独。少女はそれを生きてきた。

　鏡に映り、水面に影となって落ちる己の人の姿でさえ、ただこの孤独という虚ろなるものを包み込んだ薄い皮膜《ひまく》に過ぎないのではないかとさえ思う。わたしは容《い》れ物《もの》であり、空《くう》であり、無の集合なのだと。

　少女の世界では、時は常に停止していた。もう思い出せないほど遠い昔、記憶の彼方で、初めて我が身の役割を意識したころには、時が少女を封じ込めているのだと思っていた。少女は、時に囚われているのだと思っていた。

　だがやがて、少女は理解した。わたしが時を封じ込めているのだと。わたしが時を囚人《めしうど》としているのだと。気の遠くなるほど遥《はる》かな年月、わたしは時の監獄の孤独な番人としてのみ、この世に存在することを許されている。

それは何故なのか。

誰がそうさせているのか。

誰がそれを命じたのか。

時を留める力の代わりに、時を数える力を奪われた少女は、そのすべてを忘れていた。永いあいだ、この忘却は慈悲《じひ》であり、少女が得ることのできた唯一の安らぎでもあった。

忘却の深い淵《ふち》は、いつも、ゆったりと優しく少女を包み込んできた。少女は、小さなすべすべした丸い石くれとなり、その底深く沈んでいた。そこには平穏と静けさだけが存在し、疑惑や不安のさざ波が、稀《まれ》に淵の水面を騒がせることがあっても、少女のいるところにまでは届かなかった。

死にも等しき永き眠り。

それは何時《いつ》終わるのか。

誰がそれを終わらせるのか。

誰がそれを命じるのか。

知る術《すべ》もないままに、少女は静寂を生きてきた。時の停止は、心をも停める。何も変わらず、何も動かず、何も生まれず、何も消えない。

これまでずっと。これからもずっと。

そのはずだったのに――

「君の名前はヨルダっていうの？」

問いかける声。仰ぎ見る黒い瞳。間近に感じられる人の温もりと息づかい。

生き生きとした命の躍動のある場所に、時は停まってはいられない。動き出す。檻《おり》の扉は開かれ、囚人は牢を出てゆく。

ヨルダ。そう、それがわたしの名前だ。


ヨルダは夢を見ていた。

台座の間の塔のてっぺんで、鋼鉄の鳥籠のなかに横たわり、どれぐらいの歳月が経過しただろう。夢は途切れがちで、その訪れは気まぐれだった。脈絡《みゃくらく》のない道筋に迷いこみ、これが眠りのなかの夢なのか、起きて心に描く夢想なのか、その区別さえ定かでなくなるままに、繰り返し、繰り返し、ヨルダは様々な夢を見ていた。

死と忘却が親しいように、死と夢もまた親しい。死者が夢を見ないなどと、誰が断言することができよう？　わたしは死んで生を夢見ているのだろうか。それとも、生のなかで死を夢見ているのだろうか。

塔の内周をめぐる崩れかけた階段を、誰かが駆け上がってくる。そんな夢を見た。足音が聞こえ、階段に影が落ちて、ひょこひょこと動いている。ヨルダは、そんな夢を見た。ふと顔を起こしてみる。階段の人影は近づいてくる。だが小さなまばたきの後に目をこらしてみれば、それはただの幻に過ぎなかったとわかる。

いつだってそうだった。そしてヨルダはまた眠りのなかに沈んでゆく。次の夢を求めて。

その夢のなかでは、階段を駆け上がる人影が、石壁から染み出た漆黒《しっこく》の影のなかに呑み込まれてゆく光景を見た。声もなく、ただ恐怖にすくみ上がって呑まれてゆく小さな人影。塔の外は大嵐。風と雨が鳥籠にまで吹き付けてくる。

漆黒の影に襲われているのは――小さな男の子だ。彼の味わっている、激しい恐怖が我が身にも食い込んでくる。ヨルダは怯えて目を覚ました。

すると――やっぱり、塔の階段を誰かが走ってのぼってくるのが見える。ぐるぐる、ぐるぐる。螺旋《らせん》を駆ける。一生懸命の足取り。

これは夢？　それともさっきのが夢？　どちらが生で、どちらが死なのだ？

そのとき、呼びかける声が聞こえた。

「誰？　そこに誰かいるの？」

ヨルダは半身を起こした。あの少年が、階段の手すりに寄って、こちらを見上げている。

「そんなところで何してるの？」

ヨルダの目は、確かに少年を見ている。ヨルダの耳は、確かに少年の声を聞いている。信じられなかった。わたしはまだ夢を見ている。心の見せる、優しい慰《なぐさ》めに興じているのだ。ただそれだけのことだ。

少年は踵《かかと》をあげて背伸びをして、大きな声を張り上げた。「待ってて。今、下におろしてあげるから」

ちょっと迷って足を踏みかえ、また少年は階段を駆け上がり始めた。その動きを目で追ってゆくことができる。風変わりな赤い衣服。きれいな色だこと。胸元と背中を覆う、凝った色柄のあの布は何かしら。少年が走ると、旗のようにひるがえっている。

やがて少年の姿が消えた。塔のもっと高いところへ、窓をよじ登っていったようにも見えた。夢のなかで。そう、夢の続き。

この後は何も起こらない。何も変わるはずがない。また眠りのなかに戻るだけ。

がくんと振動がきた。鳥籠が揺れる。

ヨルダはとっさに鳥籠の檻につかまり、しがみついた。振動は続いている。そして信じがたいことに、鳥籠がゆっくりと下降している。真下に見える円い台座が、少しずつ大きくなってゆく。

手の込んだ夢。願望の紡《つむ》ぐ幻。

鳥籠は台座まで降りることなく、壁面にある封印の像の高さで停止した。またがくんと揺れて、ヨルダは今度は立ち上がり、両手で檻につかまらなければならなかった。

封印の像が、すぐ足元に見える。四体並んで道を閉ざしている。

わたしは何故、それを知っているのだろう。冷ややかな恐ろしさが背筋を駆け上がってきて、ヨルダは檻から手を離し、鳥籠の中央へと後ずさった。

記憶の断片。

(この封印の像は、私とおまえの守護者なのだ)

(復活の刻《とき》が来るまで、私とおまえが〝霧の城〟で過ごす永劫《えいごう》に近い時を、この封印が守ってくれるのだよ)

(私はおまえであり、おまえは私なのだ。私はおまえを満たす者であり、おまえは私の器なのだ)

ヨルダは首を振り、うなだれた。わたしはわたし。ここにいるこの身体。この手足。この髪。この瞳。

だけどわたしは虚ろの容れ物。

頭上でがたんと音がして、鳥籠が波に揺られるように揺れた。見ると、さっきの少年が鳥籠の上に飛び乗っている。

鳥籠が傾き、ヨルダは檻に叩きつけられた。上では少年がバランスを失い、うわっと声をあげて振り落とされてしまった。鳥籠はさらに大きく揺れ、次の瞬間、落下を始めた。鎖が切れたのだ！

まばたきする間もなかった。鳥籠の底の縁が台座にぶつかり、瞬間、危なっかしいダンスを踊るようにその角度のまま静止した後、ゆっくりと横倒しになった。石の床が迫ってくる。ヨルダは身を縮めて目をつぶった。

鋼鉄の鳥籠が床を打ち、ごおんという音をたてた。ひと呼吸遅れて、もう一度重々しい音が響く。そっと目を開けてみると、それは、蝶番《ちょうつがい》の壊れた鳥籠の扉が、外れて開いた音だった。

あの少年は、床の上の少し離れたところに尻餅をついている。台座の間に静寂が戻ると、ヨルダの耳に、松明《たいまつ》のぱちぱちと爆《は》ぜる音と、少年のはあはあという荒い呼吸音が聞こえてきた。

これは夢？　夢の続き？

ヨルダはゆっくりと足を踏み出し、鳥籠から台座の間へと降り立った。

少年はへたりこんだまま、両目をぽかんと見開いてヨルダの顔を見つめている。

幼い顔立ち。つぶらな黒い瞳。身につけている不思議な布が、淡い光を放っている。

そしてこの子には、角がある。

(ニエが必要なのじゃ)

再び記憶の断片が舞い上がる。

(〃霧の城〃にはニエがなくてはならない)

わたしはやはり夢を見ている。ヨルダは思った。心の紡ぐ余興《よきよう》ではなく、記憶の再現としての夢。なぜならわたしは知っているから。この角の持ち主を知っている。懐かしいあの方。わたしと共に、この城を歩み――

(あなたの力を借りようとしたのは、私の誤ちだった)

(しかし、希望を捨ててはいけない。いつの日か必ず、私の血を受けた子供たちが、あなたを救いに訪れる)

(そしてあなたの母上を――)

あなたの母上をも、この呪いから解き放つことだろう。

そう約束してくれたあの方。

遥か彼方の歳月から飛び返り、ヨルダは声を取り戻した。

「あなたは誰?」

少年に問いかけた。

「どこから来たの?」

しかし少年は、呆気にとられたように目を見張り、ただヨルダを見つめているだけだ。ヨルダはもう一度、同じことを問いかけた。すると少年のくちびるが動いた。

「君もイケニエなの？」

それもまた懐かしい響きの言葉。ヨルダの使う言葉でなく、けれども慣れ親しんだ言葉だった。遠い昔、あの人が操っていた言葉だった。確かに、確かにそれとわかる。だけどまだ遠い。聞き取れて、思い出すのに、話すことができないのがもどかしい。

たぐり寄せられる記憶。波となって、ひたひたと寄せてくる。すぐそこまできている。

この少年は夢じゃない。きっと夢じゃない。今ここで起こっていることは――

ヨルダは手を伸ばし、少年の頬に触れようとした。その温かみを感じたい。そしたら、本当に夢じゃないと確かめられる。

少年の肩が持ち上がり、表情が縮んだ。怯えているのだ。怖がらないで。わたしはあなたが幻ではないと信じたいだけ。

そのとき、彼らが現れた。


ヨルダは彼らを〝魔物〟と呼んでいた。母にそう教えられたから。でも、そう呼ぶたびに、心を突き刺す痛みを感じた。

魔物たちはニエから生まれる。ニエの魂をえぐり出し、闇の魔法で燻《いぶ》して作り出される異形《いぎょう》の者ども。ヨルダの母、〝霧の城〟の女王は、なぜかしら強い軽蔑を込めて、彼らを僕《しもべ》とも呼んでいた。

ニエの魔物たちはヨルダを求めている。〝女王〟がヨルダを求めているから。ヨルダはその身の内に時を封じ、ニエの魔物たちはヨルダを捕らえ、〝霧の城〟はニエの魔物たちを閉じこめている。その三重の封印のなかで、〝女王〟は今も君臨しているのだ。

だけどあの少年は、ニエの魔物たちからヨルダを守ってくれた。ヨルダの手を取り、かばいながら、まだまだ頼りなく肉の薄い腕を振り、細い身体で果敢に戦って、魔物たちを退けようとしてくれた。ニエの魔物たちの作る結界に引き込まれれば、ヨルダはまた囚われの身に戻り、少年は石と化して〝霧の城〟の哀れな装飾となる。ヨルダはそれを知っている。少年はそれを知らず、ヨルダが〝霧の城〟の女王のものであることも知らずに、ヨルダを守ろうとしてくれた。

やはり、これは夢なのだ。孤独に占領されたわたしの心が、とうに死んでしまったわたしの魂を弔《とむら》い慰撫《いぶ》するために、紡いでくれている夢なのだ。

確かにあの方は約束してくれた。いつかきっと、わたしを解放すると。でも、どれほど固い約束であろうとも、所詮《しょせん》は人の限られた力でなされたもの。これほど永いあいだ停められていた時のなかでは、もうすっかり凍りつき、風化して、跡形もなく消えてしまっているに決まっている。

しかし、ヨルダの手を握る少年の指の感触、掌の温もりは本物だった。間違いなくそこにいて、怒りに燃え恐怖に震え、混乱のなかで息をはずませながら、次々と湧き出ては襲いかかってくるニエの怪物たちと戦っている。

少年に引っ張られるままよろめいていたヨルダは、思い切って少年の手を引いた。手応えがあった。彼は消えはしなかった。震えながらはっと目を覚まし、鋼鉄の鳥籠のなかに戻っているということはなかった。

夢じゃない。信じよう。これは夢じゃない。約束の時が来たのだ。

ヨルダは懸命に少年を引っ張って、封印の像へと身体を向けさせた。

（この像はおまえの守護者なのだ）

守護者は守護されるものの命《めい》に従う。ヨルダには、ニエの魔物を退ける力はなくとも、光を招いて道を開くことはできる。

（封印の像を動かしてはいけない。私の復活の刻まで、この〝霧の城〟は、外界の穢《けが》れたものどもから守られねばならぬのだから）

ヨルダの力で封印の像が動くと、ニエの魔物たちも、風に散らされる煙のように、儚《はかな》く台座の間から消え失せた。

「ど、どうやったの？」

魔物たちが消え失せた空間と、道を開けた封印の像と、ヨルダの顔とを見比べながら、少年が問いかけた。無垢《むく》な瞳が、暗い疑問と明るい希望と感謝を交互に映して、ヨルダの瞳をのぞきこむ。

そして少年は言った。ここを出ようと。僕と一緒に行こうと。

その頭に生えた二本の角。

ヨルダは、差し出された少年の手を握った。

2

少年に手を引かれ、脱出口を求めて〝霧の城〟を歩き回りながら、ヨルダは、おぼろに霞《かす》んだ記憶を蘇らせようと試みた。鋼鉄の檻から解き放たれ、自分の足で床を踏みしめている今、それはさほど難しいことではないように思われた。

〝霧の城〟の塔。目も眩《くら》むような高さからの景観。長い回廊。高い螺旋階段。朽ちて壊れた家具や装飾品。どれもこれも見覚えのある場所と、そこに配置されていたものばかり。一度ならずこの足で駆け回り、手に触れ、腰を下ろして休んだことがあるはずだ。だから、必ず思い出せるはずなのだ。

しかし、走っても走っても前に進むことのできない悪夢にも似て、〝霧の城〟にまつわるヨルダの記憶は、もどかしいほど間近まで浮上してきていながら、容易には戻ってきてくれなかった。何か大きな暗い影が、今のヨルダと今までのヨルダとのあいだに立ちふさがり、覆《おお》いをかけている。

〝霧の城〟はこんなにも広かったろうか。こんなにまで入り組んでいたろうか。個別の部屋の造りには確かに見覚えがあるような気がするのだけれど、その繋がりとなるとあまりにも複雑だ。

少年は果敢で、ほとんど恐怖というものを知らないように見えた。いや、ヨルダにそう感じられるだけで、内心は怯えているのかもしれない。怖がっていて当然なのだから。でも彼の足の運びや、〝霧の城〟を見回す瞳の色には、いささかの迷いもない。ただ、ごくたまに、少年がふと考え込むような顔つきになり、足を止め、それからすぐに首を振ってまた歩き出すことがある。そんな時は、彼の心になにがしかの疑問や恐怖が去来《きょらい》しているのだろうけれど、それが具体的にどんなものであるのかも、未だおぼろに曇った記憶しか持たないヨルダには、察することが難しかった。それがひどく申し訳なく思えた。

ヨルダには少年の話す言葉がわからず、だから彼の名前も知らない。少年が名乗ったことがあるのかどうかさえ定かでない。しかし彼の頭に生えた二本の角は、ヨルダの心に眠っている何かを揺さぶり、喚起《かんき》しようとしていた。とても懐かしい。とても頼もしい。そして耳の奥に蘇る声がある。

（希望を捨ててはいけない）

あの方は誰だったろう。私にとって、どんな存在だったのだろう。心のなかに手を差しのばし、長いこと底の底に封じられていて、今ようやく陽の目を見ようとしている記憶と想い出を、力強く引っ張り出すことができたらどんなにいいだろう。

思い出したい。思い出さねば。

少年は時々、ヨルダの手をとった途端に、まるで彼自身の内側にすとんと落ち込んでしまったかのように、瞳を虚ろに、ヨルダには見えない遠い場所を見るような表情を浮かべることがあった。言葉が通じるならば、訊ねたかった。どうしたの？　何を考えているの？　わたしにも教えて。

そんな瞬間が過ぎ、少年の瞳に光が戻ると、彼はきまって、不思議そうに小首をかしげ、まずヨルダの顔を見つめ、それからきまって、そのとき二人のいる場所をぐるりと見回すのだった。その仕草にはどんな意味があるのか。なぜそんなことをするのだろう。

やがて二人は、塔と〝霧の城〟の別棟とをつないでいる、古い石橋へとたどりついた。うっすらと流れる白い霧に、対岸の棟がけぶって見える。そして石橋のこちら側には、一体の騎士像が佇んでいた。

少年はそれを仰ぐと、にわかにまた、あの遠い目になってしまった。

マントに身を包み、兜《かぶと》から片方の角をのぞかせた、背の高い騎士。ヨルダの心がさわさわと揺れた。小さなさざ波が、心の岸辺にうち寄せた。

わたしはこの騎士を知っている。この方を知っている。これはわたしの懐かしいあの方なのか。ならば何故石になっている？

そう、石だ。騎士の像などではない。呪いがこの方を石にして、ここに繋ぎ止めてしまったのだ。わたしはその理由を知っている。知っているという確信が、心の奥からこみ上げてくる。

もう少し、あとちょっとなのに、思い出せない。歯がゆさに地団駄《じだんだ》を踏みたくなる。

ふと目をやると、少年は、まるで歩み去る誰かを見送ってでもいるかのように、騎士の像から石橋の先へと、視線を動かしていた。

そしてヨルダの手を引っ張ったまま、急に走り出した。これもまた、誰かの後を追っているかのようだった。ヨルダは足をもつれさせながら、懸命について走った。と、唐突に足元の石橋に亀裂《きれつ》が走り、がらがらと崩れ落ち始めた。ヨルダの足は空を踏み、あっと叫ぶ間もなく落ちてゆく。

少年の手がヨルダの手をつかみ、ヨルダは橋の壊れた部分からぶらさがる格好になった。身体はほとんど中空に浮き、両足がぶらぶらしている遥か下では、広々と凪《な》いだ青い海が待ち受けている。潮風が髪と肩掛けをそよがせ、海鳥の声が聞こえてくる。

少年はヨルダを橋の上へと引っ張り上げてくれた。すっかり顔色を失っていて、早口に何か言っている。謝っているみたいに、ヨルダには思えた。

あなたのせいではないのに。ヨルダは心のなかで思った。〝霧の城〟は古い。朽ちかけているのだ。だから石橋も崩れたのだ。

それだけのこと——

いや、それだけのことだろうか？

二人、手をつないで橋を渡りながら、ヨルダは思った。なぜ、〝霧の城〟が朽ちかけている？そんなはずはないのに。生きているのだから。そうだ、〝霧の城〟は永遠だと教えられたではないか。

ヨルダとヨルダの記憶を隔て、覆いをかけているものが、一瞬だけヨルダの想いに力負けした。認識がこぼれ出た。ヨルダはそれをしっかりとつかんだ。

わたしが自由になったからだ。檻を出て、さらにはここを出ようとしているからだ。だから〝霧の城〟は朽ち始めている——

わたしは〝霧の城〟と命運を共にする者。わたしは時の器であり、〝霧の城〟はわたしの器。それをきっかけに、記憶は依然、おぼろなままなのに、ここを離れてはいけないという強い戒《いまし》めだけは、一歩足を進めるごとに、ひと部屋通り抜けるごとに、ヨルダの内側から蘇り、強く、強く、ヨルダを縛り始めるようになった。わたしは禁じられたことをしようとしている。わたしは〝霧の城〟から逃げることなどできないのだ。それだけは、けっしてしてはならないことなのだ。

襲い来た漆黒の異形のモノたちは、ヨルダにそれを語りかけた。それは懇願だった。哀訴だった。自らに課せられた務めを思い出せと、怪物たちはヨルダに訴えかけてきた。

ああ、それは正しい。だからヨルダもあのとき、一度は諦めようとしたのだ。わたしは留まらなくてはならない。記憶などもう戻らなくていい。わたしは義務を果たさなくてはならない。ヨルダのわずかな逃避行は、だからあのとき、漆黒の魔物たちに連れ戻されて、静かな終わりを告げるはずだった。

しかし、少年は諦めなかった。ヨルダの元に駆け戻ってきたときの彼は、とうてい歯が立たないほどの強大な相手に、命がけで食らいつく小さなケモノのように猛《たけ》り立《た》ち、怒りを迸《ほとばし》らせていた。

漆黒の魔物たちは、憐れみを請う声を宙に残しながら消えていった。あの声は、少年の耳にも届いていたのではないか。それが証拠に、彼はあの魔物たちを怖れつつ、厭《いと》いつつ、今にも泣き出しそうな目をしていたではないか。魔物たちは、きっと彼にも訴えかけたに違いない。

なぜわたしは足を止めないのだろう。なぜこの少年についてゆくのだろう。少年と手をつなぐたびに、わたしのこの身体のなかに流れ込む、温かな力は何だろう？　〝霧の城〟に籠もり、時の器として虚ろな生をおくってきたわたしを、この温かな力は満たそうとしている。すっかり満たされてしまえば、わたしはきっと、きっと——

一人の、命ある少女に戻る。

だからわたしはここに留まらねばならない。〝女王〟もそれをお望みだ。わたしはそれに従わねばならない。

でも、でも——

わたし自身は、本当にそれでいいの？　それを望んでいるのだろうか。

言葉にはならずとも、ヨルダの疑い叫ぶ声は、〝霧の城〟じゅうに響き渡っていた。問いかけは、城の隅々にまで聞こえてきたのだ。だからこそ、二人がようやく城門へと到達したときに、その回答が姿を現したのだった。

〝霧の城〟の城主。

いつの日か蘇り、再びこの世界を統《す》べる者。

〝女王〟

しかし、黒衣に身を包み、かつては美しかった顔を幽鬼のように尖らせて、黒曜石《こくようせき》の瞳を怒りに燃やしながら現れたその人を呼ぶ名を、ヨルダはたったひとつしか持ち合わせていなかった。

お母さま。

あなたこそがわたしをこの世に誕生させた人。

でもわたしは——そのお母さまを——

覆《おお》いは消えた。ヨルダとヨルダの過去を隔てるものは消えた。すべての記憶が蘇り、奔流《ほんりゅう》のようにヨルダを包んだ。

〝霧の城〟の歴史のすべてを、ヨルダは思い出し、取り戻した。

——さあ、ヨルダ。城のなかへお戻り。

——おまえは自分の身分を忘れている。

ヨルダは傍らの少年を見やった。ゆっくりと閉じてゆく城門の落とす影のなかで、果敢に両足を踏みしめ、〝女王〟に対峙《たいじ》している小さな姿を。

この子はニエだ。そしてわたしは、〝霧の城〟の一部だ。手をつないではいけない者たちだったのだ。

ヨルダの記憶が戻ったのを見届け、満足して〝女王〟は去った。城門はぴたりと閉じた。謁見《えっけん》の時は終わったのだ。

少年は傷だらけになって倒れている。ヨルダは泣いた。涙が石畳の上に落ちる。それを見ても、すぐには自分の涙だと思えなかった。わたしは泣き方を覚えていた――

少年がヨルダに話しかけている。すべての記憶を取り戻したヨルダには、その言葉の意味がわかるようになっていた。懐かしい言葉だ。あの方――今は無惨にも石と化して橋の上に佇《たたず》んでいる、剣士オズマの故郷の言葉だ。

少年は話した。ヨルダと手をつなぐと幻が見えたと。あの遠い目は、そういうことだったのか。トロッコに乗ったとき、子供のころのヨルダが父と一緒にいる光景が見えたと、少年は話した。

お父さま。その存在を、ヨルダはあまりにも長いこと忘れていた。お父さまは、追憶を探る指先の届かないところに行ってしまった。

「小さい時の君は――お父さんのことが大好きだって言ってたよ」

ええ、そうでした。でも今では遠いこと。取り返しのつかないことなのです。

ヨルダは少年の頬に手を触れた。その刹那《せつな》には、彼女は決心を固めていた。この子を逃がそう。この幸運なニエを助けよう。そしてわたしはここに残る。わたしは時の封印だ。

これを最後と、その手を突き放すためにのみ、少年の手をとる時が来てしまった。

少年が身につけている、風変わりな胸当ての文様《もんよう》が光り始めた。またたくように。動悸《どうき》を打つように。命の力を送り込んでくる。少年のなかに。そしてヨルダのなかにまで。

みるみるうちに、少年の傷が癒《い》えてゆく。彼の頬にあてたヨルダの手は、まるで溶け込んでしまったかのようだ。

伝わる。感じとれる。希望の光。命の輝き。支配の暗黒に拮抗《きっこう》する叡智《えいち》の輝き。

少年は言った。「君が誰だって、そんなのいいんだ。こんなところにいちゃいけないよ。ここを出ようよ。僕と一緒に行こう」

わたしが〝女王〟の娘だと知りながら、それでもあなたはわたしと共に、ここから逃げようと言ってくれるの？

いつの日か必ず、私の血を受けた子供たちが、あなたを救いに訪れる。

この少年がその子だと？　ただのニエではなく、叡智の白光《びゃっこう》に護《まも》られた戦士だと？

ヨルダは少年の手をとった。つないだ手から流れ込む新たな力が、つい先ほどの悲壮な覚悟、悲しい決意を押し流し、記憶を洗い、ヨルダという器を満たし始める。

まさか。こんなことが。

しかし少年は確かにそこにいて、瞳を瞠《みは》ってヨルダを見つめている。

ヨルダは確信した。わたしを通して、わたしの記憶がこの子にも伝わるのだ。くっきりと蘇った過去、〝霧の城〟がたどってきた歴史と、封じ込められてきた暗い出来事の数々を、少年も知ろうとしているのだ。

もう、誰にもそれを止めることはできない。たとえ〝女王〟の力を以てしても。

同じころ――

トクサの村の家で、村長《むらおさ》が突然、雷光に打たれたかのようにはっとたじろぎ、手にしていた書物を取り落とした。「光輝《こうき》の書」である。

今の衝撃は何だったろう？　村長は、すぐには足元に落ちた「光輝の書」を拾い上げることができなかった。両手ばかりか膝も背中も、舌までが痺《しび》れている。稲妻が身体のなかを駆けめぐったかのようだ。

指をほぐし、両腕をさすり、それからやっと椅子から腰をあげて、「光輝の書」を拾い上げた。古びた書物は、村長がそれをトトの手から受け取ったときと同じように、輝きと温かみを取り戻していた。ページが自然とめくれて、あるところで止まった。

そこには、みっしり詰まった古代文字の列のなかに、一振りの大剣の絵が描かれていた。

大いなる畏怖《いふ》を覚えて、村長は宙を仰いだ。震える呟きが、くちびるからこぼれ出た。

「おお、神よ。我らが神よ。あの子は道を見出したのですね」

3

遠い、遠い過去――

停められていた時は動き出した。沸き立ち、渦巻き、迸《ほとばし》り、本来の正しき流れを取り戻し始める。

巨大な城壁の両端で、東の大天球儀と西の大天球儀がまばゆく輝き始めた。三年に一度の武闘大会の開催を告げる鐘の音が、重々しく響き渡る。

天にまで届きそうな高さの城門が、ゆっくりと開いてゆく。領内の各地から参集した戦士たちが二列に並び、対岸の詰め所から海を渡る橋を越え、城内に入場してきた。思い思いの装備に、眩しい陽光が反射する。

どんな素材で作られているのか、紅色の甲冑《かっちゅう》に身を固めた者もいれば、飴色《あめいろ》になるまで使い込んだ革鎧《かわよろい》に重そうな丸楯《まるたて》を背負った者もいる。得物《えもの》も各人各様で多彩だ。巨大な戦斧《いくさおの》を誇らしげに背負った戦士の後ろに、黒い外套《がいとう》の裾から先端の尖った多節鞭《たせつべん》をのぞかせた者が続く。

まだ幼い顔立ちに産毛《うぶげ》の残る若者。眼光鋭い歴戦の傭兵《ようへい》。隻眼《せきがん》の老人。素性も年齢も顔立ちも様々な、総勢百名にも達する戦士たちは、城の前庭通路に整列した近衛兵《このえへい》たちのあいだを、たぎる野心と猛々《たけだけ》しい戦意をかげろうのように立ちのぼらせながら、粛々《しゅくしゅく》と行進してゆく。両手を腰に、礼装筒衣《サーコート》の胸元に染め抜かれた王家の紋章を見せつけるように身を反らして居並ぶ近衛兵たちは、その円筒形の兜《バレル・ヘルム》の下で、どんな目をしていることだろう。東西の闘技場で、今日から十日間、勝ち抜き形式で執り行われるこの大会の結果、最後まで勝ち残ったただ一人の戦士を、彼らはまた一人の新たな武技指南役として仰ぐことになる。しかし、どんなに腕が立つとしても、斧《おの》使いや鞭《むち》使いの業《わざ》は、騎士には無用のものであり、短刀や三叉《みつまた》も騎士の武器ではない。そこにあるのは冷笑か苦笑か、それとも武人としてのあくなき探求心だろうか。

ヨルダは自室のテラスに佇み、前庭通路の喧噪《けんそう》を見おろしていた。彼女の部屋のあるこの棟は、天守である女王の居室のある中央棟の右側に位置している。行進する大勢の戦士たちは、ヨルダの立っている高みからだと、宮廷道化師の操る吊り人形ぐらいの大きさにしか見えなかった。それでも、ざくざくと地を踏む彼らの足音は高く耳に届き、高揚《こうよう》した空気を頰に感じることもできた。

海を北面に臨み、断崖絶壁にそびえ立つこの城には、一年中潮風が吹き抜けている。今も、ヨルダの短く切り揃えた亜麻色《あまいろ》の髪を、その風が優しくかき乱している。

城中でヨルダが親しく接する者たちは口を揃えて、遠方への旅から戻り、この潮の匂いを感じると、我が城へ帰ったという実感がわいてくると言う。未だ城から外の世界に出たことのないヨルダにはわからない。潮の匂いを含んでいない風とはどんなものなのか、知る機会は一度もなかった。

女王は、ヨルダを他人目《ひとめ》にさらすことを嫌い、堅く外出を禁じている。女王自身も城から外に出ることはきわめて珍しく、城内でさえも、彼女の身辺を護る近衛隊の隊長と、政務を司る大臣たち、身の回りの世話をする女官長、そして大学者のスハル導師など、ごく限られた人びとの前にしか姿を現すことがなかった。

この世界は一見、凪《な》いだ海のように平らかに和しているように見えるだろう。でも薄皮を一枚剝《は》いでみれば、その下には侵略と戦争が待ちかまえている。領土拡大を狙ってしのぎを削っている各国の、血の匂いを含んだ荒々しい呼気が聞こえてくる。そんななかで、おまえが生まれ持った美しさはあまりにも危険なのだと、女王はヨルダに説いて聞かせてきた。

——美は気高く、貴重なものだ。それ故に人は美に惑い、美を求める。おまえを求めようとするものは、この国を求めようとするものだ。人を惑わし、人を惹きつけぬように、おまえは身を隠しておかねばならぬ。なぜならば、得難き美は人びとの頭上に君臨するものではあっても、それを統治する力は持ち合わせていないのだから。

それは私とて同じことだと、女王は言う。私の統《す》べる国は、この広大な大陸を分割する近隣諸国のなかで、もっとも豊かで美しい。誰もが私の国を欲し、また私を欲する。私はその飢えた恐ろしい顎《あご》から、数々の機略を以て何度となく逃れてきた。神の恵みのような私の美しい領国を護り、また我が身を護るため。女王の一人娘としてこの世に生を受けたおまえは、尊《とうと》い血筋に美を備え持ったが故に、私と同じ困難をも背負うことになった。

愛し子よ、私の娘よ。哀れなる美しき者よ。堪え忍んでおくれ。

武闘大会に参加する戦士たちは、中門の先の広場で整列した。季節の花々に飾られ、王家の紋章を刺繍《ししゅう》した旗を掲げた演壇に、モル・ガルス右大臣がゆっくりと登場する。戦士たちを取り囲んでいる近衛兵たちは、いっせいに剣を天に向けて姿勢を正す。戦士たちは地に片膝をついて敬意を示す。

右大臣の演説が始まった。広場の隅々にまで朗々《ろうろう》と響き渡るその声に、潮風に枝を揺さぶる木々のざわめきが、さながら静かな伴奏のようにゆったりとかぶさる。

手すりに乗せたヨルダの手の甲に、涙がひと粒ぽつりと落ちた。

武闘大会は始まってしまった。

勝ち残るのは誰だろう。

その勝者は、つかの間の栄光の先に待ち受けているものを、夢想だにしていないに違いない。

しかしヨルダには、止める術《すべ》がなかった。

十日前のことになる。ヨルダは女王の言いつけに背き、城の外に出ようと試みた。他愛ない好奇心のなせる業だった。

咲き初《そ》める花のような十六歳。ヨルダは外の世界への夢と憧れに満ちあふれ、人びととの生きした交流を渇望《かつぼう》していた。一歩でもいい、外の世界に踏み出してみたかった。見知らぬ町や村を訪ねてみたかった。この広大な城の威容を、海を隔てて眺めてみたかった。短い間でもいいから、年頃の娘の浮き浮きした心を、王女という枷《かせ》から解き放ってみたかった。

ヨルダが姉のように慕い親しんでいた若い女官が、その想いの強さに打たれて、力を貸してくれることになった。彼女には警備隊に働く恋人がいた。

二人は思案して、計略を練った。満月の日には、領内の商人ギルドから長《おさ》たちが集まり、商務を司る左大臣を囲んで会議を行う。その際には、名も身分もない領民であっても、ギルドのメンバーであるならば、謹《つつし》んで傍聴《ぼうちょう》することが許されていた。だから毎回、その折には、老若男女取り混ぜて、かなりの人数の平民たちが、中央左棟一階の謁見室《えっけんしつ》にまで入り込む。

ヨルダに町娘の服装をさせ、その人混みにまぎれてしまえば、城から外に出ることもさほど難しくはないだろう。商人ギルドの長たちが訪れるときに正門が開き、彼らが帰るときにもまた開く。だから、会議が始まる時刻に外へ出て、会議が終わるまでに戻ってくるならば、ヨルダが外に出したことは、誰にも悟られまい。いちばん親しい女官が味方なのだから、ヨルダが外にいるうちに誰かが自室を訪ねてきても、何とでも言い訳をしてもらうことができよう。幸い商人ギルドの長たちの会議の日には、城内が騒がしくなるので、スハル導師の講義もお休みだ。ヨルダの姿が見えなくても、誰かが探し回る気遣いはないし、スハル導師に、そんなふうに学問を嫌っておられては、お母さまの跡継ぎにはなれませんよと叱られることもなくて済む。

女官とその恋人の計画は、まことによく練られたものであるように、ヨルダには思われた。女官が用意してくれたという、華やかな色柄の町娘の服を着るのも楽しみだった。王女ヨルダは、白い衣装しか着ることを許されていなかったからだ。女王の与えてくれるそれらの衣装は、目に染みるような純白で、形もヨルダの身体をふわりと包むだけの簡素《シンプル》なものであり、肩掛けや袖飾りを替えるぐらいしか、変化のつけようがなかったのだ。しかもそうした肩掛けや袖飾りとて、凝《こ》った刺繍や編み込みの柄がほどこされてはいても、色はやっぱり白、青灰色や草木染めの深い茶色がせいぜいだった。鮮やかな朱色や黄色、藍色《あいいろ》や緑色は、ヨルダの美の邪魔になると、女王は許してくれなかった。

よく考えてみれば奇妙なことだった。女王はヨルダの優れた美が危険だと言い、城のなかに閉じこめている。それなのに、純白こそがヨルダの美を最大に引き立てると言う。

もっとも、女王もいつも純白の衣装ばかりを身にまとっていた。女官たちは生成《きなり》色の裾の長いチュニックに、海の色を映したような青い袖《スリーヴ》と布帯をつけている。大臣たちや、城内に勤める役人たちの衣服も白が基調で、組み合わされる色は青か茶色だ。海に面し、石と煉瓦《れんが》と銅で造られた城にはふさわしい色合いかもしれないが、華やかさはいささか足りない。だから商人ギルドの長たちや、彼らの連れが身につけている凝ったチュニックや丈の短いベスト、花柄の布の靴やトーク帽は、ヨルダの心を強く惹きつけてやまなかった。間近に寄って、手に取ってみることさえできなかったそれらの品を、身につけることができたらどんなに嬉しいだろう。

秘密の計画は、実行してみると、拍子抜けするほど簡単に運んだ。女官と共に、人目を忍んで階段を駆け下り、木立や植え込みに隠れ、衛兵の目を盗んで右棟を離れ、中庭から前庭へと人混みに混じって進んでいった。人の群のなかに混じれば、大きな花柄のスカートにエプロンをかけ、日除けのつばの広い帽子をかぶったヨルダを、誰も王女だと気づかない。巡回警備の任についている女官の恋人に道を尋ねる芝居をし、正門のところまで送ってもらい、海を渡る長い石橋へとたどり着く。橋を渡りきった向こう岸には、密かにやりとりした手紙で委細《いさい》を心得た、女官の母親がヨルダを案内するべく心待ちしているはずだった。

だが、しかし。

橋を半ばまで渡ったところで、ヨルダの耳に、女王の声が聞こえてきた。

——いたずらはそれまでだ。戻っておいで。

ヨルダはびくりと足を止め、周囲を見回した。橋の上は、会議の傍聴に行くために、正門が開いているうちに城内に入ってしまおうと急ぐ人びとでごったがえしている。また、ギルド長らの従人なのだろう、正門の手前まで主を送り、また迎えに来るときまで対岸に引き返そうとする者どももいるので、ヨルダはけっして、一人だけ人の流れに逆らって歩いているわけではなかった。現にヨルダが急に立ち止まったせいで流れが乱れ、まわりの人たちと肩がぶつかり、足を踏まれそうにもなった。

——ヨルダ、お戻り。おまえは城から外に出てはいけない。私の言いつけを忘れたわけではあるまい。

潮騒ではない。海鳥の声でもない。確かに女王の声だった。

ヨルダの心に呼びかけてくる。

――私はおまえが何処にいようと、何を企んでいようと、すべて見通すことができるのだ。おまえは私に逆らうことはできない。さあ、戻っておいで。

片手を胸に、にわかに頬が冷えてゆくのを感じながら、それでもヨルダは懇願した。声には出さず、ただ精一杯に胸の内で叫んだ。

――お母さま、お許しください。ほんの短いあいだでいいのです。城の外を見てみたい。気が済んだら、すぐに戻ります。お願いします。お願い、お願いです。

――ヨルダよ。

女王の声は、真夜中の砂漠のように冷え切り、磯の大岩のように揺るぎなかった。

――おまえが今すぐ戻らぬというのならば、私はその橋を壊さねばならぬ。指先ひとつで、私にはそれができるのだよ。橋が断たれれば、おまえは嫌でも戻らざるを得まい。そして、何も知らぬ大勢の領民たちは、砕けて落ちる橋と共に海の波間に消える。おまえはそんなことを望んでいるのか？

ヨルダの傍らを、人びとが忙しげに、楽しそうに言葉を交わしながら歩みすぎてゆく。海を渡る石の橋は、この世の始まりの時からそこにあるかのように、この風景のなかに溶け込んでいた。地面と同じくらいに頼もしく、海上の道となっている。

しかしこれは人の造ったものなのだ。いや、女王が造ったものなのかもしれない。だから壊れるのだ。壊されてしまえば、橋が支えている大勢の命は海に呑まれる。晴天の凪《な》いだ海でも、人の命はあまりに弱く、海はあまりにも広くて深い。

ヨルダはのろのろと身体の向きを変え、正門へと戻り始めた。途中から駆け足になった。少しでも躊躇《ためら》えば、お母さまがそれを不服の印と受け止め、橋を落としておしまいになるかもしれないと思ったから。

自室に戻ろうと右棟の入口にさしかかると、そこを護っている衛兵が、目の前に立ちふさがった。ヨルダは手をあげて日除け帽をとった。衛兵の目が、まなじりが裂けるかと思うほどに大きく見開かれる。

「ヨ、ヨルダ様？」

お母さまに呼ばれていますと、ヨルダは小さな声で言った。棒立ちになった衛兵をかわして自室まで駆け戻ると、女官が驚いてヨルダを迎え、腕に抱き取った。しかし、ヨルダが何があったのか話そうとする前に、戸口に二人の近衛兵がやって来た。

彼らは女官を呼びに来たのだ。女王のお召しだ、すぐに謁見の間に参るようにと、彼らは言った。その顔に表情はなく、命令口調には疑問も同情もない。

なす術《すべ》もなく、ヨルダは連行されてゆく女官を見送った。きっと彼女の恋人も、今ごろは身柄を拘束されて、謁見の間に送られていることだろう。

ああ、わたしはなんということをしてしまったのだろう。ヨルダは寝台に泣き伏した。間もなく代わりの女官がやって来て、ヨルダに着替えを促したが、その目は明らかに懸念《けねん》に曇り、口元が怯えて震えていた。

それから午後が過ぎ、陽が落ちるころになっても、ヨルダは女王に呼ばれなかった。商人ギルドの参加者たちはとっくに引き上げ、正門は閉じた。自室の戸口には近衛兵が二人、張り番に立っている。ヨルダは何度か、お母さまに会わせてほしいと、近衛兵たちに頼んでみた。しかし、その願いは空しかった。女王のご命令により、王女をここからお出しすることはできませぬという、丁重だが血の通わない台詞《せりふ》が返ってくるだけだった。

近衛兵たちもまた、怯えているようだった。


宵《よい》になると、ヨルダは自室で夕食を済ませた。食事はいつも一人でとる。与えられている三間続きの部屋のうち、いちばん狭くて装飾の少ない化粧部屋が、彼女の食堂になっていた。本来、その用途にも使われるべき居間はあまりにも広すぎ、厚い石壁と高い天井のせいか、いつでも冷え冷えとしていた。そこに運び込まれると、どんな熱い料理でもすぐ冷めてしまう。天蓋《てんがい》付きの寝台と同じくらいの大きさのテーブルには、多数の皿が並べられてもなお、空いているところの方が目立ってしまう。それが嫌いだった。

父王が健在だったころは、父母とヨルダと三人で、王家の食堂で食事をしたものだった。そこはまた呆れるほどに広く、金銀の装飾が頭上と壁面を飾っていたが、父の笑顔がその冷たさを消してくれた。母もあのころは、今よりもずっとずっと優しかった。

父はヨルダが六歳のときにみまかった。すでに十年を数える。想い出は今も色鮮やかなのに、月日はどんどん遠くなる。

お父さまが逝《い》って、お母さまは変わってしまわれた。お城も変わってしまった。

悲しみにうちひしがれ、不安に震える心は食事を受けつけなかった。女官たちが列をなして運び込む数々の皿に、ほんの申し訳程度に手をつけただけで、ヨルダは皆を下がらせ、化粧部屋の窓際に寄せた椅子に腰をおろして、燭台《しょくだい》をひとつだけ灯し、更けてゆく夜と向き合った。

この高さからだと、正門が閉じている今でも、満月の光に、女王が壊すと警告した石橋の一端を見ることができた。漆黒に近い色に暗く沈んだ海上に、青白く浮かび上がっている。石橋ではなく、石橋の幻影が、月の光のいたずらで、たまさか海上に姿を現したのだ――というように。まばたきすれば消えてしまうかもしれない。

ヨルダはじっと目を凝らし、波が橋脚《きょうきゃく》を洗って白く泡立つのを確かめて、小さく息を吐いた。あれは幻影ではない。石橋は無事だった。民草《たみくさ》は誰も命を落とさずに済んだ。ヨルダが女王に従い、しっぽを巻いて帰ってきたから。

もしもあのとき、逆らっていたらどうだろう。言い返していたらどうだろう。

――こんな大きな石橋を、指先ひとつで壊すことができるなんて、嘘だわ。お母さまは嘘をついて、わたしを脅そうとなさっている。

――そんなことができるものなら、やってごらんになればいい！

繊細《せんさい》な彫刻のほどこされた小テーブルに両肘をつき、掌《てのひら》で頬を包み込むと、ヨルダは目を閉じた。まぶたの裏に、石橋が壊れて砕け、人びとの悲鳴を乗せて海に落ちてゆく光景が浮かび上がってくる。

もしもわたしが反抗したら、お母さまはためらいなく石橋を壊したことだろう。お母さまにはそれがおできになるのだもの。

女王は、人智を超えた不思議な力を身につけている。ヨルダは未だ、それをこの目で見たことはない。でも周知の事実だ。スハル導師がそうおっしゃっている。左大臣も右大臣も、いや女王の身を守る楯である騎士団長さえも、こう言っていたことがある。我らが女王陛下は、騎士団のすべてを合わせたよりも強大な力を、その繊細な手の内に秘めておられる、と。もしも貪欲《どんよく》な近隣諸国が、我が国の豊かな領土に食指を動かし、攻め込んでくることがあれば、我らが立ち上がるよりも早く、陛下はその愚かな軍勢を、ひと息で退けてしまわれることだろうと。

言葉を聞き流すならば、ただのお追従《ついしょう》、過剰な賞賛と受け取れる。しかしこう語るときの騎士団長の眼の奥に、堅く凍りついたような恐怖があるのをヨルダは見た。スハル導師が、それをよく見て、しかと心に留め置くようにとおっしゃったからだ。

——王女よ、あなたは偉大な母上をお持ちなのでございます。

スハル導師はそう述べて、頭《こうべ》を垂れた。あのときヨルダはいくつだったろう。お父さまが亡くなって、城の内外に不安が漂い、皆が動揺しているときだったような気がする。だからスハル導師は、案じることなど何もないと、ヨルダを安堵させてくださったのだ。

しかしその導師の眼も、暗く翳《かげ》っていたのをヨルダは覚えている。

追憶に、ヨルダの心が揺れるのを映すように、燭台の炎も揺らめいた。

今夜はこのまま、女王のお叱りを受けずに済むのだろうか。それでは困る。ぜひとも母の膝下にすがり、あの優しい女官と彼女の恋人の罪を免じていただくよう、心を尽くしてお願いしたい。外へ出たいと、言い出したのはわたしだ。あの二人は、わたしの願いをきいてくれただけなのだから。

ほとほとと扉を叩く音がした。

ヨルダが振り返ると、化粧部屋のどっしりとした黒檀《こくたん》の扉が開き、女官長が音もなく入室してきた。灰色の髪に灰色の顔。ただ老齢のせいばかりでなく、何かに生気をしぼりとられたかのように色が抜け、痩せさらばえたこの女官長の老女を、ヨルダは、嫌《けいけん》うというよりも怖れていた。彼女が怖いのではない。忠実そのものこの女官長が、いつも敬虔に、尊敬のまなざしを以て女王に仕えているこの人が、一方で、なぜかしら城のなかで誰よりも強く、ヨルダの母なる女王を怖れていることが感じ取れる。それが恐ろしいのだ。

あなたは、わたしの知らない何かを知っているの。女官長の顔を見ると、ヨルダはいつも、喉元までこみあげてくるその問いを呑み込まねばならない。

「ヨルダ様」と、女官長は囁《ささや》くような声で呼びかけてきた。小声なのではない。嗄《か》れているのだ。長い間、自らの意志で湧き出るように語ることなどまったくない生活を続けているうちに、声の泉が涸《か》れてしまったのだ。

「陛下がお呼びでございます」

それを待っていたはずなのに、ヨルダは胸の内で心臓がすくみあがるのを感じた。

「わかりました。すぐ参ります」

立ち上がってテーブルから離れる。両手も膝頭も震えていた。それを悟られたくなくて、わざと背を向ける。

女官長は言った。「どうぞローブをお召しくださりますよう。夜分になりますと、戸外はかなり寒うございます」

ヨルダは思わず振り返った。「外に出るというのですか?」

「陛下のお言いつけでございます」女官長は流れるような動作で頭を下げた。

ヨルダは衣装掛けからフードのついた長いローブを取り出し、身にまとった。女官長に従い、うなだれて部屋を出てゆく彼女を、窓の外の星たちが、心配そうにまたたきながら見送っている――

4

女官長は女王の居室ではなく、まっすぐに城前の広場へと足を向けた。城内を通り抜けるときは、不寝番についている近衛兵たちが、足音もたてずに通路を進んでゆくヨルダと女官長を、騎士像になったかのように微動だにしないまま見送った。

庭に出ると、二階家以上の高さがある脚台のてっぺんで燃えさかる松明《たいまつ》が、あちらにひとつ、こちらにふたつ、夜のなかで赤く輝いているのが見えた。満月なので、その数は少ない。昼間の陽光の下では、いっそ空に近い高さにあるように見あげるこの松明台だというのに、陽が落ちてこうして火が灯されると、少しもその高さが変わったわけではないのに、今度は、夜空の底で燃えているように見える。それほどに、この城を包む夜は深い。

時折、庭のなかをすうっと横切ってゆく松明が見える。それは巡回する警備兵たちが手にしているものだ。女官長は広場を横切ると、中央左棟へ続く石段を登り、緩やかな弧を描く回廊のような通路を歩き始めた。ヨルダは怯えた。この通路沿いには、王家の人びとが親しく足を踏み入れるような部屋や施設はないはずだ。だからこそ、この城がほとんど全世界であるようなヨルダも、城の中央左棟にはほとんど来たことがない。ざっと間取りや配置を知っている程度だ。

この通路の突き当たりの階段を下りれば、中央左棟裏の芝生の小庭に出る。そこはただの小庭ではなく、王家に関わり深い人びとの墓所になっているはずである。

王家の血筋の者たちは、城内に葬られることはない。城から遠い山中に、山肌を切り崩し、岩を穿《うが》って造形された、いかめしい埋葬地があり、王家の墓もそこにある。小庭の墓所には、この城のために生涯を捧げたと認められ、選ばれたごく少数の忠義の者たちが眠っている。といっても、むろん、近衛隊長や大臣クラスの身分の高い者たちばかりで、女官長ぐらいではここに眠ることは許されない。

それでも墓場は墓場だ。この夜更けに、女王はこんな場所にヨルダを呼び出して、何をしようというのだろう。

女官長は手に明かりを持っていなかった。警備兵たちの目にとまらないようにするためだろう。見つかったところで咎《とが》められるわけもないが、なるべく誰の注意も引きたくないのだろう。

城内や広場にいるうちは、そこここの松明が光源となっていたが、ここまで来るとそれもない。満月の優しい月明かりも、城の陰に入ると遮られてしまう。しかし女官長は慣れた足取りで、ときどき肩越しにするりと顧《かえり》みてはヨルダの歩みを確かめつつ、城内にいるのと変わらぬ歩調で進んでゆく。

「どこへ行くのですか」

ヨルダは小さな声で問いかけた。女官長は答えない。だが、突き当たりの階段まで来ると、歩みを止めた。衣の裾も揺れて止まる。

「この階段を下りて、その先へとおいでくださいませ。陛下がお待ちでございます」

半歩脇に退いて道を開け、腰を折って礼をする。ヨルダは動かなかった。怖かったのだ。

「お母さまはわたくしに、ここでどんな御用があるとおっしゃっているのですか」

女官長は黙したまま頭を垂れている。

「この先は墓所でしょう。どうして墓所に行かねばならないのですか」

ややあって、頭を下げたまま女官長は答えた。「申し訳ございませんが、わたくしにはお答えすることができません。どうぞお進みくださいませ。陛下が直々《じきじき》にお答えになることでございましょう」

ヨルダは一歩進んだ。さらに半歩出て、女官長に向き合った。そして女官長のうなじにかがみこむようにして語りかけた。

「あなたは震えていますね」

女官長のきっちりと結い上げた髷《まげ》が、ぴくりと動いたような気がした。暗がりで、髷のなかに走る無数の白い筋が見える。白髪だ。彼女は年老いている。

「怖いのですか。わたくしも怖い」

女官長は動かず、何も言わない。

「わたくしは今日、お母さまの言いつけに背《そむ》きました。ですから、お叱りを受けることは承知しておりました。それでも、こんななさりようには恐ろしさを感じるばかりです」

わたくしについて来てくれませんかと、頼むような口調になってしまった。

「一人で行きたくないのです。お母さまのお怒りが怖いわけではありません。夜の墓所が怖いのです。暗闇が怖いのです」

それは嘘だった。女官長にも、嘘だとわかっているはずだった。しかし動かない。ヨルダは震える声を絞り出した。「では、わたくしはあなたに命令します。わたくしと一緒に来なさい」

女官長は頑固に半身を折ったまま、石の回廊に向かって声を発した。

「陛下がお待ちでございます。ヨルダ様、どうぞお進みくださいませ」

この城で命令を発することができるのは、やはりお母さまだけなのだ。ヨルダはうつむいたまま階段へ向かった。ひたひたと足音がする。階段を吹き上ってくる夜風の冷たさに、手をあげてローブのフードをおろし、目深《まぶか》にかぶった。

ヨルダの足音が遠のくと、女官長はその場に膝を折って座り込んだ。両手を胸に組み、一心に祈りの言葉を唱え始める。それはこの城で暮らした長い年月、心と身体に叩き込まれた〝神〟への祈りではなく、彼女の遠い生まれ故郷で、幼い子供のころに耳に馴染んだ、懐かしい祈りの言葉だった。

魔除けの祈りの言葉だった。

階段を下りきって小庭に出ると、それまで城の威容に遮られて見えなくなっていた満月が、まるでヨルダの身を案じてのぞきこむかのように、そうっと天の一角に姿を現した。ヨルダはしばし月光を浴び、それから思い切って母の姿を探した。

四方を城の建家と石壁に囲まれた小庭に、風雨に洗われた骨の如き白い墓石が九つ、三列横隊に並んでいる。草地はきれいに刈り込まれ、足を踏み出せば黒ビロードを踏むかのような感触だ。

女王の姿は見あたらない。あの豪奢《ごうしゃ》な白い衣装なら、この月明かりの下、見紛《みまが》うはずもなかろうに。

ヨルダはもう一度、四角く切り取られた夜空と月を見上げ、深く静かに呼吸を整えた。ヨルダの着ているどっしりとした銀白のローブは、高価で貴重な絹糸で織られており、どんなかすかな光でも敏感に感じ取って、銀粉をまぶされたかの如くさやかに光る。この墓所のなかではヨルダだけが生あるものであり、ローブの放つ淡い輝きは、その命の証《あかし》であるかのようにも見えた。

——お母さまはいらっしゃらないようだ。これはどういうことなのかしら。

訝《いぶか》りつつ安堵に心を緩めて、満月から地上へと目を転じたとき、母を見つけた。

それは闇だった。人の形をした漆黒の闇が、九つの墓石のちょうど真ん中に、いつのまにか存在していた。あまりに暗く、深い黒色なので、最初はそこに、人という実体があるとは思われなかった。夜の闇の溜まったもの。出し抜けに現れた黒い霧の淀み。だから満月の光をも寄せつけない——

「ヨルダよ」と、その闇の淀みが呼びかけてきた。母の声だ。女王の声だった。

すると、その瞬間に闇の淀みは女王の姿を成し、高く結い上げた豊かな髪や、襟首や袖口を飾るレースが、夜風にふるふると震えているのが見えてきた。長く裾を引いたドレスは、繊細なレースを幾重にも縫い重ねたものであるらしく、風になびくと夜に透ける。

女王は黒ずくめだった。闇そのもののように。そして寡婦《かふ》そのままに。

いつもの白い衣装はどうなさったのだろう。ヨルダは驚きよりも不審の念に打たれて、つと身を引いた。わたしの目が迷っているのかもしれない。だって、あれは本当にお母さまなのかしら。夜の闇の底に潜む生き物が、お母さまの姿を借り、わたしを謀《たばか》ろうとしているのではないのかしら。

「ヨルダ、こちらにおいで」

女王は片手を上げ、ヨルダを手招いた。暗闇のなかで、黒い衣装に包まれていないその顔と、手の甲と指先が、くっきりと浮き立って見える。夜空に満月があるように、墓所には女王の白い顔がある。

ヨルダは長いローブの裾を踏まぬよう、注意深く歩いて行った。近づくと、それは確かに母だった。なじみ深い香水が薫《かお》っている。

「女官長はどこにいる」

女王はヨルダの肩越しに、ヨルダの背後の方を見ている。

「あの階段の向こうで控えております」

女王は満足そうに頬笑んだ。「よろしい。ここから先には、あのような者には教えることのできない、大切な秘密が待っているのだからね」

怒っている口調ではなかった。むしろ明るい声である。遥か異国から取り寄せた風変わりな宝飾品を、初めて身につけるときのように。封を解き、蓋を開け、取り出してみるのが楽しみだというように。

「この墓所に、我が城に縁《ゆかり》の者たちが眠っていることは、おまえも知っているだろう」

女王はぐるりと墓石を見回した。

「王家の血を引く者たちではないが、我が城のために身命を捧げた忠義の者どもの墓が並んでいる」

「存じています。スハル先生に教わりました」

ローブを着ていてもなお身に染みる寒さをこらえながら、ヨルダは答えた。さっきまではこんなに冷えなかったような気がする。

「しかし、ここはただの墓所ではないのだよ、ヨルダ」

女王は言って、ヨルダが訝るのを楽しむように、頬笑みながら小首をかしげた。

「ここは永遠へと通じる道の入口なのだ。いつかはおまえをここに連れてこなければならぬと思っていました。今夜は良い機会になった……」

女王はふわりと衣装の裾をふくらませてヨルダから離れ、墓所の土を音もなく踏みしめて、右上の一角にある墓石の方へと進んでいった。ヨルダはあわてて後を追った。自分の足音は聞こえる。お母さまは、なんて静かに歩くのだろうか。

ひとつの墓石の前で足を止めると、女王は胸の前で両手の指を組み合わせ、頭を垂れて祈り始めた。その祈りは、ヨルダには聞き慣れない言葉で、しかも女王の声はとても小さく、ローブの裾をかすめて地に吸い込まれてゆくかと思うほどに低かった。

祈りが途切れ、女王が頭を上げた。と、足元の墓石がごとりと音をたてて横にずれた。墓石のあった場所に、地下へと続く石の階段が見える。ヨルダは小さく息を呑んだ。

「さあ、私についておいで」

肩越しにヨルダに微笑を投げ、女王は石の階段へと足を踏み出した。

「おまえに見せるものは、この下にある」

墓石はけっして巨大なものではない。だから、石の階段の降り口も狭くて小さい。それなのに女王は身を屈めることもなく、漆黒の衣装ごと、墓所の地面にぽっかりと開いたその空間に、吸い込まれるようにして降りてゆく。まるで実体がないかのようだ。

女王の姿は、すぐに地下へと消えた。ヨルダは思わず、「お母さま！」と呼んだ。

返事はない。ただ地下に続く階段が、ヨルダを待っているばかりである。

おそるおそる、片足を降ろしてみた。すると、身体が下へと引っ張られるような感じがして、よろめきそうになり、あわてて残った方の足を降ろした。次の一歩。さらに次の一歩。先に出した足を、後に続く足が追いかけてゆく。ヨルダの意志などおかまいなしに。

たたた――と、まろび降りて、頭まで地面の下へと潜ると、闇がヨルダを包み込んだ。鼻先さえ見ることができぬ、真の闇だ。恐怖が背中を駆け上がってくる。

頭上で墓石が元の位置に戻り、蓋が閉まる。その音を聞きつけて、ヨルダは狼狽《うろた》え振り返り、駆け戻ろうとした。しかし、そこにはもう冷たい地面の手触りがあるばかりで、押しても引いてもびくともしない。爪でひっかくと、湿った土くれがぽろぽろと顔の上に落ちかかり、埃が目に入ってしまった。

これでは、生きながら墓に埋められたのも同じだ。あまりの恐ろしさに、へたへたと階段の上に倒れ伏してしまった。しかし次の瞬間には、眼下に広がる光景に、どやしつけられたかのように跳ね起きていた。

闇に変わりはなかった。しかしその闇を貫き、規則正しいつづら折りに、下へ下へと延びてゆく傾斜のきつい階段が見える。さっきまでは闇があるばかりだったのに、今はその階段が、くっきりと白く浮かび上がっている。

女王はすでに、つづら折りの角を五つ六つ通り越した先まで降りている。階段は、浄められた骸骨《がいこつ》を思わせる白さだ。女王は、その上をのろのろと這う、一羽の漆黒の蝶《ちょう》のように見えた。

城の地下に、こんなにも深いところへ降りる階段があるなど、信じられない。いっそ非現実的だ。今、ヨルダのへたりこんでいる場所から、あの階段の先が闇に消えているところ——女王がしずしずと降りてゆく先——あそこまでの深さときたら、中央棟にある塔のてっぺんから、前庭までの高さと同じくらいあるだろう。目が眩《くら》みそうだ。

いつ誰が、墓所の地下をこんなに深くまで掘り、この階段をこしらえたのか。階段の先には何があるというのか。

と、耳元で女王の声が聞こえた。

「怖がることはない。降りておいで」

眼下遠く、女王の姿はさらに小さくなり、今では蟻ほどの大きさにしか見えない。それなのに、声はすぐ間近で響いている。

「この場所は、私が造りあげた結界《けっかい》の内。すべては幻だが、しかしその幻に、私の力で実体を与えてある。急な階段だが、足を踏み外し闇のなかに墜《お》ちる心配はない」

ヨルダは慎重に身を起こした。最初の何段かは、両手でしっかりとステップの縁をつかみ、子供のように尻でずって降りた。階段の存在は揺るぎなくヨルダを支えてくれた。確かに、実体があるのだ。

掌に伝わる感触は、滑らかで冷たい。底光りする白い階段は、高価な玉《ぎょく》のようでもあり、またヨルダが最初に直感したように、人の骨のそれにもよく似ていた。ようやく気を取り直し、ヨルダが立ち上がって階段を降り始めたときには、女王の姿は見えなくなっていた。もうこちらの目の届かぬ深さにまで降りてしまったのかもしれない。

ぐるぐる——ぐるぐる——つづら折りの狭い踊り場に出ては折り返し、下へ、下へ、さらに下へと降りてゆく。下降してゆくうちに、どちらが上でどちらが下なのか、判然としなくなってきた。やがては、下降しているという感覚さえ惚《ぼ》けてきて、ただの長い一本道を歩いているような気がしてきた。頭が空《くう》になり、自分の呼吸音さえ聞こえない。足音もしない。

この不思議な空間は、生者が死へと向かう黄泉路《よみじ》を模しているのかもしれないと、ヨルダは思った。一段降りるごとに、わたしは死んでゆく。生から遠ざかってゆく。この先でお母さまがわたしに見せようとなさっているものは、その正体が何であれ、死者の目にしか映らないものなのではないかしら。

これは擬似的な〝死〟の体験なのだ——

そう悟ったとき、唐突に階段が途切れた。いつの間にか夢見心地になっていたヨルダは、我に返ってまばたきをした。

そこは、四阿《あずまや》ほどの広さの円形の広間だった。頭上は闇。ぐるりには円柱が立ち並び、どこからさしかけるのか、月光のような青白い光が溢れている。

延々と降りてきたあの階段は、ヨルダの背後にあった。二本の円柱のあいだから、上へと延びている。今、まるで明かりを消されたかのように、ゆっくりと光を失い、暗闇のなかに沈んでゆくところだ。

目の前には女王がいた。白い顔に笑みを浮かべ、高く結い上げた黒髪が、光を浴びて濡れたように輝いている。

「わたしのそばにおいで」

手招きされるままに近寄ると、女王はヨルダの手をとった。母の手は冷たかったが、しかしヨルダはそれにすがりついた。とたんに、ふわりと身体が浮き上がるような感じがした。円形広間の床が、女王とヨルダを乗せたまま、音もなく降下し始めたのだった。

床が降りてゆく。それに連れて、周囲が見えてきた。ヨルダはぽかんと口を開けた。

そこもまた、広間だった。東の闘技場ほどの広さがあるだろうか。ぐるりの壁が斜めに盛り上がっている。そこを埋め尽くすばかりに、無数の石像が肩を寄せ合って立ち並んでいる。その中心へと、女王とヨルダは降りてゆくのだった。

円形の床の降下が止まると、女王はヨルダの手を離し、歌曲のもっとも華やかな場面を歌いあげる歌手のように、顎を上げて両手を開いた。

「さあ、ごらん。これが私の手の内に隠されてきた、もっとも美しい秘密の場所だ」

ヨルダは首をめぐらせ、やがてそれだけでは足りなくなって、ぐるりと身体を一周させて、立ち並ぶ石像の群を眺めた。数え切れない。百体？　いや二百を超えているか。

広間はすり鉢状になっており、ヨルダは今その中心にいた。石像群を眺めつつ、石像群からも見おろされている。視線を感じる。それほどに、ひとつひとつが生々しく精巧に作られているのである。

驚きに打たれ、好奇心に急《せ》かれて、ヨルダは女王のそばを離れ、石像群の近くに歩み寄って観察を続けた。様々な衣装の男女。年齢もまちまち、表情もとりどりだ。灰色の石に刻まれているだけのはずの瞳なのに、その焦点がどこに合っているのかさえ見てとることができる。ある石像は中空を見つめ、ある石像は足元に目を落としている。ある石像の口元は結ばれており、ある石像のくちびるは今にも言葉を発しそうだ。

鎖鎧《くさりよろい》の戦士もいれば、甲冑《かっちゅう》に身を固めた騎士もいる。笏《しゃく》を持っているあの老人の像は、僧侶だろうか。書籍を小脇に、筒型の帽子をかぶった学者もいる。正装した若い娘と、その隣にいるのは母親だろうか。面差しの似た二人の婦人――娘の手に握られた扇子《せんす》は半ば開き、その縁に飾られた羽毛ときたら、今にも風にふわりと揺れそうだ。

「美しいだろう」

女王が満足げに問いかけた。ヨルダは、夢中になって石像の観察を続けているうちに、女王から離れてしまっていた。だから、その声音に含まれた棘《とげ》に、すぐには気づくことができなかった。

「はい、とても」感嘆に胸を騒がせて、そう答えた。「なんて見事な彫刻でしょう。お母さま、いったい誰に命じてこれを作らせたのですか。宮廷美術師たちのなかに、こんな見事な腕を持つ彫刻家がいるなんて、今までまったく存じませんでした」

女王は低く笑った。まだ事態を把握しないまま、しかしその笑い声にかすかな毒を感じて、ヨルダは母を振り返った。

女王はまだ円形広間の中央にいて、ヨルダの顔にじっと目を据えていた。

「お母さま……？」

ほんの少しだけ顎を上げ、女王はヨルダの右手方向を指し示した。「あちらを見てごらん。いちばん新しい石像が飾られている」

まだ視線は女王にからめとられたまま、ヨルダは指示された方向へと足を向けた。女王の表情がゆっくりと溶け、笑みが大きく広がってゆく。

お母さまは、わたしをびっくりさせようとなさってる――ヨルダは思った。心の片隅で警告の声があがり、胸騒ぎがうっすらと鳥肌を呼んだ。しかし、それが何なのかわからない。どうしてこんなおかしな震えがくるの？　無意識が気づき、意識がつかめないままの不吉な予感。ヨルダは視線を石像群へと戻し、何重にも立ち並んでこちらを見おろしている石像たちのいちばん手前に、見慣れた顔を見つけた。

ヨルダの目は、それを見た。しかし心は理解しなかった。

若い女の姿をした石像。すらりとした姿勢。卵形の顔。美しい。しかしその瞳は凍りついている。うなだれ、諦めきって、しかしなお畏怖と恐怖にすくみあがって。

この顔を、わたしは知っている。

簡素な作りで、裾の長いチュニック。刺繍のついた袖《スリーヴ》。布帯の端は、几帳面《きちようめん》に折り返して挟み込んである。髷に結った黒髪に、ヒナギクの形の髪飾りがついている。ヨルダはそれをよく知っている。毎日のように見ていたから。彼女はそれを、恋人からの贈り物だと話していたではないか――

そんな馬鹿な。

瞬間、ヨルダの目が焦点を失った。もしもこの時、ヨルダの目という心の窓をのぞきこんだ者がいたならば、空っぽのその窓の奥に、声なき悲鳴が響き渡るのを聞いたことだろう。

ようやく、心も、目の見たものを理解した。

その石像は、あの女官だった。ヨルダをお忍びで城から外に出し、楽しい一日を送らせるために、知恵をしぼり力を貸してくれた優しい姉のような従者。

ああ、そして彼女の隣には、恋人の警備兵も立っていた。革鎧と対になった腰帯から剣をさげている。その柄《つか》には彼の姓と、彼がもっとも軽い身分である警備兵であることを示す、ひとつ星が刻み込まれていた。

警備兵の目はまなじりが裂けそうなほどに大きく見開かれ、その右手の指は鉤《かぎ》のように曲がり、あと一秒の余裕が残されていれば、腰の剣を抜くことができたのに――と、無念をまざまざと表して空《くう》をつかみかけている。

「それは石像ではない」

女王の口調は、あまりにも穏やかだった。

「元は人間だったのだよ、ヨルダ。わたしが彼らを石に変え、こうして飾っているのだ」

いたずら心でどれほど酷《むご》い罰を招いてしまったのか、よくわかったろう――女王の言葉を聞き終えぬうちに、ヨルダは気を失った。

隠されていたこの城の真実。

母なる人、女王の秘められた力。

5

モル・ガルス右大臣の長い演説が終わり、武闘大会の開催が麗々《れいれい》しく宣言されて、戦士たちは東西の闘技場へと移動してゆく。ヨルダは彼らを見送るのに耐えられなくなって、そっとテラスから居室へと戻っていった。

あの夜――意識を取り戻すと、寝台に寝かされて、傍らには女王が座っていた。その薄笑みを浮かべた顔を一瞥《いちべつ》し、ヨルダは、つい先ほどの墓所での光景は、悪夢ではなく現実なのだと悟った。夜はまだ続いている。

「おまえには、少し酷《こく》にすぎたようだ」

言葉とは裏腹に、いっそ楽しげな内緒話を語るように、女王は言った。

「好い機会だから、もっとよくあの石像たちを観察してほしかったのだけれどね」

女王は語った。あの秘密の石像の場を設けたのは、懲罰《ちょうばつ》が目的ではない。ヨルダがもう少しよく見ておれば、居並ぶ石像たちの半数は、三年に一度の武闘大会の優勝者たちであることがわかっただろうにと。

「優勝者が決まると、約束どおり、私は彼らを厚遇する。しばらくのあいだは城の武技指南役として働かせ、やがて領内の砦《とりで》のいずれかに派遣して、そこの長を務めさせる。その間、一年ほどのものだろうか。彼らの持つ優れた技を、兵たちに伝えてもらうには充分な時間だ。また彼らが心からわたしに心服し、警戒を解くまでにも、それぐらいの時がかかるからな。そして状況が整ったら、彼らを城へと呼び返し――」

魔術の力で石像にと変えるのだ。

「お母さま、なぜそんな残酷なことを……」

女王はいささかのためらいも見せずに即答した。「彼らを石としてしまうことで、その力が他国へ流出するのを防ぐことができるからだ。戦《いくさ》とは、所詮は兵士と兵士の力のぶつかりあい。秀でた技と、それを伝える頭を持っている人間を、他国へ渡すわけにはいかないのだよ」

武闘大会が、女王の統《す》べるこの国での栄達への近道だという評判が立てば、遥か遠くの外つ国からも、腕自慢の剣士たちが集まってくる。それもまた、間接的には、他国の兵力を削ぐことにつながってゆく。

「もともと流浪《るろう》の剣士たちだ。彼らが何処《どこ》に行こうが、何をしようが、気にする者どもなどいるまいし」

「流浪の剣士にも、妻や子や親兄弟、友人たちがいるでしょう。その人たちがどれほど案じ、悲しむか、お母さまは気にならないのですか？」

「さて、彼らの身の上について、厳しく問い質《ただ》されたことなど、これまでは一度もない。所詮はその程度の者たちなのだ。それに今後、たとえそういうことがあったとしても、名誉の戦死を遂げたと、ひと言伝えてやれば済むことだ」

ヨルダには、自分の耳に入ってくる言葉が信じられなかった。

「それはお母さまご自身がお考えになり、実行してきた計略なのですか」

「なぜそんなことを訊ねる？」

「知りたいのです」

女王は軽く首をかしげた。「違うと答えてほしいのか？　大臣たちの策略だと？　スハル導師の兵法だと？　あるいは、亡くなったおまえの父王の言いつけだとでも？」

お父さまはそんなことをなさる方ではなかった。いっぱいに瞠《みは》った目に涙を溜めて、ヨルダは母を見つめた。

「何も知らぬ可愛いヨルダよ。無垢な魂の器よ。この地上は、一皮剝けば、殺戮《さつりく》と紛争と、富を奪い奪われることを繰り返す修羅《しゅら》の巷《ちまた》なのだ。天の恵み多い我が領地を、涎《よだれ》をたらして狙っている餓狼《がろう》のような近隣諸国から守り抜くには、どれほど策略を巡らせても過ぎるということはない」

「でも！」

ヨルダは跳ね起きた。母の手にすがろうとして、しかし女王はするりと身をかわし、豪奢《ごうしゃ》な刺《し》繍《しゅう》の背もたれの肘掛けから立ち上がると、窓際へと歩み寄った。

月の光を斜めに受けて、女王の横顔は神々《こうごう》しいまでに美しい。

「おまえは平和に慣れ、世の真実を知らぬ。栄華も安楽も、無償で手に入るものではないのだということを、そろそろ覚えなければいけないね」

「お母さまは力をお持ちのはずです」ヨルダは震える声で言った。「スハル先生も、近衛隊長からさえも、わたしは聞きました。お母さまには、人智を超えた強大な力が備わっていると。それがどんな力なのか、わたしは知りません。先生も教えてはくださらなかった。でも、その力が本物であるならば、近隣諸国の存在など、何の怖れることがありますか？　攻め寄せてこられたのならば、その力で押し返せばこと足りるはず。剣士を石に変えて飾るなど、意味もなければただ悪趣味なだけです」

驚いたことに、女王は半身を反らせ、愉快そうに声をたてて笑った。

「今の言葉は、おまえのわたしに対する尊敬の表明だと受け取ってよいのだろうね？」

絹の上掛けの縁を握りしめて、ヨルダは言った。「いいえ。わたしはお母さまが恐ろしいのです」

女王は黒いヴェールを押しやり、ほつれ毛をそっと整えると、ヨルダを振りかえった。

「よく言った。そう、わたしは恐ろしい女です」

言葉どおり、褒めている口調だった。

「褒美《ほうび》に教えてやろう。わたしが身に帯びているのは、確かに強大な力。生まれながらに備わった魔力に、魔神の加護を得て、さらに伸ばし育てたもの。この身ひとつで、世界を滅ぼすに足る力。わたしはそれを、けっして無駄には行使するまいと心がけてきました」

つと片手をあげて、天を指してみせる。

「なぜならばヨルダ、それは戦の力ではないからです。さればこそ、わたしは我が領国を守るだけで、他国に攻め入ろうとは思わぬ。今はまだ、その時ではないのだから」

今はまだ？

「スハル導師らも、わたしの力をすべて知っているわけではない。彼らは——昔、まだおまえが生まれる前、我が領国の裾に食いついてきた貪欲な小国や、国家の体《てい》をなしてさえいない野蛮な部族のいくつかを、わたしがこの力で退けたときのことを覚えているだけ」

「何をなさったのです？」

「彼らを石に変え、塵《ちり》と変えて風に散らしてしまった。造作もないことでした」

ヨルダの心の目が、心の想像した映像を見た。ひとつの町が、そっくりそのまま石と化す。雄《お》叫《たけ》びをあげながら進軍してくる蛮族の部隊が、次の瞬間には石像の群となる。やがてそれらの石の魂は、風に削られて宙に消える——

「近隣諸国の王や軍人たちのなかにも、それらの出来事を、直《じか》に見聞きしたのではなくても、知っている者どもがいるでしょう。だから彼らもわたしを怖れている。迂《う》闊《かつ》に手出しはできぬと警戒している。しかし、彼らが怖れているのはわたし一人であって、我が領国の軍事力ではない。それだからこそ、国境沿いでは、小規模ながらも争いが絶えないのです。それは知っているでしょう？」

確かに、ヨルダが物心ついて以降でも、戦争と呼ぶほどの規模には遠いが、小さな軍事的衝突が何度か発生している。

「女は戦が下手なものです」女王は、いっそしおらしいような口振りで言って、つとうなだれた。「それにわたしのこの力は、滅ぼす力であって、戦う力ではない。だから、近隣諸国がわたしを怖れるように、わたしも彼らを怖れざるを得ない。彼らと正面切って戦をするのは、わたしの望むところではない。策略を巡らせるのもそのためです。優秀な剣士たちの命を刈り取る仕組みを作ったことなど、その策略の、ほんの一部でしかない。おまえの与《あずか》り知らぬところでは、もっともっと様々な企みを、わたしは仕掛けています。それについては、スハル導師にでも、大臣たちにでも訊ねてごらん。わたしが許可したと言えば、彼らもおまえに教えてくれるでしょう」

「では、お母さまは何をお望みなのです？　この国を守りきることだけを、心に願っておられるのですか？」

先ほどと同じ言葉を、先ほどよりはもっと謎めいた口調で、女王は口にした。

「今は、まだ」

自分でも不思議なことに、恐ろしさや憤りよりも、強い悲しみに、ヨルダは目の前が暗くなるのを感じた。わたしのお母さまは、何を求めておられるのか。

知りたいけれど、知るのが辛い。でも、今訊ねておかなければ、おそらく二度の機会はあるまい。ヨルダは勇気を奮い起こした。

「そのお言葉は、言い換えるならば、未来のいつか——さっきお母さまのおっしゃった〝その時〟が来たならば、この国を守ることだけに専心してはいないという意味にも受け取れます」

女王はゆっくりとうなずいた。「そのとおりだよ、ヨルダ。わたしは魔神に誓いを立てた。時満ちれば、魔神に授かったこの力で世界を平らげ、魔神を真の創世の神といただいた国をうち立てる、と」

ヨルダの知る創世の神は、すべてを愛おしみ育む天空の神、太陽神《ソル・ラヴェ》だ。子供のころからその教えを尊んできた。その輝き、その温もり。地上のすべての生き物に命を与え、守り育ててくださる。この国ばかりではなく、大陸全土で、神は唯一その光の神だけのはずだ。

現にこの国でも、国教と定められているのは光の神への信仰ではないか。女王の若き日、婚礼をあげたのも、光の神をいただく大聖堂ではなかったか。

「お母さまは、国教に背くとおっしゃるのですか？」

女王は小娘のようにツンと鼻先を上に向けた。「国には宗教が必要なもの。民草《たみくさ》をまとめるために必要ならば、わたしはどんな信仰でも看板として掲げましょう。あくまでも看板としてならば」

これまで信じていたものが、くるくるとひっくり返ってゆく。

「ではお母さまの仰ぐ真の神は、その魔神だと？」

「そのとおりだよ」

「魔神の存在など、わたしは信じません。たとえ魔神がいたとしても、光の神にかなうものではありません」

「それはおまえが真実を知らぬというだけの話だ」

女王は窓覆いをおろして月の光を閉め出した。燭台の明かりが、揺らめく影を作り出す。女王はヨルダの寝台の裾に廻ると、夜通しおしゃべりに興じる仲良しの姉妹のように、親しげに腰をおろした。

女王の身体の重みに、絹の布団がわずかにくぼむ。人の重みと温もりが、確かにある。ここにいるのはわたしのお母さまで、影から変じた物《もの》の怪《け》の類ではない。ヨルダは、自分に言い聞かせた。

「地上と同じく、天空の神の世界もまた戦乱を繰り返しているのだよ。おまえが仰ぎ、この大陸で信仰されている光の神は、今はたまたまその戦いに勝って、この世を統《す》べているというだけの存在だ。しかし、一時とはいえ光の神が君臨しているうちは、わたしの神は魔神と呼ばれ、影のなかに追い込まれるしかない。いつの日か、魔神の落とし子であるわたしが勝利し、光の神をその座から追い落すときが来るまでは」

「いったい、どんな魔神だというのです」

女王はにっこりと頬笑んだ。「我ら地上の人間に、真の自由をもたらす大いなる存在。闇を司《つかさど》る神だ」

光は生み、闇は滅ぼすと、女王は詠《うた》うように呟いた。

「だからこそ、わたしが得ているのは破滅の力なのだ。それこそが、生きとし生けるものを支配し、時さえも止めることができる。今は雌伏《しふく》しても、いつの日か必ず勝利する」

そのいつの日かを、女王は待っているというのだろうか。訊ねようとしたヨルダに先んじて、女王は言った。

「これは公《おおやけ》の歴史書には記されておらぬし、スハル導師もおまえに教えはしないだろうから、わたしが話してあげましょう。わたしはね、ヨルダ。闇の神の祝福を受けて生まれた。わたしが生まれたその時、天空の太陽は漆黒の影に覆われ、光を放つことがなかったのだ」

日食である。ごく稀に、天空にそういう現象が現れるということは、ヨルダも知識として知っていた。国教でも歴史書でも、それは光の神が休息をとられる時であると教えている。地上の生き物も、そのときには活動をやめ、神と一緒に静かに休むべきだと。

「そんな教えは偽りだ。人は何でも、己の信じるものに都合のいいように解釈をつけてしまうものだよ。たとえそれが神に関することであってさえ」

女王は軽蔑を露わに言い捨てた。

「日食の真の意味は、闇の神が光の神に抗《あらが》い、その力がまだ完全に封じられたわけではないと誇示することにある。そして闇の神は、光の神を制圧しているその短いあいだに、わたしを地上に遣わされた」

だからこそ、わたしは闇の神の落とし子なのだと、誇らしげに言うのだった。

「わたしの母、おまえの祖母にあたる人は、わたしを産み落としたとき、王家の子が光の神の恩寵を欠いて誕生するなど、きっと凶兆に違いないと、産褥《さんじょく》を出ぬうちに、わたしの命をとろうとしたそうだ。しかしわたしの父王がそれを止めてくださった。光の神が休息をとっておられる時に生まれ出た子であるならば、光の神の代理が務まる力を備え持っているはずだとおっしゃってな。父王のそのお考えは終生変わらず、他の兄弟たちを退けて、わたしを特別に可愛がってくださったものだよ」

ヨルダは祖父母を知らない。伯父も伯母も知らない。ヨルダが生まれたときには、すでに皆、不帰の人となっていた。

「お母さまのご兄弟は、幼いうちに、次々と亡くなったと聞いています……」

言いながら、考えていた。特別だったというお祖父さまの寵愛《ちょうあい》をさらに独り占めするために、もしやお母さまが――

「わたしの父王は考え違いをしておられた」と、女王はきっぱり言ってのけた。「まことにお優しい方であったことよ」

その口調には、懐かしさや親愛の情の欠片《かけら》も含まれていなかった。未だ世間を知らぬヨルダにも、本来あるべきそれが欠けていると、感じ取ることはできた。が、代わりに存在しているものが何なのか、しっかりと摑《つか》み取ることはできなかった。軽蔑と言い切ってしまうには重すぎ、少しばかりの失望を内包し、怒りに近いものをも隠した心。

「わたしは光の神の代理を務める者ではない。ましてや、その僕《しもべ》などではさらさらないのだ。私はこの世を統一し、闇の神に捧げるために生まれ落ちた——」

そこまで聞き終えて、ヨルダはようやく推察した。先ほど女王が言った〝いつの日か〟の意味を。

「ではお母さまは、再び日食が起こる時を、お待ちになっているのですね」

女王の頰が緩んだ。「おまえは賢い。おまえがわたしの娘でよかった」

「それはいつなのですか？」

「さて、いつだろう」女王は、優美に首を傾げてみせた。

知らないというよりは、ヨルダには教えたくないという言い方だった。もちろん知っているのだろう。この城に、スハル導師を始めとする大勢の学者たちを集めたのは、来るべき日がいつなのか、天空に描かれた見えない暦を読み解き、知識を得るためだ。そういえば、あの地下の石像の間に、学者の姿は見あたらなかったような気がする。一体ずつ子細に調べれば、一人ぐらいは石にされてしまった学者が混じっているかもしれないけれど、すぐ目につくところにはいなかった。

女王は、己の敵と己が必要とする人材とを、巧みに仕分けしているのだ。

「いずれにしろその時が来れば、わたしは世を統べる真の女王となる。だからその時までは無用な戦いを避け、鳩のように柔和に、蛇の如く賢《さと》く立ち回るのが肝要。おまえもそのことを、よく覚えておきなさい」

それだけ言うと、しとやかにドレスの裾を持ち上げて、女王はヨルダの私室から立ち去っていった。

一人になると、急にさまざまな感情がこみ上げてきて、しばらくのあいだ、ヨルダは膝を抱えて丸くなっていることしかできなかった。いちばん強い感情は恐怖だったけれど、止めようもなく身体が震えるのは、むしろ悲しみのせいだった。

かなり長いこと経ち、少し心が落ち着くと、先ほどのあのやりとりのなかで、母なる女王に尋ねておくべきだった事柄を思いついた。今さら手遅れだ。あんな話し合いの機会は、もう二度とないだろう。

それでも、ヨルダは心のなかで母に問いかけた。

——亡くなったお父さまは、お母さまのお気持ちを、お母さまの正体を、お母さまの所行の数々を、すべてご存じだったのですか。

——次の日食が起こる前に、お母さまの寿命が先に尽きてしまうかもしれないという心配はないのですか。

どちらも大事な問いかけだった。前者はヨルダの父の死にまつわる謎を解く問いであり、後者は、ヨルダ自身の運命に関わる問いであったのだから。

しかし、口に出す機会を失ったまま、二つの問いはヨルダのなかに根をおろしてしまった。そして、何の実りももたらさず、ただヨルダの心身から栄養を吸い上げては、外界の陽光を遮《さえぎ》る枝を張り伸ばすだけの、邪魔な大木へと育っていった。

武闘大会は、八日間に亘《わた》る。一対一の勝ち抜き戦で、敗者は即座に城から退去することを命ぜられるので、日が経つ毎に戦士たちの数はどんどん少なくなってゆくが、東西の闘技場を埋めつくす観客の熱狂は、逆に高まってゆくのだった。

一般の市民たちは、かなりの富裕層の商人たちや、名高い文学者や芸術家などでない限り、武闘大会を見物することは許されない。一方、貴族の家柄の者たちは、それぞれの家のお抱え剣士を参戦させている場合も多く、また、こうした行事のたびに、豪奢《ごうしゃ》に着飾って出かけることが貴婦人たちの楽しみのひとつでもあるので、こぞってやってくる。だから、日頃は荘厳なほどの粛々《しゅくしゅく》とした静けさのなかにある城内が、この時期ばかりは、連日騒々しいほどの喧噪《けんそう》に包まれることになるのだ。にぎやかな話し声と、貴婦人たちが競い合って髪や身体に振りかけてくる香料の匂いが、石造りの回廊に立ちこめる。

女王は、八日目の決勝戦だけを、玉座から観戦するのがしきたりである。前回、三年前の武闘大会の折には、十三歳だったヨルダも、特にあつらえた衣装に身を包み、顔にヴェールを垂らして、女王に従い臨席した。が、血を流しながら剣をぶつけ合う壮絶な戦いに、途中で気分が悪くなってしまった。おかげで、決勝戦の後で執り行われる女王主催の優勝者を顕彰《けんしょう》する舞踏会にも、出席できなかったのだった。

それでよかったと、ヨルダは思った。もしも出席してしまっていたら——優勝者に向かい、祝福の言葉を述べてしまっていたら――

武闘大会の真実を知らされた今、きっと激しい自己嫌悪にとらわれて、枕から頭を上げることさえできなかったことだろう。

そんなヨルダの心中を知らず、城の身近な者たちは皆、彼女が早々に「今回は決勝戦も観戦しませんし、舞踏会にも出ません」と申し渡すと、よほど前回の観戦で怖い思いをしたのだろうと、勝手に解釈をした。大臣たちなど、笑って言ったものだ。

「ヨルダ様ももう少し大人になられれば、たくましい剣士たちの戦い合う姿に、お心を奪われることもありましょうにな」

「あと三年お待ちになれば、次回にはお気持ちも変わることでしょう」

真実を知らされた今、未来永劫《えいごう》、気持ちの変わることなどあろうはずもないのに。

女王もさすがに、強《し》いて出席しろとは命じなかった。一日目、二日目、三日目――武闘大会が進行してゆくのを、生き霊のように空しく城内をさまよいながら、ヨルダは必死にやり過ごしていった。私室にいると、窓を閉めていても、東西の闘技場の歓声や悲鳴が、風に乗って聞こえてくることがあった。それに耐えられないのだ。

ただ、許可を得た者たちばかりであるとは言え、城内に大勢の観客たちが入り込んでいる武闘大会のあいだは、ヨルダの移動できる場所は、いつにもまして限られていた。相手が貴族であろうと、軽々しく他人の前に姿を現してはいけないという、女王の命令に変わりはない。いつもは通ることのできる廊下や、開けることのできる扉の前に、近衛兵たちが立ちふさがってしまう。私室以外のテラスに出れば、そこでもまた彼らに見咎められ、私室まで連れ戻されてしまう。

近衛兵たちも、武闘大会には心を躍らせているようだ。優勝者が武技指南役として召し抱えられるのだから、興味を持つのは当然だが、彼らの関心はそればかりではないらしい。やはり、強い者に憧れを抱き、対抗心を燃やすのが兵士の常なのだろう。また城内でも城下でも、武闘大会の勝者を巡って、盛んに賭博《とばく》が行われる。城下では、下級貴族たちが、民草を集めてその胴元のような役割をしているらしい。城内にも誰かしら勧進元《かんじんもと》がいるようだ。だから近衛兵たちは、そちらでもまた一喜一憂するのである。

城内を巡り歩いていて、彼らに見つかり、ここから先は――と制止され、背を向けて立ち去ろうとする。と、まだ声が聞こえる距離にいるうちに、近衛兵たちが、熱っぽく剣士たちの噂話の続きを始めるのが聞こえる。ヨルダにとっては、それもまた避けたい事態だった。陽気に勝ち負けを占う近衛兵たちの元につかつかと歩み寄り、あの武闘大会にどんな秘密が隠されているのか、大声で叫び出したくなってしまうのだ。でも、そんなことをやってみたところで、何にもならないこともわかっている。きっと女王の命令で、

――可哀想に、ヨルダは心が壊れてしまったのだろう。

どこかに閉じこめられて、それで終わりだ。

〝幽閉〟という言葉には、妙に親《ちか》しい恐怖感があった。この身にあり得ないことではないという、漠然としていながらも身近な現実味があるのだ。

その感情を、とりわけ強く覚えるのは、城の北側の塔を訪れる時だった。城の中央棟の真後ろに立っているこの高層の塔を、城の者たちは〝風の塔〟と呼んでいる。

断崖絶壁に臨んで建つこの城は、東西と南の三方を海に囲まれており、唯一北方にのみ、大陸

の半分近くを占める広大な草原が開けている。それだから、王国にとっての北方は、常に侵略や侵攻の危機を近接に秘めた、魔の方位であった。風の塔は、そこにある。

スハル導師はこう説明している。

――この栄えある城は、ヨルダ様から見れば曾祖父《そうそふ》にあたられる、王国五世の王が建造されたものでございます。しかし風の塔は、それより遅れること三十年、当時他のどこよりも手強《てごわ》い隣敵であった北方の遊牧騎馬民族を平らげ、大規模な領土の拡大が行われた際に、その戦勝を記念して増築されたものにございます。

その北方の遊牧騎馬民族は、彼らの守護神として風の神を仰いでいた。野を駆け山を越え、大平原そのものを居城としてきた彼らにとっては、なるほど風は力の象徴であったのだろう。そこで王国五世の王は、彼らからその信仰を取り上げ、彼らの崇《あが》める風の神の力を、今度はこの王国の守護に加えるために、ここに風の塔を建てて祀《まつ》ったのだということだった。

古き時、塔の土台に封じられた異民族の守護神。だからこそ、ヨルダはこの塔の目も眩むような威容を見上げるたびに、これという形のない幽閉の不安を強く感じるのであった。歴史上、王家の誰かが――その理由が政治的敗残であれ、病であれ――何処かに幽閉の憂き目にあったという事実は残されていない。ヨルダが知っているのは、ただ風の神のこの謂《い》われだけである。

しかし現在では、風の塔は単なる城の添え物として、ほとんど顧《かえり》みられることはなくなっていた。ここで執り行われる儀式の類は一切なく、居室としても使用されることはない。それが正式な命令として下されたのは、母なる現女王が即位した時だったという。

これまでは、その理由について、ヨルダは深く考えてみることがなかった。北風をまともに受けてきただけだ。

ける高層の塔は、居室としても儀式の場としても居心地が悪いからだろう——と、漠然《ばくぜん》と理解してきただけだ。

しかし、女王の口から闇の魔神との盟約をうち明けられた今となっては、違う解釈をすることができた。女王には、この城に自分以外の神が存在することに、我慢がならなかったのだろう。たとえその神が遠い昔に封じられた異民族の守護神であっても、その力を封じたという謂われを持つ塔が、本丸の背後に屹立《きつりつ》していることに、苛立たしさを覚えたのかもしれない。できるならば、打ち壊してしまいたいほどだろう。

そして、真実を知らぬ臣下たちは、〝光の神の落とし子〟である女王の統《す》べる王国となった今では、その力を奉じてさえいれば、他の神の守護を祈念することなど、もう必要ないと納得してしまった——

城の中央棟と風の塔は、断崖の切れ目に隔てられている。両者を繋いでいるのは、長い長い石橋だ。海を渡るその石橋の中央に立ち、ヨルダは凪《な》いだ蒼い海面を見おろし、そして塔を仰ぎ見る。まったく手入れされることのなくなった風の塔は、風雨にさらされて浸食が進み、城よりも数段古びて見える。円筒形の塔の外壁に沿って穿《うが》たれた四角い窓には、もう日除けの覆いもなくなっている。塔の頂上のあたりでは、白いカーテンが、破れ汚れたまま放置されて、昇天することもできず、現身《うつそみ》に戻ることもかなわぬ半端な幽霊のように、ひらひらと悲しく翻《ひるがえ》っているのが見える。

このあたりには、さすがに近衛兵たちも配置されていない。城の庭や外周を守る任務を持つ警備兵たちの明るい革鎧の色も見えない。

だからヨルダは、武闘大会の開始からこちら、好んでここを訪れていた。ここなら誰にも邪魔されることがない。

訪ね来て、楽しいわけではなかった。幽閉の謂われは、ヨルダの心の底をじわじわと冷やす。見えるものは荒涼とした塔の眺めと、距離感を失いそうになるほどに蒼く広い空と海ばかり。そこを渡る橋に佇んでいると、自分の魂もまた行き場を失い、ふわふわと空《くう》に漂い出てゆくような錯覚を覚えた。風に乗った魂は、どこまでもどこまでも遠くへ運ばれてゆく。あるいは塔に吸い込まれ、あの頂上の部屋の白いカーテンの残滓《ざんし》の陰に隠れて、女王のおわします城を見おろしている――

その幻想に心惹かれるまま、本当に塔に登ることはできないものかと、何度か試みてもみた。しかし、石橋に面したただひとつの入口には、風変わりな二体の像がぴったりと肩を寄せ合って立ち並んでおり、押しても引いても、ぴくりとも動かないのだ。

不思議な像だった。全体に四角く、柱のようにも見えるのだが、デフォルメされたデザインは、間違いなく人の五体を象《かたど》っていた。頭があり胴があり、脚がある。胴の部分の腹にあたるところには、これもまた人の形――右は剣を持った戦士、左は杖を掲げた魔導士の姿が、浅く彫り込まれている。

どうやらこの二体の像が、塔の入口を封じているらしい。鍵や閂《かんぬき》のある扉ではないから、どうすれば開けられるのか、見当もつかなかった。無論、スハル導師に訊ねてみることなどできはしない。風の塔になど、王女が立ち入ってはいけませんと、叱られるだけだ。

行く手を阻《はば》む封印の像に手を触れると、今さらのように、幽閉という言葉の冷たい意味が伝わってくる。身にしみこんでくる。

塔を捲《ま》く、風は強い。昔ここに封じられた風の神の力も、まだ衰えてはいないのか。それとも、それはとっくに涸れ果てて、今はただ、季節を問わずに吹きつける海風が、城の建物のなかでもとも高層のこの塔の周りに集まってくるという、物理的な理由があるだけなのか。

ヨルダはそっと後ずさりをして封印の像から離れ、石橋に向かって引き返し始めた。そして何歩も歩かないうちに、橋の反対側、城の側の橋の渡り口に、とても背の高い、黒い影がひっそりと佇んでいることに気がついた。

6

ヨルダは片手を顔の前にかざし、強い風を遮って、目をこらした。あれは誰だろう？　遠目でも、近衛兵でないことは一目瞭然だ。警備兵の身なりでもない。

と、その長身の黒い人影は、ゆらりと一歩、橋の方へ踏み出してきた。緩やかながら、迷いのない足取りで、この長い石橋の両脇に展開する広大な海の光景に気をとられる様子もなく、橋の中央を歩んでくる。ヨルダがここにいることに、気づいているのかいないのか。

ヨルダはつと後ずさりした。橋は長く、近づいてくる黒い影はまだまだ遠いが、ここは逃げようのない一本道だ。あと二、三歩も下がれば、びくとも動かないあの封印の像に背中が触れてしまう。

陽は中天より少し傾いている。ゆっくりと大股に歩み寄ってくるその黒い影は、石橋の上に短い影を落としている。それに気づいて、ヨルダは少しほっとした。足元に影を伴っているということは、あの黒い影には、生身の人という実体があるのだ。影そのものが立ち上がって歩き出しているわけではないのだ。

近づいてくる黒い人影の、輪郭《りんかく》がふわりとふくらんだ。マントだ。その身を包んでいる黒いマントが、海風をはらんでひるがえったのだった。あの人物を黒い影そのもののように見せていたのは、漆黒のマントだった。

ヨルダは深く息を吸い込み、知らず知らずのうちに相手の歩調を真似て、一歩一歩橋の中央の方へと足を踏み出していった。

少しずつ距離が詰まってくると、ヨルダにもわかった。あれは剣士だ。腰から革帯に吊った剣を下げている。ひるがえったマントが身体にからみつくのをほどこうと、今、右手で軽くはらった。手甲の留め金が、陽射しを受けてきらりと光る。

まだ声が届く距離ではない——どうしよう——

前方の剣士の方が、ヨルダよりも先に橋のほぼ真ん中にまでたどりついた。そこで立ち止まると、いったん石橋の端に寄り、そこで、具足の金具の打ち鳴らす音をたててきちんと足を揃えた。それからすっと片膝を折り、右手の拳を石橋の上について、頭《こうべ》を垂れた。

唐突ながら恭《うやうや》しい礼を示されて、ヨルダも足を止め、姿勢を正した。二人のあいだは、もうヨルダの足で五、六歩の距離である。

朗々と響く声に乗せて、慇懃《いんぎん》な挨拶がヨルダの足元から差し出される。

「突然の邂逅《かいこう》のご無礼に、お許しを賜りたくお詫び申し上げる。うら若きご婦人の、心安らかな散策のお邪魔をするつもりはございませんでした。どうぞお通りを」

　思わず、ヨルダは片手を胸にあてた。

「わ、わたくしは——」と言いかけて、自分の声がひどくかすれているとわかった。この風に吹かれながら、ずっと沈黙のなかにひたりきっていたせいだろう。

　それにしても、風変わりな出で立ちの剣士である。このマントは旅装だろうか。具足と鎧は革製で、ところどころに銀と銅の金具で補強してある。革鎧の編み方は、この城の警備兵たちのそれとは違い、もっと目が粗《あら》くて無骨な感じがする。腰からさげた長剣は、幅広の両刃の剣。見るからに重そうだが、幾重にも布と革で巻き込まれた柄の部分は、使い込まれて飴色《あめいろ》に変じている。

　しかし、何よりもいちばん異様なのは、この剣士の兜だ。全体に燻《いぶ》したような銀色で、目のところには穴が開いているが、頭から顎のすぐ上まですっぽりと覆っている。丸くくびれた穴から耳がのぞき、さらにその両耳の上に、動物の角のような一対の飾りがついている。そう、形といい曲がり具合といい、角そのものだ。

　初めて見た。この国の者ではあるまい。異邦の剣士なのだ。

　ヨルダはちょっと気を取り直し、小さく咳払いをしてみた。と、それがいかにも貴婦人然としていたので、急に気恥ずかしくなってしまった。公的な立場で人前に出る機会は数少なく、またそういう折にも、事前に入念に教え込まれた「王女としての」ふるまいを、教えられたとおりに演じるだけ。発する言葉も、事前に仕込まれたとおりの台詞《せりふ》を読み上げるだけ。外界とはそういう接し方しかしていないヨルダには、こんな形で見知らぬ他人と会話を交わすなど、ほとんど初めてのことだ。

「い、いえ」頬が紅潮するのを感じながら、それでもヨルダは狼狽《ろうばい》を隠そうとした。「少し驚きましたけれども、そのような丁重な謝罪をいただくには及びません」

有り難くもお優しきお言葉――と、剣士はもう一度頭を垂れた。その様子には実《じつ》がこもっており、ヨルダを敬《うやま》っている様子は明らかだったが、ヨルダが女王の娘、この城の王女であることまでには気づいていないようである。自分と同じように城内を散歩している貴族の娘だとでも思っているのだろう。常識的に考えれば、王女が一人でこんな場所をふらついているはずはないのだから、無理もないことだ。

とは言え、身分の定かでない剣士が、城のこんな深部まで、どうやって入り込んできたのだろう？　興味を惹かれた。

「あなたは、武闘大会に参加している剣士の方ですね？」

それ以外には考えられない。

問いかけに、剣士はつと形の良い顎をあげてうなずいた。「おおせのとおりでございます。次の試合までの暫時《ざんじ》の休息に、この栄えある女王陛下の居城の景観に心を奪われるまま、時を盗んで散策をしておりましたが、少々道に迷いました」

まあ――ヨルダは頬笑んだ。

「ずいぶんと深くまで迷い込まれたものですね」

「まことにもって面目次第もありません」

「こうしているうちに、試合の時刻が来てしまうかもしれません。闘技場に戻る道をお教えしましょう」

ありがとうございますと、深く好い声で感謝すると、剣士は急いで言葉を継いだ。

「これは、さらなる非礼を重ねました」

言葉つきではあわてていたが、悠揚《ゆうよう》せまらざる動作で兜に手を触れ、するりとそれを脱いでみせた。

身分不詳の者が、貴婦人の前で顔を覆ったまま会話を交わしている——それをさして、彼は非礼と言ったのだろう。だが、兜をとった剣士の顔を見て、ヨルダはそれよりももっと非礼、不作法な反応をしてしまった。

ごく小さく、とっさに口のなかで噛み殺したつもりではあったが、悲鳴をあげてしまったのだ。声は素早い動物のように、ヨルダのくちびるから滑り出た。

兜の装飾だとばかり思いこんでいたあの一対の角は、兜をとってもまだそこにあった。彼の頭から生え出ているものだったのだ。

その身に着けた革鎧にも負けない色合いに日焼けした額と頬。灰色がかった静かな瞳。歳の頃合いは——もう若くはあるまい。身のこなしは若々しいが、大河のような落ち着きのあるこの声と、穏やかな面《おもて》に浮かぶ表情とを足し合わせて推し量れば、四十路《よそじ》にかかっているのではあるまいか。

いかにも、歴戦の剣士。

しかも異邦であるだけでなく、異形の者でもあった。

脱いだ兜を足元に、右手を礼法正しく胸にあてて、彼は言った。「私《わたくし》は名をオズマと申します。一介の流浪《るろう》の剣士の身ではありますが、遥か東方の無名諸国を流れ歩くうち、女王陛下の武闘大会の高名をこの耳に聞きつけ、ぜひとも我が剣技を以て挑みかけることを待望し、遥々《はるばる》とまかりこしました。この春ようやく貴国への足踏みを許され、此度《このたび》は念願かない、もったいなくも武闘大会へ参列する資格を得られたことを、無上の光栄とするものでございます」

東方の――無名諸国。確かにあのあたりには、小さな都市国家群が寄り集まっている。しかし、頭に角を生やした民の住む国など、少なくともヨルダの地理や歴史の知識のなかには、どこを探しても存在していなかった。

「オズマ殿」

「はい」

「あの……あなたのお故郷《さと》では」

どう言葉を選んで訊ねたらいいのかわからない。あまりにも不躾《ぶしつけ》だ。しかし、オズマは口元を柔らかく緩ませ、ヨルダの疑念に先回りをして答えてくれた。

「私のこの姿に、さぞや驚かれたことでありましょう。お心を騒がせてしまったことを、まことに申し訳なく思います」

「いいえ、いいえ、謝ったりしないでください」

ヨルダは急いで二、三歩駆け寄り、それからあわてて一歩下がった。

「わたくしの方こそ非礼でした。お許しくださいませ」

両指を組み合わせ、おろおろと首を振るヨルダに、オズマの笑みが深くなった。ヨルダはふと、その笑みが誰かに似ていると思った。誰かを思い出す——

懐かしいお父さま。あの優しい頰笑み。

どうしてそんなふうに思うのかしら。オズマというこの剣士の顔が、お父さまに似ているわけでもないのに。

オズマは静かな口調のまま説明した。

「私の郷《さと》では、皆、生まれながらにこの角を頭に戴《いただ》いているのです。我らが民の歴史では、我らが祖は大地を守護する猛《たけ》き野牛の血を継ぎ受けて地上の神将となり、弱き者を救け、強き敵をうち砕くべき永遠《とこしえ》にして至上の命《めい》を、太陽神《ソル・ラヴェ》より下されたものであると伝えております。それ故にこの角は、天上の神よりの賜《たまわ》り物《もの》であると同時に、聖なる盟約《めいやく》の印でもあるのです」

そんな伝説の類《たぐい》も初めて聞いた。

「それでは、あなたの国では、皆があなたと同じ姿をしておられるのですね」

「我らが民は、国を持たぬ流浪の民でもあります。大地の守護として生きゆくそのために、様々な民にまじり、多くの国を流れゆくのもまた我らの使命。今の私の流浪の身の上は、我らが民の運命をそのまま映したものであるやもしれません」

旅から旅、流れ行き、彷徨《さまよ》う大地の守護の民族。その一員である一人の剣士。

そのとき、陽ざしがにわか雲に遮られるように、ヨルダの心を暗い霧が覆った。

もしも武闘大会で優勝者となれば——この剣士オズマもまた、石像となり、空《むな》しい不死の飾り物と化してしまうことになる。

ヨルダの表情が急に翳《かげ》ったことを見てとり、オズマの笑みも消えた。まなざしに不審そうな色合いこそないものの、その視線が、労《いたわ》りの混じった無言の問いを投げかけている。

ヨルダは黙ったまま、そっと踏み出してオズマの傍らに寄り、膝を折った。同じ姿勢をとると、ヨルダは彼よりもはるかに小柄であり、彼の身体の陰に隠れてしまう。

「あなたは——次の試合が初めての戦いになるのですか?」

一度まばたきをしてから、オズマはヨルダの顔を見つめて答えた。「次は三試合目となります。神のご加護を得て、先の二試合には勝利を得ることができました」

今度こそ、表情を曇らせることだけでは収まらず、ヨルダは肩を震わせた。決勝までは六試合のはずだ。では、もう半分まできてしまうのではないか!

「いかがなされました」

今度ははっきりと、不審ではなく懸念の響きを込めて、オズマが問いかけてきた。

「御気分が悪いのですか。急にお顔が色を失われました」

迷いに心が引き裂かれる。ここで話してしまって——それでいいのだろうか。オズマ一人を救ったところで、武闘大会の仕組みが変わるわけではない。だいいち、信じてもらえるかどうかもわからないのに。

でも、思いがけずこんな場所で武闘大会に参加している剣士に出会ったことは、けっして偶然ではないのかもしれない。彼が城中で迷い、ヨルダが一人でいるところにたどりついたということには、意味があるのかもしれないのだ。これこそ太陽神のお導き。しかもオズマは、大地を守護する神将の一族だというのだから。

「武闘……大会は」

ヨルダはためらいながらも、思いつくままに口にした。

「あなたが……参加している剣士たちが思っているようなものではないのです。わたくしはそれを知っています。でも、どうしてそれをお伝えすればいいのでしょう」

オズマの顔に、驚きの表情は浮かばなかった。それまで浮かんでいた懸念が、いっそう濃くなっただけだった。ヨルダはそれを、彼の不信の顕《あらわ》れと見た。急に心がひるみ縮んだ。

「にわかに信じがたいことだとわかっています。でも、わたくしは確かに知っているのです。この目で見、この耳で聞いたのです。お母さまが――」

怯えが言葉を溢れさせる。だがそのとき、オズマが軽く右手をあげてヨルダを止めた。「お待ちを」と言うと、彼は音もなくふわりと立ち上がり、ヨルダの脇をすり抜けて彼女の背後に回った。ヨルダもさっと身を起こし、彼の方へ振り返った。

オズマは風の塔を仰いでいた。両手は身体の脇に下げていたが、必要ならばいつでも構えることができるように、気を張りつめている。ヨルダはそれを全身で感じた。

「何か？」

そう指示されたわけではないのに、ヨルダはできるだけ声をひそめて訊ねた。

「あの塔は」

視線を塔に据えたまま、オズマは訊ねた。

「風の塔です。昔、異民族の奉じていた風の神を封じた塔ですけれども、今はもう使われておりません。廃墟と同じです」

答えながら、ヨルダは胸騒ぎに動悸《どうき》が高まるのを感じた。なぜだろう。風の冷たさに変わりはなく、海には小さなかぎざぎざきのような波頭《はとう》が散っている。空は一面に青く、水平線の彼方まで見通すことができるほどだ。

見捨てられた塔に、ただ蕭々《しょうしょう》と風が鳴る。

ヨルダはオズマと同じ方向を仰いだ。石の壁面に穿《うが》たれた四角い窓が、虚《うろ》のように生気なくぽっかりと口をあいて、塔の内部に淀んだ暗闇をのぞかせている。

と、その闇のなかで、何かが動いたように見えた。窓のすぐ向こう。ちょうど、窓枠のそばを誰かが通り過ぎたとか、窓から外をのぞこうとしているかのように。

闇のなかの闇だ。輪郭さえはっきりしない。しかし確かにうごめき、身じろいだようだ。

オズマはまぶしいものを仰ぐように目を細めている。

「今のは……何でしょう?」

ヨルダは、自分が目にした微細な闇の動きが見間違いでなかったことを確かめたくて、そう訊ねた。

「さて、何者でございましょうな」

オズマはヨルダの方に視線を落として、やわらかな口調でそう答えた。つい先ほど、彼が素早く身構えるように纏《まと》った緊張感が、今はもう消えている。

「見捨てられた場所には、時として、そこでなければ生きることのできぬ悲しいものが、ひっそりと隠れ棲むことがあるものです。あれもその類でしょう。ご案じめさるな。姫君《ひめぎみ》があの塔の内側に、御御足《おみあし》を踏み入れるようなことがなければ、いささかの心配も要《い》りませぬ故に」

優しい慰めの言葉ではあったけれど、その裏に、やんわりと(あの塔には近づかぬ方がよろしいですよ）と、諫《いさ》める意図をも併せ持っている。それに――

「今、わたくしのことを〝姫君〟とおっしゃいましたね」

オズマは微笑して、再びその場にひざまずくと、右肘を折って胸にあて、深く礼をした。

「申し上げました。察しまするところ、あなた様は栄光ある女王陛下の一人子《ひとりご》、ヨルダ様でいらっしゃいますな」

ヨルダは急に、ひどく寂しくなった。これで身分が定まり、距離感も決まってしまった。ついさっき、この長身の剣士に見おろされながら話している時は、久しぶりに心安らかな気持ちになることができたのに。

そう、わずかな間ながら、本当にお父さまとご一緒しているような気分になったから。

「そのとおりです」と、小さく答えた。「でもここは城の外れ。わたくしは気ままな散策の途中でした。どうぞお立ちください」

「お言葉を有り難く頂戴します」

オズマは立ち上がり、風の塔に背中を向けた。まるでヨルダの瞳を塔の眺めから守ろうとするかのように。長いマントがふわりとふくらむ。

「流浪の身の上である私には推察するのもおこがましいことにございますが、姫君にはその高いご身分に、時に不自由さを覚えられることもあるのでしょう。散策にお心を遊ばせておられる大事なひと時を、お邪魔してしまいました。お許しください。その上で、さらに非礼を重ねる申し状ではございますが、ヨルダ様が城中にお戻りになる道筋に、この私を同道させてはいただけますまいか。風も強まって参りました」

オズマはこの場を離れたがっているようだ。「心配ない」と言ったけれど、やはりあの塔のなかでうごめいていた黒い影に、何かしら引っかかりを感じているのに違いない。

ヨルダは周囲を見回した。ただ、風の塔の方向には目をやらなかった。せっかくオズマが守ってくれているのだから。

誰もいない。ここは城のなかの空白の地だ。彼と話を続けるのならば、ここより他に場所はないだろう。

「オズマ殿」

「はい」

「わたくしは先ほど……あの……」

「女王陛下を〝お母さま〟とお呼びになりました」と、オズマはやんわり遮《さえぎ》った。「そして私に、武闘大会についてなにがしかのお言葉を賜《たまわ》ろうとなさいました」

先ほど、前後を忘れ、思わず譫言《うわごと》のように口走ったヨルダの言葉を、オズマはちゃんと聞いていたのだ。

「そのお言葉の片鱗《へんりん》より、姫君のお心は、荒ぶる魂のあい争う武闘大会に、私にはまだ推察することのできぬ不安を覚えておられるように感じました。ヨルダ様は、武闘大会をご高覧になったことはないのでしょうか」

「……一度だけ」

ヨルダは、気分が悪くなってしまったことをうち明けた。そしてあわてて続けた。「でも、先ほどわたくしが申し上げようとしていたのは、そのことではないのです！」

でも、秘密を教えてしまっていいのだろうか。出会ったばかりの異邦の騎士に、こんな大切なことを？　もしもオズマの口から他所《よそ》に漏《も》れたら？

「ヨルダ様、ご安心を」オズマは穏やかな声音のままで言った。「とにかくも今は、私にヨルダ様を、もっと暖かな場所までお送りさせていただきたい。そしてひとつ、私の願いをお聞き届けいただけるでしょうか」

「願い？」

「はい」オズマは恭《うやうや》しく頭を垂れる。「次なる第三戦、ここで姫君にお目にかかることのかなった光栄をこの身に、私は必ず勝利いたします。この流浪の騎士オズマの身命《しんめい》を賭《と》して、勝利をお約束いたします。そしてそのあかつきには、今一度姫君のお供をし、この塔への散策をお許しいただきたい。それが私の願いでございます」

もう一度会おうというのだ。ここで密かに。先ほどの話のその先は、そのとき教えてくれというのだ。

「あなたは、必ず勝ちますね？」

「はい。名誉にかけて、勝利をつかんでお見せいたしましょう」

ヨルダは頬笑むことができた。安堵が胸にこみあげる。

「その願い、聞き入れましょう」

「有り難き幸せ」

額《ぬか》ずくオズマを見守りながら、ヨルダはしかし、胸を洗うこの安堵が、言い出しかけた秘密をこの場では吐き出してしまわなくてよくなった故のものなのか、それとも次にはすっかりうち明けてしまうことができると思った故なのか、あやふやなままであることに気がついた。

二人は歩き出した。オズマは常にヨルダから一歩退き、その背後を守るように慎ましく歩んでいた。長い石橋を渡りきり、城中に戻ると、近衛兵たちの目に触れぬうちに立ち去るようにと、オズマを促した。一礼したオズマは、煉瓦《れんが》と石の回廊を歩き始める。ヨルダは後ろ姿を見送っていたが、つとまばたきをしただけで、もうその背中が見えなくなっていることに驚いた。

影が光に消されるように。

オズマという騎士など実在せず、すべてはヨルダの白昼夢だったとでもいうように。

城中の人びとの気配を感じ、声の行き交うこの場で、我に返ったようにヨルダは思った。武闘大会に出場しているとはいえ、一介の剣士が、なぜ風の塔になど現れたのか。迷子になるほど自由に城内を散策することを、はたして誰が許したのか。

それに、思えばあのオズマという騎士は、ヨルダの気持ちを先へ先へと推察して滑らかに会話を進め、まるで臆《おく》することがなかった。ヨルダが王女と知ったとき、口にした慇懃《いんぎん》な驚きの言葉も、さてどれほど彼の真意を映したものであるのか怪しまれる。

——まるで、わたしが風の塔にいることを知っていて、会いに来たかのようだった。

だとすれば、あれはいったい、何者なのか。

誰かに命じれば、午後に執り行われた第三戦を、玉座から観戦することもできたろう。しかし、迂闊《うかつ》に大臣や政務官たちにそれを命じれば、ヨルダがなぜ急に心をひるがえし、武闘大会に興味を持つのかと、訝《いぶか》られるに違いない。彼らに不審がられるぐらいは何でもないが、それが女王の耳に入るのは恐ろしい。

それに、オズマの参戦する戦いが、東西どちらの闘技場で行われるのかわからない。彼の身体には、誰の目にも強い衝撃を与えるであろう二本の角という特徴があるから、それを示してその騎士が戦う試合を観たいと望むことは容易だが、それではますます周囲の好奇と猜疑《さいぎ》の目を惹きつけてしまうことになる。

長い午後を、歴史書をひもといて静かに過ごした。時折、東西の闘技場から、歓声やどよめきの切れ端が、木の葉のように風に乗り、窓から舞い込んでくる。そのたびにはっと胸がときめき、ヨルダの目は古びた書物の文字面の上を滑ってしまう。

おかしな気持ちだ。今さらのように自分でも信じがたいと思う。どこの誰ともわからない異形《いぎょう》の剣士と気安く言葉を交わし、さらにはまた会う約束まで授けてしまうとは。

お父さまを思い出したというだけで？　確かにそれは大きかった。でも、その理由づけだけでは、ヨルダの心は鎮まらなかった。

わたしは出会ったばかりのあの騎士に、武闘大会の恐ろしい秘密を、スラスラとうち明けてしまおうとしたのだ――

話してどうなると思っていたのか。どんな成り行きを期待していたのか。オズマが武闘大会を放棄して逃げ出すことを望んだか。彼一人が？　一人を助けたところで武闘大会は終わらない。それとも、彼が大音声《だいおんじょう》でそれを呼ばわり、女王の邪悪な企みをくじいてくれることを期待していたのか。

愚かなふるまいだ。それでもそうしてしまったのは何故なのだろう。

晩餐《ばんさん》のための着替えのときに、身支度を手伝ってくれた女官長に、できるだけさりげなく、武闘大会の進みぶりを訊ねてみた。大いに意外だったのだろう、女官長は、あからさまに不審気な顔こそしなかったものの、一瞬、ヨルダの腰の飾り帯を締める手を止めた。

ヨルダを墓所に案内してくれたときの態度を見れば、この女官長が女王の恐ろしい力とその企みの一端を、何らかの形で知っていることは明らかだ。それがどの程度の知識で、どんな経緯で得られたものかはわからない。が、少なくとも近衛隊長や大臣たちよりは、この女官長の方がヨルダに近い。但し、近いことがそのまま味方としてあてになるということではない。

女官長の疑いをしぼませるために、ヨルダはさもさも困《こう》じ果てたという表情をつくってみせた。

「今日の東西の闘技場の騒がしいことと言ったら、読書もままならないほどでした。よほど珍しい剣技を披露する者でも現れたのでしょうか。だとしても、いずれ無骨な荒事《あらごと》にすぎないというのに……。お母さまが武闘大会を我が城の名誉の催しと考えておられることはわかりますが、わたくしは好きません。早く終わってほしいものです」

女官長はヨルダのローブの裾を整えながら、ことさらにゆっくりとした口調で答えた。

「武闘大会の運びにつきましては、わたくしなども子細《しさい》は存じませぬ。今夕は晩餐にご出席なのですから、近衛隊長にご下問《かもん》をくださいませ。もののふどもは剣を取ることこそ務め。喜んでお話し申し上げることでしょう」

「それを聞いたら、気が進まなくなってきました。一度近衛隊長に水を向けたら、わたくしが知りたいと思う以上のことをしゃべるのでしょうね」

あまりやり過ぎないように注意深く、ヨルダはうんざり顔を保った。

「それでもまあ、我《わ》が儘《まま》ばかりも申せません。先日は、お母さまからひどくお叱りを受けたばかりです。王女としてふさわしくふるまい、城の者どもに模範を示さねばならないと」

ヨルダは笑みを浮かべて女官長を見おろした。相手はにこりともしていない。墓所の手前の階段から、どんなに頼んでも一歩も前に出ようとしなかった、あのときと同じ顔だ。これは仮面なのか。それとも恐怖や警戒心は、頬の肉まで固めてしまうのか。

晩餐の席では、さらに注意深くふるまう必要があった。列席する面々は、一定の順番に従い、日々交代する。もちろん政務官長以上の身分のものしかここに連なることは許されないが、臣下としてはもっとも位の高い左右の大臣たちとて、毎日呼ばれるわけではない。

但し武闘大会の期間中は、近衛隊長と副隊長が、揃って連日顔を見せる。むろん、決勝までの戦いの様子を、女王に報告するためである。

興味がないような表情を浮かべつつ、ヨルダは耳をそばだてて、余計な装飾言葉の多い近衛隊長の報告に聞き入った。ひとつひとつの戦いを、微に入り細を穿《うが》ち詳しく説明するので、なかなか進まない。ヨルダはオズマの名があがるのを、または頭に角を戴いた異形の剣士について語られるのを、焦《じ》れる心を押し隠して待ち受けた。あまりにも深くそちらに気をとられていたので、銀のフォークを使う順番を間違えかけたほどである。

長いテーブルを隔て、ヨルダの反対側に座しているというのに、女王は目聡《めざと》くそれに気づいた。しとやかにフォークを置き直すヨルダに、つと眉を吊り上げてみせた。

その表情に、近衛隊長が言葉を切り、ヨルダを見た。

「失礼をいたしました」ヨルダは丁重に謝り、近衛隊長に頬笑みかけた。「お話を続けてくださ
い」
「王女は飽いているようだ」
女王は赤いくちびるの端を持ち上げる。この春、就任したばかりの近衛副隊長が、その婉然《えんぜん》と
した微笑に、魂を抜かれたように見惚《みと》れている。
「これはしたり。ヨルダ様はやはり武闘大会がお嫌いのままでございますか」
内大臣が、太った腹をゆすって愉快そうに笑いだす。
「わたくしもヨルダの年頃にはそうであった。騎士の剣技など手弱女《たおやめ》には用のないもの」
女王の黒い瞳が、テーブル越しに真っ直ぐにヨルダを射抜く。おまえは知っている。わたくし
が秘密を教えたのだからね。それをこの場で暴露したいというのなら、好きにするがいい、わた
くしの愛娘よ。
そんな勇気などないのだろう？　賢い娘よ。おまえには行く道も帰る道もない。わたくしと秘
密を共有し、出口のない沈黙のなかに閉じこもっているしかないのだよ。
なぶるような視線に、ヨルダは耐える。女王の顔に笑みが広がる。
「おっしゃるとおりでございます。しかし異国の風俗の一端を知ることは、ヨルダ様にも興趣《きょうしゅ》か
と。なにしろ、大陸じゅうから、我こそはと意気込む強者どもが参集しているのですからな」
話の接ぎ穂とはいえ、願ってもない言葉だった。ヨルダは内大臣に顔を向けた。
「遠い異国の、珍しい服装や、装備の者がいるのですか」
「おお、おりますとも」

内大臣は身を乗り出した。不作法にも、突き出した丸い腹が、料理を盛った銀の皿の縁を押し上げる。

「とりわけ今回は、飛び抜けて珍しい異邦の剣士が参加しております。私もあのような者を初めて見ました。しかもこれが大変な使い手でございましてな――」

7

再び、風の塔。

石橋の手前まで駆けてくると、塔の足元には、すでにオズマが佇《たたず》んでいるのが見えた。こちらに背を向け、塔を仰いでいる。

約束は、確かに守られた。ヨルダはほっとして足を速めた。海風を髪と頬に受けながら走ってゆくと、橋の半ばを過ぎたところで、オズマがこちらを振り返った。

昨日と同じ出で立ちである。彼がヨルダの方へと足を踏み出すと、黒いマントが風をはらんでふくらんだ。

ヨルダが息を切らして駆け寄ると、オズマはまた丁重にひざまずいて礼をした。ヨルダも礼を返したが、くちびるから飛び出した言葉は、王女のそれらしく取り澄ましたものではなく、まるでそこらの町娘のように気軽で性急なものだった。

「第三戦も、一、二戦と同様に、圧勝だったと聞きました」

片手を胸にあて、はずむ息を押さえながら、ヨルダは言った。

「あなたは大変な剣の使い手だと、重臣たちも夢中で噂しています。内大臣は、優勝はあなたに間違いないと申していますし、近衛隊長ときたら、いずれあなたと手合わせすることになるのが楽しみだと、若者のように眼を輝かせております」

実際、大臣たちの興奮ぶりといったら、子供のようだった。異形《いぎょう》の騎士オズマは、歴代の武闘大会優勝者のなかでも最強であろうと感嘆し、あれほどの剣士をこの城に迎えることができたなら、もう怖いものなど何もないとはしゃいでいた。

そんな重臣たちを、女王は薄笑みを湛《たた》え、婉然として見つめていた。その笑みが冷笑と酷笑であることを知っているのは、ヨルダだけなのだ。

オズマはさらに一礼すると、あの穏やかな響きのいい声で応じた。「勝利を得ることがかないました上に、こうしてまた姫君にお目にかかることができまして、光栄の至りでございます。私のような軽輩の者の、身分をわきまえない申し出に——」

ヨルダは彼に近づき、その肩に手を置いて、遮った。

「もう、仰々《ぎょうぎょう》しいやりとりはやめましょう。わたくしは急いでいるのです」

オズマは眼をあげてヨルダを見た。優しいまなざしに変化はないが、問いかけるように口の端を持ち上げている。今日は兜はかぶっておらず、小脇に抱えている。そのせいで、剝《む》き出《だ》しになった両の角がよく見えた。

「武闘大会に優勝してはいけません」

ひと息にそう言って、ヨルダは激しくかぶりを振った。

「勝ち抜いてはいけないのです。次の試合ではわざと負けて、この城から立ち去りなさい。逃げるのです」

　無言のオズマに、ヨルダは焦《じ》れた。

「わたくしとて、徒《あだ》やおろそかに、こんな大切なことを言うわけではありません。理由があるのです。あなたはこの城にいてはいけない。武闘大会に参加したこと自体が間違いでした！」

　ゆっくりと、オズマは問い返した。「しかし、もし私がこの城を去っても、いずれ武闘大会には優勝者が出ることでしょう。ならば、姫君のご心痛は消えることがないのではありますまいか」

　ヨルダは目を瞠《みは》った。

「今、何と言いました？」

　言ってから、思わずオズマに詰め寄り、今度は両手で彼の腕をつかんだ。

「今の言葉はどういう意味？　あなたは何か知っているのですか？　知っていながら武闘大会に参加したのですか？」

　ざわざわと風が騒ぎ、ふたりの周囲を回って吹き抜けてゆく。その風が含んだ冷気に目をあげ、ヨルダは、風の塔に穿たれた空っぽの窓という窓に、いくつもの黒い影がへばりついて、こちらを見おろしていることに気がついた。

　驚いてとっさに後じさりし、転びそうになったヨルダを、オズマは素早く支えた。そして彼女を助け起こしながら立ち上がると、首を巡らせて塔を振り仰いだ。

「このものたちには、姫君のお心が見えるようです。姫がここに近づかれると、立ち騒がずにはおられなくなるようだ」

ヨルダは、新たな疑問と混乱に目を泳がせながら、オズマの浅黒い横顔を見上げた。

「このものたち……」

「ここに封じられているものどもです。あのような奇怪な姿。人の形をなしてはおりますが、実体は虚ろで影や黒い霧の塊《かたまり》のようだ。さながら、身体から離れて独り歩きをする影とでも申しましょうか」

その影たちにも確かに眼がある。それが鈍い光を宿しているのを、ヨルダは見た。光る目玉が何対も、こちらを見おろしているのである。

独り歩きをする影。

「わたくしは……ここにそんなものがいるなんて、これまで知りませんでした。今まで何度となく一人でここへ来たことがありますが、一度だって見たことはありませんでした」

その気配を感じたのさえも、昨日が初めてのことだった。

「忌《い》まわしく、悲しいものどもです」

オズマはヨルダの顔を見ると、広い掌で優しくその背を押して、彼女を塔から遠ざけるように押しやった。

「姫君が何もご存じなかった時には、彼等も姫君のお心に近づく術《すべ》がなかった。しかし今の姫君は知識を得、真実を得て恐怖を知っておられる。故に彼等の姿を見ることができるようになられました。また彼等も、姫君のそのお心に吸い寄せられて、救いを求め、ああして御前に姿を現すようになったのです」

これからは、お一人ではこの塔にお近づきにならぬ方がよろしいと、オズマは言った。

「徒《いたずら》にお心を乱す元になるだけです。ひとたびあの姿に化してしまった以上、もう何人《なんぴと》にも彼等を助けることはできません。また、彼等を風の塔から解き放つこともできません」

「だって……それはいったい」

「まことに申し訳ないことでございますが、私がもう一度、姫とここでお目にかかりたいと申し上げましたのは、姫君を試すためにございました」

「わたくしを試す？」

「はい。ヨルダ様が確実に、あの黒い影どもを目にすることがおできになるのかどうか、私には知る必要があったのです。なぜならば、先ほど申し上げましたとおり、あの漆黒の独り歩きする影どもの姿を見ることができるということは、姫君に真《まこと》の眼《まなこ》が開いたということを意味するからでございます。すでにして真実を知り、恐怖の源に触れたということを意味するからでございます」

真実。恐怖の源。ヨルダは思わず問い返した。「それはお母さまの正体ということですね？わたくしの母、この城の女王の企みと、人知れず重ねてきた恐ろしい所行のことなのですね？」

オズマがうなずく。それを見て、ヨルダの心はつかの間ふたつに割れた。心の片割れの一方には安堵が、一方には恥と悲しみが満ちている。

「あなたは……本当に何をどこまでご存じなのです？」

問いが次の問いを呼び寄せる。

「何のためにこの城を訪れたのです？」

風の塔を離れ、ヨルダはオズマを、城の西側にある古いトロッコの駅へと案内した。

「ここは、わたくしがまだ幼いころ、西側の棟の増築をした際に、資材を運ぶために使ったトロッコです」

古びた線路が、城の西棟から北西側に向かって、長々と伸びている。途中で一度だけ鉤型《かぎがた》に折れているが、あとはほぼ真っ直ぐに、ふたつの駅のあいだを結んでいる。線路にはうっすらと土埃が溜まり、頑丈な羽目板を組んで造られたトロッコの本体も、今では端々が朽ちかけている。

「増築が終わった後、本来でしたらトロッコを壊し、線路もはずしてしまうはずだったのですが、お父さまがそのまま残すようにと命じられたのです」

ヨルダがトロッコからの眺めを気に入っていたからである。

「わたくしはお転婆で、増築の普請《ふしん》をしているころから、よく我《わ》が儘《まま》を申しては、作業の合間に、トロッコに乗せてもらっていました。お父さまが、それをお許しくださったのです。わたくしは城の外の世界を知らず、同じ年頃の友達もいませんでした。そのころから、寂しい身の上だったのです。お父さまはそれを哀れんでくださったのでしょう。ヨルダがもう少し大きくなって、トロッコ遊びに飽きるまでは、そのまま設置しておくようにと、お母さまに頼んでくださったのです」

ヨルダが城から出るわけではないので、女王も厳しく咎《とが》めはしなかった。

「お父さまは公務にお忙しく、城を空けることが多かった。でもお帰りになると、よくここでトロッコを走らせて、わたくしと遊んでくださいました」

オズマは頬笑んで、言った。「楽しい想い出の場所なのでございますな」

ヨルダはうなずきながら、そっとトロッコの縁を手で撫でた。「とても懐かしいのです」

父王が急逝《きゅうせい》したのは、十年も前のことである。しかしヨルダは、父の優しい声の響きや大きな手の暖かな感触を、今でも鮮やかに思い出すことができる。

使われなくなって久しいトロッコなので、今では女官たちも警備兵たちも、ここを訪れることはない。こんなものがあることさえ、忘れてしまっているのかもしれなかった。

駅に通じる扉には鍵がかけられているが、ヨルダはそれをずっと隠し持っていた。だから、そうしたいと思えば、いつでもここに来ることができた。しかし、線路は外壁を巡っているだけで、まわりには壁も手すりもなく、安全な場所とは言えない。とりわけ、絶え間なく海からの強い風に吹きあおられているこの城では、不用意に駅の上に出ると、風に吹き落とされてしまいかねない。だから、残念には思いつつも、近頃ではめったに訪れることがなかった。

父王の想い出は懐かしいが、だからこそなおのこと、失われたものを思い出すのが辛くて、足が遠のいていたということもあった。

「ここなら誰にも見咎められることはありません。安心してお話をすることができましょう」

強い風から身を守るため、ヨルダは駅から線路に降り、トロッコの陰に立っていた。オズマはひとしきり駅の上を歩き回り、複雑に入り組んだ城の外観や、棟と棟のあいだから見える切れっ端のような海や、鼻先に迫って見える青空に魅せられているようだった。

「素晴らしい景色です」

風の音にも負けない声で、そう誉《ほ》めあげるのが聞こえてきた。

「でも、気をつけてください。駅の端や、線路が断たれている先は、断崖絶壁と同じです。足を踏み外したら、命を落としてしまいます」と、ヨルダは彼に声をかけた。

ここへ至るまでには、城中を抜けてこなければならない。だから最初、ここなら安全と思いついても、来るのは無理だと思った。が、それならば、道順さえ教えてくだされば、私にお任せをと、オズマは請け合った。

そしてヨルダを黒いマントの下に隠すと、すいすいと歩き出したのだ。すると、不思議なことに、城中では誰とすれ違っても、間近を通り過ぎても、まったく気づかれなかった。

手練《てだ》れの剣士であるオズマは、自らの〝気〟を消す術《すべ》を身につけているのだろう。彼が昨日、遮られることもなくやすやすと風の塔までやって来たのも、塔から立ち去るとき、一瞬のうちに姿を消してしまったのも、これと同じ術を使ったからに違いない。

いや、あるいはこれは一種の魔法、神力のひとつなのかもしれないと、ヨルダは思った。この人は流浪の民であり、太陽神《ソル・ラヴェ》の命を受けた地上の神将の末裔《まつえい》だと言った。それならば、常人にはない力を持っていたとしても不思議はない。

その力は、魔神の子である女王に拮抗《きっこう》することができるほどのものなのかも——

ヨルダの胸の内で、希望が騒いだ。しかし一方で、そんなふうに胸をときめかすのは、恐ろしく罪深いことのようにも思われる。女王はヨルダの母なのだ。子が母を裏切ることを、はたして創世の神、地上のすべてのものの親である太陽神はお許しになるだろうか。

ヨルダがトロッコの縁に腰かけると、オズマは傍らに来て片膝をついた。

「姫君のお心を苦しめている、武闘大会の秘密。それについては、外の世界でも、すでに察知している者どもがおります」と、彼は切り出した。

ヨルダはぐっと両手を握りしめた。「この大陸で？　他所《よそ》の国々で？」

「左様《さよう》でございます。ヨルダ様には思いがけないことと存じますが、外の世界――女王の統《す》べるこの領国の外では、多くの者たちがこの城を恐れ、女王の力を恐れているのです。彼等は、過去のいくつかの戦役で、女王の恐ろしい力の発現を、目の当たりにしております故に」

だからどの国も攻め込んでは来ず、遠巻きにしているというのだ。

「ただ、だからこそ武闘大会が、長いあいだ、この国と他国とをつなぐ、唯一の窓となってもいたのです。私と同じように、それに参加することでこの国の内情を知ろうと思う者もいれば、そこで勇名を馳せて女王の臣下となり、大きな権力を得ようと企む者もいたからでございます。ヨルダ様には不可解に感じられることとは存じますが、人の思惑は様々に亘《わた》るもの。この国と、女王のお力が恐れられているからこそ、その側につくことを望む者もまた現れるのです」

確かにそんなものかもしれない。女王がこの大陸を、いやこの世界をも平らげるかもしれない力を持っているのならば、そこに連なり共に君臨する側に立とうと企む――そういう心の動きはあることだろう。

だがしかし、それは浅はかというものだ。女王が誰の手を借りるわけもなく、誰を共に玉座に並べるわけもない。女王が手を携《たずさ》えることがあるのは、ただその盟約の主、闇の魔神だけなのだから。

「しかし、武闘大会は数重なれど、その優勝者たちは、一様にその後の消息を絶ってしまう。彼等の勇名の盛んなことを、誰も耳にすることがない。彼らの雄姿を、誰も目にすることがない」

オズマの言葉に、ヨルダはうなだれて、片手を額にあてた。そんなことをしてみても、脳裏に蘇るあの石像の群の記憶を押し返すことはできないのだけれど。

「彼等の身の上に何が起こったのか。ひいては、女王の領国の内では何が起きているのか。またこれから何が起ころうとしているのか。単なる好奇心からではなく、太陽神の統べるこの世界の平和のために、それを突き止めねばならぬと感じている者たちは、少しずつその数を増やしているのですよ」

ヨルダは目を上げた。「そしてあなたもその一人だと？」

一時《いっとき》、ひたとヨルダの目を見つめ返してから、「おおせのとおりでございます」と、オズマは答えたのだった。

「ヨルダ様は、ここより遥か東方から南方にかけて広がる、ひとつの大国《たいこく》の存在をご存じでしょうか。ザグレダ・ソル神聖帝国という国でございます」

スハル導師の歴史の講義で、大陸の周辺諸国の歴史についてはひととおりを学んでいる。が、その国については、

「神聖帝国という呼び方をしているとは存じませんでした。ザグレダ・ソル帝国とだけ聞いています」

オズマは微笑した。「国名が正式に改められたのは、三年前のことにございます。もともとこの帝国の祖である皇家は、自らを太陽神《ソル・ラヴェ》の末裔《まつえい》とし、その印を紋章にいただいてきた一族なのですが——」

「太陽神を奉じる神官ではなく、太陽神そのものの末裔と？」

「左様でございます」

ずいぶんと大胆ですねとヨルダは呟いたが、間近に闇の魔神の申し子の存在を知っている以上、否定することもできない。

オズマはヨルダの想いを見抜いたように、言葉を続けた。「姫様、人は神々を奉じつつ、ありとあらゆる形で神々と縁を結びたいと願うものです。とりわけ民草《たみくさ》の上に君臨する王家や皇家であれば、その願いはいっそう強いもの。伝承や伝説を創り伝えることも、神々よりの血の継承を謳《うた》い広めることも、それを実現するための方策に過ぎません。肝心なのは、民草がそれを信じ、それに進んで従うほどに、世を束ねる力を示すことができるかどうかということでございましょう」

そして実際に、ザグレダ・ソル帝国はそれに成功しておりますと、オズマは言った。

「強大な武力を擁《よう》するだけでなく、土地を開墾して国を富ませ、通商を盛んに興し、また学問にも力を入れています。物ばかりでなく、人心も豊かな国でございますよ。もちろん、万事に何の障《さわ》りもない、地上の楽園とは申せません。ザグレダ・ソル帝国も他国と同様、その国の煩《わずら》いをも多く抱えております。しかしこれは詮無《せんな》いこと。人の力では、天上の園に似た楽園を造りあげるなど、もとよりできるはずのないことなのでございますから」

「それでも神聖帝国を名乗るのですね」

オズマはうなずいた。「彼《か》の国には、ザグレダ・ソル国教会という、それは見事な教会がございます。百年以上も昔に建造されたものですが、頂点には暁《あかつき》の星の光を戴くほどの高さの尖塔と、そのなかに町がひとつすっぽりと入ってしまうほどの大鐘楼《だいしょうろう》を備えた教会です。この鐘を鳴らすためには、百人の屈強なもののふ共の力が要るとか」

三年前、ザグレダ・ソル帝国五代皇帝が、二十五歳の若さで即位した。しきたりに則《のっと》り、その即位の儀式は国教会で執り行われたが、その際、若き皇帝は神託を受けたのだという。

「その神託の内容は、地上に闇の兆しあり、我が子、太陽神の末裔《まつえい》たる皇帝よ、猛《たけ》き剣と清浄なる光を以てこれを刈り取るべし、そは聖戦なり——というものでありました。五代皇帝はこの神託を受け、国名をザグレダ・ソル神聖帝国と改めた上で、国教会を聖戦の砦《とりで》と定められました。そして自ら、ザグレダ・ソル教会に神官将の職を置き、自らその長《おさ》となると宣言したのです。帝国の長い歴史のなかでも、これはまったく前例のない、初めてのことであったそうです」

皇帝はその名において自国の軍を統べる者だが、神官将は、太陽神信仰の教義の下に、国境を越えてすべての信者を集め、神の名において軍を動かす権力を持つ。つまり、理屈の上では、その長である大神官将は、太陽神に創世された世界じゅうの武力を集めることができるということである。

「この宣言の後、五代皇帝は広く大陸中にお触れを出し、呼びかけを始めました。おそらくはあなたの母君、女王陛下の下にも届けられたものと存じあげます」

「お母さまに？　でもお母さまはすでに、外の世界の人びとに、ひどく恐れられているのでしょう？」

「はい。無論、ザグレダ・ソル神聖帝国でも、従前より、姫君のおわしますこの国に——女王の力に、懸念を抱いておりました。しかし、女王の行使する未知の力が、神託の指し示す〝闇の兆し〟であるかどうかは、この時はまだ誰にもわからないことでございました。また、もしも女王がこの呼びかけに応え、大神官将の下に馳せ参じるならば、その疑いは大きく薄れることになるでしょう。ですからそのためにも、呼びかけはなされる必要があったのです」

政務のことはヨルダにはわからない。しかし、そんな呼びかけの書状を、母はどんな気持ちで手に取ったことだろうか。

〝地上に闇の兆しあり〟という神託に、美しく整えられた眉を少しばかり持ち上げてみせたかもしれない。太陽神は地上の子らに、聖戦を行えと命じられた。闇を刈り取れと。

その〝闇〟とは他の誰でもない、女王その人だ。

動揺したろうか。鼻先で笑って済ませたろうか。いずれにしろ、闇の魔神が太陽神を覆い隠す次の日食の訪れる時まで、女王が自ら打って出ることはない。その日までは、静かに力を蓄えておかねばならないのだから。

「しかし女王はお応えにならなかった」

オズマの口調が沈んだ。同情しているようにさえ、ヨルダには聞こえた。

「それが大神官将の疑いを深めることになりました。また武力を集める一方で、大神官将たるザグレダ・ソル五代皇帝は、多くの学者や魔導士たちに命じて、〝闇の兆し〟が何を指し示すものであるのか、熱心に探究させてもいたのです。大神官将ご自身も、何度となく神託を仰ぎ、〝闇の兆し〟の意味するところを探ってこられました。その結果、ようやくつい先頃——」

小さくかぶりを振って彼を遮り、ヨルダは自分から結論を言った。「お母さま——この国の女王こそがそれであると、突き止めてしまったということなのですね」

オズマは深く一礼した。「まことに残念でございますが」

ため息をついて、ヨルダは両手で顔を覆った。胸の奥が深く傷つき、血を流しているのがわかる。その傷口から悲しみが流れ出してゆくのもわかる。

だが反面、その悲しみのなかで安堵《あんど》してもいるのだった。わたくしは独りではなかった。お母さまの恐ろしい魔神との盟約を、知っているのはわたくしだけではない。

外の世界には味方がいる――

そう信じていいのだろうか？

オズマは片手を胸にあてた。「この私は、いわば尖兵《せんぺい》にございます」

その語尾に、何かを断ち切ったような鋭さがあるのをヨルダは悟った。

「それはつまり、あなたも、大神官将の呼びかけに応えて参集した、神の戦士の一人であるということ。そしてまずは自ら武闘大会に参加し、その優勝者になることによって、歴代の優勝者がどうなったのか、また彼等の身の上に起こったことに、女王がどう関わっているのか、それにはどんな目的が隠されているのか、探り出そうとしておられるのですね」

「おっしゃるとおりでございます」

しばらくのあいだ、ヨルダは沈黙のなかに閉じこもって、その片側に不安を、片側に疑念を載せた心の秤《はかり》が揺れるのを感じていた。思い出すだに恐ろしい母の所行とその正体。しかし、ここに現れた異形《いぎよう》の騎士の言葉を、頭から丸飲みにしてしまうことにも抵抗はある。〝闇の兆し〟。それは確かにお母さまのことなのだろう。しかし、だからといって、オズマの語る話が、綿密に練り上げられた陰謀《いんぼう》の兆しではないという保証もない。

母なる女王のこの国を平らげようと企む者どもが、周到に嘘をつくりあげて、ヨルダを騙《だま》そうとしている——その可能性だって、まったくないとは言えないではないか。

女王のもくろみは恐ろしい。しかし、他国の侵略もまた、ヨルダにとっては脅威だ。いや、この国全体にとっての恐怖だ。

オズマの言葉に信を置くことは、そのまま、女王の息女である王女ヨルダが、この国を他国に売り渡すことに他ならぬ。

「ヨルダ様」オズマは穏やかな口調を取り戻し、呼びかけてきた。「私が武闘大会に参加してこの城を訪れたのには、もうひとつ目的がありました。それは他でもない、あなたにお会いすることでございます」

ヨルダは目を瞠《みは》った。「わたくしに？」

「あなたはこれまで、城からほとんど外にお出になったことがない。そうでございましょう？」

事実だから、認めるしかなかった。

「母上があなたをこの城に閉じこめておられるからだ」

「閉じこめて——いえ、でも——ええ」

「ですから、ご存じなくて当然のことでございますが、しかし姫君。外の世界との往来を断たれているのは、あなたお一人だけではないのです。女王の統べるこの国の民草《たみくさ》も、他国への扉を閉ざしている。ごく限られた通商の道が、女王の即位される以前、先王の時代に結ばれた条約に則《のっと》って、細々と通じているだけなのです。そしてそのことに、民草は何の不審も疑念も抱いてはいない」

なぜならば、この国は、女王の張り巡らした大がかりな結界の内におさめられているも同然であるからですと、オズマは言った。

「国民たちが皆、お母さまの魔法にかかっているとでも言うのですか？」

「おそらくは」

女王に抗《あらが》う者が現れぬようにするために。

やがて次の日食が訪れ、闇の魔神が地上に再臨するその日まで、静かに時をやり過ごすために。

「ですから、今まで誰も、姫君が王位継承者という尊い身の上でありながら、ただこの城に逼塞《ひっそく》しておられることに、疑念の声をあげませんでした。姫君がどうしておられるのか、案じることさえもなかったのです。城の重臣たちでさえ、他国と比べれば明らかに異常とも言える姫君の処遇に、首をかしげることがなかった」

ヨルダは寒気を感じ、細い両腕で自分の身体を抱きしめた。

「お心を静かに、どうかお聞きください。ザグレダ・ソル五代皇帝の受けた神託のなかには、このような御言葉がありました。〝闇の兆し〟の存在に気づき、それに対抗し得る力を持つ者が、〝闇の兆し〟のすぐ傍らにいる。その存在はすでにして、自身の役割に目覚め始めている。〝闇の兆し〟を刈り取るためには、その存在の力を借りることが不可欠であると」

「それがわたくしだとおっしゃるの？」

「他に誰がおりましょう。ヨルダ様は女王の実の娘。その身に女王の血を受け継いでおられる。女王に拮抗するだけの力を内に秘めておられるとしても、何の不思議もありません。だからこそ、女王はヨルダ様を城から出さず、手の内にしっかりと閉じこめているのです。そしてそれに疑念を持たれることのないように、民草の心をも封じてしまわれた」

思わず、ヨルダは叫んだ。「ではなぜ、お母さまはわたくしを産んだのです？　封じ込めなければならないのならば、最初から命を与えなければ済むことではありませんか。それに、お母さまがわたくしを警戒しておられるのならば、どうしてわたくしにあんな秘密を打ち明けたりなど――」

勢い余って、口が滑った。ヨルダははっとして口元に手をあてたが、もう遅い。

「やはり姫君はすでに、謎の一端に触れておられるのですね」

オズマの静かな言葉に、ヨルダは何も反論することができなかった。墓所の地下で見たおぞましい光景が、脳裏に浮かんで心を苛《さいな》む。恐怖と共に悲しみがこみ上げてくる。

ヨルダは長く震えるため息を吐くと、淡々と語り始めた。武闘大会の十日前に、遊び心で城を抜け出そうとしたことに端を発する出来事を。墓所の地下で見せられたものを。女王の秘密、闇の魔神との盟約を。

語るに連れて肩の重荷が下りてゆく。心が虚《うろ》になってゆく。

オズマには動じる様子はなかった。ヨルダを見つめるまなざしにも、嫌悪や恐怖の色はなかった。深い同情と、労《いたわ》るような優しさがあるだけだった。

語り終えると、ヨルダはその場に座り込んでしまった。オズマは傍らに来て、膝をついた。

「なるほど。よく話してくださいました。どれほどか恐ろしい思いをなさったことでしょう」

ヨルダの目から涙が溢れた。

「しかし、女王の口から真実を聞かされたことで、ヨルダ様の心の目が開かれたのです。だからこそ、風の塔に閉じこめられた、あの哀れな独り歩きする影どもの姿を見ることもできるようになられた。ヨルダ様は目覚められたのですよ」

神託は正しかった——と、オズマは静かに呟いた。

「お母さまは、どうして、どうしてずっと隠しておいてくださらなかったのでしょう。どうして」ヨルダは涙を拭いながら言った。「わたくしにあんなものを見せたのでしょう」

「その理由は、今はまだ推察するしかありません。しかし、先手を打ってヨルダ様を怯えさせておかねばならぬと思うほどに、女王もまた、ヨルダ様を恐れているということなのかもしれませぬ。私はそう思います」

8

闇の兆しに対抗し得る力を持つ者が、そのすぐ傍らにいる。

それはヨルダだ。

——他に誰がおりましょう。

一夜の浅い眠りから覚めても、ヨルダの心から、オズマの言葉が消え去ることはなかった。すべては現実なのだ。悪夢ではなく、妄想でもない。

いつものように身支度を整えるとき、ヨルダは女官長に、本日の武闘大会第四戦を観戦するので、手配を調《ととの》えるようにと命じた。オズマの剣さばきを、ぜひともこの目で見てみなくてはならない。

女官長はあからさまに不審そうな表情になり、ヨルダのドレスの腰ひもを締める手が、ちょっと止まった。

「姫様が武闘大会においでになるのですか」

「いけませんか？」

「いいえ、そのようなことはございません。けれども、姫様は武闘大会の騒がしさを好ましく思っておられないとばかり……」

「確かに騒々しくて困ります。でも、一昨日の晩餐の折、今年は飛び抜けて優れた剣士が参戦して勝ち進んでいるということを聞きました。内大臣や近衛隊長が頬を紅潮させて、話して聞かせてくれたのですよ。あの気むずかしい人たちが、まるで子供に戻ったかのように夢中になっているのです。よほど鮮やかな腕前の剣士なのでしょう。興味がわいてきてしまいました」

ヨルダはにっこりと微笑んでみせた。女官長の強《こわ》ばった頬は緩まない。その色の薄い瞳に、ヨルダの白い笑顔が映っている。

女王を恐れ、怯えて縮み上がっているこの女官長は、女王の便利な手駒のひとつ。だからこそ女王は、自らの真実をヨルダに告げると同時に、彼女をヨルダの身辺に付けて寄越した。ヨルダの動静を見張るために。

ヨルダの気持ちや行動の変化は、女官長を通して、そのまま女王に筒抜けになる。言動を慎重に、笑みを絶やさず、穏やかに接することを心がけねばならない。

しかし心の奥の深いところで、ヨルダは女官長に語りかけ、問いかけたくて仕方がなかった。

ねえ、あなたはお母さまに何を聞かされたの？　何を見せられたの？　どうしてあなただけがそれを知ることになったの？　お母さまはあなたを便利に使うために、あえてあなたにだけは真実の一端を見せたのでしょうか。

教えてください。わたくしもあなたに教えてあげるから。お母さまの美しいお顔の下に隠された真実を、知っているのはわたくしたちだけではないということを。外の世界に、わたくしたちの味方がいるということを。

この国もこの城も、お母さまが闇の魔神から授かった魔力で創りあげた結界の内側に閉じこめられているのですって。大臣たちも騎士たちも、みんなみんな魔法にかかっているのですって。わたくしたちはそれをうち破らなくてはならないのですよ。

でも——お母さまの娘であるわたくしは、それがただ恐ろしいだけでなく、悲しいのです。娘が母を裏切ることを、女としてわたくしよりもずっと長い年月を生きているあなたは、どう思いますか。

それは正しいことなのかしら？　闇の魔神の復活を妨げるためならば、肉親の情など断ち切らなくてはいけないのですか？

あるいはこれはあなたにではなく、スハル導師にこそお伺いするべきことなのかもしれない。導師さまもまた、何かしらを察しているわたくしたちの仲間の一人であるような気がする。これまでは気づかなかったけれど、賢者の瞳に宿るあの暗い影の断片は、その印なのではないかしら。

お母さまの支配するこの城で、誰が目覚め、誰が眠ったままでいるのか、わたくしは知りたい。一人でいるのは恐ろしいから。

「ガルス右大臣にご指示をいただきまして、玉座よりの観戦を賜《たまわ》りますよう、お手配をいたします」

女官長はヨルダの顔から目をそらし、固い口調でそう答えた。

「第四戦は正午の鐘と共に開始される予定でございます。姫様が御覧になりたいとおっしゃる、その剣士というのは、東西どちらの闘技場に出場するのでございましょうか」

「さあ……内大臣が知っているのではないかしら。風変わりな姿をしているそうですよ。頭に角が生えているの」

「角？　鹿や牛のような、あの角でございますか？」

「ええ、そのようですよ」

女官長は細く整えた眉をひそめた。「異形の者でございますね。姫様は、本当にそんな剣士を御覧になりたいのですか。お目の穢《けが》れになるかと存じますが」

「あるいはこの城の武技指南役になろうかという剣士を指して、穢れなどと言ってはいけません」

にこやかな表情をたたえたまま、ヨルダはそう言い返した。女官長は黙って平伏した。部屋を出てゆくその痩せた後ろ姿を見送って、ヨルダはしばし、思案した。お母さまの耳にも、異形の剣士オズマの評判は届いている。お母さまは興味をお持ちかしら。わたくしが急に武闘大会を観戦すると言い出したことを、どうお考えになるだろう。

その疑問はすなわち、〝闇の兆し〟は、自らに敵対する存在の接近を察知しているのかどうかという問いなのであった。ヨルダは軽く身震いをした。

オズマの出場する第四戦は、西の闘技場で行われることになっていた。ヨルダは最後に入場し、満場の人びとの歓呼の声に迎えられた。午餐《ごさん》用の礼装をし、顔にヴェールを垂らしている。すぐ傍らに付き添う内大臣に、「姫様、どうぞお手をあげて皆の声にお応えください」と勧められ、ヨルダは軽く右手を振った。人びとは喝采《かっさい》した。その温かな歓迎と喜びの声は、思いがけず強くヨルダの心を揺さぶった。王女ヨルダに向けられる満場からの敬意と愛慕は、そのまま母なる女王へ向けられたものでもある。この国は平和ではないか。民草は満ち足りているではないか。恐怖による支配では、これほどの喜びを生み出すことはできないのではないか。お母さまは、真の女王として国民に仰がれているのだ。どうしてこれを覆《くつがえ》す必要がある？

「姫様、どうぞお席に」

内大臣は満面の笑みだ。

「姫様が着座なさりませんと、皆が落ち着きませぬ。おお、何という歓声でしょう」

これも結界の内の偽り？　真の恐怖を知らぬ無垢《むく》な民草は、女王に騙され、闇の魔神の復活に手を貸すために飼われているだけの存在なのか。

それともわたくしが、外の世界に、お母さまのおっしゃる「殺戮《さつりく》と紛争と、富を奪い奪われることを繰り返す修羅《しゅら》の巷《ちまた》」から遣わされた使者に、たぶらかされかけているというだけの話なのだろうか。

心が迷い、ぐらぐらと揺れる。いけない。ヨルダは豪奢《ごうしゃ》な彫刻のほどこされた玉座に着き、両手の指をしっかりと組んだ。目を閉じる。こんなところで取り乱してしまうわけにはいかない。

闘技場の左右の入口から、近衛騎士に先導され、対戦する二人の剣士が入場してきた。長身のオズマは兜を小脇に、悠々と歩いてくる。黒いマントを脱いだだけで、ヨルダと会ったときと同じ出で立ちである。腰にさげた長剣は、切っ先が床に触れそうなほどだ。

対戦相手も大柄な剣士だった。ゆったりとした革の戦袴《いくさばかま》を穿《は》き、腰にも太い革のベルトを巻いている。上半身は裸で、鎖を編み込んで作った胸当てを着け、背中には大鉈《おおなた》を背負っていた。見事な禿頭《とくとう》が、闘技場の壁に取り付けられた松明《たいまつ》の火を映して光る。額に捲いた鉢金だけが、頭の守りだ。

二人の剣士は玉座の前に並び、膝をついて剣士の礼をした。ヨルダは玉座からゆっくりとうなずいて二人の礼に応えた。ヴェール越しに、一瞬オズマと目があったような気がしたが、彼の表情はまったく動かなかった。ヨルダが彼の戦いぶりを見に来ることを予期していたのかもしれない。

審判役の騎士が朗々《ろうろう》と声を張り上げ、観客たちに二人の剣士を紹介する。東方より来る流浪の騎士オズマ。大陸中にその名を轟かせる戦斧《いくさおの》使いのジュダム。再び歓声がわき起こり、声援が飛ぶ。そのなかで、オズマはゆっくりと兜をかぶった。彼に向けられる声が大きいことに、ヨルダは思わず頬を染めた。それを内大臣に気づかれはしなかったかと、あわてて顔をうつむける。

「姫様、ご気分が？」

あわてて、内大臣が身を寄せてきた。

「大丈夫です。ありがとう。あまりに歓声が凄いので、少し驚いただけです。それにこの熱気。

暑いほどですね」

内大臣は嬉しそうにうなずいた。

「右側のあの剣士、頭に角をいただいたオズマという剣士が、私のお話しした優勝候補の筆頭でございます」

「ええ。たいへんな声援ですね」

「ヨルダ様のお耳に入れるようなことではございませんが、武闘大会をめぐっては、大がかりな賭けも行われているのです。オズマはまったくの無名でしたが、今や一番人気の剣士となりました。この闘技場に詰めかけた観客の半分以上は、オズマの勝ちに賭けていることでありましょうな」

中央で相対した二人の剣士のあいだに、審判が立つ。左右の手をそれぞれの剣士の肩にかけ、名誉をかけた戦いの規則を言い聞かせ、二人の剣士は自分の得物である剣と斧とを掲げてそれに唱和した。

「どちらかが倒れるまで、あるいは自ら負けを認めて武器を捨てるまで、戦い抜くのが規則でございます」と、内大臣が説明する。

二人の剣士が身にまとう闘気と、交わす視線の強さに、ヨルダは不安を感じ始めた。

「でも、相手を殺してしまうことはないのでしょう？　これは武闘大会で、戦場ではないのですから」

「めったにあることではございません。しかし、相手が負けを認めぬならば、とことん打ち合い、斬り合うことになります。その結果死者が出ることはあり得ます」

恐ろしいことを言いながら、内大臣は嬉しそうだ。

「あの斧使いのジュダムという男は、前回の武闘大会では惜しくも決勝で敗れたのですが、今回の優勝候補の一人でもあります。あの巨大な斧を巧みに操るだけでなく、なにしろ引き下がることを知らぬ凶暴な戦士でして、先の大会の準決勝では、対戦者である槍使いの両腕を斬り落としてしまいました。相手がどうしても槍を離さなかったからでございますよ。審判が割って入らなければ、首まで斬り飛ばしていたかもしれません」

すっかり興奮してしまって、もうヨルダへの気遣いも忘れているようだ。

「このオズマとの対戦は、西の闘技場においては事実上の決勝戦と申し上げてもよろしいでしょう。さあ、始まりますぞ！」

審判が試合開始の声を放つと、円形の闘技場の縁へと退いた。斧使いのジュダムは一声奇声をあげ、その巨体からは想像もつかないような素早い動きで斧を構えて、さっと斜めに飛び下がった。オズマとの距離が開く。オズマは動かない。

ジュダムは斧を軽々と回しながら、嚙みつくような視線をオズマに据えて、じりじりと円を描いて移動してゆく。ジュダムが完全に背中側に来たとき、オズマはひらりと半歩動いて、彼の方へ向き直った。それと同時に腰の剣に手をやった。ヨルダは目を瞠《みは》った。あまりの早業《はやわざ》で、何か光ったかと思ったら、もうオズマは剣を抜き放っていたのだ。

しかし、その剣先はまだ床を向いている。オズマの腕は下がっている。ジュダムの動きを目で追いながら、足は動かない。

ジュダムの斧の回転が停まった。次の瞬間、彼はオズマに向かって躍りかかった。巨大な戦斧が空《くう》を切り、研ぎ澄まされた幅広の刃が凶悪に閃《ひらめ》く。観客席から悲鳴のような声がわきあがる。
戦斧の振り下ろされた先にあったのは、オズマの影だけだった。彼は軽々と身をかわすと、ジュダムの背後に回っていた。突き出されたオズマの剣を、逆手《さかて》に振り上げられたジュダムの斧が跳ね返す。鋼のぶつかりあう火花が散り、一度、二度、三度と打ち合って二人の戦士は飛び離れた。

何という速さだろう。ヨルダがはっと息を呑む間もなく、ジュダムは片手で持った斧を床すれすれに、水平に振り回しながら前に出た。オズマは斧の軌道を軽く飛び越すと、着地間際にジュダムの肩口に斬りつけた。ジュダムは横に転がって避けた。起きあがりざまに今度は頭から斧を振り下ろす。ヨルダの背丈ほどありそうな戦斧なのに、ジュダムの腕にかかっては、まるで小枝だ。重さも長さもまったく苦にしていない。腕の延長のようだ。

オズマは正面から振り下ろされた戦斧を剣で受け止め、体重をかけてのしかかるジュダムを全身で跳ね返した。ジュダムが後ろによろけた瞬間、長剣が弧を描いた。それはジュダムの右肩をかすめたが、きわどいところで逸《そ》れて剣先が床にあたった。闘技場がどよめく。オズマの体勢が崩れたところに、ジュダムが反撃に出る。

しかしオズマに隙《すき》はなかった。床にあたって剣は、下から上へと跳ね上がるとき、ジュダムの胸当ての革ひもを断ち切った。胸当てが身体からずれてぶらさがる。バランスが崩れて、ジュダムはたたらを踏んだ。オズマはこれを狙っていたのだ。続いて打ちかけた剣先を、ジュダムはかろうじて避けたが、腰から床にどうっと倒れた。

勢いよく転がってオズマから離れながら、素手で残りの革ひもを引きちぎると、胸当てをオズマ目がけて投げつけた。オズマは頭を振ってそれを避け、胸当ては鈍い音を立てて床に落ちると、闘技場の縁まで滑っていった。

　ごうごうと地をどよもすような歓声に、剣と斧が打ち合う音も消されてしまう。ヨルダの目には、ぶつかり、離れ、またぶつかりあう二人の剣士の頑強な肉体と、宙に飛び散る火花しか見えない。剣と斧との鍔迫《つばぜ》り合《あ》い。力負けしたジュダムの斧が下がり、オズマの剣が鉢金に食い込む。ジュダムの額に血が流れる。禿頭が汗でてらてらと光る。

　ヨルダは両手を握りしめた。動悸《どうき》は激しく、息が詰まりそうだ。膝が震える。

　オズマに力負けし、耐えかねたようにうわっと叫んで、ジュダムが後ろにひっくり返った。観客席からどよめきの声があがる。ヨルダは身を乗り出した。

　相手が体勢を崩しているうちに打ちかかるかと思いきや、オズマは軽く横にステップを踏んでジュダムから離れた。その判断は正しかった。ジュダムは強靭《きょうじん》な二本の足で地をひと蹴りして跳ね起きると、その勢いを利用して横様に戦斧を振ったのだ。ぎらぎらする刃が空に弧を描き、その軌跡がくっきりとヨルダの目に焼きついた。

　巨大な斧が空振りした、それこそがオズマの待っていた好機だった。自らの身体の勢いに流されて半ば背中を向けたジュダムに、彼は山猫のように敏捷《びんしょう》に飛びかかった。今度はジュダムも斧を振り返して受け止めるだけの余裕がなかった。オズマの両刃の剣がひと振りされると、ジュダムの斧はすっぱりと両断されてしまった。斧の頭は彼の足元に落ちてはね返り、長い柄の部分だけが手のなかに残る。そこへ再度剣先が走り、次の瞬間には柄もころりと転げて落ちた。ジュダムは、彼の掌の幅と同じ長さになってしまった戦斧の柄だけを握りしめ、呆然と突っ立っている。

汗に光るつるつるの額に、深いしわが刻まれる。流れる血が入ったのか、右目は閉じられている。構えをとかずに間を詰めるオズマに、ジュダムはがっくりと片膝をついた。

「ま、参った！」

勝負あった。満場の観客が立ち上がる。大歓声と万雷の拍手が、二人の戦士の健闘をたたえ、勝者を言祝《ことほ》ぐ。ヨルダはようやく息を吐くと、玉座の背もたれに身体を預けた。隣では内大臣が、肉厚の掌を打ち合わせながら、小躍りせんばかりに喜んでいる。その熱狂ぶりに、ヨルダは思わず微笑んだ。そして自らも立ち上がると、オズマに向かって拍手を贈った。

玉座に正対して再び騎士の礼をする彼の双眸《そうぼう》に、今度は明らかに、ヨルダに応える微笑の色が浮かんでいた。

その夜のことである。

寝台の絹のしとねのなかに身を横たえても、ヨルダはなかなか寝つかれなかった。武闘大会で味わった興奮が、まだ心から離れない。

なるほどオズマの腕前のほどはわかった。彼ならば必ずや決勝まで勝ち残り、優勝することだろう。そして武技指南役として召し抱えられ、この城に残ることになる——

自分は尖兵《せんぺい》だと、彼は言った。首尾良くこの城に入り込むことができれば、まず最初の目的は達したことになる。次は密偵としての探索だ。この城の実態を明らかにして、女王の正体を突き止める。彼のつかんだ情報により、ザグレダ・ソル神聖帝国が力と知識を手にすることができれば、太陽神に仕える大神官将たる五代皇帝が、いよいよ〝闇の兆し〟の討伐に立ち上がるのだ。

ヨルダはそれに手を貸すのか。オズマの言う、〝闇の兆し〟に拮抗する力の持ち主として。それとも偉大なる創世の太陽神に背を向けても、母なる女王を守るべきなのか。

さえざえと覚めてしまった目に、室内の闇ばかりが濃い。

トロッコの駅で、思わずオズマに向かって叫ぶように問いかけた疑問は、母にこそ向けるべきものなのだろう。お母さまはなぜわたくしを産んだのですか？　なぜわたくしに、お母さまの秘密を教えてくださったのですか？

わたくしは何のために、この世に生を受けたのでしょう？

ヨルダはひたと夜の闇を見つめる。

ヨルダが母の恐ろしい正体を知ることになったのが、武闘大会が始まるほんの十日前だったということに、何やら不穏な暗合を感じる。もしもあの出来事がなく、ただ異邦の騎士オズマに出会っただけだったならば、こんなにも迷い悩むことなどあり得なかった。〝闇の兆し〟の話など、頭から信じられることでもなかった。オズマを怪しみ、他国から入り込んだ侵入者として、その場で衛兵を呼んでいたことだろう。オズマがどれほど誠実そうで優しく、ふと亡き父王を思い出させるたたずまいをしていたとしてもだ。母から言い聞かされた〝飢えた隣国の貪欲な侵攻〟への恐怖と嫌悪は、ヨルダのなかに深く根をおろしているのだから。

それを思えば、今この時にヨルダが真実に触れたのも、太陽神の配剤ではないのか。ヨルダよ、神を信じなさい。親子の血よりも、神と人との繋がりの方が尊いのだ。地上の人びとすべてに恵みをもたらす太陽の光のなかにこそ命があり、真に追い求めるべき価値がある。闇をのさばらせてはならない。

寝返りをうって枕に深く頭を沈め、ヨルダは目を閉じた。ああ、お父さま。お父さまが生きていてくださったならば。どうしてわたくしを置き去りに、亡くなってしまったのですか？

そのとき、ふと気配を感じた。誰かが寝台のそばに立っているような――

ヨルダはさっと上掛けをはね除《の》け、半身を起こした。今夜は、窓越しに差し込む月明かりさえない。どっしりと重さを感じる暗闇に閉ざされて、住み慣れたこの部屋は深い海の底のように静まりかえっている。

気のせいだろうか。わたくしは疲れている。心の煩悶《はんもん》がこの身を離れ、ありもしない気配となって漂っているだけ。

しかし、見回す視界の端で、何かが動いた。夜に溶け込み、闇のなかに潜む何かが。

さっと首を巡らせて、ヨルダは見た。驚きに息が止まりそうになった。

亡き父王の顔が、寝台の左手の裾に、淡い月のようにぽっかりと、青白く浮かんでいるではないか。

「お父さま！」

身体は凍りついたように動かず、しかしヨルダは呼びかけた。するとその顔がわずかに歪んだ。懐かしい父の面影。整った目鼻立ちと、長い鼻梁《びりょう》。頬は削《そ》げて顎は尖っているが、しかし間違いようがない。

頭にいただく銀の冠。その中央に刻まれているのは、父の家代々の紋章だ。翼を広げた神鳥の形。筒袖の上から羽織った短いマントの留め金《フーブラ》も同じ形になっている。長いチュニックの裾にぐるりと縫いつけられた青いビロードと、縁取りの花の刺繍《ししゅう》。そのお姿、すべてに見覚えがある。

お父さまが亡くなり、棺《ひつぎ》に納められたとき――最後のお別れに棺を開け、幼かったヨルダは父の冷たい頬に口づけをした。その折に目にした、死出の旅の服装である。窶《やつ》れたお顔もそのままではないか。

「お父さま、お父さまですね？」

上掛けを除けて寝台から降り、ヨルダは父に近づこうとした。と、父王はすうっと後ずさりをして、右手をあげてヨルダを制した。父の右手の中指には、王家の印章をかたどった指輪がはめられている。その印章は真ん中からふたつに割られていて、母なる女王がはめている残り半分の印章とあわせてひとつとなるのだった。

一瞬のうちに、ヨルダの脳裏に思い出がよぎった。

父が葬られるとき、母はその指から指輪を抜こうとした。それをスハル導師が止めたのだった。王の印章は王のもとにお留めになるべきでございます。女王はそれを不快に思ったらしく、導師を退けてなおも指輪を抜こうと試みた。が、窶れて痩せたはずの父の指から、どうしても指輪を抜くことができなかったのだ。結局最後には女王も諦め、そのまま棺に蓋をさせた。もとより、この印章の指輪は装飾的なものであり、正式な王家の印章はまた別にある。だから、あのころのヨルダは、父の指輪をめぐるこのささやかな逸話は、お母さまがお父さまの思い出の品、形見を求めて指輪を欲しがったということだと考えていたのだった。

しかし今現在、寡婦《かふ》となった女王はこの指輪の片割れをはずしてしまっている。

(私の愛《いと》しい娘、ヨルダよ)

父の声が、ヨルダの心に呼びかけてきた。音声ではなく、直《じか》に心に伝わってきた。

（おまえの心を騒がせ、悲しみを掘り起こす、こんな姿を見せたくはなかった。しかし、いつかこうしておまえに再びあいまみえる時の到来を、ひたすらに恋こがれてもいた）

闇のなか、おぼろに見える父の姿に、気がつくとヨルダは涙を流していた。懐かしい。そして悲しく……いたわしい。

「わたくしもどんなにかお会いしたかった。お父さまにお会いしたかった」

父は優しい笑みを浮かべた。記憶のなかにある笑顔と寸分たがわぬ、ヨルダを包み込むような温かな笑み。

（ヨルダよ。私は常におまえのそばにいたのだよ。おまえが私の姿を見ることができなくても、いつも傍らにいたのだよ。けっして離れることはなかった）

そして父王は目を伏せた。

（離れることができなかった。私は今もこの城の虜囚《りょしゅう》の身。囚われの魂）

「お父さまが囚われの身？」

口に出して問い返して、ヨルダははっと口元を押さえた。万にひとつも、誰かに聞きとがめられることがあってはならない。

「なぜ、お父さまが囚われの身であらせられるのです？」

囁《ささや》くように、そっと訊ねた。父のまなざしが揺れている。ヨルダはそこに、自分の心にあるのと同じ迷いと煩悶《はんもん》を見たように思った。

恐ろしい直感が、確かな理解へと固まってゆく。

「よもや……お父さまも、お母さまが魔神の落とし子であることをご存じだったのではありませんか？　それ故に、亡くなってもなおお心が休まらず、この城に留まっておられるのではありませんか？」

父の瞳がヨルダをとらえた。ゆっくりと、見間違えようのないほど深く、父王はヨルダに向かってうなずきかけた。

(今やおまえにも真実の眼《まなこ》が開いた。だから私の姿を見ることができるようになった。ヨルダよ、哀れな私の愛娘《まなむすめ》よ。私の妻、おまえの母は、地上に災厄をもたらすために現れた闇の兆し。私はそれを知り、それを阻もうとして生を断たれた。死にゆくとき、この世に残してゆくおまえのことを、どれほど深く案じても案じ足りず、私の心は千々《ちぢ》に引き裂かれた。しかし私が死者の国へと立ち去らず、暗く儚《はかな》い闇にまぎれてこの城に留まっているのは、おまえを守るためではない。私はそれを強いられてきたのだ)

顎の先から滴《したた》る涙を拭うことさえ忘れ、ヨルダは呆然と目を見開いていた。

お父さまは命を断たれた。お母さまの手によって。そして今も――

「お母さまがお父さまを閉じこめているのですね？」

父王は苦渋の顔でうなずく。

(今の私は風の塔の主《あるじ》。囚人にして封印の身の上なのだ。女王は私を封じ込め、私の力を利用している)

「それはいったいどういうことです？　わたくしが風の塔で目にした黒い人影――オズマが〝独り歩きする影〟と呼んだあの怪しいものどもと、お父さまは関わりあるのでございますか？」

必死の問いかけに、父王の声が、信じられない言葉で応えた。

（あれこそが今の私の姿だ）

人の形を滑稽《こっけい》に、また醜悪《しゅうあく》に歪ませて、影絵に映してみせたようなあの怪物ども。あれがお父さまだというのか。

「なぜそんなことに？　お母さまは風の塔で何をしているのです？　お父さまのお力を利用しているというのはどういうことです？　どうすればお父さまを助けることができるのですか？」

しゃにむに父に近づこうとして、ヨルダは両手を伸ばした。すがりつきたい。抱きしめて慰《なぐさ》めたい。父の温もりに触れたい。

父王がつと身じろぎをした。月光のように青白い顔が、いちだんと透き通る。

（おお、いけない。気づかれる）

「お父さま？」

（ヨルダよ。おまえを苦しめ悩ませる、この父を許してくれ。しかし今や、おまえは私の希望。この国の、この城の、地上に生きるすべての命の希望の光だ）

父の姿が薄れ始める。ヨルダは寝台から飛び降りた。「お父さま、行かないで！」

（ヨルダよ）

遠ざかる呼びかけ。震える声音。

（外の世界を御覧。その目で確かめてみるのだ。おまえの進むべき正しき道を、神の光が照らすだろう）

私はおまえを愛しているよ――夜風の囁きよりもまだ小さな呟きを残して、父王は姿を消してしまった。ヨルダが飛びつき、かき抱いたのは夜の闇。腕のなかには何もなかった。

ヨルダは声を殺して泣き出した。

泣きながらも、顔を上げた。父の温もりに触れることのできなかった指で、自らの涙をぬぐった。そして足音をひそめ、寝室を横切ると、廊下に通じる自室の扉の前へと、一歩一歩慎重に近づいていった。

扉に手を触れる必要はなかった。耳を押しつける必要もなかった。扉まであと一歩というところにいて、ヨルダは全身で感じ取ることができた。

女王の気配だ。冷え冷えとした闇の結晶。歩き回る暗黒の息づかい。

お母さまが扉の外にいる。

父王がヨルダの前に姿を現したことを感じ取ったのだ。すぐそばにいる。今、この部屋の前に。扉を開けようと、そのしなやかな腕を伸ばそうとしている。

(気づかれる)

怯えうろたえたお父さまの声。

ヨルダは息を止め、じっと扉に目を据えた。それが開いたら、お母さまの目を見なくてはいけない。視線を受け止めて、たじろいではならない。逃げようのない事実の前に、しっかりと立ちはだからなくてはならない。

しかし、扉は開くことがなかった。やがて女王の気配は遠ざかっていった。ヨルダは気が遠くなりかけ、その場にしゃがみこんでしまった。

身体に染みこむ寒気に、歯がカチカチと鳴っている。ヨルダは華奢《きゃしゃ》な拳を握りしめた。事は動いている。止めようもなく流れ出している。この時を待っていた真実が、解放と救済を求めている。

わたしは逃げてはいけないのだ。

9

トロッコの駅で会ったとき、別れ際に、オズマはヨルダに小さな魔法石《まほうせき》をくれた。ヨルダの親指の爪ほどの大きさの、すべすべとした白い石である。

「私に御用のあるときは、この石をお手に握りしめ、お呼びください。すぐにまかりこしましょう」

ヨルダはその魔法石を手に取ると、しばらくのあいだじっと見つめてから、ドレスの胸元にそっと隠した。そして足早に部屋を出た。

スハル導師は、ヨルダに歴史や言語学の授業をするとき以外は、たいていの場合、城の図書室にこもっている。導師には立派な自室が与えられているのだけれど、そこにいるよりも、図書室の一角の小さな机に向かっている時間の方がはるかに長いはずだ。

スハル導師が正確に何歳なのかヨルダは知らない(城の重臣たちもたぶん知らないだろう)。痩せて縮んだような身体に背中を丸めてひょこひょこと歩き回っている姿は、創世の神と同じくらいの年寄りに見える。

しかし、書物と向き合うときは、様子が変わるのだ。長い眉毛に覆われ、しわの隙間《すきま》に埋もれているような目が輝き、動作もきびきびと若々しくなる。スハル導師はこの世の何よりも学問を深く愛しており、学問に魂を捧げた大学匠《だいがくしょう》なのである。

ヨルダが自ら足を運んで図書室へ行ったことは、その場に居合わせた学者や学生たちに、ちょっとした混乱を巻き起こした。無論、図書室を訪ねたことは以前にも何度かあるのだが、そういう折はいつも、スハル導師の先導で、それぞれの学問を専攻する学者の長を案内役に配し、丁重にお膳立てを整えてからおもむろに——という手順がとられていた。

大騒ぎをする学者たちを前に、面はゆいような申し訳ないような気持ちで微笑しながら、ヨルダはスハル導師に面会したい旨を告げた。導師は杖を手に、ヨルダが見たこともないほどの速さで図書室の入口までやってきた。

「おお、姫様。これはこれはようこそおいでくださいました」

驚きと共に、その声は喜びにも震えていた。

「突然に申し訳ございません。先頃読んだ本のことで、少々導師様にお話をしたくなって参ったのです」

導師は長いローブの裾で床をはらいながら、深々と一礼をし、ヨルダを彼の机のそばまで案内してくれた。

広大な図書室は、そこに収められている図書の種類によって、いく区画にも分けられている。壁で隔てられているのではなく、天井まで届くほど背の高い書架がその役割を果たしているのだ。スハル導師愛用の机は、蔵書のなかでも飛び抜けて古くて貴重な歴史書が収められた書架に囲まれ、まさにヨルダが望んでいたとおり、密やかな会話にはうってつけの場所となっていた。

「わたくしが参ったからといって、皆を下がらせないでくださいませ」

と、ヨルダは最初に念を押した。

「いつもどおりに、学問や研究を続けていてほしいのです。わたくしは本当に、導師様に本の感想をお話ししたくて参っただけなのですもの」

学ぶ人びとの邪魔をしたくはなかったし、何より、密かな会話は欲しくとも、導師と二人だけになることは避けたかったのだ。それではいかにも密談らしくなり、女王の注意を引いてしまうことになりかねない。

「わたくしは普段から、こうしてふらりと図書室をお訪ねすることができたらどんなにか楽しいだろうと考えておりました。でも、いざとなると、いつも、導師様の学問のお邪魔になるのではないかしら、図書室にいる皆の手を止めてしまうことになるのではないかしらと気が萎《な》えてしまっていたのです。ですから今日は、本当に思いきってお訪ねしたのです」

「おお、なるほど、なるほど」

導師は何度も深くうなずいた。

「わかりました。皆には、有り難く姫様のそのお気持ちを伝えることにいたしましょう。ですからこれを機に、姫様、いつでもお気軽にこちらにおでましになりますようにお願い申し上げます」

ヨルダに椅子を勧め、一度机のそばから離れた導師は、しばらくすると、手ずから盆に茶器を乗せて戻ってきた。ずんぐりした風変わりな形の茶器は焼き物で、ヨルダが普段使っている銀器ではないが、いかにも使い込んだという風情で温かみがある。

「まずは歓迎のおしるしに、ここでいつも我らが喫するお茶を召し上がっていただきたいと存じます。文字を追い、古書に埋もれて疲れたときに、我らを癒してくれるお茶の香りにございますぞ」

時折、書架の向こうから、学者や学生たちの会話の断片や笑い声が、ささやくように小さく聞こえてくる。それは今のヨルダの耳に、木々のざわめきや小川のせせらぎと同じく、心安らぐような生活の音として聞こえた。こんな大きな目的がなくても、本当にもっと早く、ここを親しく訪れていればよかったと、ヨルダはしみじみ考えた。

ひとしきり、二人は書物のことで語り合った。先頃読んだ書物の——という話はここを訪れる口実ではあったけれど、まったくの嘘でもない。スハル導師は、ヨルダが彼に勧められて読んだ神話の書の感想を聞き、ヨルダの読み解きの深さを褒《ほ》めてくれた。また、神話から派生した別の物語本をいくつか教え、実際に書架からそれを取ってきて見せてもくれた。

煩悶《はんもん》を抱えつつも、ヨルダは、古書独特の埃《ほこり》の匂いに包まれながら、それらの話に、思っていた以上に心を楽しませることができた。本当に用件というのがこれだけで、スハル導師と時を忘れて語り合っていられるのであるならば、どんなに幸せなことだろうか。

すうっと涼しい後味を残すお茶をひと口飲むと、ヨルダは茶器を受け皿に戻し、スハル導師の顔を見つめた。

「導師様。こうして書物に親しむにつれて、わたくしはこのごろふと考えるのです。このわたくしにも、書物を書くことはできるものでしょうか」

導師は黒目がちの小さな目を見開いた。

「姫様ご自身が、でござりますな？」

「はい。わたくしにはまだまだ学問が足りません。学ばねばならぬことの方が、山のように多く残っています。それは重々わかっておりますが、でも書いてみたいと思うのです。分不相応の望みでしょうか」

「とんでもございません！」

身を乗り出すばかりか、導師は立ち上がってしまった。そしてヨルダに頬笑みかけると、

「姫様、ご自身ではお気づきでないかもしれませぬが、姫様の聡明《そうめい》であらせられることは、このスハル、姫様がご幼少のころからよく存じ上げております。そのお目の澄んでおられること、お言葉の豊かさ、お心の敏感さ。すべて存じ上げております。姫様ならば、充分に書物を綴《つづ》ることがおできになりますぞ」

して、どのようなものをお書きになりたいのですかと問われ、ヨルダは——心の内はどきんどきんと騒いでいたが——努めて明るい表情で、さらりと口に出してみた。

「お父さまのことです。お父さまの思い出ですわ、導師様」

「ほう……」

スハル導師は、枯れ木のような手で額を押さえると、目をつぶって天井を仰いだ。

「おお、これはこのスハルめ、まことに至らぬことにございました」

導師がそのまま固まってしまったので、ちょっと呆気にとられて、ヨルダは彼が先を続けるのを待つしかなかった。

「姫様」スハル導師はヨルダのそばに一歩近寄ると、慰《なぐさ》め労《いたわ》るようにその顔を優しくのぞきこんだ。

「姫様は、亡き父君の治世について記録した書物がまだ見あたらないことを、お寂しく、またお怒りを感じておられるのでございますな？」

「いえ、そういうことではないのです。わたくしは――」

やんわりとヨルダを遮って、導師は続けた。

「姫様の講師であるこのスハルが、我が国の歴史書として姫様にお勧めしたのは、『王統記』と『神よりくだされし黄金郷』の二冊だけであったはずでございます」

導師の言う『王統記』は、この国と王家の創立から現在までの歴史を綴った大著であり、『神よりくだされし黄金郷』は、いわば風土記のようなものである。

「『王統記』にてその功績を綴られているのは、〝覇王《はおう》〟と呼ばれた初代の王から、この城を築いた五世までの歴史にござります。『王統記』は現在も執筆の続けられている書物でございまして、今年の末に、ようやく六世の治世についての巻が編纂《へんさん》を終わります。ヨルダ様の父君は七世におわしましたので、まだ我らの筆が届いておりませぬ。歴代の王の功績を、できるだけ正確に、できるだけ鮮やかに綴って後世に残したいという我らの気持ちに嘘偽りはございませんが、それ故に、蝸牛《かぎゅう》の歩みとなってしまっておるのです。姫様には、どうぞご寛大なお心で我らの歩みを見守っていただきたいと、伏してお願い申し上げるばかりでございます」

「それは本当に、よくわかっているつもりです」ヨルダは導師のローブの袖に手を置いた。

「導師さま、わたくしは、わたくしの心のなかに残っているお父さまとの思い出を、書き綴ってみたいと思っているだけなのです。一国の王としてのお父さまの功績は、とてもわたくしの筆の及ぶところではありませんもの」

「ふむむ」スハル導師はまだピンとこないのか、長い顎鬚をさすっている。

『『王統記』は素晴らしい歴史書ですが、そこに綴られるのは〝王としての人生〟だけですわね？　わたくしは七世の王としてのお父さまではなく、わたくしのお父さまのお姿を文章にしたいのです。一緒に遊んだときのこと、お父さまのお好きだったお菓子、お父さまに教えていただいた歌――」

並べているうちに、胸が詰まって涙が出てきそうになり、ヨルダは急いで言葉を切った。

ああ、お父さま。昨夜のあの悲しく青白いお顔。人外のものとなり果てて闇のなかを彷徨《さまよ》い、呪われた運命を嘆き悲しんでいた――

どうしてあんなことになったのか、必ず解き明かさなくてはならない。そしてお父さまの魂を救うのだ。

スハル導師は、涙ぐんだヨルダの肩を抱いて慰めてくれた。「姫様、どうぞお嘆きくださいますな。父君の魂は神の御許《みもと》にお戻りになったのです。黄金の光に導かれ、天へとお昇りになったのでございますよ」

違う！　どれほどそう叫びたいことか。お父さまは天に昇ってなどいない、亡霊となり、地上に繫《つな》ぎ止められたまま苦しんでいるのですと、スハル導師をつかまえて、揺さぶりながら大声で訴えたい。しかもそれは女王のせい、ヨルダの母のせいなのだ。

「取り乱してしまって、ごめんなさい」

指で涙を拭い、ヨルダは微笑んでみせた。

「お父さまのことを思い出すと、いつも心が光で満たされます。でも涙も溢れるのです。わたくししはお父さまが大好きでした。ですから、残酷な時がこの思い出を薄れさせてしまう前に、文字にして残しておきたいと思わずにはいられないのです」

スハル導師はゆっくりとうなずいている。

「なるほど……。しかし姫様、それならば何の障《さわ》りがございましょう。このスハル、できる限りのお手伝いをさせていただきますぞ」

ヨルダは両手を合わせ、そして導師の両手を取った。

「ありがとうございます。でも導師さま、そんなことを考えるようになって初めて気がついたのです。わたくしには、お父さまのことで、知らないことがたくさんあります。たとえばお父さまのお小さかった頃のことを存じません。お母さまとの結婚の儀の様子も知りません。お二人のなれそめも知りません。いえいえそれどころか」

ここが肝心だ。ヨルダは大きく目を瞠《みは》り、そこに真意が映らぬように、心を強いて無垢《むく》にして、導師の目をのぞきこんだ。

「お父さまが亡くなったときのご様子さえ、詳しくは知らないのです。なにしろわたくしはまだ六歳、子供に過ぎました。ある日、お父さまがご病気だと報《しら》され、お会いすることができなくなり、おそばに寄ることも禁じられました。そして十日もしないうちに、お父さまは亡くなったと聞かされました。やっとお顔を見ることができたのは、お父さまの亡骸《なきがら》が棺に納められ、大葬礼の時まで寺院に安置されるためにこの城から運び出される、その直前のことでした。それもほんのわずかな時間でした」

スハル導師の表情が曇っている。しかしヨルダは言葉を励まして続けた。「導師さま、よく考えてみれば、わたくしは今に至るまで、お父さまがどんなご病気で亡くなったのか、その病名さえ知らないのです。最期がどんなご様子だったのか、何ひとつ教えてもらってはいないのです。娘として、これほど寂しいことはございません。ですからわたくしは、それらの事を知りたいのです。どなたに訊けばいいのでしょう。導師さまはご存じなのでございますか？」

ヨルダのほっそりとした手のなかで、スハル導師の乾いて荒れた手が、にわかに冷えたような感じがした。導師の頰は老いて痩せているが、どんな若者にも負けないほどに、豊かな表情をつくることができた。しかし、今は違う。頰は力を失った。瞳は輝きを隠してしまった。過ぎ去る年月が若々しさを削り、代わりにそこに刻んでいったはずの年輪が生む落ち着きさえも消えている。

「姫様」書物について語り合っていたときの親しい口調から、厳しい講師のそれに戻って、スハル導師は言った。「そもそも王家の皆様は、たとえそれが御身内に関わることであっても、死の穢《けが》れに触れてはならぬのでございます。姫様が父君の崩御《ほうぎょ》されたときのご様子をご存じないのは、それが王女として正しいあり方であるからでございます」

「では導師さまは、知ってはならない、誰に尋ねてもいけないと仰せになるのですか？」

「いけません」言葉が厳しくヨルダの頰を打った。「そのようなことをお考えになることさえいけません。ヨルダ様、ご自身のお立場をお考えくださいませ。やがては王位に就く尊いお身の上であることを、どうぞ思い出してくださいませ」

ヨルダが言葉を尽くして頼んでも、説得しても、しまいには高圧的に命令じみた言い方をしても、スハル導師は譲らなかった。

押し問答に疲れ、とうとうヨルダは諦めた。駄目だ。スハル導師の口を開かせることはできない。他の方法を考えるしか——

「わがままを申しまして、お許しください」

立ち上がり、導師に向かって一礼すると、ヨルダは足音もひそやかに立ち去ろうとした。導師はそれを止めなかった。今の会話で導師はさらに老い込み、どこか身体の奥底の、即座に命にかかわるような大切なところを病んででもいるかのような、心細い風情《ふぜい》になっている。ヨルダを見送るために自身も立ち上ろうとするときには、椅子の背もたれにつかまりながら、何度もよろめいた。

図書室の中央へと戻ってゆくと、大勢の学者や学生たちが、そわそわとざわめく。ヨルダは誰にともなく微笑みかけ、会釈をした。

「お帰りでございますか」

一人の学者が進み出てきて、案内に立ってくれた。

「出入口の扉はこちらでございます。ここはまさに書架の迷路。どうぞ足元にもお気をつけくださいませ」

導かれて、びっしりと書籍を詰め込んだ書架の列の谷間を、右に左にと折れながら進んでゆくうちに、ヨルダはふと気がついた。この壁際だけ、書架ではなく保管箱のようなものが並んでいる。頑丈な造りだが、正面には分厚い硝子《ガラス》がはめ込まれているので、中身がよく見える。

古い天球儀や海図を巻いたもの。ヨルダには仕組みのよくわからない銀細工の小さな機械。そのなかに、細長い筒のようなものが見える。長さはヨルダの肘から指先くらいまでのもので、先端にゆくにつれて直径が少しずつ広くなり、全体にゆるやかな喇叭《らっぱ》のような形になっている。

これは確か——遠眼鏡《とおめがね》というものではなかったか。以前、書物のなかで見たことがある。

「あの」ヨルダは先をゆく学者を呼び止めた。

「ここに保管されているこの筒は、遠くを見るときに使うものですね？」

学者は、そのとおりでございますとうなずいた。「さすがにヨルダ様には、よくご存じでいらっしゃいます」

「どうしてここにしまってあるのです？　物見《ものみ》に役立つものでしょうに」

問いかけてしまってから、気がついた。城の警備兵たちにしろ、天文係の学者たちにしろ、遠眼鏡を使っているところなど、ついぞ見かけたことがない。

——この城は、お母さまがつくった結界の内にある。外の世界をのぞくことなど許されない。

また、誰もそんな気にはならない。

学者は両手を揉んで、にこにこと愛想笑いを浮かべた。

「我らが女王陛下の統《す》べるこの国は、陛下のご威光により、久遠《くおん》の平和を約束されております。山河も三方を囲む海も常に平穏。それゆえに姫様、物見のために遠眼鏡など不要の品でございます。それと知りましてか、この遠眼鏡、もう思い出すことも難しいほど遠い日に、壊れてしまいました」

「壊れている？　使えないのですか」

「はい、のぞいても何も見えはしませぬ。しかし、学問の材料にはなります故に、ここにこうして保管しております次第で」

ヨルダの胸が騒いだ。壊れたのではない。お母さまが魔法で封じてしまわれたのだ。念には念を入れて。もしもその気になったとしても、誰も外の世界を見ることなどできないように。

しかし、ヨルダはどうだろう。真実の眼《まなこ》の開いた今のヨルダならば。ひょっとしたら使うことができるかもしれない。

亡霊となった父王の言葉が蘇《よみがえ》る。外の世界を御覧。その目で確かめてみるのだ。

そうすれば、ヨルダの進むべき正しい道を、神の光が照らしてくださるだろうと。

胸の動悸が激しくなった。身体が震えないように、ぐっとおなかに力を込める。そして、努めて邪気のない笑顔を浮かべ、ヨルダは言った。「壊れているとはいえ、とてもきれいな細工ですね。わたくしは、遠眼鏡の実物というものを知りません。手に取ってみたいのですが、いけませんか」

おお、かまいません、すぐにお出ししましょうと、学者はいそいそと懐に手を入れた。

「保管庫の鍵はここに——おや？　姫様、暫時《ざんじ》お待ちいただけますでしょうか」

あたふたと書架の谷間を駆け戻り、すぐに小さな銅の鍵を手に持ってやって来た。

学者は保管庫の扉を開け、恭《うやうや》しい手つきで遠眼鏡を取り出して、ヨルダの前に差し出した。

ヨルダは両手でそっと包むようにそれを受け取った。思ったよりも重い。

「まあ、これが」

ヨルダは遠眼鏡を胸に抱きしめた。

「しばらくのあいだ、わたくしにこれを貸してはいただけませんか？　ゆっくりと検分してみたいのです」

「しかし姫様、壊れていて役には立たないものでございますよ」

「いいのです。この細工を見たいのです」

そしてヨルダは右手の人差し指を立てると、そっとくちびるにあて、親しげに学者に顔を寄せて囁いた。

「わたくしがこれを拝借したことは、どうかスハル導師には秘密にしておいてくださいませ。あとでいろいろお話をして、導師をびっくりさせてあげたいのです」

学者は顔を赤らめ、とろけるようになって承知した。ヨルダはドレスの柔らかな布のあいだに遠眼鏡を隠すようにして、いっそう足音をひそめ、はやる心を抑えて図書室から外に出た。

自室に戻ると、遠眼鏡を素早く寝台の枕の下に隠し、扉のところに駆け戻った。

遠眼鏡をのぞいているところを、あの女官長などに見咎められてはいけない。ひそかに監視されていることは充分に考えられるから、何か手を打たなくては。

扉には、内側から鍵をかけることはできない。でも扉のすぐそばに、もしもそっと押し開けられたりしたらすぐわかるように、倒れやすいものを置いておいたらどうだろう。さんざん思案して、暖炉用の火かき棒をひとつ持ってくると、それを危なっかしい角度で扉に立てかけた。

わたくしにできる用心といったら、この程度なのだ。自嘲《じちょう》の想いがこみあげる。

枕の下から遠眼鏡を取り出すと、ヨルダは深く呼吸をして気を落ち着けた。テラスに出るのがいちばん良いのはわかっているが、あまり無防備にしていると、警備兵や近衛兵たちの目にとまる恐れがある。残念だが、窓際から壁に隠れて外をのぞくのが安全だろう。

幸い、ヨルダの自室には三方に窓がある。南北と東側だ。南側は城の中庭に面しているので危険が多い。まずは東側がいいだろう。その方角には、視界を遮る高い棟がない。城全体が、海に向かって緩やかに傾斜している。

ヨルダは祈るように両手で遠眼鏡を捧げ持ち、それから思い切って持ち上げて、筒の細いほうの端を右目にあてた。

青い色がぱっと見えたと思ったら、光が目に入って涙が出るほどまぶしい。あわてて筒を下げた。どうやら、まともに海面に向けてしまったので、太陽光の反射が目に入ったようである。

しかし、ヨルダの心は喜びに沸き立った。

やっぱり、この遠眼鏡は壊れてなどいないのだ。わたくしには見える！

しばらくのあいだ、のぞいてみては遠眼鏡の筒のくるくる回る部分を調整したり、持ち上げる角度をあれこれ試してみたり、試行錯誤をした。それが上手《うま》くいったのか、やがて、遠眼鏡を通して、海の上を横切る白い鳥の翼が、すぐ目と鼻の先にあるかのようにはっきりと見えて、ヨルダは小さく歓声をあげた。

青い海に白波が散っている。波間にのぞく小さな岩に、白い飛沫《ひまつ》が跳ねている。海だ。見慣れてはいるが触れたことはない。それが今、遠眼鏡を通すと、手を伸ばせば届きそうなほど間近に見える。ヨルダは夢中になって、遠眼鏡をあちらこちらへと向けた。

そうして、最初の興奮が去り、少し気持ちが落ち着いてくると、落胆も覚えた。

外の世界——

はたして、この程度の大きさの遠眼鏡では、そこまで見通すことができるものか。城の周辺を見物するだけで終わるのではないか。

ままよ、それでも何もしないよりはいい。城の者たちが「壊れている」とうち捨てていた遠眼鏡が、ヨルダの役には立つ。そのことには、きっと何か意味があるはずだ。

焦点をできるだけ遠くに合わせ、可能な限り城から離れた景色を見よう——

そうしているうちに、平和な海の光景のなかに、奇妙な形の岩がぽつりとあることに気がついた。遠眼鏡をおろしてみると、肉眼では見えない。それほど遠いところにあるのだ。

もう一度のぞいてみる。おかしな三角形の岩。下の方へゆくほど広がって——まるで、波間に漂う難破船のようだ。そう、あの三角形の部分は帆の形に似ている。

あっと気づいて、ヨルダは思わず遠眼鏡を取り落としそうになった。

似ているのではない。あの岩は、帆船そのものではないのか。波間をゆく帆船が、そのまま岩と化しているのではないのか。

お母さまの魔法によって。

人を石と化すことのできるその力で、船をも岩に変えてしまったのではないか。

つぶさに観察してみると、その帆船には人の姿もあった。甲板に立っている。何かに驚いたかのように両手を広げて、天を仰いでいるような格好だ。

波に洗われ、風雨にさらされて、岩はかなり浸食が進んでいるようだ。船体の部分など、もとの形よりもだいぶ痩《や》せて歪《ゆが》んでしまっている。甲板の人の姿も同様で、身につけているはずの衣類などもはっきりとは見えない。

マストに翻《ひるがえ》っていたはずの旗も同様だ。岩と化して後に欠けてしまったのか、旗らしきものは半分ほどしか残っていない。図柄を推し量るすべもない。

それでも、おそらくは他国の船だろう。何らかの理由でお母さまの機嫌を損ねてしまった不運な商船かもしれない。

ヨルダは遠眼鏡を持ったまま走って部屋を横切り、北側の窓へと取りついた。かなり遠くへ焦点を合わせても、まず視界を占めるのは風の塔の威容《いよう》だ。ただ、塔の足元から見上げたときにはもちろん、日頃この窓から眺めただけでは間近に見ることのできない、塔の最上部に開いた窓をはっきりと見ることができる。

その四角く穿《うが》たれた闇の奥で、何かが鈍く光ったように見えた。ヨルダは何度も見直したが、その光は一瞬で、しかと判別することができなかった。風の塔のなかの最上部には、何か陽射しを反射するようなものが設置されているのだろうか。

こうして見ると、塔の外周も自然の浸食を受け、壁が剝落《はくらく》し積み上げた煉瓦《れんが》が緩み始めているのがよくわかる。窓枠もところどころ崩れており、裂けて薄汚れた窓覆いが風にひるがえっている。

――お父さまはあのなかに囚われている。

今の私は風の塔の主。囚人にして封印の身の上だ。謎のような言葉だった。

悲しみと疑念を、首を振ってひとまず追い払うと、ヨルダは草原へと遠眼鏡を向けた。風わたり、陽射しに輝く緑の野。はるか彼方へ、できるだけ遠くへと、わたくしの視界を広げておくれ。

そして、見つけた。

最初は目の迷いかと思い、とっさに遠眼鏡を下げて目をこすってみた。しかし、何度見直しても、それはそこにあった。

草原を分けて、長く長く続く隊列。そう、人の群だ。

やはり石と化している。

淡い緑から群青《ぐんじょう》に近い濃い緑へと、草原は陽射しによって色合いを変える。そのなかで、異様な石の列だけは不変だった。なんという人数だろう！　そして、なんという惨《むご》たらしい有様だろう！

これはたぶん、海の岩と化していたあの船よりも、さらに古いものなのだろう。石と化した人びとは、かろうじて輪郭《りんかく》をそれと留めているだけで、身なりや装束、武具の類《たぐい》はもう見分けることができなかった。すぐそばまで近づき、手で触れてみれば、もっともっと詳しいことがわかるだろうに。

それでも、必死で目を凝《こ》らしているうちに、あれは剣ではないかしら、あの人の頭の形は兜をかぶっているのではないかしら――そうした些少《さしょう》の事柄が見えるようになってきた。人だけではなく、馬もたくさん混じっているようだ。それにあの四角い担ぎ物は、輿《こし》のように見える。下の部分に棒が張り出していて、そこに人が何人も集まっているもの。誰か尊い人を輿に乗せ、しずしずと行進していたのだ。きっとそうに違いない。

ならば、侵攻しようという騎士団ではなさそうだ。何らかの使節団だろうか。ただの商隊ではないことは間違いない。ああ、あの傾いている旗の角度がもう少し違っていたら、旗印を読みとることもできるだろうに。

草原を渡り、この国を訪れようとしていた他国の一団が、丸ごと石にされてしまった。そしてそのまま放置されているのだ。いつの事かはわからない。何故なのか、理由もわからない。ただ、誰がこんなことをしたのかということだけは明らかだ。

お母さま、なぜこのようなことを。

発見の熱狂に、現実の恐怖がとって代わって、ヨルダはへたへたとその場に膝を折ってしまった。

外の世界といっても、この遠眼鏡の届く範囲のことだ。たかが知れている。それなのに、そこでさえこのような恐ろしい所行が行われているのだ。

わたくしは何も知らなかった。この国の民も、城で働く者たちでさえ、何も知らずに過ごしている。

まさしくここは結界の内。

お父さまが「御覧」と言ったのは、このことだったのだ。スハル導師を始め、女王の力の一端を知る者たちが等しく恐れているのは、こういうことだったのだ。

ヨルダは懐から魔法石を取り出すと、強く握りしめた。一刻も早く、オズマに会わなくては！

10

「姫様が御覧になったのは、おそらく——」

オズマはヨルダに背を向けて、古びたトロッコの箱越しに遠くを眺めやりながら、低い声で言った。

「二十五年前に、ザグレダ・ソル神聖帝国から遣わされた友好使節団の一行でございましょう」

珍しく海風の静かな日和《ひより》で、いっぱいに陽のあたったトロッコの駅は、居眠りを誘われるほど温かかった。しかしこのひと言に、ヨルダは寒気を覚えて身を縮めた。

「お母さまはその使節団を、問答無用であんな姿に変えてしまったのですね……」

よくその時に、戦争にならなかったものだ。ヨルダの呟きに、オズマは穏やかに応じた。

「ザグレダ・ソル神聖帝国の方でも、友好という建前の下に、よからぬ企みを隠していたことは確かなのです。姫様のおわすこの国の豊かな自然と勤勉な国民は、他国にとっては確かに魅力的な獲物であることに間違いはないのですから。使節団がどのような書簡を携え、どのような口上を述べるつもりでいたにしろ、後ろめたいところはあったのですよ」

慰《なぐさ》めるように、ヨルダに頰笑みかける。

「だからこそ、使節団があのような有様になっては、かえって荒事《あらごと》を起こしにくくなったのでしょう。その意味では、女王陛下はご自分の領国を正《まさ》しく護ったと申し上げることもできるのです」

ヨルダは自問した。仮にお母さまが、並みの人間には太刀打ちできないような力を備えているというだけで、魔神の落とし子ではなかったならば、どうだろう。国を護る統治者としては優れているると、賞賛することができるだろうか。

戦《いくさ》は戦。一人の魔法が使節団の一行を全員石に変えてしまうのと、騎士団が打ちかかって皆殺しにするのと、どこに相違がある?

思考はさらに広がる。ザグレダ・ソル神聖帝国とて、〝闇の兆し〟という災厄《さいやく》の芽を摘《つ》むという目的などなくとも、領土拡大を目論《もくろ》んで戦を起こすことはあろう。己の勢力を拡大し、目に入る世界をすべて手の内に入れたいという欲求は、それを望むことのできる立場に生まれついた者にとっては、ごく自然な感情であるのかもしれない。

では魔神はどうか。ヨルダの母を通して地上に蘇ろうとしている魔神の、この世界を我がものとしたいという渇望も、それと同じなのではないか。ヒトが望むものを、神が望むのはさらに当然の理《ことわり》ではないのか。

わからない……。

ヨルダは合掌するように両の掌《てのひら》を合わせ、口元にあてた。そのまま、小さな声で言った。

「民を守らねばならぬ身の上にありながら、まことに恥ずかしいことですが、今わたくしの心にかかっているのは、他のどんなことよりも、お父さまのことなのです」

オズマはヨルダを見つめながら、沈黙を守っている。

「お父さまは、お母さまの手によって命を絶たれた。そして今も、お母さまに呪われて、風の塔のなかに閉じ込められている」

わたくしはお父さまを助けたい。

「娘として、それを願うのは当然のことです。何ら恥じることなどありません」

「お父さまはなぜ命を絶たれねばならなかったのか。なぜその魂が、今も風の塔に囚われているのか。わたくしは知りたい。どうしても知りたいのです。いえ、知らなければなりません」

しかし亡き父王は、女王の力を恐れている。囚人《めしうど》がそれを監視する者を恐れるのはこれまた当然のことだが——

「あのご様子では、ただこうして待っていても、お父さまがまたわたくしのもとに姿を現してくださるかどうか心許《こころもと》ないものがあります。ですから、もう一度お父さまにお会いするために、風の塔へ行ってみようと思うのです。あの封印の扉を開けて、なかに入ることができればいちばんいいのですが」

「もちろん、お供をいたしましょう」

力強く言い切ってから、オズマは口調を穏やかなものに戻した。

「しかし、いかに真実の眼《まなこ》が開いた今のヨルダ様といえども、徒手空拳《としゅくうけん》で、風の塔を閉ざしている封印を解くことができるとは思われません」

「では、どうすれば？」

「それこそをお父上にお訊ねになるべきだと、私は思います。お父上こそが、風の塔の鍵を握っておられる。ヨルダ様が風の塔で祈りを捧げておられるあいだ、御身《おんみ》は必ず私がお護りいたしましょう」

ヨルダはふと疑問を覚えた。先に風の塔で会ったとき、オズマは、「もう、お一人ではここに来られない方がいい」と言った。そして今の言葉も、まるで風の塔がヨルダにとってたいそう危険な場所だと言っているように聞こえる。

「オズマ殿は、あの塔にいる——独り歩きする影どもが、わたくしに危害を加えると思っていらっしゃるのですか？　でもあの塔には、お父さまもいらっしゃるのですよ。お父さまは、我こそが風の塔の主とおっしゃっていました。つまり、あの影どもはお父さまに従うものたちなのです。わたくしは、怖いとは思いません」

オズマは、腰にさげた長剣が邪魔にならぬよう、いかにも歴戦の剣士らしい無造作な手つきで脇にずらすと、膝を折ってヨルダのそばにかがみこんだ。

「もちろん、おっしゃるとおりでございます。しかし――」

優しい言葉つきながら、迷いが見える。

「どうぞおっしゃってください。わたくしは怖くないと申し上げているでしょう？」

わずかのあいだ目を伏せて、オズマは間を置いた。言葉を選んでいる。

「ヨルダ様。塔の内の闇にひそみ、窓から貴女のお顔を見おろしていた影どもは、お父上と同じく、女王陛下の手によって囚われた亡者どもの魂でございます」

ヨルダは、真っ直ぐに彼を見てうなずいた。

「あの哀れなものどもは、女王を強く恐れ、また深く恨みを抱いているに相違ございません。そしてヨルダ様は、あれらと同じく囚人となっているお父上の娘御《むすめご》であると同時に、また女王の血を引く身でもある」

ああ――と、ヨルダは手で顔を覆ってしまった。

「あの影たちは、わたくしのことも恨んでいるかもしれないというのですね。ええ、きっとそうでしょう」

ならば危険は目に見えている。

「だからこそ、鍵となるのはお父上の存在でございます。風の塔の内側に踏み込むためには、お父上とヨルダ様の強いつながりの印となるものが必要となりましょう。お父上のお許し――という言い方をしてもよろしいかもしれません。そしてそれこそが、風の塔の封印の扉を開く鍵にもなるのではないかと、私は思います」

「それは……いったい何かしら」

「私にはわかりません。ヨルダ様がお父上に呼びかけることで、つかめるものかもしれません」

ヨルダは立ち上がった。「それならば、是非もありません。すぐ参りましょう」


こんな静かな日でも、風の塔の周辺だけは、蕭々《しょうしょう》と風が渡っている。塔を取り巻き渦巻く風に、鳥たちでさえ近づくことができないようだ。

封印の扉の前で膝をつき、細い指を組み合わせて、ヨルダは一心に祈った。懐かしい父の面影に向かって、懸命に呼びかけた。もう一度お会いしたい。お父さま。わたくしを導いてくださ い。どうすればお父さまにお会いできるのか、どうすればこの塔の呪いを解くことができるのか、どうぞわたくしに教えてくださ い。

オズマの懸念はあたっていた。祈っているあいだじゅう、ヨルダはただならぬ妖気が身を包むのを感じていた。目を開けてみれば、あの独り歩きする影どもが、塔の窓からずるりずるりと闇を引きずりながら這い出てきて、ヨルダに近づこうとしている様が見えることだろう。目を閉じていても、それらのまなざしが、額に、背中に、冷たく突き刺さるのを感じることができるのだ。

オズマは気配を消している。しかしヨルダの傍らに立ち、長剣を抜いたその姿に、独り歩きする影どもが気圧(けお)されて押し戻され、ヨルダに憑(と)くこともかなわぬまま、悲しげに、悔しげに、もとの闇のなかに引き返してゆくのがはっきりとわかった。

優しかったお父さま。ヨルダは父に呼びかけた。わたくしに力を貸してください。きっと、きっとやりとげてみせます。

――ヨルダよ。

遠くかすかな木霊《こだま》のように、ヨルダの心に父王の声が聞こえてきた。

――今宵《こよい》、私とおまえの思い出の場所に。

ヨルダは身じろぎして、思わずはっと顔をあげてしまった。とたんに、塔の外壁にびっしりと、まるで古い苔《こけ》のようにへばりついた数え切れないほどの独り歩きする影どもの姿が目に飛び込んできた。それらの底光りする目が、ヨルダを睨みつけている。

すかさず、オズマの声が飛んだ。

「御案じめさるな。あれらはただの影でございます。姫君に近づくことはできません」

ヨルダは両手で胸を抱きしめた。風の塔は影どもに覆われて、色が変わってしまっている。オズマが長剣を構えると、そこに反射する陽の光に、影どもは恐れたじろいでずるずるとうごめく。

「ごめんなさい。許してください」

頭を垂れ、きつく目を閉じて、ヨルダは囁《ささや》いた。

「あなたたちのことも、きっとここから解き放ってあげましょう。だから今少しのあいだ、わたくしに時をください」

——ヨルダよ。

父王の声が、心のなかに囁きかける。

——月の光に導かれて来るがよい。私とおまえの思い出の場所に。

そして声は遠のいていった。ヨルダはゆっくりと立ち上がった。


満月の夜であった。

陽が落ちると、警備兵たちの立つ場所も、巡回するルートも変わる。ヨルダは充分それを心得ていた。誰にも見つかることなく自室を滑り出て、目的の場所へと急いだ。

父王との思い出の場所というならば、トロッコの駅しか考えられない。幼い日、父と一緒にあの箱に乗り込んで、風を切って走った。幼い歓声を風に乗せ、陽光に笑顔をさらして。

黒いローブに身を包み、フードに顔を隠して、ヨルダは走った。ひたひたと足音が、石の廊下に吸い込まれてゆく。

このヨルダの冒険行《ぼうけんこう》の成功を祈りながら、オズマは奇妙なことを言い、またヨルダにも問いかけた。その言葉が思い出される。

「亡き父上は、そもこの国のご出身であらせられましたか」

「父は、この王家の始祖のころから親しくそばに付き従っていた、重臣の家系の末裔《まつえい》です。それ故に、王家と縁戚ではない家ながら、公家の称号と紋章をいただくことを許されていました」

「もしや神官の家系ということではございませぬか」

「確かに……父の母方の家は、代々この国の教会の頂点に立つ大司教を輩出してきた神官の家系です。ですから、父は武将でありましたけれど、創世の太陽神への信仰は、たいそう篤《あつ》い人でありました」

答えつつ、今さらのようにヨルダは戦慄《せんりつ》した。考えてみれば、母なる女王は、自らを闇の魔神の落とし子と知りながら、太陽神を奉じる神官の血を引く男を夫としたのである。

もっともそれは、母が望んだ縁組みではなかったろう。母の父親である、時の王がヨルダの父を娘婿《むすめむこ》に選び、この国の王の座を譲ることに決めたのだ。

しかし母は、その父を手にかけた。そして自ら寡婦《かふ》の女王となった。それは光の神を倒し、その世界を乗っ取ろうとする闇の魔神の企みを、まず自分からなぞってみせた行為ではなかったか。

ヨルダの答を聞くと、オズマは何度か深くうなずいた。「ならば、女王陛下がなぜ夫君である先王を手にかけたのか、なぜその魂を風の塔に封じたのか、答は明らかなように思えます。ヨルダ様には、お父上からどのような真実を報されようとも、けっしてたじろいではなりません。ヨルダ様のお身体には、太陽神《ソル・ラヴェ》に仕える神官の血も流れているのだということを、ゆめゆめお忘れになりませんように」

深夜のトロッコ駅は、深い海の底ならかくあらんというほどの、重たく濃い静寂に閉ざされていた。それでいて、冴えわたる月の輝きが、古びて忘れられた駅の隅々までを照らしている。明るさと静けさが、荘厳な釣り合いを保ちながらヨルダを迎えた。

夜半になって、風が立った。ヨルダはローブの前を手で押さえながら、そっと周囲を見回した。

カタリ——と、音がした。

トロッコの木箱だ。ヨルダが目をやると、車輪を動かすための錆《さ》びついた取っ手《レバー》が、ごくわずかだが上下に揺れている。誰かが手で触れて、それがまだ動かせるかどうか確かめてみたかのようだ。

お父さまだわ。

ためらいなく、ヨルダはトロッコに乗り込んだ。取っ手に手をかけて、力を込めた。

楽しい思い出。お父さまと一緒に、このトロッコで走った。

錆《さび》が浮いて赤くなっているはずの線路が、月光を浴びて銀色に輝いている。時が戻り、このトロッコが滑らかに走っていたころに、ヨルダを引き戻してくれている。これもまた魔法だ。ヨルダは昂揚《こうよう》した。

ぎしりと音をたてて、取っ手が倒れた。木箱が動き出す。最初だけちょっと右に傾き、左にかしぎ、しかしすぐに立ち直って、車輪が回る。

ヨルダは顔を上げ、木箱の縁につかまった。自信なさげにそろそろと動くトロッコを励ますように、ヨルダは軽く縁を叩いた。

「さあ、走って、走って。わたくしを乗せて走ってちょうだい。あのころのように」

願いは通じた。トロッコは次第にスピードをあげ始めた。

風に乗って、思い出も走る。

——お父さま、ヨルダ、お父さまが大好き！

頬を火照《ほて》らせ、溢れる笑みに瞳を輝かせてはしゃぎながら、トロッコを操る父の横顔を仰いだあの幼い日々。

――お父さま。ヨルダは今でもお父さまを愛しています。

髪をなびかせながら、ヨルダは念じる。トロッコは走る。銀色の線路は夜空の彼方まで続いているかのようだ。走って、走って、ヨルダを乗せたまま、この城を飛び出し、空を駆けて自由の国へと連れて行ってほしい。

快調に走るトロッコは、やがて、城の外壁に沿って線路がかっくりと右に折れているところにさしかかった。そこには別の駅がある。取っ手を下げてスピードを落としながら、ヨルダは何気なく駅の方へと目をやった。

息を呑んだ。

トロッコ駅の石造りのホームの上に、漆黒の影が佇んでいる。ひとつ、ふたつ、みっつ。独り歩きする影が三人分。

中央に立つ長身の影が、ヨルダに向かって片手をあげた。ヨルダは必死で取っ手をつかみ、あらん限りの力を込めて、下までいっぱいに押し下げた。きりきりと車輪が悲鳴をあげ、線路とのあいだに火花が飛び散る。トロッコはバランスを崩し、大きく外側にふらついた。しかしすぐにはスピードが落ちない。ヨルダの傍らを、佇む影が通過してゆく。

長身の影は確かに父王その人だ。では、その左右に従っていた、頭ひとつ小さな影は？

とっさの目撃ではあった。しかし、慈悲深い月の光は、彼等の顔立ちをはっきりと見せてくれた。三人の姿は、あたかも月光に照らされた舞台に立つ役者のようであった。

あの顔。見覚えがある。一瞬のうちに、遠い記憶が蘇る。あれは父王の寵臣《ちょうしん》たちだ。一人は学者、一人は武人。父王が生家から伴ってきて、政務の補佐役として重用《ちょうよう》していた者たちだ。

幼かったヨルダは、父王の執務室に遊びに行くと、よく彼等と顔を合わせた。多忙な父王がヨルダの相手をすることができない時、むずかるヨルダを宥《なだ》めてくれたこともある。

そう——お父さまとトロッコ遊びをするときには、いつも彼等がついてきた。にこにこと笑いながら、はしゃぐヨルダをながめていた。邪魔にならないように控えていたけれど、時がくると、

——陛下、そろそろ。

声をかけて促し、ヨルダがトロッコから降りるとき、手を貸してくれたものだ。

優しい重臣たちだった。海のように深い忠義の心と、聡明《そうめい》な頭脳を併せ持っていた。

思い出せば、父王亡き後、彼等は城から姿を消していた。まだ頑是《がんぜ》無《な》いヨルダは、本気でその行方を案じたことはなかった。正直に言うならば、大好きなお父さまを失ったことで、彼等のことまで心配する心の余裕がなかったのだ。臣下の待遇など、しょせん、子供のヨルダのあずかり知らぬことでもあった。

それがどうだ。彼等も、父王と共に、独り歩きする影へと姿を変えている。

お母さまは、あの者たちにも呪いをかけ、風の塔に閉じこめてしまったというのか！

ようやくトロッコが停まった。ヨルダは木箱から飛び降りると、通り過ぎてしまった駅に向かって、一心に駆け出した。レールにつまずいて転び、痛みを感じることさえなく立ち上がり、また走り出す。古ぼけたトロッコの駅は、もどかしいほど遠くに見えた。

「お父さま、お父さま！」

大声で呼びかけながら、駅のホームへとよじのぼる。

しかし、独り歩きする影たちは消えていた。

はあはあと息をあえがせながら、ヨルダはホームのなかを見回した。廃材があちこちに積み上げられ、傾いた標識がひょろりとした影を落としている。

気落ちしてがっくりと下げた視線が、小さな光をとらえた。石のホームの上で、何かが金色に輝いている。

近づいて、ゆっくりと膝を折り、指を伸ばしてみた。

金色の輝きは消えなかった。それはヨルダの指先に硬質の感触を伝えてきた。拾い上げて、掌に乗せる。

父王の金印であった。

――ヨルダよ。

心のなかに、父の声が呼びかけてくる。

――かつて一度は固く誓われた愛の印。そして破られた約束の証。犠牲とされた魂の墓標。その指輪こそが、私が主人たる風の塔への道を開くであろう。

ヨルダは指輪を握りしめた。

――愛しい娘よ。私が風の塔を出て、おまえの前に姿を現す機会はこれを限りとなるであろう。女王は私の気配を察している。私がおまえに近づけば、それだけおまえの身に危険が迫ることになる。自らおまえを導き、助けることのかなわぬこの身の無力さよ。どうかこの父を許してほしい。

「お父さま！」

思わず声をはりあげて、ヨルダは虚空に呼びかけた。父王の声は、遠く近くかすれながら、なおも続いた。

——風の塔へと踏み込むならば、おまえはいくつかの醜い真実と向き合わねばならなくなるだろう。なかでももっとも悲しく、我が身を苛《さいな》む真実は、風の塔のなかにいる私は、もうかつての私ではないということだ。

——呪われた塔の主人である私には、おまえの父としての理性など、もはや持ち合わせるすべもない。黄泉《よみ》へ渡ることを禁じられ、現世につなぎとめられつつも生の喜びは断ち切られ、独り歩きする影の囚人《めしうど》として、久遠《くおん》の苦痛のなかに囚われてきた私にとっては、おまえは愛娘《まなむすめ》ではなく、憑《とりつ》いて喰らうべき獲物でしかないのだ。他でもないおまえの母が、私が生涯の愛を誓った妻が、私をそんな浅ましい存在に変えてしまった。

——その指輪は、私と、私が従える風の塔のなかのすべての影を退ける、唯一の武器。おまえに道を開き、おまえを護ってくれることだろう。身につけて、けっして手放してはいけない。

ヨルダは、父王の金印を握りしめた手を胸にあて、こみあげてくる涙と戦いながら、しゃんと背中を伸ばした。

「わかりました、お父さま。お言いつけに従います。私は必ず、風の塔へ参ります。そしてお父さまをお助けします！」

ヨルダの声が、月明かりの静寂を貫く。

——おまえにこのような苦行を強いる私は、なんという残酷な親であろうか。しかし、勇敢なる娘よ。風の塔に登り、〝真なる光〟をその手につかみとり、私だけでなく、この国をも闇の魔神の企みから解き放ってほしい。

「〝真なる光〟?」

初めて耳にする言葉だ。ヨルダは問い返した。「それは何ですか? 風の塔にあるものなのですか? それが魔神の企みをうち砕く鍵となるものなのですか? お母さまの不思議な力に対抗できるものなのですか?」

父王の声は、すぐには返ってこなかった。その沈黙と逡巡《しゅんじゅん》に、かえってヨルダは確信した。きっとそうなのだ。だからこそ、お父さまの苦渋も深い。我が子に、おまえの母を誅《ちゅう》せよと強いるのだから。

――光はおまえを求めている。

ややあって、父王は答えた。

――気をつけるのだ、ヨルダ。女王は察している。女王の目を逃れて、おまえは風の塔に踏み込まねばならぬ。

懇願するようにそう繰り返し、声は震える。

――辛い真実も、それを知らぬ者にとっては、ただ通り過ぎるだけの微風に過ぎぬ。おまえが無知のまま、真実の眼《まなこ》が開かぬままに、穏やかに時を過ごせればそれも良いと、私の心が囁《ささや》きかけたこともあった。

「いいえ、お父さま。それは違います。わたくしは真実を知ってよかった」

――おまえのその勇気に、創世の偉大なる神がご加護をくだされることを祈ろう。

そして、次第に弱り細くなってゆく父王の声は、最後にこう付け加えた。

――この浅ましい姿を見せることになってしまったけれども、ヨルダよ、私はおまえに再会することができてよかった。

ヨルダの周囲から、何かが立ち去ってゆく気配が感じられた。姿は見えぬが、今までごく近くにいたものが、そっと離れてゆく。

これぞ今生《こんじょう》の別離《わかれ》の時。

風の塔のなかにいる父王は、ヨルダの父ではない。呪われた浅ましい亡者なのだ。それにあいまみえ、それを乗り越えることが、ヨルダに与えられた使命なのだ。

11

一夜明けて、翌日は武闘大会の決勝戦の日であった。

魔法石で呼びかけたのは、まだ夜も明けないうちのことであった。オズマは、ヨルダが朝のひとときとおりの儀礼的な習慣を済ませ、トロッコの駅に来てみると、すでにそこで待ち受けていた。

ヨルダは父王の指輪を銀の鎖に通し、首からかけていた。それを取り出して見せながら、昨夜の出来事の一部始終を語って聞かせた。

冷静に、そして穏和に聞き入っていたオズマの表情が、初めて父王の指輪を目にしたときには、大きく動いた。驚きと賞賛、喜びと懸念。そして、父王の声が「〝真なる光〟をつかめ」と呼びかけてきたというくだりでは、彼は双眸《そうぼう》を瞠《みは》った。

その反応に、ヨルダはどきりとした。「オズマ殿は、もしや〝真なる光〟の指すものが何なのか、ご存じなのですか？」

ヨルダは、ただ父王の声に従い、風の塔に登れば自《おの》ずと答はわかると考えていた。

今朝のオズマは、鎖鎧《くさりよろい》と両の手甲《てこう》を新調していた。剣士がくたびれてきた装備を取り替えるのは、正しく身を守るためには当然のことだ。しかし、めざましく勝ち抜いてきた武闘大会の頂点である決勝戦を前にして、慣れた装備を取り替えるというのはなかなかに大胆だ。それだけ自信があるのだろうか。

「ザグレダ・ソル神聖帝国の大神官将は」

オズマはゆっくりと口を開いた。

「闇の魔神の復活を阻み、その落とし子を倒すためにはどうすればいいのか。何が必要なのか。多くの学者を集めて探究を続けて参りました」

「それでわかったのですね？　手だてがあるのですね？」

オズマはうなずく。「〝光輝《こうき》の書〟にございます」

「光輝の書？」

「魔導書にございます。そこにはかつて、我らの知らぬ古《いにしえ》のころに、やはりこの世に蘇《よみがえ》ろうとした闇の魔神を封じたときに使われた、強力な呪文が記されているといいます。刀身にその呪文を刻み、魔導の力を集めた剣ならば、魔神を退けることができる――と」

ヨルダは目の前が開けるような気持ちになった。身が軽くなる。

「それだわ！　風の塔に封じられているのは、その〝光輝の書〟であるに違いありません！　魔神の脅威になるものだからこそ、お母さまはそれを隠して、誰の目にも触れず、誰も持ち出すことができないようにしてしまわれたのでしょう」

「おそらくは」

オズマは慎重な口振りを保っていたが、その瞳はヨルダと同じように輝いていた。

「なにしろ遠い昔に作られた魔導書でありますから、〝光輝の書〟が何処《どこ》にあるのか——いえ、そもそも現存しているのかどうかさえ、これまでは判然としておりませんでした。この城に、風の塔にあるのだとすれば、我らにとっては大いなる福音でございます」

ヨルダは両の拳を握りしめた。「ならば、必ずやわたくしが、手にして戻って参りましょう！　そして魔神を退けるのです」

オズマは口を結び、ヨルダの顔を見つめていた。そして静かにかぶりを振った。

ヨルダは彼の表情に、昨夜の父王の声の沈黙と躊躇《ちゅうちょ》のなかに秘められていたのと同じ感情を読みとった。

その読みに間違いはなかった。彼は言った。

「風の塔へは、私が参りましょう」

「いいえ」きっぱりと、ヨルダはオズマを遮《さえぎ》った。「これはわたくしがしなくてはならないことなのです。だからこそお父さまも、浅ましい姿をさらす恥を厭《いと》わず、お母さまに気づかれる危険をも冒《おか》して、わたくしに会いにきてくださったのですから」

昨夜、父王に別れを告げてから、眠れぬままにヨルダは朝まで考えた。父王の苦しみを思い、それでもなお我が心のなかに残る、母なる女王への愛を思った。

そしてたどりついた結論に、迷いはない。

「わたくしは、この国の王位の継承者です。この国を闇の魔神から護る。それは統治者たる者の義務ではありませんか」

背筋を伸ばして、ヨルダは凛々《りんりん》と言った。

「神託に従い、あなたはわたくしに力を貸してほしいとおっしゃった。なるほど力を貸すことになりましょう。でも、誤解をされては困ります。わたくしは、あなたの求めに応じて動くわけではないのです。ザグレダ・ソル神聖帝国に荷担するわけではありません。神聖帝国皇帝が自任する、大神官将の命に従うわけでもありません。わたくしは、統治者としてのわたくしに課せられた義務を果たすために立ち上がるのです」

力強いヨルダの声に、オズマはふと眩しそうな顔をした。

「それに、首尾良く闇の魔神を倒し、その復活の野望をうち砕くことができたならば、わたくしのお母さまをも救うことができるかもしれません」

「母上をお救いする……？」

「母は魔神の落とし子。でも父と愛し合い、わたくしという子を成した、この世の女であることもまた間違いはありません。魔神を退けたあかつきには、あるいはお母さまも闇から解放され、ただの人に戻るということもあるやもしれません。この国同様、お母さまにも呪いがかかっている。ならば、わたくしがそれを解いてみせましょう。これはわたくしの聖戦です」

ヨルダは微笑んだ。これまでにない覚悟と威厳に裏打ちされた笑顔。

「であるからこそ、オズマ殿。わたくしの方から、秀《ひい》でた剣士としてのあなたの力をお借りしたい」

臣下に対する女王のように、ヨルダはオズマに手を差し伸べた。


内に闇を隠し、孤独にそして空《むな》しく立つ古びた塔を仰ぐヨルダの髪を、強い風が乱している。亡き父王の金印は、銀の鎖を通して、ヨルダの首にかけられていた。指先でそっとつまんで持ち上げると、陽光にきらりと輝く。

澄み渡る快晴の空。それを映してどこまでも明るい海。海にはかぎざきのような小波《さざなみ》が、空には海鳥たちの群が、それぞれ白くきわだって、一面の蒼い風景に彩りを添えている。

石の橋を渡り、半ばあたりで、ヨルダは足を止め振り返った。風の塔を捲《ま》くようにして立ち騒ぐ風のなかに、大勢の歓声の切れ端が混じっていたからである。

東の闘技場は、ヨルダの背後にそびえ立っているこの城の、さらに向こう側に存在している。それでも歓声が聞こえてくるとは、闘技場のにぎわいと、溢《あふ》れる熱気のほどが偲《しの》ばれる。

武闘大会の決勝戦だ。ちょうど、オズマと彼の対戦相手である剣士が入場したところなのかもしれない。満場を埋め尽くす観客たちは、一人残らず立ち上がって彼等を迎えていることだろう。どちらを応援するのか。心情的な問題ばかりではない。今日の観客たちは、一人の例外もなく、この決勝戦に大枚《たいまい》の金を投じて賭をしているはずだ。勝敗の行方によって、懐《ふところ》具合に大きな差が出てくる。

目を閉じ、呼吸を整えて、ヨルダはまた歩き始めた。何度となく歩き慣れている場所なのに、風の塔まで、今日は妙に距離があるように感じる。

塔に歩み寄ってゆくうちに、窓辺にとりついた独り歩きする影どもの姿も見えてきた。ヨルダに気づいて窓に寄ってきたのか。それとも、あれ等はいつもああして、塔の外の世界に焦《こ》がれているのだろうか。

一対になった封印の像の前で、ヨルダは足を揃えて立った。父王の指輪を持ち上げる。それを封印の像の頭に向けると、ヨルダは凛《りん》とした声を張り上げた。

「風の塔の主《あるじ》の印《しるし》を以て命ずる。我に道を開け」

突然、指輪がまばゆい光を発した。ヨルダが押し戻され、二、三歩よろめいてしまうほどに、力強い光だった。

封印の像の頭部が、呼応するように輝いた。像の文様から稲妻が迸《ほとばし》り出る。その光は、瞬時にして指輪の光と結びつき、両者のあいだに、あたかも電光の橋が架かったかのようになった。

重たげな音を立てて、封印の像は左右に動いた。これまで像が塞《ふさ》いでいた場所に、ぽっかりと四角い空間が開く。同時に、ヨルダの手に鈍い痺《しび》れだけを残して、光も消滅した。

封印は解かれた。

ゆっくりと、ヨルダは前に踏み出した。塔の内側から冷気が吹きつけてきて、ヨルダの頬をするりと撫でる。

暗闇と静寂。そしてわたくしは独り。

ヨルダはオズマに命じた。決勝戦を果敢に戦い抜き、勝者になることを。しかしその勝利は、た易いものであってはならない。仮に決勝戦で相対する剣士が、オズマにとっては易き相手であったとしても、必ず戦いを伯仲《はくちゅう》させ、満場の観客たちを熱狂させることを。

そして、皆に時を忘れさせてほしい。

一瞬たりとも目を離すことのできない勝負を演出し、心を失わせてほしい。

時を稼ぐのだ。

決勝戦は、女王も観戦する。とりわけ今回は、評判の高いオズマの戦いぶりに、強い関心を寄せているることだろう。いずれ石にしてしまう剣士といえども、いやそれだからこそ、残忍な好奇心を持って、どれほどの腕前なのか、じっくり見届けようとしているはずだ。

その熱中が、女王の鋭い心の目と耳を、ひととき、曇らせてくれるように――

亡者となった父王がヨルダの寝所を訪れたときの、あの恐怖におののく声が忘れられない。

――おお、気づかれる。

女王にはわかるのだ。どんな些細《ささい》な気配でも、自ら張り巡らせたこの結界の内で起こる変化であるならば、即座に察することができるのだ。思えば、ヨルダがいたずら心で城の外に出ようとしたときもそうだったではないか。あのとき、母は身近にいたわけではないのだ。それでもヨルダの動きを察し、意地悪く観察していたのだ。そして城門の先で呼び止めた。

その目と耳をごまかすことはできない。ただやみくもに風の塔に踏み込もうとしても、また阻《はば》まれてしまうだけだろう。

しかし、女王とて人の身だ。魔神の落とし子ではあっても、魔神そのものではない。もしかしたら、ごく限られた時間内であれば、目の前の何か強く関心を引くものに心を奪われて、結界の内の動きに気づかぬことがあるかもしれない。むろん、可能性でしかない。いっそ切望に近い。

しかし、ヨルダにはそれに賭けるしか術《すべ》がないことも事実だった。オズマはヨルダの考えに賛同し、その命令に従うと約束してくれた。必ずや、満場の観衆を熱狂させ、玉座におわす女王の心を奪う試合をして御覧にいれましょう。女王の心に生じた隙を、ヨルダ様が無事に駆け抜け、風の塔へと駆け登られますことを念じつつ。

それでも、ぐずぐずしてはいられない。

一歩、そしてもう一歩。風の塔の入口へと、ヨルダは歩みを進めた。封印の像の脇を通り過ぎる。風の塔の内部が見えてきた。今、入口の石壁をくぐり抜けた。

この規模の塔に、窓の数はやはりこれでは少ない。薄暗く、濃い闇がそこここに淀んでいる。そして広い。

塔の最下部は、ほぼ円形の広場のような作りになっていた。足元の床には、四角く切り出された石板が、びっしりと敷き詰められている。ところどころ端が浮き上がり、石板が砕けている部分があることさえ除けば、城の廊下とよく似た眺めだ。

家具や備品のようなものは一切見あたらない。装飾品の類もひとつもない。燭台《しょくだい》も松明《たいまつ》の台もない。石の壁、石の床。

そして、頭上に広がるこの中空。風の塔は、文字通り空っぽの塔であった。

こんなところに、何が封じられているというのだ。本当にここに「光輝の書」とやらが隠されているのか？　お父さまの魂も？

巨大な筒形の塔の内壁を、延々と螺旋《らせん》階段が巡っている。鋭い棘《とげ》の張り出した鋼の手すりに縁取られたその螺旋階段の登り口が、ヨルダの右手前方に、まるで誘《いざな》うように口を開けている。

ヨルダはぐるぐると見回した。あの窓辺の影どもは？　姿を消してしまった？　それとも、あの影に、この闇のなかに隠れて様子をうかがっている？

首の後ろが痛くなるほどに見上げても、塔のてっぺんまで見通すことはできなかった。ただ何か——闇と空《くう》だけではない、何かそこに在るような、漠然とした感じがする。暗がりのなかに輪《りん》郭《かく》が見えるような——

ヨルダは少しのあいだ目を凝《こ》らしていたが、諦めて首を振った。てっぺんまで、螺旋階段を登ってみる方が早い。時間は限られているのだもの。

小走りに階段の登り口へと向かって、そこで初めて、床の上にあるものに気がついた。差し渡しがヨルダの身長よりもありそうな、大きな円形の文様である。急いで近寄ってみると、床に刻み込まれているのでもなく、描かれているのでもなかった。盛り上がっている。台座のようだ。かつてここに、何か底の丸い大きなものが据えられていたのか。

歴史書のなかに載せられていた図版で、これと似たようなものを見かけたことがあるような気がする——

訝《いぶか》る気持ちに胸騒ぎが混じり、そのおかしな台座から、なかなか目を離すことができなかった。ヨルダは強いて足を動かし、階段の方へと後ずさりをしていった。ただ不安がっていても始まらない。

階段を駆けのぼりかけたとき、塔の床に異変が起きた。ひとつ、ふたつ、みっつまでは視界に入った。それ以上は数え切れない。四角い石板に埋め尽くされた床に、突然、真っ黒な水たまりのようなものが湧き出てきたのだ。ふつふつとたぎりつつ、それ自体も気味悪く左右にうごめいている。

手すりをつかんだまま棒立ちになったヨルダの前で、その真っ黒な水たまりの表面に、底光りする一対の目玉が浮き上がった。何組も何組も。続いて、漆黒の腕が飛び出す。生え出るようににょきにょきと。

その腕に持ち上げられるようにして姿を現したのは、あの独り歩きする影だった。一体、二体、見る見るうちに床の上に生まれ出てくる。醜く丸めた背中、曲がった足。ひょこひょこと歩き出す。踊るような歩き方は、これが漆黒の魔物のそれでなかったら、いっそ滑稽《こっけい》でさえあった。

声もなく、ヨルダは両手で頰を押さえた。あの黒い水たまりのようなものは、魔物の生まれる素なのだ。ここに封じられた独り歩きする影たちは、あのなかから出てくるのだ。

それらはヨルダの存在を認めると、跳ねるような足取りで一斉に近寄ってきた。

あわてて上へと逃げようと駆け出したとき、すぐ先の踊り場にも、黒く湧き立つものが現れていることに気がついた。そこから飛び出したものは、瞳がなくただ白く光っているだけの目はそのままながら、明らかに人ではなく鳥の形をしていた。その翼がヨルダの頭をかすめ、宙にぎざぎざを描きながら螺旋階段の反対側へと飛んでゆく。

とっさに目にしたものに、ヨルダは悲鳴さえあげることができなかった。あの鳥の形をした魔物の、顔の部分は人間だった！　表情があった！　叫んでいた！

踊り場からは、さらに二体、三体と鳥形の魔物が舞い上がる。そのうちの一体が、壁に背をつけて立ちすくんでいるヨルダめがけて、まっしぐらに突っ込んできた。

ヨルダはどうすることもできず、ただ両手で顔を覆った。と、胸にさげた指輪が輝いている。こんな陽射しの乏しいところなのに、内側から光を発しているのだ。

ひゅうと風を切って、飛びかかってきた魔物の翼がヨルダの肩を叩き、そのまま壁に衝突して、漆黒の煙となった。漂う煙はヨルダの鼻先を流れ、一瞬だけ凍るような冷気を残して跡形もなく消えてしまった。

見ると、ヨルダを追いかけ、階段を登ってこようとしていた魔物たちもひるんでいる。指輪の光を畏《おそ》れているのだ。先頭の、ヨルダにもっとも近い場所にいた怪物どもは、その輪郭を失いつつある。やはり煙のように溶け始めている。

ああ、そうなのだ。独り歩きする影どもは、彼等の主であるお父さまのこの指輪、かつての国王の威光と民への慈愛の証《あかし》である、この金印には勝てないのだ。だからこそお父さまは、わたくしにこれを託したのだ。

ヨルダは顔の前に指輪を掲げた。行く手を遮っていた踊り場の黒い水たまり、魔物の素が、たぎりつつも見る見るうちに消えてゆく。ヨルダは階段を走って登り始めた。

つんのめりそうになりながら、駆けのぼり続けた。途中で何度も転んでは、階段をひっかくようにして立ち上がり、またのぼる。勢いよく手すりをつかんだ拍子に、尖ったところで掌を突いてしまった。血が流れた。それでも足を止めずにどんどんのぼっていった。とうとう、息苦しくて胸が張り裂けそうになり、踊り場に座り込んで休まねばならなくなって、あえぎながら周囲を見渡すと、塔の高さの半分以上も登っていた。

手すり越しに見おろすと、十数体の独り歩きする影どもが、塔の床の上をうろついている。何体かは、あの台座のような円形の上にうずくまっていた。鳥形のものは、壁に沿ってひらひらと羽ばたいている。

ヨルダは頭上を仰いだ。この距離まで近づいて、ようやく塔のてっぺんをうかがうことができた。そこは空ではなかった。やはり、確かに何かがあった。

それは——巨大な鉄製の鳥籠。

そう、鳥籠としか表現のしようがない。つるりとした紡錘形《ぼうすいけい》で、すっかり古びているらしく、鋼《はがね》の輝きも鈍っている。しかし、塔を取り巻く風が高い窓から吹き込み、破れた窓覆いをひるがえすと、頑丈そうな檻がきらりと光った。ああ、遠眼鏡で風の塔を見たとき、てっぺんのあたりで何かが光ったような気がしたのは、錯覚ではなかったのだ。

鳥籠は、塔の天井から吊り下げられているようだ。それにしても何という大きさだろう。これでは鳥どころか、人間だってなかに入れる。それに、底の部分の縁にぐるりと取り付けられた、槍の穂先のような鋭い飾りは何だろう。あれではうっかり近づくこともできないではないか。

一陣の不吉な風のような悪寒が、ヨルダの背中を走り抜けた。

これは——もしかしたら、本当に人を閉じこめるために作られた籠なのでは？

言葉になっていない、叫ぶような声が聞こえた。ヨルダ自身の口から飛び出した声だった。それで我に返り、ヨルダは再び階段を駆けのぼった。上へ、上へ、上へ！　あの鳥籠のなかを確かめるのだ！

我と我が狂気と恐怖に追われるように、ヨルダは階段を駆けのぼり続けた。やっと鳥籠の底が間近になった。さらにのぼると、ヨルダの頭と鳥籠の底が同じ高さになった。目が届く。手すりに飛びつき、いっぱいに身を乗り出してなかをうかがう。

「お父さま？」

思わずそう叫び、呼びかけた。

鋼鉄の鳥籠の底には、古びて退色し、ぼろぼろになったローブが一枚落ちていた。

かろうじて残る、裾まわりの豪奢な金の縁取り。

見覚えがあった。父王のチュニックだ。深い濃紺の、絹よりも滑らかな手触りのする毛織りのチュニックだった。公式行事の際に身につける正装だ。だから、父王の亡骸《なきがら》はこれを身にまとって棺に納められた。ヨルダは確かに覚えている。

それがここにある。

そしてそのローブの一方の端からは、ひとかたまりの白い髪がはみ出しているではないか。お父さまの朽ちた亡骸もここにあるのだ。こんな場所に閉じこめられ、死後に幽閉の辱《はずかし》めを受けている。

これこそが、風の塔の囚人《めしうど》たちの主だ。

ヨルダは声をあげて泣き崩れた。

12

何とかして、このおぞましい鳥籠、鋼《はがね》の檻からお父さまを解放したい。ヨルダは必死にその手だてを探した。

　檻はヨルダの腕ほどの太さの頑丈な鎖で、風の塔の丸天井から吊り下げられている。かなり古びて艶を失い、錆も浮いているように見える。どこかにこの鎖を巻き取る仕掛けがあるはずだが、今までのぼってきた限りでは見当たらなかった。ヨルダは溢れてとまらぬ涙をそのままに、さらに螺旋階段を上へとのぼっていった。

　こんな強行軍には慣れていないひ弱な足は、すでにヨルダの身体を支えるだけで精一杯だ。ふくらはぎが攣《つ》り、膝や足首が痛くてたまらない。しかし悲憤がヨルダを動かした。最後の十数段では、ほとんど這うように手で段差をつかんでのぼった。

　のぼりきったところは踊り場になっていた。鋭く尖った鎖に守られて、塔の頂点の空《くう》に四角く切り取られたスペースだ。その端に、金属製の取っ手のようなものがあった。鎖を目でたどってゆくと、天井の隅に巻き取り装置の歯車が見えて、それからこの取っ手へとつながっている。これだ、これに違いない！

　取っ手は上下に動かすようになっていたが、触れてみてもびくともしない。油が切れて、錆《さ》びついてしまっているのだろう。両手で取っ手をつかみ、体重をかけてうんと押すと、軋《きし》むような音をたてて、ほんのわずかだが下に動いた。と、鳥籠を吊っている鎖が揺れて、底面を斜めに傾《かし》がせながら、やはり少しだけ下降した。

　ヨルダは夢中で取っ手を押した。作業を続けているうちに、涙ばかりでなく額の汗も目に入るようになった。まばたきして視界を晴らし、さらに押す。やわらかな掌の皮が剝《む》けて血がにじむ。爪が割れる。汗で手が滑り、つかみそこねた取っ手の上部に顎をぶつけて唇が切れた。生まれてこのかた一度もしたことのない力仕事に、全身の筋肉が抗議の悲鳴をあげる。しかしヨルダは手を休めなかった。

ゆっくりと、意地悪なほど緩慢《かんまん》に、それでも鳥籠は下降を続けた。途中で一度だけ、様子を見るために手すりに寄ってみると、塔の高さの半ばまで降りていた。あと半分だ。ヨルダは勇気づけられ、自分を励まして、頑固な取っ手との格闘を続けた。

とうとう——がくりという手ごたえがあって、取っ手が下までいっぱいにおりた。遥か足元の塔の地面で、重々しい音が響いた。鳥籠の底面が下に着いたのだ。

手すり越しにそれを確かめると、ヨルダは階段を下りようとした。すぐには足がいうことをきいてくれない。両膝に手をついて呼吸を整え、手の甲で顔をぬぐう。

と、めまいを感じた。足元が揺れるように感じた。まだ駄目、まだ倒れてはいけない。自分に言い聞かせたが、しかしめまいのような身体の揺れは止まらない。

これは——めまいではない。本当に揺れているのだ。

とっさに、これまで身体の内から呼び起こしたことのなかった動物的な勘が働き、ヨルダは前方へ身を躍らせた。それを待っていたかのように、ついさっきまで立っていた踊り場の一部が崩落した。石と土の粉へと粉砕されて、がらがらと落下してゆく。

恐怖を感じている暇はなかった。崩壊はまだとまらない。ヨルダを追いかけて足元まで来ている。ヨルダは逃げ出した。

螺旋階段を駆けおりる。後ろでまた別の崩落が起きる。走ってゆく目の先でも、螺旋階段が数段欠け落ちる。それを飛び越える。きわどいところで爪先《つまさき》が反対側の段に届き、前のめりになって壁にぶつかる。すぐに立ち上がってまた駆け出す。

命がけの追いかけっこだ。古びたこの塔は、ここに踏み込む者の体重を支えきれないのだ。いや、本当にそれだけだろうか。これもお母さまの呪いではないのか。わたくしを螺旋階段から落とそうとしている。すでにお母さまは、わたくしがここに踏み込んだことを察しているのではないのか。

オズマ――オズマはどうしたろう？　無事だろうか？　武闘大会の決勝は？

駆けおりるというよりは、螺旋階段に沿って落下するような勢いで、ようやくヨルダは塔の底へと降り立った。痺《しび》れて感覚の失くなった足をがくりと折って、ヨルダはその場に倒れこんだ。しばらくのあいだ打《う》ち臥《ふ》したまま、空気を求めてあえぐことしかできなかった。心臓はとうの昔に破裂して断片となり、ヨルダの身体中に飛び散ってしまったのかもしれない。吸っても吸っても息が苦しく、目の前が明るくなったり暗くなったり、石敷きの床が遠くなったり近くなったりを繰り返す。

しかし――やがてヨルダは腕をついて身を起こした。わたくしは死ななかった。やり遂げた。あとひと息だ。

見上げると、何事もなかったかのように、螺旋階段が静かに宙へとのぼっている。あの続けざまの崩落は、幻覚だったのかと思えるほどだ。そこをのぼる者を恐怖で惑わせ、自ら足を踏み外して落下させるための罠《わな》？

ヨルダは両腕で我が身を抱きしめた。

亡き父王を閉じ込めた忌《い》まわしく巨大な鳥籠は、床の上のあの台座に鎮座していた。あの独り歩きする影どもは、いつの間にか姿を消している。

縁にめぐらされている棘《とげ》に注意しながら、ヨルダは、鳥籠の扉へと近づいた。父王のローブが、塔の上で見たときよりも、ずっと間近に見える。震える手を差し伸べて扉に触れ、格子をつかんでみた。

きっと鍵がかかっている——と思ったのに、それは歯の浮くような金属音の軋みと共に、すっと手前に開いた。

亡骸を封じ込めるのに、錠前など不要ということか。安堵《あんど》しながらも、それがかえって限りなく侮《ぶ》蔑的《べってき》な仕打ちのようにも思えて、ヨルダはまた新たな涙を流した。

鳥籠の内側に足を踏み入れると、ヨルダはひざまずいて両手を差し伸べた。

「お父さま……」

色褪《あ》せたチュニックは、それを持ち上げようと試みただけで、あっさりと裂けてしまった。埃が舞い立つ。

そしてついに、ヨルダは見たのだった。チュニックに包まれ隠されていた、父王の亡骸を。

すでに骨と化している。ひと目でわかる、あばら骨の曲線。これは肩。さらにチュニックの残骸を取り除けると、これは腕だ。チュニックの裾の方に見えるのは足先の骨だろう。腰骨、ひときわ太い大腿部の骨。

骨の並び方を見る限り、父王の亡骸は、ここに、身体の右側を下にして横たえられていたらしい。しかし、大事なものが見当たらない。頭蓋骨だ。

中腰のままそっと移動して、ヨルダは自分の位置を変えてみた。横向きになっている亡骸の、正面に回ってみたのだ。すると、すぐにわかった。父王の頭蓋骨は、あばら骨の向こう側に置かれていたのだ。肩と腕の骨の下に隠されている。

ちょうど――我とわが腕で、頭蓋骨を抱えるような姿勢をとらされているのである。

何ということだろう。この残酷な仕打ちがなされたのは、亡骸が骨と化した後のことだろうか？　それとも、まだ亡骸が現身《うつそみ》の姿を留めているうちに――

斬首したというのか？

ヨルダは確かに、城内に設けられた喪離《もがり》の宮で、棺に納められた父王の亡骸と対面した。ヨルダ一人ではない。国葬の儀式で、多くの重臣たちも、最後の対面をしたのだ。その後大葬礼を経て、棺は半月かけて国土を横切り、王家の墓所へと葬られることになっていた。臣民たちは、その葬列を見送ることで、王に別れを告げるのだ。父王を懐かしみ、その死を惜しむ民草が長い列をつくり、どこまでもどこまでも葬列を追ってついてきたという話を、ヨルダは耳にしたことがある。

しかし、現に亡骸はここにある。ということは、その葬列の棺は空《から》であったに違いない。お母さまが密かに亡骸を棺から取り出させたのだ。そしてこんな――こんな酷いことをして――

もはや涙さえ涸《か》れてしまった。ヨルダはぐったりと座り込むと、ただ呆然と、懐かしく愛しい父の骨を見つめた。

そうしているうちに、気がついた。ところどころ、遺骨の色が変わっている部分がある。どこもここも、乾いた羊皮紙のような生成色《きなりいろ》であるべきものなのに、薄い紫色――打ち身の痣《あざ》のような色になっている部分が散見されるのである。

父王を辱《はずかし》めるようで、遺骨を大きく持ち上げたり、動かしたりすることは、ヨルダにはどうしてもできなかった。のぞきこんだり、ほんの少しだけ遺骨の位置を変えてみたりして、目の錯覚ではないことを確かめる。

間違いない。お父さまのお骨《こつ》に、色が変わっている部分があるのは確かだ。

乏しい知識を集めて、ヨルダは思案した。これはやはり——死因にかかわる事柄ではないのか。遺骨に残された異変は、父王の死の原因を推察するための手がかりになるのではないのか。

病気？　父の命を奪った死病の、これが痕跡なのか？　でもお父さまはお元気だった。病の気配など感じられなかった。お骨にこれほど明瞭な跡を残す病ならば、生きているうちに何らかの症状を起こしそうなものなのに。

もう目のそらしようがなかった。答えはひとつしかない。毒殺だ。父王は毒を盛られたのだ。身体に入った激烈な毒が、父王を死に追いやり、その遺骨に、こうして蹂躙《じゅうりん》の痕跡を残していったのだ。

——お母さまがなさったのだ。

毒殺も、その後の処置も、母が自ら一人で取り仕切ったわけはない。誰かに命じて、手伝わせたはずだ。命じられたその誰かは、手向かいすることができなかった。その者の運命は、その後どうなったことだろう。母の手で命を消されたか、あるいは、あの石像の間に立つ不運な者たちの群れのなかに、ひっそりと混ぜられてしまったのかもしれない。

こんなことが許されるはずもない。

「お父さま、ここから出してさしあげます」

小さな声で、しかしきっぱりと宣言し、ヨルダは父の頭蓋骨へと手を伸ばした。頭蓋骨は後ろの部分をこちらに見せて、顔はあばら骨の方を向いている。だから、持ち上げようとして手を触れるまでは、わからなかった。頭蓋骨に細工がされている。何かが上顎と下顎のあいだに挟みこまれているのである。

まるで宝冠を捧げ持つように、慎重な手つきで頭蓋骨を両手で包み込むと、ヨルダは驚きに息を呑んだ。

書物だ。肉が落ちて剝き出しになった長い歯が、一冊の書物を噛んでいる。

父王のことでいっぱいだったヨルダの心に、一筋の閃光《せんこう》がさした。もしや、これが〝光輝の書〟では？　ああ、きっとそうだ！

魔神を退ける力を秘めた〝光輝の書〟。それを封じるために、女王は風の塔を利用した。かつてこの国の歴史のなかで、異民族の風の神を封じたことのあるこの塔を、もう一度封印の場所として定めたのだ。

しかし、あまりにも強力な〝光輝の書〟の脅威を完全に封じ込むためには、塔の力だけでは足りなかった。だからお母さまは、自らの夫を生贄《いけにえ》に選んだのだ。お父さまを暗殺し、愛する妻に裏切られ失意のうちにこの世を離れようとするその魂を、呪いを以って〝独り歩きする影〟という魔物に変えて、それに〝光輝の書〟を守らせたのだ。さらに、塔の主となったお父さまの僕《しもべ》とするために、お父さまの重用していた重臣二人をはじめとする多くの者どもの魂も、同じように魔物に変えて閉じ込めた。そして塔の出入口を、封印の像で閉ざしてしまった。

こみ上げる怒りのままに、ヨルダは書物の端をつかみ、父の顎のあいだから抜き取ろうとした。

ヨルダの手のなかで父王の頭蓋骨が動いた。空っぽのはずの眼窩《がんか》が、ヨルダを見た。いや、睨みつけた。その視線が顔に突き刺さるのを、ヨルダは感じた。

父王の頭蓋骨は、まるで生き物のようにヨルダの手から舞い上がった。それが低く唸るのを、ヨルダは聞いた。信じられないことだが、そこから憎しみと怒りが迸《ほとばし》るのを、ヨルダは感じた。

「お父さま！」

それは呼びかけではなく悲鳴だった。父王の頭蓋骨が、ヨルダの顔めがけて飛びかかってきたのだ。しゃにむに手を振り回して避けると、片手が頭蓋骨にあたり、それは大きく跳んで檻に衝突した。跳ね返って一度床に落ちると、また飛び上がり、ヨルダの方に向き直り、今度は聞き違いようもなくはっきりと、手負いの獣さながらの雄たけびを発した。

上下の顎がぱっくりと開き、それは噛みしめていた書物を吐き捨てた。これもまた、獣が仕留めた獲物の皮や筋、食べにくい部分を吐き出すような野蛮さだ。吐き捨てられた書物は、ローブの裾にばさりと落ちた。

「お父さま、おやめください！　わたくしです、あなたの娘です！」

懇願の叫びも聞き入れず、頭蓋骨は再びヨルダに飛びかかってきた。とっさに身をかわしたヨルダは、頭蓋骨の歯が右肩にあたり、それが飢えたように噛みついてくるのを感じて総毛だった。

払い除けても、払い除けても、父王の頭蓋骨は狂犬のようにヨルダを狙い続ける。恐怖と悲しみ、憐憫《れんびん》と不気味さに、ヨルダは泣き叫びながら鳥籠のなかを逃げ回った。どうしよう、どうしたらいい？　あの書物は？　あれが〝光輝の書〟であるならば、お母さまの呪いを解くことができるはずだ。拾いあげてぶつけてみたら、頭蓋骨を壊せるのでは？

　しかし手の出しようがない。少しでも視線を外せば、その隙を狙って頭蓋骨が躍りかかってくる。続けざまに襲撃を受けることで、ヨルダにも頭蓋骨の狙いがわかってきた。あの歯でわたくしの首を喰い切ろうとしているのだ。噛みついて喰いちぎり、噴き出す血を浴びようとしているのだ！

　何とかして書物を拾おうと、伸ばした手に頭蓋骨が噛みついてきた。あまりの痛みとおぞましさに、ヨルダは前後を忘れて頭蓋骨を振り飛ばした。これはもうお父さまのお骨ではない、ただの化け物だ！　わたくしはここで、ここまで来ながら、我が父の変じた魔物に喉を食い破られて死ぬのだろうか。

「誰か、誰か助けて！」

　悲鳴に応え、誰が駆けつけてくれるはずもない。叫び声は虚《うつ》ろに空《くう》を引き裂くばかり。呪いに操られた父王の頭蓋骨は、逃げ回るヨルダを執拗に追いまわす。

　喉をかばった手首に食いつかれ、痛みと恐怖とおぞましさに、千切《ちぎ》れんばかりに手を振り回した。飛び離れた頭蓋骨は、鳥籠の檻にぶつかって跳ね返ると、ころりと向きを変え、飢えた獣のように歯を剝き出して吠え立てた。その咆哮《ほうこう》を、ヨルダは全身で聞き取った。

　そのとき、首にかけていた銀の鎖が、唐突にぷつりと切れた。鎖に通していた父王の指輪が、まるでそれ自体の意思を持ち、それがそこにあることをヨルダに思い出させようとするかのように、ヨルダの胸に、腹に、腿《もも》にぶつかりながら足元まで転げ落ちて、きらりと光った。

　お父さまの指輪。封印の像を動かした指輪だ。ヨルダは素早く身をかがめ、指輪を拾い上げた。手首の傷から血が飛び、ヨルダの白いドレスにぱっと赤い花が散る。

頭蓋骨が正面から飛びかかってきた。反射的にヨルダは指輪を握った拳を突き出し、それを払い落とそうとした。握りしめた指のあいだから清い光があふれ出る。指輪の光だ。頭蓋骨はそれにひるんで、狙いをはずし、ヨルダの脇をかすめて後ろに落ちた。振り返ったヨルダは、空っぽの眼窩を恨みで満たし、長く尖った歯を嚙み鳴らしながらこちらを見上げる頭蓋骨に、しっかりと向き合った。

頭蓋骨の口がぱっくりと開く。今にもケタケタと卑《いや》しい哄笑《こうしょう》が聞こえてきそうだ。また飛びかかってくる！　ヨルダの心は、剣先のように鋭くなった。その上顎と下顎のあいだめがけて、力いっぱいに指輪を投げつけた。

宙に舞い上がり、ヨルダの喉に喰らいつこうとしていた頭蓋骨は、指輪を呑み込んだ。

一瞬の沈黙。

そして悲鳴が聞こえた。ヨルダの声ではなかった。父王の頭蓋骨が叫んでいるのだ。

頭蓋骨の眼窩から、鼻の部分から、顎の隙間から、指輪の放つ光が溢れ出る。それは内側から頭蓋骨を貫く矢となった。

怒りと悲しみ、痛みと苦しみに、頭蓋骨は断末魔の声をあげる。そのすべてを聞き取ってしまっては、ヨルダの心も壊れてしまう。とっさに両手で耳を押さえた。

頭蓋骨は爆発した。粉々になった無数の骨の欠片《かけら》が、金色の光の粒と入り混じって鳥籠いっぱいに散らばり、細かなあられと変じてどっと降り注ぐ。

そして鎮《しず》まった。

ヨルダはふらりと身体が傾くのを感じ、鳥籠の檻につかまった。足から力が抜けてゆく。足元には、あのチュニックに包まれて、父王の遺骨の残りが横たわっている。

その上には、光輝の書。

ゆっくりと、気を失ったり倒れたりしないように、半歩、また半歩。ヨルダは近づく。身体を折り、ついで膝を折り、光輝の書へと手を伸ばす。

温かな手触り。おお、この古《いにしえ》の書物は生きているのだ。

古びてはいるが、未だにさらりと乾いた白い表紙に、五つの言葉が並んでいる。スハル導師に授けられた知識を振り絞っても、ヨルダには読み取ることのできない未知の言葉だ。しかしその文字に秘められた強い意思が、波動のようにヨルダに押し寄せ、ヨルダを包み込み、しっかりと立ち上がらせる。

ヨルダは目を閉じ、光輝の書を抱きしめた。

流れ込んでくる。聖なる力だ。まぶたの裏まで明るく照らす。

塔をのぼり、頭蓋骨と戦い、傷つき疲れたヨルダを、その力が癒してゆく。手首の痛みが消えてゆく。目を開けると、頭蓋骨に嚙まれた傷はきれいに消えていた。

ヨルダは、己の身体が内側からほのかに光り輝いていることに気づいた。

光輝の書が、わたくしに宿った——

見回すと、忌《い》まわしい鳥籠は、あの独り歩きする影どもの群れに取り囲まれていた。数え切れないほどの異形《いぎょう》の影たちが、幾重にも輪をつくっている。

そのなかに、ヨルダにいちばん近い場所に、父王の姿もあった。ヨルダの寝所に現れたときと同じ、亡霊の父王だ。左右には二人の重臣を従えている。

ヨルダは父王の亡霊を見つめた。亡霊も見つめ返した。そのまなざしには、優しさと感謝の念がこめられていた。

闇色の父王の霊は、片手をあげた。ヨルダが、その動作は別れを告げるものなのだと察すると同時に、独り歩きする影どもが、輪の外側にいるものたちから順番に、音もなく昇天を始めた。塔の頂上に向かって静かに浮きあがり、それにつれて薄れてゆく。煙が風に散らされて消えるように、霧が夜明けの光に溶かされるように。

父王の亡霊が、いちばん最後になった。もはや言葉はなかった。ヨルダは、解き放たれ天へと召される父王の姿を目で追いかけ、風の塔の頂点まで仰いでいった。

すべての独り歩きする影どもが消え失せると、風の塔は陽光で満たされた。

ひととき、ヨルダは光輝の書を抱いたまま、神に祈った。幼いころから唇になじんだ祈禱《きとう》の言葉は、唱えるたびに、新鮮な果実を味わうような喜びを与えてくれた。

呪いは解かれた。封印は消えた。風の塔は浄《きよ》められた。


封印の像のあいだを通り、ヨルダは外へ出た。遠く、長い石の橋の対岸に——

女王の姿があった。

武闘大会決勝の観戦に、玉座へと歩んだときの出で立ちではなかった。見慣れた豪奢《ごうしゃ》な白いドレスではなかった。

今の女王は、漆黒《しっこく》の闇を衣装としていた。ヨルダを墓所に招いたあの夜と同じ出で立ち。

これこそが、お母さまの真のお姿なのだ。わたくしがお母さまの仮面を剝ぎ、真の姿を露《あらわ》にしてしまった。

女王は橋を渡り、近づいてきた。歩いているのではない。宙に浮いている。

相対する母と娘。己が居城を背後に、闇をまとう母。光輝の書を胸に、光を放つ娘。

「おまえは何をした」

母なる女王の詰問が、ヨルダの心に突き刺さる。

「自分が何をしたのかわかっているのか」

ヨルダは答えず、ただ母の顔を見つめていた。漆黒の髪に彩られた白い顔。あの悲しいお父さまの遺骨よりも白い。清浄の白ではなく、無の印《しるし》としての白。他の何者にも染まることをよしとしない、絶対の無。

今ならヨルダにもわかる。闇の暗黒と共にこの世を支配しようとする色は、人の肌と血の色でもなく、大地の色でもなく、海と空の色でもなく、木々と草原の色でもない。

邪悪の暗黒と虚無の蒼白。それこそが魔神の色だ。魔神そのものも、きっとその落とし子である女王そのままに、漆黒の衣装と髪に、血の通わぬ白い顔をしているに違いない。

「我と我が娘に裏切られるとは、わたしも不覚をとったものよ」

女王とヨルダは、互いの手で相手に触れることのできる距離にまで近づいていた。

「今からでも遅くはない。その汚らわしい書を、風の塔へと戻すのだ」

ヨルダは光輝の書を抱いたまま、かぶりを振った。

「これは汚らわしい書などではありません。自由の書です。わたくしはこの書の力を借りて、風の塔を解放したのです。お母さまが、剣士たちの命のやりとりに、夢中になっておられるあいだに。お母さま。ヨルダは不思議でなりません。どうしてお母さまには、右の剣士が勝利するか、左の剣士が相手を打ち倒すか、心を傾けて観戦することができるのですか。どちらの剣士も、所詮、お母さまにとっては、石としての価値しか持っていない存在であるのに」

「痴《し》れ者よ」女王は口を歪めて吐き捨てた。

ヨルダはひるまない。「地上の人びとの争いは——たとえそれが、わずかな金子《きんす》を賭けて熱狂する武闘大会のようなものであってさえ、お母さまには面白く感じられるものなのですか。人が人を傷つけ倒す様《さま》が、お母さまのお心を躍らせるのですか」

オズマは確かに約束を果たし、ヨルダのために、ひととき、女王の心をそらしてくれた。残忍な欲望、流血を愉しむ魔神の血が、女王のわずかな隙となったのだ。

「おまえは何を望む？」

女王の声が問いかける。ひび割れ、絶えず何かに反響しているかのような声。

「自分が何を望んでいるか、わたくしにもまだわかりません。でも、望んでいないものが何なのか、それだけはわかっております。それは魔神の統《す》べる世界。お母さまの招来しようと企んでおられる世界です。わたくしは、その到来を防ぎたいのです」

「浅はかな！」

女王は大きく両手を広げた。漆黒の衣装が、闇の翼となってヨルダの視界を覆う。

「魔神の落とし子であるわたしは、すなわち魔神の統べる世の女王となる身だ。そしておまえはわたしの娘。わたしがこの手の内に入れる世界は、やがてはおまえのものにもなる。それがどう

さまがわたくしに与えてくれた愛、それと同じものが、地上に満ちることこそを望んでいるのです！」

ヨルダは叫んだ。

「わたくしは、暗黒の世界など欲しくありません！　わたくしが望むのは人の世です。お父さまがわたくしに与えてくれた愛、それと同じものが、地上に満ちることこそを望んでいるのです！」

一歩前に出て、ヨルダは女王に詰め寄った。

「お母さまはお父さまを愛してはおられなかったのですか？　お父さまにあんな仕打ちをなさって、心が責めさいなまれることはなかったのですか？　お母さまにとって、お父さまは何者だったのです？　ただの道具ですか。ただ一時、国王という器を満たしておいてもらうための、使い捨ての道具だったのですか？　だから用がなくなれば、今度は呪いの器にして、お父さまに、死にもまさる苦しみを与えることにも、何のためらいもなかったというのですか？」

どんな反応が返ってきても、たじろがないつもりだった。しかし、女王が顎をそらして笑い始めたとき、ヨルダの心はやはりざっくりと傷ついた。父王のために傷ついた。

「愛だと？　聞いたふうな口をきく。おまえに愛がわかるのか？」

「わかります！」

「人と人の愛など、塵芥《ちりあくた》にも等しい！　なんと下らぬ感傷だろう。ヨルダよ、おまえはやはり理解が足りぬ。わたしは神につながる者だ。人ではない。人を超えた存在なのだ」

「お母さまは間違っています！」

息を切らして叫び返すヨルダの前に、女王は小鳥を視界に捕らえた大鷹のように立ちはだかる。

「おまえという生を、この世にもたらしたのは失策であった。わたしはおまえを産むべきではなかった。卑しき人の男とつがい、おまえのようなできそこないに、この命を分け与えるなど、けっしてなすべきことではなかったのに。おお、悔やんでも悔やみきれぬ」

自ら人ではない、魔神の落とし子だと名乗る者の言葉でも、それが我が母のものであってみれば、ヨルダには耐え難い打撃となった。泣いてはいけない。今さら流す涙などあるものかと、どれほど自分に言い聞かせても、悲しみはこみあげる。ヨルダは頬を濡らし、嗚咽を嚙み殺さねばならなかった。

ヨルダの涙に、女王は勝ち誇った。

「見るがいい！　愚かな人の娘よ。おまえがわたしの呪いを解き、わたしの力を削《そ》ぎ、わたしの結界を破ったが故に、この城に何が起こったのか！」

踊るように舞い上がり、女王がヨルダの前から消えた。視界が開け、ヨルダは見た。慣れ親しんだ女王の居城を。ヨルダの生まれた場所。ヨルダがそこから離れることを許されなかった場所。しかしそれだからこそ、ヨルダにとっては全世界であるこの城。

風景全体が、城の輪郭が、微妙に歪んでいる。濁った硝子《ガラス》越しに眺める光景のようだ。空は凍り、風は止まっている。そう、すべてが停止している。その停止があまりにも無理で不自然なものだから、世界全体がかしいでしまった——

ヨルダは石橋を走った。誰か、誰かいないか。誰かの声が聞こえてはこないか。

城内に走り込むと、近衛兵たちの姿が目に飛び込んできた。やはり停まっている。さながら生き人形のようだ。一人は足を踏み替えようとしたまま、踵《かかと》を宙に浮かせて停まっている。一人は同僚に話しかけようとしたまま停まっている。唇が開きかけている。

さらに見回すと、女官たちもそこにいた。銀器を載せた盆を捧げて停まっている。束ねた後ろ髪の後れ毛を整えようと、指を伸ばしたまま停まっている。

城内では、空気の流れさえ停止したままだ。

どこからともなく、女王の声が聞こえてきた。「これがおまえのしたことだ」

ここは女王の結界の内。結界のなかでしか、この城は生きることができなかった。外界からの知識を遮断《しゃだん》し、偽りの平和を与えられ、生かされてきた女王の臣民たちの生は、結界が壊されれば、その場で凍りついてしまう。

「やがて魔神がこの世に降りる時、地上には人が満ちておらねばならなかった。なぜなら魔神は、人の悪しき心を餌とするからだ。人の欲望、人の邪悪、それこそが魔神に捧げられる最上の供物《くもつ》となるからだ」

残酷なほど明瞭に、ヨルダは悟った。だからお母さまは、魔神の落とし子として、この世を滅ぼすわけにはいかなかったのだ。無用な戦《いくさ》を避け、侵略の芽を摘み取り、この城を守ってきたのは、女王の臣民が、真っ先に魔神の祭壇に捧げられる生贄《いけにえ》であったからなのだ。生贄は、そのときが来るまでは、手厚く庇護《ひご》されるものなのだ。

「おまえがわたしを倒すというならば、この城の者どもも道連れだ」

低く唸るような声。ヨルダの首筋を、冷たい一本の指がするりと撫でた。

「しかし、おまえが悔い改め、再び光輝の書を封じる手助けをしてくれるというのなら、わたしは結界を張り直し、この城を、この者どもを、何事もなかったかのように元に戻すことができる。彼らに何の罪がある？　考えてごらん。ヨルダよ、無知な者どもにとっては、創世の神は誰でもいいのだ。太陽を司《つかさど》る光の神であろうと、闇の魔神であろうと、繁栄が約束されるならば同じことではないか」

神など、首のすげ替えのきく存在よ――女王の声が耳元で囁く。いつの間にか、漆黒をまとう女王はヨルダの背後に回り、ぴったりと身を寄せて、その懐にヨルダを包み込んでいた。かつてその膝にヨルダを乗せ、子守唄を歌ってくれたときと同じように、母なる女王はヨルダの身体に腕をまわし、優しく抱こうとしている。

「おまえとわたしが、なぜそんな神々のために争わねばならぬ？　わたしたちは母娘であるというのに」

あやすような声がヨルダの耳をくすぐる。

ヨルダは、透けるように繊細なレースに包まれ、美しくなまめかしい曲線を描く母の腕《かいな》を見おろした。黒いレースが、かえって肌の白さをひきたたせている。その内にある我が身は、骨は細く華奢《きゃしゃ》で、平らな胸には子供っぽさが残り、いかにも無力で未熟なように思われた。

しかし、それでもなお――ヨルダの身体は輝いている。光輝の書によってもたらされた光が、血のなかに流れ込み、内側から肌を照らしているのだ。

ヨルダはさらに強く光輝の書を抱きしめると、首を下げ、目を閉じた。お母さまは闇の魔神に選ばれし者。そしてわたくしは、太陽神に光を与えられし者。このままでは、母娘でありながら、それぞれに奉じる神の代理となって、地上で相争うことになる。それは無意味な諍《いさか》いだと、女王は言うのだ。

でも、わたくしはお父さまの娘でもあるのだ。わたくしのこの身体には、お父さまの血も流れているのだ。そのお父さまに、お母さまは何をなさったか。

怨念と慙愧《ざんき》に燃えて、光輝の書を嚙みしめ、永き時を風の塔に封じられていた亡き父王。

「お母さまは、まだ口先だけでわたくしを騙《だま》せると思っていらっしゃる」

目を開けて、ヨルダは言った。

「つい先ほど、その同じ口で、わたくしを産むべきではなかったとおっしゃったことをお忘れですか。お父さまを侮ったことをお忘れですか。ご自身がお父さまに加えた仕打ちをお忘れですか」

わずかの間をおいて、女王は凄むように割れた声で応じた。「では、おまえはわたしを許さぬというのか？　娘の身で、母の愛を否定するというのか？」

まだ涙が頰を濡らしていたが、ヨルダは思わず頰を緩めた。いや歪めた。笑わずにはいられなかったのだ。

「たった今、人の愛など塵芥《ちりあくた》に等しいと言い放ったばかりであることもお忘れなのですね」

深く息を吸い込み、ヨルダは思い切って身をよじると、女王に向き直った。

「嘘はもうたくさんです！」

叫ぶなり、ヨルダは両手に高く光輝の書を掲げ、女王の顔めがけて突き出した。

恐ろしい叫び声が、宙を裂いて響き渡った。女王は両手で顔を覆うと、忌まわしい黒鳥のように大きく空に舞い上がった。

身を揉んで苦しみ、続けざまに悲鳴をあげながら、女王は風の塔の中ほどあたりまで飛んで、その壁に強く身を打ちつけた。身体を包む黒い衣装が、風に流れ乱されて、中空に漆黒の花が開く。

「おのれ、何ということをする！」

撫でるような滑らかな声はどこかに消えた。ヨルダを見据えて叫ぶ女王に、ヨルダもまた悲鳴のような声で答えた。「お母さまは間違っておられます！」

どうしてわかってくださらない。どうしてわたくしを騙そうとする。どうして、どうして、どうして？

魔神の落とし子が何だ。この世を統《す》べる存在になるなど、何の意味がある？　夫を愛せず、子供を愛せず、その命を手前勝手にもてあそび、屠《ほふ》り、亡骸《なきがら》さえも辱《はずかし》め、騙し、脅し、操ろうとする者の、何が栄光だ。

頭上高く掲げた光輝の書が、ヨルダにさらなる力を与える。ヨルダはますます明るく光り輝き、力に満ち、今や迷いの欠片《かけら》も振り捨てて、一歩また一歩と、女王との距離を詰めてゆく。

ヨルダの手がひとりでに動いて、光輝の書をめくった。古き書物がひもとかれる。そこから新たなる力が呼び覚まされる。それは豊かに迸《ほとばし》り、聖なる白光の一撃となって、女王を狙う。

「愚か者め！」

光輝の書の力に、再び風の塔の壁へと叩きつけられながら、女王は叫んだ。

「わたしの言葉を忘れたか？　おまえがわたしを倒すというのなら、この城の者どもも道連れにしてやる！」

怒りに満ちたこの宣言と同時に、すべてが停止していた城内に、時が戻った。人びとに動きが戻った。

あちらからも、こちらからも、恐怖に狂乱した人びとの声が弾ける。永きに亘る魔法が解け、結界が消え、突然正気に戻された人びとを、混乱と狂妄《きょうもう》とが包み込んでいるのだ。

しかしヨルダはひるまなかった。女王の姿から目を離さず、ひたすらに光輝の書の力を信じて掲げ続けた。光輝の書は己の敵を知っていた。けっして女王を逃がさなかった。きりもみ状態になって宙を飛び、白い光に身を焼かれ、逃れよう、かわそうとしながらも果たせず、女王は悶絶する。

まばたきもせずに目を瞠《みは》り、今や人の姿を失い、黒い霧の渦のようになってしまいつつある女王に目を据えて、ヨルダは声をあげて泣き出した。泣いて、泣いて、それでも手を緩めず、女王を追い詰めていった。おお、この有様。光輝の書の清浄な光に溶かされて、お母さまはあの独り歩きする影どもと同じ姿になってしまった。独り歩きする影どもを生み出す、沸き立つ黒い霧の塊のようになってしまった。

それともこれこそが、お母さまの真の姿だったのだろうか。この黒い霧の粒子が集まって、お母さまの現身《うつそみ》をなしていたのだろうか。わたくしはこんなものから生まれたのか。お父さまはこんなものを愛しい妻としていたのか。

霧は空に溶け、風に散らされてゆく。これで消えるのだ。失くなるのだ。それを信じて、ヨルダは必死に両足を踏ん張り、疲れて痺れた腕を持ち上げ続けた。

漆黒の霧は薄れてゆく。もう、気まぐれに流れる竈《かまど》の煙のように頼りない。風がそれを洗い流してくれる——

しかし、霧の最後のひと筋が風に呑まれようとするとき、怒りに燃える女王の声が、ヨルダの耳に轟いた。

「わたしは滅びぬ！　見るがいい！」

目に見えない強い力に跳ね返されて、ヨルダは後ろに吹っ飛んだ。はずみで光輝の書が手から離れ、ばさりと落ちた。

石橋をひっかくようにして、ヨルダは素早く立ち上がった。光輝の書を拾い上げて胸に抱く。と、そのとき、城内に満ちていた不穏な喧騒が、いちだんと高くなった。剣を打ち合わせる音がする。女の悲鳴、男の怒声。

どどどどど——

地鳴りのようなどよめき。

ヨルダは棒立ちになった。その目で見ているものが信じられなかった。

石橋の向こう、城内から、数え切れないほどの人びとが押し寄せてくる。近衛兵たち。警備兵たち。女官たち。文官たち。兵は剣や槍を手に、女官たちは爪と歯を剝き出し、おお、なんとあれは内大臣ではないか！　拳を固め目を血走らせて駆けてくる。

ヨルダへ！　ヨルダめがけて！

狂える人びとの虚ろな目に、漆黒の霧が宿っている。一瞬のうちに、深い絶望と共にヨルダは事態を理解した。黒い霧と変じた女王が彼らに憑《とりつ》き、狂気へと駆り立てているのだ！　女王が皆を操っているのだ！

殺せ、殺せ、殺せ！　光輝の書を持つ者を殺せ！

迫ってくる人の群れの前に、ヨルダはなすすべもない。光輝の書を抱いたまま、それを掲げる気力さえ失って。

これがお母さまの力だ。結局、わたくしはお母さまには勝てない。ただ、かりそめの姿を破って、正体を剝き出しにさせただけ——

怒号と共に押し寄せる人びとの前に、ヨルダは目を閉じた。

「ヨルダ様！」

力強い呼びかけ。誰の声？　誰だ？

「ヨルダ様！」

顔を上げると、今しもヨルダに襲いかかろうとしていた人びとが、もうあと一歩というところに迫りながら、足を止めていた。彼らは城内を振り返っている。と、その列が乱れ始めた。新たな怒りと恐怖の叫びが響く。

オズマだ！　オズマが長剣を振りかざし、立ちふさがる人びとを斬り伏せて、ヨルダのもとへ駆けつけようとしている。

「オズマ！」

オズマは縦横無尽に剣をふるい、立ち向かってくる憑かれた人びとを退けながら、ヨルダに呼びかけた。

「光輝の書を！　光輝の書を！」

その声に励まされ、ヨルダは再び光輝の書を持ち上げた。それを掲げて前に出ると、石橋を埋め尽くす群集が大きく退く。オズマは彼らを押しのけ、道を開く。そしてとうとう、身体にまといつく葦《あし》の茂みを抜けるようにして群集の前に躍り出ると、駆け寄ってヨルダの腕を取った。

「さあ！」

そのままヨルダをせきたてて、石橋の欄干《らんかん》の方へと押しやった。

「どうするのです？」

「逃げるのです！」

でも何処《どこ》へ？　この橋は風の塔で行き止まり。塔へ逃げても追い詰められるだけだ。

しかし、わずかにためらっている間にも、ぐずぐずと崩されひるんでいた群集が勢いを取り戻し、彼らの目が妖しく暗い底光りをたたえ始める。

「こちらに！」

そう言うなり、オズマは片手でヨルダを抱き寄せ、軽々と小脇に抱えた。抜き放っていた長剣を腰の鞘《さや》に収めると、その手で兜を脱いで放り出し、ついで鎖鎧《くさりよろい》の留め金を外して脱ぎ捨てた。身を軽くするのだ。

オズマはヨルダを抱え、石橋の上から身を躍らせた。波立つ海面が間近に迫った瞬間、ヨルダはぎゅっと目を閉じた。冷たい水に全身を包まれ、ぷつりと意識が途切れる寸前、

——光輝の書は無事だ。わたくしは光輝の書を手にしている。

それだけが、切ない凱歌《がいか》のようにヨルダの心を満たしていた。


あれから、時はどれほど経ったのか。

ヨルダの顔をのぞきこみ、しっかりと手を握っているこの少年。オズマと同じ、一対の角を頭にいただいて、その身がどれほど軽く、その意志がどれほど堅く、その瞳がどれほど清く澄んでいるのか、ヨルダは知っている。

ヨルダのなかに蘇り、満ち溢れたこの城の記憶——ここが霧に閉ざされ、人びとの心のなかにはただ〝霧の城〟という名称でのみ、恐怖と憎悪と畏怖《いふ》と共に在るものとなってしまった謂《いわ》れを、彼もこうして共有した。繋《つな》いだ手と手が、それを伝えた。

そして今、だからこそ、少年の目には疑問が浮かんでいる。あなたは女王の娘であり、女王に対抗することのできた、ただ一人の存在であった。

あなたは光輝の書を手に、この城から逃げ出した。女王の魔の手から逃れた。オズマと共にその身を投げ込んだ海は、きっとあなたの姿を隠す煙幕《えんまく》となり、打ち寄せては返す波は、あなた方を安全な岸へと運んだはずだ。

なのに、あなたは何故またここに戻ってきた？　何故ここに閉じ込められていた？　あの古き塔のてっぺんに吊り下げられた鋼鉄の鳥籠は、はるか昔、あなたの父親を閉じ込めていた檻でもあった。あなたは果敢に挑み、その檻を開け放って呪いを解いた。

しかし、その同じ檻のなかに、あなたは打ち臥していた。すべての希望を失い、悲しみだけを友として。

そしてオズマは、塔に続く古い石橋の端で、あなたと同じくらい孤独に、石と化して佇んでいる。かつてあなたを援《たす》けたはずの異邦の騎士は、あなたと語らう言葉を奪われ、あなたのためにふるった長剣をも失って、飛び去る年月に少しずつ風化を重ねながら、呆然と冷たく立っている。

〝霧の城〟には、再び、独り歩きする影どもが溢れている。彼らを生み出す煮えたぎる黒い煙の塊は自在に出現し、あなたを捕えようと狙っている。

少年はこう思っているのだろう——城から逃げ出したあなたたちに、何が起こったの？　光輝の書を手に入れたのに、どうして女王をやっつけることができなかったの？　いったい、何をどうしくじったの？

オズマと同じ言葉を操る少年。記憶の戻った今、ヨルダには彼の言葉がわかる。しかし、彼にはヨルダの言葉は通じまい。

それでも、心のなかで呟いた。

——結局、わたくしはお母さまに勝つことができなかったのです。

すべては無駄だった。徒労に終わった。闇の魔神の落とし子は今もこの〝霧の城〟の城主であり、魔神は復活の時を待っている。地上の脅威は退けられたわけではなく、ただ先へと引き延ばされただけだった。

——それもすべて、わたくしの責任なのです。お母さまに勝てたかもしれなかったわたくしを、わたくし自身が裏切ってしまった。

ヨルダがここから脱出した後に巻き起こった苛烈《かれつ》な戦を、その後に続いた欺瞞《ぎまん》と悲惨を、言葉は語らずとも、また記憶が語ってくれるのだろう。この手を離さなければ。

でも、それを少年に伝えたところでどうなる？　ヨルダがヨルダの手で引き寄せた敗北の有様を、伝えることに意味があるか？　ましてやその敗北がオズマをも巻き込み、彼の血に呪いをかけ、だからこそ、それが綿々《めんめん》と、少年自身にまで引き継がれているのだということを、知らせて何になるだろう。

いや、何か意味があったとしても、ヨルダは彼に知られたくない。ただ詫びることしかできぬ無力な身では……。

ならば、この手を離そう。ヨルダは塔へ戻り、少年は一人、ここを立ち去る――

しかし少年は、かえって強くヨルダの指を握りしめる。瞳を明るく輝かせて。

「オズマというその騎士は、きっと僕の遠い遠いご先祖さまだ！　僕のなかには、君を守った騎士の血が流れているんだね」

そして立ち上がった。

「それなら今度は――今度は僕が君を守ってあげる！」

第四章　対決の刻《とき》

1

〝霧の城〟の巨大な城門は再び閉ざされ、静寂のなかにただうらうらと陽光の差しかける前庭に、イコはヨルダと共にいる。

ヨルダのなかに蘇《よみがえ》り、巻き戻されて迸《ほとばし》った記憶が、教えてくれたこの城の歴史――イコとヨルダとの不思議な縁《えにし》。思いを胸に、イコはヨルダの手をとっている。

異邦の騎士オズマは、間違いなくイコの祖先にあたる人だ。頭の角がその印。ここまで〝霧の城〟を彷徨《さまよ》ううちに、イコは何度か彼の幻影を目にし、彼の声を聞いてきた。それは他でもない、祖霊がイコに呼びかけてきたということなのだ。

かすかな風に、イコは目を細め、二人の脱出路に立ちふさがる城門を仰いだ。

「今度は――僕が君を守ってあげるからね。一緒にこの城を出て行こう。必ず、必ず、二人で手をつないで出て行こうよ、ね」

イコの言葉に、まだ力なく地面に膝をついたまま、ヨルダが小さく何かを呟いた。言葉の意味はわからぬまま、イコは彼女を見おろした。ほの白く輝く顔をのぞきこむ。

「大丈夫だよ。今度こそ、大丈夫だよ」

ヨルダのつぶらな瞳がさらに大きくなり、問いかけるようなまなざしが溢れる。

どうしてそんなことが言えるの？　どうしてそんなことがわかるの？

イコは微笑《ほほえ》んでうなずいた。「わかるよ。見えるもの。僕にも見えるようになった」

言葉は通じなくても、今では心が通じている。その自信があった。

「戦《いくさ》が——起こったんだね」

イコの呟きに、ヨルダがわななくように身じろぎした。

「君は女王の結界を壊した。そしてオズマと二人でここから脱出して、光輝《こうき》の書を外の世界へと持ち出した。だから大神官将の率いるザグレダ・ソル神聖帝国軍は、思い切ってこの城に攻め込むことができたんだ」

そうだ、彼らはやってきた——

イコが認識を言葉にして表すのを待っていたかのように、眼前に新たな幻が展開した。屈強にして果敢、圧倒的な軍勢。海原を埋め尽くす艦隊。ザグレダ・ソル神聖帝国の国旗を高々と翻《ひるがえ》す旗艦には、大神官将がじきじきに乗り込み、船首に立つ。戦意と自信に満ち溢れたその横顔。陽に縁取られた高い鼻梁《びりょう》。彼の肩に輝く黄金の徽章《きしょう》。そしてその傍らには、光輝の書の輝きを宿した長剣を腰に、静かにオズマが佇《たたず》んでいる。

そうだ、彼らはやってきた。女王を打ち滅ぼすために。女王の結界の消えた後には、城を囲む海原も、大艦隊の前には草原に等しい。彼らを遮《さえぎ》るものはない。海を渡り、この城に上陸し、そして軍靴《ぐんか》の響きが潮風にとってかわった。

そのときこの城に、それを迎え撃つ軍勢は、最早一兵たりとも存在しなかった。

突然、ヨルダがイコの手を振り払い、イコは過去より与えられた幻想から覚めた。血気にはやる大艦隊の幻は、瞬時に消えた。

海鳥が、ひと声高く、孤独に空をよぎってゆく。

身を縮め、両手で顔を覆っているヨルダを、イコはしばらくのあいだ見つめていた。それからそっと膝を折り、ヨルダに近づくと、おずおずとその肩に手を置いた。

「思い出したくないんだね？」

ヨルダは答えず、ただいっそう深くうなだれる。

「戦があったのに、〝霧の城〟はここにある。それはつまり、ザグレダ・ソル神聖帝国も、騎士オズマも、女王を完全に倒すことはできなかったってことなんだ。だから君は思い出したくない。そうだろ？」

無言のままのヨルダにかわって、海鳥の悲痛な声が、明るい空に響き渡る。

「いいんだよ」と、イコは言った。今となっては、たとえヨルダが教えてくれなくても、この城が、〝霧の城〟がイコに教えてくれるだろう。その後のなりゆきを。事の次第を。絶たれていた回路が開かれた今、蘇る幻影が、過去を再現して見せてくれる。イコがそれを拒むことはできず、遮ることもできない。

「それでも、僕は大丈夫だ」

目をあげて、ヨルダがイコの顔を仰いだ。涙に濡れたその瞳には、イコの自信に対する不審や懸念よりも、哀れみ詫びるような色ばかりが濃いように見える。なぜだろう？

「僕の、これ」と、イコは自分の胸を叩いてみせた。御印《みしるし》がやわらかく揺れる。

「前にも言ったよね？　女王はこれを嫌ってた。御印の力を嫌ってたんだ。御印が僕を守ってくれた」

ヨルダはゆっくりとまばたきを繰り返し、御印の模様を見つめている。

「これはね、出立のときに、村長《むらおさ》と継母《まんかか》さまがくださったものなんだ。ニエはみんな、御印を身につける。だけどこれは特別なんだ。村長がそうおっしゃっていたんだ」

――ここには祈りが織り込まれている。

村長はそう言っていたのだ。

――遥か昔、闇が我らの上に君臨していたころ、その力に対抗することのできる唯一の希望として見出され、唱えられていた祈りの言葉だ。

だからこそ、イコは必ず〝霧の城〟からトクサの村に帰ってくると、村長は言っていたのだ。

「その祈りの言葉がどんなものなのか、僕は知らなかった。村長も、出立する僕に、そこまで教えてはくださらなかったから。でもね、それはきっと光輝の書に記されていた言葉なんだよ。それが特別なことなんだ。だからこそ、村長は僕が〝希望の光だ〟っておっしゃったんだ」

かつて光輝の書を求めてここを訪れ、風の塔の苦難を越えて光輝の書を手にしたヨルダを守ったオズマの幻影が、これまでの数多くのニエたちの前ではなく、イコの前にこそ姿を現したのも、イコの御印に光輝の書の力が宿っているからに違いない。

もしも村長がこの場にいたならば、イコが自力でたどりついたこの正しい推察を、満面の笑みで賞賛してくれることだろう。

イコは幼く、その小さな身体には、誇りと勇気が満ちていた。村長の言葉は正しく、祖霊の導きもまた正しい。何を臆《おく》する理由があろう。しかも——しかもこの御印にこめられた言葉は、トトが見つけてきてくれたものじゃないか！　そうだよ。トトが見つけたというのは、光輝の書だったのじゃないか？

しかし、イコの言葉を聞いてなお、いや聞いたからこそ、ヨルダはいよいよ激しく、悲しげにかぶりを振り続ける。立ち上がる気力さえないヨルダの心痛を慰め、励ますことしか、今のイコには考えられない。

ヨルダのなかに巣食う暗い屈託を、察することができるほどには、イコの心はまだ熟していないのだった。

もしもイコに大人の分別があり、出立の前に村長が、言葉を重ねて、この御印が特別なものであることを帝都《みやこ》から来る神官に悟られてはならない——と言い聞かせた、その意味を考え直してみたならば、この勇気、この希望は、一抹《いちまつ》の疑念に曇らされて、果敢のかわりに用心が、信頼のかわりに疑念が、イコとヨルダのあいだに忍び込んできたかもしれないのに。

ザグレダ・ソル神聖帝国の大神官将は、なぜこの城を滅ぼすことができなかったのか。オズマはなぜ仕損じたのか。女王はなぜ今もこの城にいるのか。この城が〝霧の城〟と変じ、多くのニエを喰らってきたのはなぜなのか。ニエにオズマと同じ姿形の者どもが——彼の血を引く一族が選ばれてきたのはなぜなのか。

すべての解答を握っているヨルダという娘を、しかしイコは問い詰めようとはしない。あまりにも儚《はかな》げで寂しく、長い幽閉に疲れ果てた囚われの姫君に、どうしてそんな苛烈《かれつ》な問いを投げかけられようか。

そんなことよりも、今は前に進むことしか、イコには考えることができない。過去の失敗は失敗だ。悲しんでいるこの人を、もう一度落胆と悲嘆のなかに突き落とすことさえなければいいのだ。

父祖のやり遂げることのかなわなかった討伐を、この身でなし遂げよう。祖霊もそれを望んでいる。そしてニエには解放を。人びとには平和を。

女王を倒すのだ。

きっと、きっと、やり遂げられる。やってみせる。イコは御印に拳をあて、自分の鼓動を感じ取る。

イコは知らない——光輝の書とて万能ではないということを。それは、今では「帝都《みやこ》」と呼べば無条件でその首都を指す、ザグレダ・ソル神聖帝国に統一されたこの大陸の、神官たちには周知の事実であるということを。だからこそ彼らは沈黙を守り、オズマの血を引くニエたちを、〝霧の城〟へと差し出してきた。

歴史には、語られざる部分があまりに多い。そうして生み出された暗部は人の希望を呑み込み、正邪の区別さえ曖昧《あいまい》な時の彼方へと押し流してしまう。

それでも、イコは立ち上がるのだった。しっかりとヨルダの手をとり、道は、答えは、歩んでゆく先にこそ見出されると信じて。

出し抜けに蘇る幻影としての古き記憶ではなく、自身の記憶を掘り起こして、イコは考え込んでいた。

対岸で神官たちと船に乗り、岩場の船着き場にたどり着いたときのこと。あのときはまだ方角さえわからない迷子のようなものだったけれど、少しは〝霧の城〟の構造と、その広大であることを身を以って知った今では、あの船着き場が城の最下層に位置しているようだと見当がつく。

そして、神官と神兵たちが、封印の像を動かすために使った長剣。あれもまた、船着き場奥の岩場のどこからか持ち出されてきたものだった。

あの長剣こそが、オズマの剣なのではないか。光輝の書の祝福を受け、その力を分け与えられた剣。だからこそ封印の像を動かすこともできる。ヨルダと同じだ。

風の塔に続く古い石橋の上で、片方の角を失い、空しく石像と化しているオズマが帯剣していないことも、そう考えれば納得がゆく。何かしら切実な理由に迫られて、彼は自分の剣を手放した。それが敗北につながった――

オズマの剣を取りに行こう。来た道を引き返し、船着き場へと降りるのだ。ヨルダが一緒にいる今ならば、封印の像に閉ざされた道を開けることもできる。

そして船を見つけたら、先にヨルダを逃がそう。彼女一人では、海を漕ぎ渡ることは無理かもしれない。でも、安全な海上に出て、イコが追いつくまで待っていてもらえばいい。

オズマの長剣と御印の加護。光輝の書の力に二重に守られたイコならば、一人でも女王と戦うことができるはずだ。もうヨルダを危険にさらす必要はない。あんな悲しい目をしているヨルダを、もう一度母親と対決させるなんて、残酷すぎる。ヨルダはもう充分辛い目に遭ってきた。

よし——と、ひとつうなずいて、イコはヨルダを振り返った。いつの間にか彼女は遠く離れ、ほとんど城門の近くにまで行って、近衛兵たちさながらに整列している石灯籠《いしどうろう》の足元で、寂しそうにうなだれている。

「おーい！」

明るく声を張り上げながら、イコはヨルダに駆け寄った。彼女の手をとって、息をはずませ、跳ね橋へと続く石造りのアーチの前へと、跳ねるように走って戻る。

しかし——

城の正門へと来たときには、二人に道を開けてくれていた石のアーチが、今はぴったりと閉ざされている。押しても引いても、体当たりをしても、ぴくりとも動かないのだ。もとより、よじ登ることなどできる高さのものではない。

腹立ちまぎれに、イコはアーチの扉を蹴りつけた。痛い思いをしただけだった。

女王には、イコの考えることなどお見通し。〝霧の城〟は、その気になれば如何様《いかよう》にも自在に変えることのできる、女王お好みの大仕掛けな迷路というわけだ。

負けるもんか。イコはいかにも子供らしくフンと鼻を鳴らすと、両手を腰にあて、つれないアーチをぎゅっと睨んだ。ヨルダはと見ると、また離れてしまっている。ずっと右手の方に、影さながらにふわりと立って、高いところを見あげている。

ヨルダの立っているところも行き止まりだった。不恰好なバリケードが行く手をふさいでいるのだ。大きな板を何枚もぶっちがいに合わせて、釘で打ちつけたものが、幾重にも折り重なっている。

いかにも急ごしらえの、雑な作りだ。板と板のあいだに隙間が空いている。そこに手をかけて引っ張れば、剝がすことができるかもしれない。イコはうんうん唸り、顔を真っ赤にして頑張ったが、イコ一人の素手《すで》の力では、さすがに太刀打ちすることができなかった。

ヨルダがうしろから呼びかけてきた。バリケードの隅、石のアーチから続く広い石段の目立たないところに、土埃にまみれた丸っこいものがいくつか転がっているのを指さしている。

「それが何？」

問いかけながら近づいて、イコはしゃがみこんだ。何だこの黒くて丸いのは？

イコの頭くらいの大きさがある。片手では持ち上げられない。鼻をくっつけて匂いをかいでみて、初めてピンときた。

これ、火薬の匂いだ。狩人たちが、手負いの獣とか、度外れて危険な獲物をどうしても仕留めなければならないときに、矢尻にくっつけて使っているのを見たことがある。危ないから子供は触っちゃいけないと、きつく言い含められていた。

「爆弾だね！」

目を瞠《みは》って、イコはヨルダに問いかけた。

「戦のときに使われた爆弾なんだ」

――女王の隠れ場所を探すのだ。

これまで聞いたことのない、重々しく張りのある声が、イコのなかに蘇った。

大神官将の声か？　そうか、これも過去からの幻影だ。兵士たちに命じている。壁という壁、行き止まりという行き止まりを爆破せよ！　そして女王を探し出すのだ！

そして彼らは、彼らは、

——ついに女王を見つけた？

まばたきをして、イコは幻想から覚めた。傍らにはヨルダが、呼吸の音さえ聞こえないほど静かに佇んでいる。埃まみれの爆弾は、イコの足元に、何の害意もなければ威力も持ち合わせていない、まん丸な泥の塊《かたまり》のようにころんと転がっている。

「これ、今でも使えるかな？」

そう言って、ヨルダの返事を待つこともなく、イコは正門前へと駆け戻った。背の高い石の灯籠のてっぺんに、松明《たいまつ》が燃えている。あそこから火を取ってこよう。

古びた爆弾は、イコの味方だった。松明から取ってきた火を導火線へと近づけると、パチパチと音がして燃え始める。イコは爆弾をバリケードの方へ押しやると、ヨルダの手を取ってそこから離れた。

爆発は、思ったほど大きなものではなかった。耳をふさがなくても大丈夫。それでも、木のバリケードはあっけなく粉砕され、無数の破片となって小気味よく崩れ落ちた。イコは胸がすっとした。

バリケードの先は、見上げるような石壁に挟まれた細い通路になっている。頭上の青空も、その形に切り取られていた。

これから先は、今まで以上に慎重に進んでいかなければならない。女王の目が光っている。イコはヨルダの前に立ち、火の消えた松明——手ごろな木の棒を剣のように構え、呼吸を整えながら、ゆっくりと石敷きの通路を歩いていった。

通路のどんづまりで、いきなり視界が開けた。左右に石段が降りていて、その下には芝生が広がっている。〝霧の城〟の、これもまた別の中庭であるらしい――

と、背後のヨルダが、怯えたように息を吸い込むのを感じた。

「どうしたの？」

イコは彼女を振り返り、その視線を追った。そして理解した。

これはただの中庭じゃない。墓所だ。高価な布さながらの光沢で、緑色に輝く芝生の上に、四角い墓石がきちんと並んでいる。

そうか。イコはヨルダに近寄ると、その手を握った。

「君が最初に、女王の恐ろしい秘密を知らされた場所がここなんだね？　君が見た石像の間は、ここの地下にあるんだね」

ヨルダはうなずくと、一歩イコの前に出て、やわらかな陽を浴びて整列している墓石を見渡した。

「それなら、ここから城のなかに戻れるはずだよね？」

イコは石段を降りていった。芝生に足を踏み入れると、さくさくと心地よい感触が伝わってきた。通り抜けながら、墓石のいくつかに目を寄せて、墓碑銘《ぼひめい》を読んでみようとしたけれど、できなかった。雨風に侵食されて、もう文字の形さえ成していないものばかりだ。触れてみれば、墓石の角も丸くなっている。

これらの墓碑銘は、いつからこの状態なのだろう。ヨルダの記憶が教えてくれた事どもが起こったときには、すでにこのように風化していたのだろうか。母なる女王に呼ばれ、ヨルダが初めてここに足を踏み入れたあの夜にも――

イコはあらためて周囲を見回した。長い年月、手入れをする人もいなかったのに、短く生え揃い、不恰好な雑草のひと株も見当たらない、滑らかな芝生。苔《こけ》むして古びた墓石とは鮮やかな対比をなすこの眺め。

まるで時が停まっていたかのようだ。だから、すでに古びていた墓石は古びたままに、刈り均《なら》された新鮮な芝生もまたそのままに。時が停まって――

その認識が、ひどく不吉な針のように、イコの心をチクリと刺した。

ヨルダの過去は、イコが漠然と感じているよりももっと、遥かに昔の出来事なのだ。そうだ、そうに決まってる！　イコはぴしゃりと自分の額を打った。

かつてこの城に、オズマと共に女王を討伐に訪れたのは、ザグレダ・ソル神聖帝国の五世皇帝だった。今現在、神聖帝国の首都、帝都におわす皇帝は第十八世だ。

五世皇帝から十八世の御世《みよ》に至るまで、ヨルダは、普通の人間が十回も二十回も生まれ変わり死に変わるほどの長い年月を、ずっと少女の姿のままで、ここに閉じ込められていたのだ。

確かに、時は停まっていたのだ。それもまた、女王がこの城にかけた呪い、張り巡らせた新たなる結界なのだろうか。

〝霧の城〟は現世から隔絶《かくぜつ》されている。それは単に地理の問題ではない。ここは異界なのだ。

身震いが出た。イコは自分で自分の腕をさすって暖めた。

ヨルダは墓石のひとつの前にしゃがみこみ、さっきイコがそうしたのと同じように、顔を寄せて墓碑銘を読もうとしている。あるいは、あれが地下の石像の間へと続く階段を隠している墓石なのかもしれない。ヨルダが触れたことで、墓石が動いて階段が出現する？　イコはちょっと息を止めた。

が、墓石が動く様子はない。女王の力でなければ道は開かないのだ。

イコは歩き回って探索を続けた。そして、かつてヨルダが女官長に連れられて来た、石の階段と通路を見つけた。だが、階段をあがったすぐ先で、壁が崩れてその通路は行き止まりになっていた。灰色の瓦礫《がれき》の山は、あの粗雑なバリケードとは違い、爆弾でも吹き飛ばすことができそうにはなかった。

墓石の並ぶ芝生へと引き返し、あらためて周囲を見回す。四方を囲む〝霧の城〟。窓はあちこちに開いているが、どれもよじ登るには高すぎる。と、立つ位置をかえたせいだろう、幅広の長方形をしているこの墓所の、いちばん奥の部分——すっかり陽の陰になっているところに、両開きの扉のようなものがあることに気がついた。

それだけではない。その扉のある部分は、〝霧の城〟の建物の一部分ではあるが、ただの壁の連なりではなく、独立した建物のように、ちょっと前方に張り出していた。正面だけを見ると、ちょうど——そう、教会みたいな造りになっている。

いずれにしろ、これまで通ったこともなければ、ヨルダの見せてくれた過去の城のなかにも出てきたことのない場所だ。イコは大声でヨルダを呼んだ。

「おーい！」

あれは何？　と、手振りで尋ねてみた。

「お堂みたいだよね。あそこから城のなかに戻れる？」

ヨルダは悲しげに目を曇らせたまま、わずかに首をかしげている。

「まあ、いいや。行ってみよう。どっちみち、他は全部行き止まりみたいだから」

ヨルダの手を引いて歩き出したとき、イコは突然、総毛立つような感じに襲われた。あたりの空気が冷たくなった。陽がさしているのに、視界が暗くなった。

芝生の上、墓石と墓石の狭間《はざま》にひとつ。石段の上の踊り場にひとつ。おお、あの黒い渦だ！　煮えたぎり、ぐるぐると回っている。そして立ちすくむイコとヨルダの前で、今しも一体、頭に角をいただき、鉤爪《かぎづめ》を尖らせた漆黒の魔物を吐き出した。それに続いて、翼のある魔物もひらりひらりと舞い上がる。

「逃げるんだ！」

叫んでヨルダの手を引っ張り、お堂の扉へと駆け出した。進路を阻《はば》むようにひょこひょこと躍り出てきた魔物を、木の棒でなぎ払う。棒があたると、何の手ごたえもなく、魔物は黒い霧へと変じる。しかし底光りする一対の目はそのまま宙に浮き、執拗《しつよう》にまとわりついてくる。そしてすぐにも元の形を取り戻してしまうのだ。

「止まっちゃ駄目だ！　あの扉まで走れ！」

黒い巨体の魔物に挟み撃ちにされ、しゃにむに棒を振り回しながら、イコは叫んだ。ヨルダは何体もの翼のある魔物にたかられて、両手で頭を抱え、何とか振り切ろうと走り回っている。彼女の後方では、石段の踊り場に生じた黒い渦から、さらに魔物たちが現れる。爪先立つようなおかしな足取りで、続々と石段を降りてくる。

逃げ回るヨルダは、膝頭を墓石にぶつけて、ばったりと倒れた。その上に、勝ち誇ったように魔物たちが襲いかかる。

「あっちへ行け！　ヨルダに触るな！」

腹立ちとおぞましさに、イコは怒鳴り続けた。棒を振り回すだけでは足りなくて、手を振り足で蹴り、全身で暴れて魔物たちを蹴散らしてゆく。

「おまえらなんか、みんな消えちまえ！」

ヨルダの肩に鉤爪をかけようとしていた魔物を打ち払うと、イコは彼女の服を引っ張って立ち上がらせた。

「さあ、走って！」

お堂の扉の方へと身体を向けたとき、一体の魔物が、するりと二人の前に立ちふさがった。鉤爪のある捻《ね》じ曲がった腕は身体の両脇に垂れている。襲いかかるのではなく、イコの顔をのぞきこむかのようにかすかに前かがみになって、その光る目でイコの瞳をのぞきこみ、

——己はなぜ、その娘をかばう？

問いかけてきた。言葉で聞くよりもはっきりと、それはイコの心に伝わった。

——我らがこのような浅ましい姿に成り果てたのは、他の誰でもない、その娘の過《あやま》ちのせいであるのに。

痛みをこらえるが如く、魔物の節くれだった古木のような両肩が、苦しげに上下している。ぎらぎらとした眼の光が、冬の星のようにまたたいている。人の身ならば息がかかるほど間近に見る魔物には、悪意ある漆黒の霧の寄り集まった化身《けしん》でありながら、しかし確かに表情があった。

苦悶と悲嘆。そして非難。

誰に対する？

――己は我らの血族だ。

一対の角が、その印。漆黒の魔物は、イコに向かってその角を振り立てる。

――この娘によって、この娘を生かす為にこそ、我らはニエとしてこの城に捧げられてきた。我らはその対価に、この娘を求めよう。

イコには信じられない。ニエはヨルダを生かすために必要なものなのだと？

「そ、そんなの」

嘘だと叫びたいのに、声が出ない。

ヨルダを助け起こしていた手から力が抜けた。ヨルダはがくりと膝を折り、芝生の上へと倒れる。魔物たちがじりじりと輪を縮めてくる。

イコが半歩後ずさると、目の前に立ちふさがった漆黒の魔物は、ゆっくりとかぶりを振った。

――幼きニエよ。己は逃げろ。光輝の書の加護があるうちに、この城から立ち去れ。我らとこの娘は、消えぬ呪いに結びつけられている。〝霧の城〟は大いなる呪縛《じゅばく》の器。女王は我らを虐《しいた》げ、我らは女王の城を徘徊《はいかい》し、女王の求めるこの娘を、我らの元へと封じ留める。因果は巡り、因縁は尽きぬ。己一人の力でほどくことなどできるはずもない。

魔物の目から視線をそらすこともできぬまま、イコはさらに後ずさろうとして、尻餅をついた。すぐ傍らで、ぐったりと倒れ臥していたヨルダが、別の魔物の肩の上へと担ぎ上げられる。

魔物はイコに背を向けて、墓石の狭間に生じた黒い渦へと歩き出す。力なく垂れたヨルダの腕が、魔物の歩みにつれてふらりと動く。

——幼きニエよ。その身の幸運を噛みしめ、我らに哀れみを垂れてくれ。

イコを見おろし、眼前にたちはだかって、魔物は語りかける。ヨルダは連れ去られてゆく。彼女を担いだ魔物は、すでに腰のあたりまで黒い渦のなかに沈んでいる。

身動きもできないまま、ただそれを仰いでいるだけのイコに、魔物はうなずきかけた。

それでいい。立ち去れ、幼きニエよ。

そのとき、イコの胸で御印《みしるし》が光った。複雑な織り文様のなかを、白銀色の光が走り抜ける。魔物の言葉に惑わされ、眠りかけていたイコの意志に、新しく新鮮な血を注ぎ込むかのように。

「そんなこと、できない」

僕ひとりが逃げるなんてできない。ヨルダも一緒に連れて行くんだ。イコは横に転がるようにして跳ね起きると、ヨルダを担いで黒い渦のなかへ沈みこもうとしている魔物めがけて飛びかかった。

ヨルダの身体の温かみ、しなやかな重みが腕にかかった。彼女の胴に手を回し、勢い余って仰向けにひっくり返るほどの力を込めて、渦のなかから引っ張り出した。ヨルダは目を開いたまま眠ったようになっている。瞳の焦点が消えている。イコがその肩を強く揺さぶると、きれいな髪がぱっと宙に舞った。

「走って！　扉まで走るんだ！」

ヨルダの背中を押しやりながら、イコは、いつの間にか取り落としてしまっていた木の棒を拾い上げた。周囲に蠢《うごめ》く黒い魔物を薙《な》ぎ払い、彼らがよろけて形を崩した隙に、ヨルダの手を取って走り出した。

——愚かな、愚かな。

魔物の声が、心への呼びかけが追いすがってくる。今度は一人の声ではない。口々に叫んでいる。泣いている。

——何も変えることなどできぬ。呪いを解くこともできぬ。

——我らニエは永遠に救われぬ。

——我らの呪いの元凶は、その娘。

——己には我らを救うことはできぬのだ。

——女王を倒すこともできぬのだ。

髪が逆立つ。足がもつれる。しかしイコはヨルダを引っ張り、あの教会のようなお堂の扉へとたどりつくと、体当たりで開けてその内側へと飛び込んだ。

一転して、暗闇と静寂とが二人を包み込む。

目の前が真っ暗だ。息が止まりそうだ。気絶するんだろうか？

いや違う。大丈夫、イコもヨルダも無事だ。目の前が暗かったのは、建物の内側の暗がりに、目が慣れなかったせいなのだ。

だんだん呼吸が落ち着いてくる。石敷きの床が見えてくる。四角い敷石の継ぎ目さえはっきりと。

広いホールだ。お堂のような建物の内側は、ただの空っぽの空間だった。左右の壁の高いところに飾りぶちが巡っており、さらにその上に窓がある。そこから光が四角く差し込んでいる。

誰かが泣いている。泣き声——あの魔物たち？　いや違う。

ヨルダが倒れ臥したまま、顔を覆《おお》って泣きじゃくっているのだった。

今さらのように膝をがくがくと震わせて、イコはヨルダのそばに座り込んだ。逃げ延びたという安堵《あんど》はあっても、心は鎮《しず》まらない。

どうして泣くの？

魔物たちの言ってたことは、本当なの？

君は——いったい何をしたの？

声に出したつもりはなかった。でも、言葉が口からこぼれ出ていたのかもしれない。ヨルダは顔を上げ、涙に濡れた目でイコを見ると、その腕に手をかけて、そっと押しやった。

「どういうこと？」

イコはかすれた声で問いかけた。

「君も僕に、一人で逃げろっていうの？」

ヨルダは何度も何度もうなずいた。

「どうしてさ？　どうしてそんなこと言うの？　僕にはわからないよ」

イコは両の拳《こぶし》を固め、声を張りあげた。ヨルダはただかぶりを振っている。涙がぽつり、ぽつりと落ちる。

「君はここにいたいの？　またあの鳥籠みたいな檻《おり》のなかに戻りたいとでも言うの？　そんなバカな話があるもんか」

ひと息に言い切って、イコは乱れた呼吸を整えようと、懸命に努力した。鼻から吐き出す呼気に、涙のようにツンと辛く高ぶったものが混じっているのも感じられる。

「あいつらは」

まだ息を切らしながら、イコはうなだれたままのヨルダに言った。

「あの黒い魔物たちは、僕に語りかけてきた。我らの呪いの元凶は、その娘だって」

ヨルダの華奢《きゃしゃ》な肩が、ぎくりと強張《こわば》った。優美な線を描く鎖骨が、深くくぼんだ。

「女王を倒すこともできないって、そう言ってたよ」

イコは膝を折り、ヨルダの傍らにしゃがみこんだ。

「昔、君とオズマは光輝の書を手にして、ここを脱出した。ザグレダ・ソル神聖帝国の大神官将は、光輝の書の力を得てこの城に攻め込んできた。オズマは光輝の書の祝福を受けた剣で、女王を討った――いや、討とうとした。だけどそれは失敗した。だからこそ、彼はあんなところで石になってる。片方の角を失って。そしてこの城は霧に閉ざされて、女王が再び君臨してる」

しゃべり続けるうちに、その口調は落ち着きを取り戻してきた。深呼吸をひとつすると、イコの身体の震えも止まった。

「黒い魔物たちは、ニエから作り出されたものだ。そうだね？　女王が、ここに捧げられたニエを、魔法の力であんなものに変えてしまったんだ。そしてこの城を守らせてきた」

イコの仲間たちの成れの果てだ。それが今では〝霧の城〟の近衛兵というわけだ。

「そしてニエは――みんなオズマの子孫たちでもある。女王は、自分を討とうとしたオズマを深く恨んで、彼の血を受けた一族が、ニエとして差し出されるように要求した。それはたぶん帝都《みやこ》と――ザグレダ・ソル神聖帝国とのあいだに、そういう形の取り決めをしたんだろう。そうだよね？」

ヨルダはゆっくりとまばたきをする。

「女王を倒し損ねてしまったザグレダ・ソル神聖帝国は、その取り決めを守るしかなかった。オズマの子孫を生贄《いけにえ》として差し出すことで、多くの国民を守るしかなかった」

ヨルダは何も言わない。でも、イコは自分の考えが正しいのかどうか、ぜひとも確かめなければ気がおさまらなかった。

「それがしきたりの真実なんだ――」

そう呟いて、イコは自分の拳を見おろした。掌《てのひら》を開いてみる。傷だらけだ。木の棒を振り回しているうちに、壁や床をかすってしまったのだろう。血が滲んでいるところもある。

この血は、オズマの血だ。

「そんなことは、もう終わりにしなくちゃいけない」

ヨルダに聞かせるためではない。自分に言い聞かせるためでもない。それは宣言だった。

「きっぱりと終わりにするんだ。村長《むらおさ》も継母《まんかか》さまも、僕にそれを託したんだ」

だから今度こそ、女王を倒す！

「いつの日か、次の日食が訪れれば、闇の魔神が蘇って、今のこんな半端な和睦《わぼく》なんて吹っ飛んでしまう。時間稼ぎはもう終わりだ。〝霧の城〟は、女王と一緒に滅びるべきなんだ」

イコは、今までにない頑固な力を込めて、ヨルダのほっそりとした腕をつかんだ。

「だから教えてほしい。どうしてオズマは失敗したんだ？　どうして女王を倒しきれなかったんだい？　僕はそれを知らなくちゃ」

同じ失敗を繰り返さぬために。

ヨルダは、片腕をイコにつかまれたまま、空いた片手を、そっと自分の胸の上に置いた。心臓の真上に、掌をあてた。

「どういう意味？」

ヨルダが何か言った。イコの問いかけに答えてくれたように見える。だけどイコにはわからない。もどかしい！

ヨルダは言ったのだ──わたくしのせいなのです、と。

──わたくしが、お母さまを逃がそうとしたのです。

──母娘の情に負けて、わたくしはお母さまの罠に落ちたのです。だから大詰めのところで、すべてが逆転してしまった。

ヨルダは、二度三度と掌で胸を打った。その動作の繰り返しに、イコは悟った。

「君がいけなかったんだってこと？」

ヨルダはうなずく。ためらいも迷いもなく。

「君がオズマたちを失敗させたっていうの？　だから僕にも、一人で逃げろっていうの？　そういうことなの？」

ああ、伝わった──。ほとんど安堵《あんど》に近いような表情を浮かべて、ヨルダはもう一度深くうなずく。

イコは目を瞠《みは》り、食い入るようにヨルダを見つめる。

「君は女王に利用されたんだ。そうだね？」

ヨルダは目を伏せたが、だからこそかえって、イコは的《まと》の真ん中を射抜いたと理解した。

「君は囚われていた。僕が見つけたときの君は、悲しみに打ちひしがれていた。閉じ込められていることを悲しんでいただけじゃない。君は後悔していたんだね？」

ヨルダの目に、新たな涙が溢《あふ》れる。

「だったら、その後悔を消そう。今度は負けないように頑張るんだ。ねえ、考えてごらんよ。女王が君をあんなところに閉じ込めていたのは、そうしないことには君が逃げ出してしまうと恐れているからだよ。君を自由にしておいたら、もう君を操ることができないからだよ」

イコはヨルダの両肩をつかんだ。

「しっかりしなくちゃ。もう一回立ち上がるんだ。オズマをあんなふうに海風にさらしておいちゃいけないよ。君は生きてる。まだ終わったわけじゃないんだ。諦めたら駄目だ！」

しかしヨルダは、強い風にもまれる小さな花の蕾《つぼみ》のように、ぐらぐらとかぶりを振るばかりだ。駄目、駄目、駄目。

かつての失敗は、あまりに大きな代償を要求する結果を残した。また同じことになるのは怖い。いや、同じことになるのは目に見えている。わたくしはお母さまには勝てない。けっして、けっして、けっして勝てない。しかもなお悪いことに、わたくしがそれを知っていることを、お母さまも知っている。

お願いだから、わたくしを眠らせてほしい。またもとのように。わたくしを起こしたところで、良いことなど何ひとつないのだ。

もとどおりに心が眠り、囚われの身に戻るならば、何も感じることがなくなる。この城に送り込まれるニエの存在を知ってはいても、その顔を見ることもなく、その声を聞くこともなく、その名を知ることさえなければ、知らぬふりを続けることができる。

今ここで、ヨルダが顔を見、瞳をのぞきこみ、その手のぬくもりを知ってしまったニエの少年――イコ一人を外へ逃がすことができるのならば、それだけで充分だ。

わたくしには、それ以上を望む資格はない。名も顔もないニエたちのことならば、気にかけることもなくて済む。それがわたくしに与えられる罰にして至福。最後の安穏《あんのん》。

なぜならわたくしは、この身は――

イコがヨルダの肩から手を離した。ヨルダは顔を上げた。イコがわかってくれたのかと思ったから。

しかしイコの頬には、決然とした強い線が浮かんでいた。

「わかった」

そう言って、立ち上がった。脛《すね》も膝も擦り傷と痣《あざ》だらけなのに、痛そうな様子など毛ほども見せない。

「君が戦えないっていうのなら、そして、君が失敗の原因だっていうのなら、まず君を逃がしてあげるよ。君はここにいちゃいけないんだ」

そして僕は、一人で戦う。言い切って、イコは笑顔を取り戻した。

「僕なら大丈夫。うん、怖くなんかない。僕の仲間たちをここから解放するためにこそ、戦うんだから」

イコは城内へと続く、あのお堂のような建物を振り仰いだ。

「とにかく、いったん城のなかに戻ろう。闘技場と天球儀を見つけ出して、また正門を開くか、それとも船着場へ降りる道を探した方が早いか、わかんないや。でも、どっちにしろ君がいてくれないと、僕一人じゃ、封印の像にぶつかったとき、道を開けないもの」

来てくれるよね？　問いかけるように、イコは手を差し出した。ヨルダはしばしその手を見つめ、それから独りで立ち上がった。

イコは宙に浮いた手を、ちょっと見つめ、すぐにおろした。ヨルダのなかにわだかまる頑《かたく》なな恐怖が、ふと匂ったような気がした。でも、それについて思い煩《わずら》うのはもうやめだ。

二人は押し黙ったまま、陽光に輝く緑の芝生を横切っていった。

〝霧の城〟は、そこを歩む者が少し進路を変えるだけで、まったく別の建物のように、壁や回廊の姿を変えてしまう。腹を立てても詮無《せんな》いこととは知りながら、イコは何度となく舌打ちをこらえなければならなかった。

お城って、みんなこんなふうに、内部の構造がわかりにくいものなのか？　そこに女王の魔法の力が輪をかけて、お気に入りの迷路をこしらえているってわけか。

段差を登り、崩れた階段を迂回《うかい》するために鎖に飛びつき、何とか進路を確保してはヨルダを呼ぶ。その繰り返しで三、四部屋分進んでいくと、もう完全に、イコは自分が今〝霧の城〟のどのあたりにいるのかを見失ってしまった。オズマが佇む石橋と、その先の風の塔はどっちにあるんだ？　今向かっている方角は？　高い明り取りの窓から首を出しても、折悪《おりあ》しく陽は中天。東も西も判別がつかない。船着場を目指すには、何はともあれ下層部へ向かわなくてはならないのだが、理屈ではそうわかっていても、階段も梯子も見つからなくてはどうしようもない。

とにかく前へ前へと城内を進んでゆくうちに、また屋外に出た。縦長の通路のような場所で、乾いた地面に雑草がまばらに生えている。しなやかな枝を風に揺らして、柳に似た木立がさわさわと揺れている。

トクサの村を囲む森でも見かけたことのある木々だ。冬になっても葉を落とさず、春になれば新緑で身を飾り、森をゆく人びとの目を楽しませてくれる。微細な風にも葉をさざめかせるので、狩人たちには獲物の存在を教え、不用意に危険な獣に遭遇することのないよう警告を与えてくれる。

しばし足を止め、イコは木々を仰いで陽射しを浴びた。トクサの村に戻ったような気がする。ここにこんな木を配置した人は、きっと森の優しさをよく知っていたのだろう。

目を閉じて深呼吸をひとつ。と、水音がすることに気がついた。

ヨルダは後ろに離れている。イコは急ぎ足で通路を進み、それが先にゆくと右に折れているのを見つけた。

突き当りまで行くと、堀のような幅広の水路にぶつかった。前方は壁で、赤く錆《さ》びた導管が、イコの背丈よりも高い場所を左右に横切っている。そこから縦に分かれた細い導管は、堀の水面の下にまで達している。

行き止まりだ。でも水の流れる音は、イコの足元から聞こえてくる。堀の縁に身を乗り出して下をのぞくと、手前側の堀の壁の一部に柵《さく》があるのが見えた。水はその奥に流れ込んでいるようだ。

水はかなりの深さがありそうだ。よし。思い切って身を躍らせると、ざぶんと小気味いい音をたてて、イコは爽やかに冷たい水のなかに飛び込んだ。

底に足がつかない。立ち泳ぎをしながら、両手で水をすくって顔にかけると、目が覚めて疲労がすうっと流れるようだ。

ただ残念ながら、金属製の頑丈《がんじょう》な柵は、イコが壁に足を突っ張り、両手で揺り動かしてもビクともしなかった。何か仕掛けがあって、それを解かないことには開けられないのかもしれない。

柵の向こうは薄暗いが、水面が光っていることと、ところどころに床があることがぼんやりと見える。地面の下だから、本来は真っ暗であるべき場所だ。何でだろう？

そうか、上の地面のどこかに通気口みたいなものが開いていて、そこから光が差し込んでいるのだ。

何でこんなところに部屋があるのかわからないけど、ここから下層部への通路があるってことはないかしら。だって、水の流れは、必ず海という出口に通じているはずなのだ。

反対側の壁を伝う細い導管をよじ登り、イコは堀の上まで戻った。通路を引き返してゆくと、思ったとおりだ、雑草に覆われた地面に、四角い窓がいくつか、縦に並んで空いている。目の細かい網がかけられているが、手で枠をつかんで揺さぶってみると、そのうちのひとつがぱかんと外れた。

その場にしゃがんだまま、イコは大きな声でヨルダを呼んだ。曲がり角の向こうから、ヨルダが駆けて来る。

「ちょっとこの下を調べてくるから、そこで待っててね」

声をかけて、すぐ下に降りた。だから、ヨルダがそれを止めようとしたことに、イコは気づかなかった。もちろんヨルダは、水の流れ込む地下の細い部屋が、何であるかを知っていて止めようとしたのである。

降りると、また水のなかだ。でも堀よりはずっと浅い。イコの膝頭に達する程度だ。黴《かび》臭く、壁はじっとりと湿っている。

おかしな場所だな——と思いながら、水面から顔を出している四角い床に足を乗せると、出し抜けに過去が展開した。

2

ただ、とっさには、それが過去の光景——今まで何度となく目にしてきた幻影と同じものなのだと、イコには見分けることができなかった。気がついたら、この薄暗い地下水路のなかに大勢の人びとがいる、自分はその人びとに囲まれている。そうとしか思えなかったのだ。

今までの幻影と違うのは、イコ自身もそのなかに、い、る、ということだ。再現される過去を見ているだけではない。現に、イコのすぐ脇にいる痩せた小さな男の子が、骨ばった腕を持ち上げ、震える指先でイコの御印《みしるし》に触れようとしている。

「き、君は誰？」

思わず問いかけると、男の子の姿がふっとまたたいて消えた。そして、ちょっと離れたところにまた現れ、膝の上まで水に浸して、寒そうに佇んでいる。

周囲に現れた老若男女は、ざっと三十人ばかりはいるだろうか。誰も彼も凍えて疲れ果て、絶望と悲嘆に打ちひしがれて背中を丸めている。青白く血の気の失せた顔が、頭上の格子の隙間から差し込む陽光に、痛々しく浮き上がって見える。

「みんな、こんなところで何してるの？」

ぐるりと見回しながら、イコは上ずった声を出した。人びとは答えない。

「なぜこんなところにいるんだい？　出口はどこ？」

沈黙のなかで、人びとのうちの何人かが、ゆっくりと水路のなかを歩んでゆく。大人でも、膝頭は水に沈んでいる。彼らの歩みに連れて、何か重たげな金属質の音がすることに、イコは気づいた。

ほっそりとした若い女が一人、傍らにいた若者に手を借りて、水面から顔を出している狭い床へとあがった。淀んだ水に隠されていた膝から下があらわになる。

華奢《きゃしゃ》を通り越し、骨の上に皮一枚が覆っているだけのような左右の足首に、それぞれ木の枷《かせ》がはめられていた。二つの枷のあいだをつなぐ、無骨で酷《むご》い鎖が、彼女の足元でじゃらじゃらと鳴り、とぐろを巻く。

それでやっと、イコにもわかった。ここは水牢だ。この人たちは囚人なのだ。

「あなたたちはみんな、ここに閉じ込められているんだね？　兵隊たちに捕まえられたの？」

そのとき、背後から肩を叩かれた。幻が、この城の過去の幻影が、イコに接触してきたのだ。はじかれたように振り返ると、そこにはがっちりとした体格の男が一人立っていた。兵士かな

──と、イコは思った。警備兵か。剣を帯びず、鎖鎧《くさりよろい》も手甲もないが、身につけている胴着《チュニック》の肩に、紋章のような形の縫い取りがある。そして、半円形の短い庇《ひさし》のついた、金属製の兜だけをかぶっていた。

彼は右手をあげて右目を隠し、左目だけでイコを見つめていた。その瞳は濁り、光が届かぬ淵の底のような色をしていた。

「あなたは──？」

兵士は黙ったままかぶりを振った。イコの心のなかに声が聞こえてきた。

──結界が解かれた後、この城で何が起こったか。

びくりとして、イコは後ずさった。足元の水がざぶりと波立つ。

──女王の結界は我らの時を停め、外界との繋がりをも絶っていた。我らはすでにして囚人《めしうど》であったが、しかし結界は我らの守護でもあった。それが失われた時、何が起こったか。

いつの間にか、彼と対峙するイコは、他の人びとに取り巻かれていた。

──人びとは狂いに狂った。逃げようとする者、それを阻もうとする者。理由のない怒りと恐怖が、この城を支配した。

我知らず、しっかりと御印をつかみ、イコは問い返した。「それじゃあなたたちは、互いに殺しあったというんですか？」

警備兵はうなだれ、水面に視線を落とした。それでも、右手はしっかりと右目を覆ったままだ。

──逮捕と処刑、殺戮《さつりく》と暴動。我らを襲う恐慌は、誰がもたらしたものだったのか。結界は解かれるべきだったのか。

イコは、城内の大広間を横切る豪華な通路を思い出した。シャンデリアを落とし、その勢いで通路を壊して、階下におりる道を開いた。あのとき、シャンデリアに達するために梁《はり》をよじのぼっていて、ふと下を見おろして、恐ろしくも無残な幻影を見た。高い天井を横切る中空の通路の手すりから、大勢の人たちが縄で首を吊られてぶら下げられていた。あれも、この警備兵が言う処刑のうちだったのか？

そうなのだ。この城の人びとは、女王の結界が壊れた瞬間に、正気をも奪われて、互いに互いを狩り、殺戮の狂気のなかへと落ち込んでいったのだ。

女王がそう計らったのだ。企てたのだ。

だからこそ、ザグレダ・ソル神聖帝国の軍勢がこの城へと攻め入ったとき、城内には人っ子ひとりいなかったのだ。みんな死んでしまっていた。処刑し処刑され、殺し殺されて。

「誰か一人でも、理性を残していた人はいなかったのですか」

再び、警備兵はゆっくりとかぶりを振った。

「あなたも？　あなたも大勢の人を手にかけた？　それとも誰かを助けようとして、同僚の兵士の手でここに閉じ込められたのですか？」

警備兵は面《おもて》をあげると、右手をおろした。そこにあるべき右目はなかった。えぐられたような大きな傷と、ぽっかりと空いた赤黒い穴があるだけだった。

——一人残らず死んでしまった。

警備兵の声が心に届き、震えるような木霊《こだま》を残して消えてゆく。その瞬間に、水牢のなかの幻影もすべて消えた。

イコはまた一人に戻った。さっき警備兵に触れられた肩が、びっしょりと冷たく濡れていた。しばらくのあいだ、イコは動くことができなかった。あまりにも悲しくて、腹立たしくて、心は空回りをするのに、身体は重くなるばかりだ。

しわくちゃになりそうなほど、強く御印をつかんでいた。ようやくその手をほどき、顔を上げると、目じりに涙が溜まっていることに気がついた。まばたきをして追い散らす。泣いてなんかいられないのだ。

ここに出口はない。水の流れに従って城の下層部に行くこともできない。戻ろう。

降りてきた四角い通気口をまたよじ登り、地上に出た。さんさんと降り注ぐ陽光の、暖かさが身に染みた。その恩恵を充分に味わい、身体に血の気が戻るのを確かめてから、イコは大きな声でヨルダを呼んだ。

彼女はずいぶんと遠くにいた。少しずつ来た道を戻りながら、何度も何度も呼ばねばならなかった。やっと姿が見えると、その白い華奢《きゃしゃ》な少女の肖像に、ツンと胸が痛むのを感じた。

ヨルダに手を差し伸べながら、イコは言った。「あっちに水牢があることを、君は知ってた？」

イコに手を預けながら、ヨルダはつと身じろいだ。

「知ってたんだね。僕も見てきた。ここの人たちは、結界が解けると殺し合いを始めて、結局一人も生き残れなかったんだ」

ヨルダを責めるつもりなどない。でも、言葉はやっぱり鋭くなってしまう。

「前に——あの塔で、鳥籠みたいな檻《おり》をおろす台座のところで、幻影を見た。長いローブを着た学者さんみたいなお年寄りが、こんなことは許されないって、カンカンに怒ってるんだ。あれもたぶん、結界が解けた後の出来事だったんだろうと思う。そうでなきゃ、誰もあそこには入れなかったはずだものね」

ヨルダは静かにうなずいた。

「もしかしたら、あのお年寄りが、君の先生のスハル導師なのかな?」

もう一度、ヨルダはうなずく。もう泣いてはいない。でも、内側から彼女を照らしている白く清い光が、少し薄れたように見える。ヨルダが元気を失うと、彼女のなかの光輝の書の守護も弱まってしまうのかもしれない。

「スハル導師は、結界が解けたあと、女王が風の塔でやっていたことを知って、怒っていたんだね? 国王が暗殺されたことも、そのとき初めて知ったのかな。それとも、思い出したのかな」

結界がつくられたとき、女王にとって都合の悪い記憶はすべて消された。なかったことになった。この城を支配していた奇妙な平和と均衡は、その上に作られたものだったのだ。

「でも、少なくともそのとき、スハル導師は正気を失ってなかったってことだよね? だったら、彼はどうしたの? どうなったの? みんながおかしくなって、殺し合いをしているなかで――」

問いを口にのぼらせながら、しかし心には答えがあった。やはり導師も処刑されてしまったのだろう。いくら理性を保っていたとしても、非力な老人一人、暴力の狂気に侵された兵士たちに勝てるわけがない。

「闇の魔神は、生きている人間の欲望とか悪意とかを喰らって大きくなる――」

イコは呟いて、ヨルダを見た。

「それは、その落とし子である女王も同じなんじゃないかな。だから女王は、光輝の書が君の手に渡り、追い詰められたとき、より大きな力を得るために、大勢の人たちの狂気と死を必要としたんじゃないのかな。だからお城の人たちに殺し合いをさせたんだ」

きっとそうだ。話すうちに考えがまとまり、確信がわいてきた。

「本当なら、結界の内側に閉じ込めて、闇の魔神が再臨したときの生贄《いけにえ》としてとっておかなくちゃならなかった人たちを、自分で喰らってしまったんだ」

そうして女王は、ザグレダ・ソル神聖帝国の苛烈な捜索をも逃れ、城のどこかに潜んで生き延びた——

だが、問題はその後だ。女王がただ逃げ隠れしているだけだったなら、〝霧の城〟がこんな形で存在し続けているはずはない。女王がここに居座り、君臨し、新たなニエとしてオズマの子孫を要求し、ザグレダ・ソル神聖帝国もそれに従わざるを得ないというこの残酷な状況——それができあがるまでには、もっと恐ろしい何かが起こったはずなのだ。

ヨルダはその「何か」を知っている。ニエから造られた煙の魔物たちも知っている。だから彼女に責任があると言っている。

そして、女王も知っている。

もう一度、屋外の通路をよく調べなおしてみると、何とか上に登れそうな道が見つかった。身の軽いイコには難しいことではなかったが、ヨルダを引っ張りあげるには、かなりの手間をくってしまった。

再び城内に戻ってはみたけれど、まったく見覚えのない場所だ。呆れるほど広大なこの城の造りに、今さらながらイコは落胆した。それに、行き止まりだとわかってはいても、暗い城内よりは、陽のあたるあの通路の方がずっと居心地がよかった。

石壁に囲まれ、ひんやりとした部屋をいくつも通過する。結局、また上へと向かっているような感じがする。登る段差や階段はあっても、下《くだ》りが見つからないのだ。船着場がどんどん遠くなる。

テラスのような場所に出るたびに、そこから外を眺めてみた。視界は開けるし明るくなるし、深呼吸をして気を取り直すこともできるけれど、今自分が城のどこにいるのか見当がつかないことに変わりはない。目にするのは、いつもいつも新しい景観ばかりなのだ。

ところが、そろそろ歩き疲れて、ひょいとのぞいてみた大きな窓から、イコは巨大な天球儀を見た。正確には、天球儀の球形の頭の部分をちょこっと見つけただけなのだが、それでも心が躍りあがった。

そのころには、太陽もようやく傾き始めていた。それによって、イコは、自分の見つけた球体の端っこが、西の天球儀の一部分であることを確信することができた。

「あっちへ行けば、西の闘技場があって、そのそばに天球儀があるんだ！」

東西の天球儀に光をあてれば、正門を開くことができる。船着場に降りる道が見つからないのならば、正門を開けて、まずヨルダを逃がしてやろう！

「西の天球儀へたどり着ければ、東の天球儀のある場所も、ここにいるよりはずっとわかり易くなると思うよ。東西だからさ、真っ直ぐ反対側を目指せばいいってことだもの」

ようやく元気を取り戻して、イコはヨルダの手を引き、ぐんぐん歩いた。ひんぱんに外を眺めて、西の天球儀の端っこを見失わないようにしながら。

近づいてるぞ。うん、近くなってる。さっきまでより、天球儀の見える部分が多くなってきたもの——

行き止まりにぶちあたった。

テラスだ。真四角に張り出していて、その先には登る通路も降りる階段もない。しかしイコは、がっかりするより先に、ちょっと感動していた。そのテラスに存在しているのが、とても珍しいものだったからだ。

これは確か——風車とかいう建物だ。

帝都まで旅したことのある村人から、土産話《みやげばなし》で聞いたことがある。他所《よそ》の町では、風の力を利用して車を回し、小麦を挽《ひ》いたり水を汲んだりするのだそうだ。トクサの村では水車を使うが、水のかわりに風の力で動かすのが風車というものなのだ、と。

巨大な〝霧の城〟の一角、西のテラスにぽつりと立っているこの風車は、風向きを見るためとか、装飾とか、何かしら特殊な役割を担っていたのだろう。こんなところで小麦を挽いたって、どこにも運んで行きようがない。何しろ目もくらむような高所だ。テラスの縁に立って見おろせば、立ち並ぶ木々のてっぺんが拳骨《げんこつ》ほどの大きさに見える。背後を振り仰げば、〝霧の城〟の外壁が、風車の頭よりさらに一階分ほど上にのびている。

風車の白い帆は、汚れて破れてボロボロだ。それでものどかな音をたて、軋みながらものんびりと回っている。

「ここから上に登れるかな？」

両手を腰に、イコはヨルダを振り返った。と、そのとき、ヨルダのすぐ後ろに忽然《こつぜん》と人影が現れ、テラスの縁から棒のように真っ直ぐ倒れて、地上へと落ちてゆくのが見えた。

3

イコがあっと叫ぶと、ヨルダは驚いて飛び退《の》いた。手すりもない危険なテラスの縁に、彼女の踵《かかと》がかかった。

その腕をつかみ、あわてて引き戻すと、イコはヨルダに言った。「今、そこから誰かが落ちたんだ！」

確かに落ちた。でも、二人の他に誰がいるわけもない。あれも幻影なのだ。

イコはそろそろとテラスの縁に寄り、もう一度、遥か眼下を見おろしてみた。立ち並ぶ木々のてっぺんに人が引っかかっているということもなければ、枝が折れているということもない。木立の隙間にわずかにのぞいている地面に、倒れ臥す亡骸《なきがら》の姿もない。

わずかに目を細め、イコは幻影が動いたとおりに歩きながら、見たものを再現してみようとした。とっさのことだったけれど、あの人影は兵士のそれではなかった。女性だったような気がする。そう、長い衣の裾を引いていた。黒い髪を結い上げてあったようにも見えた。

「女官……かな？」

心配そうにイコを目で追っていたヨルダが、その呟きを聞いて、表情を変えた。

「心当たりがあるの？」

問いかけると、しかし、黙って目をそらす。暗い瞳だ。ずっとずっとそのままだ。イコがヨルダの名前を知り、生まれを知り、過去を知ってしまったその時から。

「城のなかが大混乱に陥ったとき、絶望して、恐ろしくて、ここから身を投げた女の人がいたんだ。たぶんそういうことだね」

ここにいてね。縁に寄っちゃ駄目だよ、危ないから。そう言い置いて、イコは風車をよじ登り始めた。おんぼろ風車は、傷《いた》んで剝げ落ちた外壁に苦労しながら登ってゆくイコの奮闘をよそに、呑気《のんき》な音をたてて動いている。

風車の土台を登りきると、タイミングを見て回転する羽根に飛びついた。ごとん、ごとん。破れた白い帆をひらひらさせながら、風車はイコをてっぺんまで運んでくれた。手が滑らないようにしっかりとつかまって、イコは視界が開けてゆくのを楽しんだ。

進路を間違ってはいなかった。いちばん高いところまで行くと、すぐ目と鼻の先に、西の天球儀の全貌が見えた。そこへたどり着くまでに、〝霧の城〟を巡る城壁の上部に設けられた長い通路を通っていかねばならないこともわかった。城壁の向こうは青い海だ。

風車のてっぺんから、城の一段と高い部分へと飛び移った。テラスではなく、外部通路のようでもあり、単なる張り出し部分のようにも思える。荒れ放題で、壁は欠け落ち、隙間に雑草が生えている。右へ左へと折れながら、ここからは見通すことのできない建物の裏側部分へと通じているようだ。

ぽんぽんと手をはたきながら、ぐるりと見回す。落ち着いて検分すると、城壁上の通路で西の天球儀と繋がっている、城の側の建物の外観もよくわかった。そこだけ外部に張り出している。ひょっとすると、あれが西の闘技場だろうか？

その壁面には、壁一面をつぶして、巨大な円形の窓のようなものが設けられている。今、その円形窓は、壁と同じ材質で造られた、灰色の扉で塞《ふさ》がれていた。でも、目を凝《こ》らして見ると、中央部分に一本の細い筋が入っているのがわかった。たぶん、あれが左右に分かれて、窓が開くのだ。

円形窓と西の天球儀。その二つを結んだ直線の先に——思ったとおりだ。あれは城門じゃないか！　門を支える東西の柱の上に、ひとつずつ半透明な球が載っている。円形窓から放たれた光を天球儀が受け、それが西の城門柱の上の球に光を授《さず》ける。そういう仕掛けだ！

まず西側。それが済んだら、城のなかを右回りにずうっと抜けて行って、左側の城壁上通路へ出ればいい。何度も目でたどって確認する。できる、できる。やっと道が見えてきたぞ。うんと歩かなくちゃならないけど、目標がわかればその甲斐《かい》もある。

風車の運び上げてくれたこの高所を、壁に沿ってずっと歩いてゆくと、突き当たりのところに封印の扉を見つけた。二体の像がつれなく通せんぼをしている。

ヨルダには、風車につかまってここまで上がってくるなんて、無理だ。多少の段差は頑張ってよじ登ってもらうとしても……どうすればいいかな？

壊れた壁を足場に、転がっていた古い木箱を動かしたりして、何とかヨルダが通れそうな道筋を作れた。だいぶ迂回することになるけれど、仕方がない。イコは走って風車のところまで戻った。離れ離れになっているあいだに、あの煙のような魔物たちが襲ってきたら、どうしようもない。

大声でヨルダに呼びかけると、彼女も走って風車の足元までやって来た。独りで何を考えていたのかな……イコの心にちらりと影のような疑問がさしたが、それはすぐに消えた。

「ぐるっと回ってね、あっちから登ってきてほしいんだ。わかる？」

身振り手振りを交えて伝えると、何とか理解してもらえたらしく、ヨルダはいかにも不安そうに、イコの教えたルートをたどり始めた。高いところから見おろすと、彼女の動きがよく見える。間違いそうになると、また大きな声で呼びかけて誘導した。

目の下にヨルダが見える。背後には封印の像がある。さあ、後は彼女にこっち側に渡ってきてもらうだけなのだが、ここが難関だった。通路が切れているので、ジャンプして渡ってもらわねばならないのだ。

幅は狭い。せいぜいイコの身長分くらいだろう。走って飛び移れば、何てことない。ヨルダにだってできるはず。

でも——この高所だ。通路の切れ目から下に落ちたら、地面までまっ逆さま。それを考えたら、足がすくんでしまうかもしれない。

「下を見ちゃ駄目だよ。いい？」

切れ目のこちら側で、イコは言った。言ってるそばから、ヨルダは下をのぞきこんで尻込みしている。

「ほら、ごらんよ。幅は狭いんだ。飛べるって。ね？」

身を乗り出して、腕を差し伸べる。

「ちゃんとつかまえてあげるから、怖くないよ。大丈夫。走って勢いをつけて、ぽんと飛べばいいんだ。小川を飛び越すみたいなもんだってば」

ヨルダは小川を飛び越したことなんかないんだ。イコにもわかってる。何も飛び越したことなんかないんだ。お姫様なんだから。自分の足でこんなに歩いたことさえなかったんだ。だけど今は、飛んでもらわないとしょうがないんだ。

「見えるだろ、あれ」イコはヨルダに顔を向けたまま、腕を振って背後の封印の扉を示した。「あの扉を通ってあっちへ進めば、西の闘技場に行きつける。道がわかったんだよ。だから頑張ってよ。君が来てくれないと、封印の像は動かせないんだもの」

ヨルダは嫌々をするように首を振り、一歩また一歩と退いてしまう。何か言ってる。できない、できないという意味だろう。

「僕一人じゃどうにもならないんだ。わかるだろ？　ぐずぐずしてると——」

ああ、言わんこっちゃない。ヨルダのすぐ後ろに、黒い渦巻きがぐるぐると湧きあがり始めた。

「魔物が出てくるよ！　早く飛ぶんだ！」

ヨルダは振り返って黒い渦を見た。めいっぱい乗り出して差し出したイコの腕を顧《かえり》みて、しかしまだためらっている。

「君があいつらに捕まったら、僕だってここから逃げ出せなくなるんだ！」

本当にそうなのか？　黒い魔物たちはヨルダを捕え、渦のなかに引き込んでしまえば、それで満足して立ち去るのではないのか？　だって彼らはイコの仲間なのだから。ニエの変じた魔物たちは、イコに邪魔をするなと懇願した。その願いを聞き届けてやれば、イコのことは見逃してくれる。そしたらイコは、別の逃げ道を探し出して、そこから外へ出ればいいじゃないか。

黒い渦から、最初の魔物の一体が、おぞましいひょこひょこ踊りをしながら飛び出した。瞳のない、真っ白な光の粒のような目が、ヨルダを見つけて強く輝く。

ヨルダは魔物に向き直る。あたかも彼女を抱擁しようとするように、鉤爪《かぎづめ》の生えた手を広げて近づいてくるそれに向き合う。

――わたしを置いて、一人で逃げて。

心の声が聞こえたような気がした。それはイコをひるませた。イコも疲れていた。ヨルダが〝霧の城〟に残ることを望むなら、いいじゃないかもう放っておいても――

突然、頭の角が熱くなった。付け根の部分が、火傷《やけど》したみたいにびりっと痛んだ。オズマに叱咤《しった》されたのだ。イコは悟った。オズマがイコの心に忍び込んだ魔を祓《はら》ってくれたのだ。

「飛べ！」

声を限りに怒鳴ると、イコは拳《こぶし》を振り回した。「飛べったら飛ぶんだ！」

魅入られたように呆然としていたヨルダは、間近に迫る魔物の爪をかするようにして振り返った。そしてイコを見た。差し伸べられた腕を見た。

ヨルダのなかに満ちた恐怖が、ヨルダの足を動かした。彼女は走り、飛んだ。目もくらむような高所の空をよぎり、通路の切れ目から吹き上げてくる風に髪とドレスの裾を乱して、前のめりに飛んだ。

イコは宙に泳いだヨルダの腕をつかんだ。一瞬、彼女を差し招く重力の抵抗を感じた。あらん限りの力を込めて、それに逆らった。

勢い余り、もつれあうようにして二人は倒れた。身体はちゃんと通路の上にあった。ヨルダの片足が、切れ目からはみ出している。

「あっちだ！」

ヨルダを助け起こし、封印の像へと駆け寄る。通路の切れ目の向こう側では、角の生えた魔物が足踏みをしている。その頭を飛び越えて、翼のある魔物たちが迫ってくる。

封印の像は、ヨルダの内に封じられた光輝の書の力を受けて、稲妻を迸《ほとばし》らせながら左右に動いた。イコとヨルダは、その内側へと転げ込んだ。

へたりこんだまま首をよじって振り仰ぐと、翼ある魔物が、黒い霧となって消えてゆくのが見えた。かすかに、風の音のような悲鳴を聞いた。

息を切らして、イコはヨルダの顔を見た。

「あ、危なかったね」

イコの顔には笑みが戻った。でもヨルダは笑わない。自分がここにいることが信じられないとでもいうように、軽く両手を広げてながめている。どうしてわたしは魔物に捕まらなかったのかしら。捕まろうと思っていたのに。

立ち上がりながら、イコは言った。「捕まっちゃいけないんだ。捕まっちゃいけないって、オズマが言ってた。僕には聞こえたよ」

角の付け根をさすってみる。もう痛みはない。でも、さっきのは効き目がありましたよ、僕のご先祖さま。

ようやくたどりついた西の闘技場は、静けさと冷気に満たされていた。

かつてここで大勢の剣士たちが戦った。オズマもここで戦った。女王の目の前で、女王の心に隙を生むほどの熱い戦いを繰り広げてみせた。

一歩一歩、床を踏みしめて、イコは闘技場を横切った。埃《ほこり》に覆われた闘技場の中央舞台に、はっきりそれとわかる血の染みが残されている。年月もそれを消し去ることはできなかった。人の命から流れ出たものは、ひとかたまりの黒い汚れにまで退化してもなお、それの秘める意味を失ってはいなかった。

巨大な円形窓を開ける仕掛けを見つけると、イコの心は、闘技場の高い天井のてっぺんにまで届いてしまいそうなほどに、軽やかに躍りあがった。古びた取っ手ひとつ動かせば、荘厳なほどの重々しい響きと共に、円形窓が中央から左右へと開いてゆく。

窓が開くほどに、少しずつ広くなる光の帯が、イコとヨルダを眩しく照らし出す。真っ直ぐに伸びた光の帯は、西の天球儀へと向かってゆく。

円形窓の縁をよじ登り、イコは見た。青空を背景に立つ西の天球儀が、確かにその光を受け止め、城門の西の柱へと送り出すのを。

西の柱の上部に置かれた球が、光を受けて輝いた。と、城門の扉の西半分にも、その光が染み出すように広がって、みるみるうちに満ちてゆくのだった。

分厚い石造りの障壁に過ぎなかった城門の半分が、今では白く清らかな光をたたえ、わずかに透き通っている。

やった！　イコは飛びあがった。

円形窓から吹き込む海風が、ヨルダの髪をさやさやと撫でている。遠く目を泳がせて、輝く天球儀を見つめる彼女の足元に、何か細長いものが落ちていることに、イコは気づいた。窓の縁から飛び降り、かがみこんで拾いあげた。

剣だ。騎士の剣だ。すっかり錆《さ》び付き、刃こぼれしている。

なぜここに剣がある？　イコは全開になった窓を振り仰ぎ、考えた。

そういえば——風車のところからこの円形窓を見おろしたとき、ごくごく細い隙間が空いているみたいに見えた。あれは、窓を塞いでいる左右の扉のあいだに、この剣が差し込まれていたからではなかったのか？

窓を開けたので、剣が落ちてきたのだ。

柄《つか》を握ってひと振りしてみる。刀身は輝きを失っているけれど、重い手応《てごた》えは心強い。黒い魔物たちを追い払うためには、木の棒よりもはるかに頼りになるだろう。

結界が解かれたとき、恐怖と憎悪に我を失い、殺し合い迫害しあい、血を流し合った城の人びと。その修羅《しゅら》のなかから、外へ逃げ出そうとした者も、大勢いたことだろう。しかし城門は閉じられていた。

必死で逃げようとする誰かがこの仕掛けを動かし、門を開けようと試みて、果たせなかった。しかし、逃げたい、逃がしたい、生き延びたいという執念が、天球儀に送るべき光を阻《はば》んでいたこの窓の扉の隙間へと、剣を突き立てさせたのだ。

いつの日か、再びこの城に光を。囚われた魂に解放を。それを望んで。

西の闘技場から延びる光の帯も、中空を貫く剣の刀身に見える。光の通り道では、城を包む霧さえ薄れている。

4

西の闘技場にたどり着いたことで、イコの心の視界が開けた。今までは、複雑な構造の城のなかを何とか前へと進みながらも、迷路で彷徨《さまよ》っているような心もとなさが常に付きまとっていたけれど、もう違う。東の闘技場を目指すためには、城内のどこをどう通り抜けてゆけばいいのか、頭のなかで道筋を組み立てることができるようになってきた。足取りにも力がみなぎっている。

しかし、一方のヨルダは——歩みに連れて、その背中に負った悲しみの重みを増しているようだった。彼女の肌を内側から白く輝かせている光——光輝の書に与えられた加護に変わるところはない。変わってしまったのはその面差《おもざ》しだ。表情が消えている。

言葉が通じず、もどかしいほどに奥ゆかしい表現ではあったけれど、ヨルダはこれまで、イコにさまざまな表情を見せてくれた。危ないときにはかぶりを振って嫌がり、時には怖がり、時には目元を緩ませ、泣き、驚き、イコを慰めてくれることもあった。

今のヨルダは、まるで作り物のようだ。彼女が足を停め、つとまわりを見回して静止すると、その姿はまったく彫像のように見える。この荒れ果て見捨てられた城に、たったひとつだけ残された貴重な芸術品に見える。美はあるが、命はない。

それでもイコはヨルダの手を引っ張って進み続けた。広い回廊を抜けたところで、また出し抜けに黒い魔物たちと遭遇したが、剣を振るって退けた。西の闘技場で手に入れた古びた剣は、思ったとおり、頼もしい武器になってくれた。その一撃を受けると、魔物たちは呆気《あっけ》なく黒い煙に変わって散ってしまう。

陽は茜色《あかねいろ》を強め、太陽はすでにイコの肩のあたりにまで傾いた。イコは急《せ》いて足を運んだ。城が夜の闇に包まれてしまう前に、東の天球儀に光を与えるのだ。この城で夜を過ごすなんてことは、絶対にしない！

城内を、三階分ほど上に登った。途中で、これまで通ったことがあるような、あるいは見かけたことがあるような形の通路や部屋を通り過ぎた。それがさらに、城の構造を把握しつつあるのだという自信を、イコに与えてくれた。

窓からは何度か風の塔の外観が見えた。その尖塔は、しかし、そこへ戻るための道筋の手がかりを与えてくれそうでいて、実際にはそうではなかった。闘技場と違い、城の他の部分よりも飛び抜けて高いし、距離はとても遠い。とにかく今は気をそらさず、正門を開けてヨルダをここから出すことに集中しよう。

登りばかりで息が切れたころ、今まで見たことのない造りの部屋に出た。

さして広い部屋ではなかった。ほとんど真四角で、壁は真っ直ぐに立ち、構造的な装飾はまったくほどこされていない。壁付けの松明《たいまつ》が八つ、勢いよく爆《は》ぜながら燃えているので室内は明るいけれど、先すぼまりに立ち上がっている高い天井のてっぺんは、そこだけ闇の生き物が身を丸めてしがみついているかのように暗く淀んでいる。

そしてこの部屋の正面には、床からイコの身体ふたつ分くらい高い舞台のような壇《だん》があって、その中央にはどっしりとした椅子があった。壇も椅子も石造りで、石敷きの床から生え出ているみたいににょっきりとそびえていた。

——これは？

もしや、玉座というものではないか。国を統《す》べる偉い人が座る椅子だ。

だとすればここは、女王の部屋なのだ。女王がこの椅子に座り、広い肘掛けに両手をあずけて、高みから臣たちを見おろす。

謁見《えっけん》の間だ。気づいた途端に、イコはぞっとして震えた。すかさず、剣を構える。女王が今もここにいたら——

気配はあるか？　冷たい息吹《いぶき》は感じられるか？　イコとヨルダを監視する、意地悪な視線が潜んでいるか？

はずむ息を抑えて、イコはしばし身構えていた。その鼻先を、どこからか——そしていつの間にか城内に忍び込んできた白い霧が、ゆっくりと漂ってゆく。

ため息のような小さな声を聞いて、イコは振り返った。ヨルダはこの部屋の入口の、風変わりな装飾縁《ぶち》をほどこされたアーチのところにいて、ゆっくりとかぶりを振っていた。

「どうしたの？」

彼女に近づいて、イコは気づいた。ヨルダはまた泣いている。

「ここは女王の間だね。そうだろ？」

ヨルダは首を落としたままうなずいた。

「女王はいつもここにいたの？　ここで城の人たちに会っていたの？　他にも女王の部屋はないのかな？　女王が潜んでいそうな場所に心当たりはない？」

急《せ》きこんだ問いかけに一切答えず、ヨルダは勢いよく顔を上げると、イコの脇をすり抜けて玉座へと進んでいった。ほとんど走るように近づいて、突然、壇上へとよじ登り始める。それはイコの背丈よりも高く、ヨルダは細い腕で自分の身体を引っ張り上げようと、苦しげに奮闘している。

イコは呆気にとられた。いったい何をしようというんだ？

「そこに何かあるの？」

壇の後ろの方は、壁がすっかり崩壊し、灰色の瓦礫《がれき》の山ができている。本来、この上にあがるには、あの崩れている側から回ってくるようになっていたのではないか。だからこちら側には階段も踏み台も何もない。

僕が行くよと声をかけたとき、ようやくヨルダは身体を持ち上げ、玉座の脇に立った。顎の先に涙の粒が光っている。

玉座の肘掛けに、ヨルダはそっと手を触れた。恐ろしい怪物がぐっすりと眠り込んでいるところを、こわごわと撫でてみる狩人《かりうど》の少女——イコはふと、そんな場違いなことを思った。や、め、な、い、か、ま、わ、な、い、か、い、方がいい、い、よ。

せっかく眠っているものを、揺り起こしてはいけない。

一瞬、挑むように息を止めると、ヨルダはしなやかに動き、玉座に腰をおろした。ほっそりとした足を揃え、両手が玉座の肘掛けにおさまる。

「これは君の椅子だったの？　王女の——」

言いかけた言葉を、霧が遮った。唐突に、部屋のなかに白い霧が満ちてきたのだ。〝霧の城〟を取り囲む海霧。これまでは、城のどこを通ろうと、どこにいようと、内部にまでは侵入してこなかった霧なのに、それが瞬く間に流れ込んできて、イコの視界を埋め尽くしてしまった。

イコは玉座に歩み寄りながら、手を振り動かして霧を追い払った。霧のなかを泳ぐようだった。これも女王の仕業《しわざ》なのか？

「ヨルダ！」

呼ぶ声に応じる声はなかった。なぜなら、なぜなら——

玉座にいるのはヨルダではなかったから。

あまりにも意外な光景に、イコは立ちすくみ、思わず剣を取り落とした。古びた剣は石の床にあたり、鈍い音をたてて跳ね返った。

玉座にいる——いや、玉座にあるのは亡骸だった。黒衣に身を包み、漆黒の髪をヴェールで覆った女の屍《しかばね》だ。座部の広々とした玉座のなかで、そのほっそりとした身体は斜めに倒れている。身体の半分は右側の肘掛けから外にはみ出し、だから彼女の投げ出された右腕は、ほとんど壇の床につきそうなほどだ。

流れる黒いヴェールのなかに、亡骸の蒼白な横顔が見える。くっきりと強い線を描く鼻梁《びりょう》。血の気を失ったくちびるは固く閉じられている。

イコはまばたきをした。これは女王だ。女王が玉座のなかで事切れている。

そして玉座のそばには、こちらに背を向けて、長身の影が二つ、並んで立ちはだかっている。

漂う霧も、彼らのがっしりとした肩の線を覆い隠すことはできない。

頭の角を覆い隠すこともできない。長身の影の一人はオズマだ！　彼の手に剣がある。この幻惑の白い霧のなかでも、光輝の書の祝福を受けた長剣が、力強い輝きを放っているのが見える。

——これこそが、この城の女王。

低く響く男の声が、どこからともなく聞こえてきた。イコは動くこともできず、その場に釘付けになったまま、一心に耳を澄ました。

——闇の魔神の落とし子にして、闇の兆し。我らの強大な敵。

問いかけている？　誰に？　この声はオズマの声か？

白い霧が流れ、その向こうで、もう一人の長身の影が一歩脇へ動き、イコの側に横顔を見せた。頭に頂く細い金の冠。その身にまとう豪奢《ごうしゃ》な詰襟の胴着《ダブレット》と、肩から背中を覆う、革で縁取りされた戦場のマント。そして彼の右手には、帝都《みやこ》の神官たちが、祭儀の時にのみ手にすると言われる水晶の錫杖《ロッド》が、しっかりと握りしめられている。

この人が、ザグレダ・ソル神聖帝国皇帝にして、大神官将なのだ。

自分は過去を見ている。これも過去の再現である幻影だ。ようやく、イコはそれを理解した。

だけどヨルダはどこへ消えた？

——間違いありません。

かすかに震えるたおやかな少女の声が、霧の奥のどこかでそう応じた。

——この亡骸が、わたくしの母です。この城の女王その人です。

大神官将は頭を垂れ、短く瞑目《めいもく》すると、顔を上げた。

ヨルダだ！　これはヨルダの声なのだ！　ではヨルダは、母なる女王の死の場面に立ち会っていたのか？

——すでに冷たくなっている。城の臣たちを道連れに、自ら命を絶ったということか。光輝の書に守られた我が軍勢には、闇の兆しの力では、対抗し得ないと悟っていたのか。

大神官将は水晶の錫杖《しゃくじょう》を持ち替えると、オズマの方に目を向けた。

——思えば、愚かであり哀れな命であった。オズマよ、その根を絶とう。我らの戦いは、ここで終わる。

オズマは玉座に崩れ折れている亡骸に、ひたと目を据えていた。そのまま、静かに言葉を返した。

——かしこまりました、陛下。

大神官将はさらに一歩玉座から離れた。オズマも離れた。それは長剣を振りかぶるために必要な動作だった。彼が動くと、鎖鎧《くさりよろい》が軽くささやくような音をたてた。

——女王の最期だ。

大神官将の力強い宣言と共に、オズマの剣が空を切って振り下ろされた。白い閃光《せんこう》がほとばしり、一瞬の後、玉座の亡骸の首はその胴を離れ、漆黒の長いヴェールをするすると引きずりながら、玉座の足元へと落下した。

――この城は浄められた。すべては太陽神《ソル・ラヴェ》の御心のままに。

大神官将が胸元で十字を切り、水晶の錫杖を頭上高く掲げて、天を見あげる。そのたくましい姿を、再び流れ来た白い霧が覆い隠してゆく。霧は濃く、深く、イコもそれに呑み込まれてゆく――

ヨルダは女王の首が落とされるところを見ていた。女王の亡骸を見ていた。大神官将と、オズマと、一緒にこの城に戻ってきて、この城の終焉《しゅうえん》と、母親の治世が終わりを告げる瞬間をもつぶさに見ていた。

どさり！　と音がした。

平手打ちをくったように、イコは飛び上がった。目が覚めた。白い霧などどこにもなかった。消えていた。最初からなかった？

ヨルダが玉座から滑り落ち、横様《よこざま》に倒れている。イコは壇に駆け寄ると、ひと飛びでその上に登り、彼女を抱き起こした。

「しっかり！」

ヨルダは固く目を閉じていた。それでもまぶたの隙間から涙が流れ出し、頬を洗ってゆく。イコはヨルダの頬を叩き、髪を撫で、彼女を揺さぶった。

「目を開けて。目を開けるんだよ！」

ヨルダのまぶたが開いた。せき止めるものを失った涙が溢れ、ヨルダの瞳は涙のなかで泳いでいる。

「女王は死んだんだ。死んだんだね？　オズマがとどめを刺した。君はそれを見ていた。可哀想に。辛かったね」

ヨルダを慰めようと、心の内から出てくる言葉を闇雲《やみくも》に口にしながら、イコも一緒になって泣き出しそうになった。ヨルダの瞳の焦点は定まらず、イコがここにいることもわかっていないかのようだ。

「大丈夫だよ、もう大丈夫」

ようやくヨルダの身体に力が戻り、イコの手を握り締めてきた。イコも強く握り返した。ヨルダは身を起こし、床に座った。しかし瞳は依然、イコを見ていない。虚ろに瞠《みは》った目は、玉座の間の中空に向けられている。

急に、イコは寒くなった。腕のなかにある華奢《きゃしゃ》なヨルダの身体から冷気が伝わってくる。彼女の身体が空っぽで、そのなかが冷たいもので満たされているような感じがする。

ずっと手をつないできた。彼女の身体を受け止めたこともあれば、魔物からかばったこともある。温もりがあった。息遣いがあった。ヨルダは生きていた。だけど今は――

違う？　これはヨルダじゃない？

ヨルダの心を押しのけて、別のものが入り込んでいるのだ。

ヨルダがさっと首をめぐらせ、イコを見た。獲物を見つけた猛禽《もうきん》さながらに、瞳の焦点が合って鋭く尖った。

「かつて女王が確かに死んだのなら、なぜ今もここにいる？」

春の花のような優しい線を描いていたヨルダのくちびるが、醜い傷跡のように引《ひ》き攣《つ》ってぴくぴくと動きながら言葉を吐き出した。

ヨルダじゃない。ヨルダの声じゃない。

これは女王だ。女王がどうしてヨルダのなかにいる？

「光輝の書の力を得た長剣で、我が首が刎《は》ねられたのならば、なぜわたしは今もこの城を統《す》べている？」

前後を忘れ、イコはヨルダから離れようとした。しかしヨルダの動きの方が速かった。その両の腕《かいな》が蛇のようにイコの首と胴に巻きつき、抱きしめながら締めつける。顔と顔が寄って、息がかかる。目と目が近づく。

イコが見つめているのは女王の瞳だ。漆黒の奈落《ならく》。底のない闇。

「幼きニエよ。答えてごらん。わたしはなぜここにいる？」

ヨルダの顔に、女王のニヤニヤ笑いが広がってゆく。しかしイコにはそれは見えない。イコはただ目の前の黒い瞳を見つめている。魅入られている。

5

そうだ、この黒い瞳。間近に迫るこのまなざしは、正門の前で、城を抜け出そうとするイコとヨルダの前に立ちふさがった、あの女のそれと同じ。

でも、でも——それならさっきの幻影は。

息苦しさをこらえて、イコは懸命に考えようとする。しかし、うろたえる心はその置き所を失い、切れ切れの思いが浮かんでは弾けて消えるばかりだ。

「答えられぬのか、ニエの子よ」

女王に乗っ取られたヨルダは、あの優しく愛らしい形のくちびるを動かして、冷徹な言葉を吐き出し続ける。

「わたしはどこにでもいる。何にでもなり得る。わたしはこの〝霧の城〟そのものなのだから。わたしは遍在《へんざい》する。わたしは普遍だ」

ヨルダの身体を支配する女王の声を聞きながらも、しかしイコは見た。その瞳の奥に閉じ込められている、本当のヨルダを。悲しげに肩を落として、ああ今しも彼女はイコに背中を向け、つぶらな瞳の奥のさらに奥へと遠ざかり、引きこもっていこうとしている。

「霧の城――そのもの？」

あえぐように息を吸い込みながら、イコは問い返した。問いかけとともに息を吐き出してしまうと、それを狙っていたように、ヨルダの――女王の腕がいっそう強く締めつけてくる。イコのあばら骨がぽきりと鳴った。

「ここで――首を、刎《は》ねられたのは？　いったい、誰だったんだ？」

女王の玉座で首を刎ねられたのは、女王ではなかったのだ。誰か別人の身体だったのだ。

女王は低く笑い出した。心底面白がっているようなその笑いが、ヨルダのほっそりとした身体を内側から震わせる。

「人は弱く、騙《だま》され易いもの。その目には、己が見たいと思うものしか映せぬ。あやかしの生む幻であろうと、それがそこに存在し、己の望むものならば、やすやすと受け入れ呑み込んでしまうもの。大神官将を名乗ろうと、その本質は変わらぬ」

「な──？」

締めつける腕に抗《あらが》い、イコはもがいた。女王はなおも笑い続けながら、イコの首にからませていた右腕をほどき、その手で素早くうなじをつかみなおすと、顔と顔が見合うように、ぐいと後ろに引っ張った。

間近に迫ったヨルダの顔──しかし瞳の奥に、もう本当のヨルダの姿はない。そこは虚、虚、虚。虚無のなかに、漆黒にきらめく狂気と、哄笑《こうしょう》の火花が散っているだけだ。

「なあ、幼きニエよ」女王は舐《な》めるように顔を近づけ、イコに語りかける。「闇の魔神の申し子であるこのわたしが、現身《うつそみ》の女の姿を失ったくらいで、あっさりと敗れ果てると思うか？」

イコは歯軋《はぎし》りと共に言い捨てた。「だって光輝の書には勝てなかったじゃないか！　ヨルダはあんたを、光輝の書を使って退けたんだ。あんたの力を削《そ》いで、結界を解いたんだ！」

「ああ、そのとおりだ」口の端から端まで届くニヤニヤ笑いに、ヨルダの美しい顔がみだらに崩れる。

「しかし敗れたわけではない。もう一度言ってやろうか。結界の崩壊と共に、わたしが失ったものはただ人の子の姿形だけ。仮初《かりそ》めの人の女の姿でしかなかったのだ。それによって、むしろわたしは解き放たれた。わたしはこの城そのものとなった」

女王はこの城そのもの──。結界が解けて正気に戻り、その正気に耐えられず度を失って殺し合いを始めた城の人びとは、そのとき、女王の内側にあったのだ。女王は狂気と殺戮《さつりく》を包みこみ、悲鳴と血煙を吸いながら、

──全てに。

まったき全てに変じて、少しも力を失うことなどなかったのだ。

「光輝の書とて、何の恐れることのあるものか。古《いにしえ》の呪文の切れ端ごときで、わたしに打ち勝つことなどできぬわ」

この城こそが女王そのものであるのなら、城に入った神聖帝国の軍勢は、たとえどれほどの多勢でも、どれほどの兵《つわもの》ぞろいであっても、女王の手のひらの上で這い回る虫の如きものだったことだろう。女王は彼らに、彼らが信じたいと思う幻を見せつけることができた。女王ではない女の亡骸を、女王に見せかけることなどたやすいことだ。

結界を破られ、光輝の書の聖なる力に打たれて息絶え、さらには、その魂までも断ち切るために振りあげられたオズマの剣で、首を打たれたのは誰の亡骸だ？　身代わりに立てられた女は誰だ？

亡骸なら、そのとき、城じゅうにごろごろと転がっていたはずだ。誰でもいい、誰の姿でもいい。女王の魔力の生み出すあやかしの種にさえなればよかったのだから。

それでも、イコの頭にひとつの回答が浮かび、自然とそれが口をついて出た。

「あの女官長――？」

女王はイコを褒《ほ》めるように目を細めた。女王が乗っ取ったヨルダと、そのヨルダの腕にからめとられたイコは、鼻の頭がふれあいそうになるほどぴったりと顔を寄せていた。

女王の吐き出す氷の息が、イコの顔に吹きかかった。

「ニエの子は賢い。空しい賢さだ」

「だ、だ、だけど」

女王の繰り広げたまやかしの幻に、けっして騙されることのない人物が、たった一人だけいたはずだ。玉座に倒れ伏した黒衣の女を見おろし、これはわたくしの母ではない、女王ではない、母の威光を恐れること甚《はなは》だしく、死してなお亡骸となっても唯々諾々《いいだくだく》と母に利用されている哀れな女官長ですと、きっぱり言い切ることのできた人物がいたはずだ。

嘘を見抜けた、ただ一人の——

ヨルダ。

オズマと、大神官将の率いる軍勢と共に、母の息の根をとめるべくこの城に戻ってきた女王の一人子。光輝の書の加護を身に受けて、光り輝く白き王女。

玉座のそばで蘇った幻影が、彼女がそのとき、オズマと大神官将の傍らに寄り添っていたことを教えてくれた。ヨルダはそこにいた。そこにいて、全てを見ていたのに。

しかし、彼女は——

嘘を、ついたのだ。

玉座の女が女王ではないと知っていながら、嘘をついたのだ。

オズマは、大神官将は、ヨルダの言葉を信じた。ヨルダの言葉だからこそ信じたのだ。お膳立ては揃っていた。城の人びとは死に絶えていた。女王の気配は消えていた。彼らがヨルダの言葉を疑わねばならない理由など、欠片《かけら》もなかった。ヨルダはすでに一度、母を裏切り、オズマと息を合わせて光輝の書を盗み出し、母に敵対していたのだから。

この期に及んでヨルダが母をかばい、偽りを述べようなどと、寄せ手の誰が想像しただろう？恐ろしい認識が、イコの頭だけでなく、心にも、身体全体までにも広がるのを待って、女王は高らかに笑い始めた。今度は、笑いに震えるのは女王の——ヨルダの身体ではなかった。イコが震えていた。

嘲《あざけ》るようにひと声高く吼《ほ》えると、女王はイコを突き飛ばした。人形を放り投げるように軽々と。イコは空を飛び、玉座の近くまで投げ飛ばされて、背中から石敷きの床へ落ちた。強く頭を打ち、目から火花が出た。動くことができなかった。

ヨルダがゆっくりと立ち上がり、すんなりとした足を動かして、イコの傍らに立ちはだかった。イコは涙に曇る目で見あげた。痛みのせいで泣けるのではない。あとから、あとから溢れる涙は、ヨルダのためのものだ。

「なんて酷《むご》いことを」

呻《うめ》くようにイコは呟いた。くちびるを切ったのか、口のなかに血の味が広がる。

「なんて残酷なことを、ヨルダにさせたんだ。あんたはどうして——ヨルダはあんたの娘じゃないか！」

「母だからこそ、娘だからこそ、何人《なんぴと》にも消されぬ情愛の絆《きずな》に結ばれて、互いをかばいあうものよ」

「そんなのは親子の愛なんかじゃない！」

女王は身をかがめると、イコの襟首をつかんだ。そして再び、無造作にイコを放り投げた。今度は玉座の段差から投げ落とされ、全身が床に叩きつけられる。しかしイコは顔を上げ、声を高めた。

「どんなことを言って、ヨルダを丸め込んだんだ？　どんな言葉を並べて、彼女に取り入ったんだ？　どうやって彼女を騙した？」

「だから言うておるだろう。母娘の情よ。娘が母の命を助けることに、何の不思議があろう。母であり子であるという以上に、他に何の理由が要るというのだ」

ヨルダは玉座の段差を降り、イコに近づいてきた。この城のなかを、彼女の手を取り、その身体を支え、かばいながらここまで進んできたイコには、今のヨルダの足運び、身のこなしを見るだけで、その身体がすっかり女王に支配され、別ものになってしまっていることがよくわかった。ヨルダはあんなふうに歩かない。これはヨルダじゃない。女王の依《よ》り代《しろ》、操り人形だ。

その認識が、もう一歩進んだ理解を生んだ。ひょっとしたらヨルダは、自分の意思でオズマや大神官将を騙したのではないのかもしれない。彼らと共に玉座に立ち、女官長の亡骸を見おろしているときも、やはり女王に操られていたのかもしれない。今とまったく同じように、自身の意思は封じられ、身体の奥の奥へと追いやられて、ただの人形と化していたのかもしれない。

あまりにも哀れだ。

涙が溢れた。強く打ち付けた背中が痛み、腕が痺《しび》れて、顔を拭うことができない。イコはうつ伏せに倒れたまま泣いた。

確かに、ヨルダが女王に利用されたのは、ヨルダが女王の娘だからだ。娘は母を愛していたからだ。

ヨルダがなぜ、拳を固めて胸を叩き、すべてはわたくしのせいだ、わたくしが悪いのだと、繰り返し繰り返し訴えかけてきたのか、やっとわかった。

彼女は間違った。だけどそれは愛のためだった。嘘をついたとき、ヨルダは、母への愛のために口をついたこの偽りが――母への愛ゆえに操られるこの身が、その後の永き年月に亘る〝霧の城〟の暗黒の支配と、ニエたちの苦しみを招来することになるとは、思ってもみなかったのだろう。

だからこそ、ヨルダは自分を責めている。

ニエたちの成れの果てである黒い魔物たちも、ヨルダを責めている。

「なぜ泣く、ニエの子よ」と、女王は尋ねた。「おまえの涙は誰のためのものなのだ？」

答える代わりに、イコは首を振り続けた。腕をついて、何とか身体を起こすことができた。顔をうつむけると、顎の先から涙が滴《したた》った。やっと座りなおして、濡れた頬のまま女王を仰いだ。

「僕は本当の母さんを知らない」と、イコは言った。「生まれるとすぐに、父さんとも母さんとも引き離されてしまったから。それもニエのしきたりのうちだから」

わずかに目を細めて、女王はイコを見ている。ヨルダの姿を借りたこの城の主が、イコの目の前にいる。ヨルダがヨルダであったときには、どんな場所でも、その身体の内側から清らかに差しかけて、曇ることも翳《かげ》ることもなかった光輝の書の白い光が、今は弱りかけた蛍《ほたる》のそれのように、ゆっくりと明滅している。ヨルダの内側に、女王の暗黒が、寄せる潮のように満ち満ちているからだ。

「だけど僕は、淋しいと思ったことなんかなかった。村長《むらおさ》と継母《まんかか》さまがいたから。いつだって、二人が僕のそばにいて、僕を守ってくれたから」

継母さまの顔が目に浮かんだ。優しい手がイコの頬を撫で、イコの髪を梳《くしけず》り、イコを寝かしつけてくれたことを思い出す。継母さまは、イコを産んだわけではないけれど、イコの命を育《はぐく》んでくれた。いついかなるときも、イコを愛しんでくれた。

「あんたは、ヨルダを愛したことがあったの？　母娘の情があるというけど、あんたの側に愛はあったの？　村長と継母さまが僕を愛してくれたように、あんたはヨルダを愛したことがあったのかい？」

女王の口元が歪み、鉤《かぎ》で吊り上げられたように、右の口の端がひくりと動いた。

「わたしはヨルダの母だ。ヨルダを産み落とし、あれに命を与えてやった。母が子にすることと言えば、それが唯一にして最上の事柄。愛情など、何の意味もないわ！」

イコの心の底から奔流《ほんりゅう》がこみ上げてきて、それが叫び声になった。

「だけど、ヨルダはあんたを愛してたんだ！　だからあんたに騙された。だからあんたを助けたんだ！　あんたにはそれがわからないのか？　ヨルダは、あんたにとっては道具でしかないのかよ！」

今も。今この時も。

女王はイコに背を向けて、玉座へと登った。小枝のしなやかさと、若葉の初々《ういうい》しさに満ちたヨルダの背中を、イコは見つめた。

ヨルダの身体を、女王は玉座へと収めた。高い背もたれと、広く張り出した椅子の袖にすっぽりと包まれて、今、ヨルダの身体は光輝の書の輝きを失った。

そこに座るのは闇の化身であった。

「わたしの見せたまやかしに満足し、わたしを倒したと信じ込んで、彼らはここから去って行った」

女王は静かに、囁くような声で言った。

「この城を平らげた印として、あの忌々《いまいま》しい長剣を、海辺の洞窟のなかに安置してな。空々《そらぞら》しいような儀式を執り行い、たかが鋼《はがね》の塊《かたまり》に過ぎぬ剣に恭《うやうや》しく頭を下げてな」

だからあの長剣は、そのときからずっとここにあるのか。あの船着場の奥の洞窟のなかに。

「わたしはこの城そのものになった。同時に、ヨルダもわたしのものとなった。あれはわたしの目となり手となった。血のつながりは尊いものよ。あれこそは誰よりも忠実なわたしの僕《しもべ》。だからわたしは、ヨルダの目を通して儀式を見ていた。太陽神の威光を借りて、素《もと》は惨めな土くれに過ぎぬ人間どもが、わたしを倒したという誇りに頰《ほお》を火照《ほて》らせ、やがて軍船に乗り込みここから去ってゆくのもつぶさに見ていた」

ヨルダも、彼らと共に海を渡った——歌うように、女王は続けた。

「ヨルダを通して、わたしはそれを知り、それを感じていた。彼らが彼らの都に帰りつくまで、わたしは時を待とうと思った。わたしはゆるぎない。この城に、わたしは満ちている。食らうべき領民を奪われ、確かに少しばかりの力は削《そ》がれたが、それはほんのわずかな痛手だ。わたしには時があった。いずれにしろ、日食の時が訪れるまで、永い時を待たねばならぬことに変わりはなかったから」

女王がここにある限り、事態に何の変化もなかったのだ。しかし、ザグレダ・ソル神聖帝国の人びとは、それを知らなかった。察することもなかった。彼らは〝闇の兆し〟を退治したと信じ、その勝利に酔っていたのだ。

「彼らはヨルダを、山を越えた城塞都市へと連れていった。彼らの軍勢はそこに憩《いこ》い、ヨルダもまたそこで憩いの時を与えられた。ヨルダは微笑んでいた。大勝利の宴《うたげ》に酔い、城塞都市の城壁の上に、かの大神官将を名乗る愚かな人の子と並び立ち、民草《たみくさ》に向かって手を振ることさえしたほどだ。ヨルダは彼らの言いなりだった」

女王はゆるゆるとかぶりを振った。その仕草は、イコがお行儀の悪いことをしたときに、「いけませんよ」と静かに咎《とが》める継母さまのそれと、あまりにもよく似ていた。母が幼子を躾《しつ》け、言い聞かせるときの声と顔。いけませんよ、嘆かわしいことです――

「ヨルダは、わたしの脅威を取り除き、そのことによってわたしを助けたと思い込んでいたのだ。魔神を退け、魔神に魅入られていたわたしを解放し、人の子に戻ったわたしの魂を、自身の身体のなかに容《い》れたとばかり思い込んでいた」

愚かなことよと、短く言い捨てた。

「そう思い込ませたのは、あんただ」と、イコも自分を奮《ふる》い立たせて言葉を投げつけた。

そのとき、ヨルダはきっと、その身体の内に母親の魂を迎え入れ、母と一体になった喜びを噛み締めていたのだろう。

想像したくない。だがイコの心は、女王の魂がヨルダに語りかけたときの言葉を、そのさもしい甘言《かんげん》を、次から次へと思い浮かべてしまう。

――わたしはようやく自由になった。闇の魔神から解き放たれたのだ。今こうしておまえに語りかけるのは、浄化されたわたし本来の魂そのものだ。

――人の子としての生身《なまみ》の身体は失ったが、しかしようやくわたしはわたしに戻った。これまでのことは悪い夢のようだ。

――わたしの愛娘《まなむすめ》ヨルダよ、これからは、わたしは常におまえのなかにあり、おまえの喜びをわたしの喜びに、おまえの生をわたしの生に、重ね合わせてゆくことができる。

――おお、わたしに許しを垂れてくれる、そのお前の心根の優しさに祝福あれ。

嘘は罪だ。大神官将を、誰よりも騎士オズマを、偽り騙す後ろめたさは、さぞかし強くヨルダの心を責めさいなんだことだろう。しかしそれでも、嘆き怯え闇からの解放を喜び、慈悲を請う母親の魂を、彼らの前に引きずり出すことはできなかった。

女王はヨルダの母なのだから。

父を殺した罪人であっても。

闇の魔神の落とし子であっても。

溢れる悲痛のあまりの重さに、イコは身体ごと石の床の底へと沈みこんでゆくような気がした。母を許し、その悔恨《かいこん》の言葉を受け入れたときのヨルダは、どれほど幸せだったことだろう。

それなのに――その先には裏切りが待っていただけだった。

どれほど泣いても、イコがヨルダのために流す涙は尽きないように思えた。心が破れて、そこから涙が溢れ出してくる。

女王は、ヨルダの姿を借りたまま、それをじっと見守っていた。

白い霧が流れてゆく。震えて泣き続けるイコの身体を、ひんやりと包み込む。

ようやく、イコは顔を拭って目を上げた。女王の黒い瞳が、それを待ち受けていた。

「しかし、彼らはまだ光輝の書を持っていた。卑怯にもわたしを謀《たばか》り、わたしの元から、風の塔から盗み出したあの呪文の書を」

ゆっくりと、今もたぎる怒りを歯のあいだで嚙み締めるように、女王は囁いた。その声音《こわね》とは裏腹に、顔には笑みが浮かんでいた。あやすようなやわらかな笑みが。

「だからわたしは動いたのだ。あの城塞都市を、駐屯する大神官将の軍と、光輝の書もろとも滅ぼしてやるために」

イコは正しく理解した。その城塞都市が、村長に連れられて訪ねた、北の禁忌の山の向こうの巨大な廃墟だ。

「街を丸ごと、あんたの力で石に変えてしまったんだね」

笑みを湛《たた》えたまま、女王は暗く高い玉座の天井へと目を上げた。そこにも闇が垂れ込めている。

「石は美しい。命なき姿は美しい。究極の支配の形は美しい」

そこに至ってようやく、神聖帝国の人びとは気づいたのだ。闇との戦いはまだ終わっておらず、しかし戦いがまだ続いていることを悟れずにいたために、むしろ彼らは劣勢に立たされたのだということを。

「軍勢の一部はとり逃してしまった。大神官将も、おまえがその血を引く、あの厭らしい角の生えた騎士もな。だが、光輝の書は封じ込めた。あの石の街はわたしの領土となり、石となった人間どもは、新たなるわたしの領民となった」

女王は軽く首をかしげると、優美な仕草で肘掛けに腕をつき、

「驚いたことに――」と、急に口調を緩め、いっそ親しげになって続けた。

「おまえの身につけているその布には、光輝の書の力が宿っている。それはつまり、おまえを二

エとして送り出した人間どもが、わたしの石の街から再び光輝の書を盗み出したということだ」

事もなげに言う。イコは心がぐらつくのを感じた。

村長と継母さまは、この御印《みしるし》さえあればイコは無事に村に帰れると言っていた。イコは希望の光だとも言っていた。それほど強く、光輝の書の力を信じ頼んでいたのだ。だが、こうして現実を見、本当に起こった出来事を聞かされてみれば、どうだ？　女王は光輝の書を厭《いと》い、忌々《いまいま》しく思ってはいるものの、恐れているようには見えないではないか。

光輝の書の力では、女王を倒すことはできないのだ。かつてもそうだった。村長も継母さまも、間違っていたのか？

「以来、わたしはあの街を見張ってきたが、そう言えば……近頃、卑《いや》しい虫が一匹、あそこに入り込んできたな。ちょうど、おまえのような小さな子供だった。さてはあの子供が光輝の書を持ち出し、おまえたちの暮らす場所に持ち帰ったのであろうな」

イコはどきりとした。心臓が縮みあがる。それはトトのことだ！

「顔色が変わったな、ニエの子よ」

女王はイコに微笑みかけた。

「案ずるな。あの卑しい虫は、もう苦しんではおるまいよ」

一瞬息が止まるような思いがして、イコは何も言えなかった。

「そ、それは？　それはどういう意味だ？」

やっと問いかけたのに、女王はただ笑みを大きくしただけだった。

「死んだっていうの？　トトが？　あんた、トトを殺したのか？　トトを」

トトも石にされてしまったっていうのか？

身体から力が抜けてゆく。村長も継母さまも、そんなことは言ってなかった。だけど、だけど――

「幼いニエの子よ」

玉座のなかでいずまいを正し、女王は真っ直ぐにイコを見つめた。

「哀れなものよの」

「な、な、何が哀れなんだ」

「おまえは途方もない勘違いをしているのだ。考え違いをさせられたまま、それを改める機会を与えられなかったのだ。それが哀れだと言うておるのだよ」

威厳に満ち、ほんの少しだが、慰めるような口調になっている。唐突なその変化に、イコは激しく動揺した。

「今度は僕を騙そうったって、そうはいかない！」

気丈に言い返したが、心のなかでは、不安定な舞台の上で、二人のイコが戦っていた。女王の口車《くちぐるま》に乗るな！　嘘に心を許すな！

一人のイコはそう声高《こわだか》に叫ぶ。だがもう一人のイコは、女王の言葉に耳を傾けろとせっついている。その価値はあるぞと。真実はどちらにあるか、しっかり見極めるために。

真実？　真実とは何だ？

「ニエの子よ。おまえは何を教え込まれてきた？　自分の身の上を。ニエのしきたりを。彼らは――太陽神の拙《つたな》い手が土くれからひねり出した神聖帝国の人間どもは、おまえに不幸をもたらすこのしきたりに、どんな謂《いわ》れがあるとおまえに言い含めてきたのだ？」

前後を忘れて、イコは怒鳴った。「うるさい！　黙れ！」

「おまえはニエの運命の子、諦めろ、諦めてくれと説かれたか。それが分相応と教えられたか。人びとのために犠牲となるは英雄の業《ごう》、それは尊い役割だという騙《かた》りの美酒に、未熟なおまえの魂は、すっかり酔わされてしまっているのか。なるほど、見せかけの栄光ほど口に甘いものはない」

「うるさい、うるさい、うるさい！」

イコは両手で耳を覆った。血が騒ぎ、頭の内側でわんわんと鳴っている。激しい呼吸に胸は上下するが、しかし――

御印は光りもせず、イコに力の波動を伝えてくれることもなく、ただの薄っぺらい衣の一部に成り下がって、ぺったりと身体にへばりついているだけだ。

「おまえの言うことなんか信じない！」

「信じる、信じぬはおまえの自由だ」

落ち着き払って言葉を続ける女王の顔――それはヨルダの顔であるはずなのに、イコの目には、ヨルダにも、女王の蒼白な相貌《そうぼう》にも見えない。なぜかしら継母さまのお顔に見える。イコを育《はぐく》み教え導いてきてくれた、優しい継母さまの表情が見える。

危険だ。騙されかけている。自分にそう言い聞かせる。しかし拳《こぶし》で水を握ろうとするように、その努力は空《むな》しい。

「ニエの子よ、わたしはおまえが気にいった。おまえのその剛直な魂は、卑しい人の子のなかにも金剛石の輝きが宿ることがあるという印だ。すべての神が愛《め》でる印だ」と、女王は言った。

「だから教えてやろう、おまえの見るべき本当の真実を」

玉座からするりと腰をあげ、女王は立ち上がった。壇上の縁に立ち、両手を胸の前に組み合わせると、イコを見おろす。

「ニエの子よ、わたしは一度として、この城に生贄《いけにえ》を求めたことなどなかった。ただの一度も、たった一人も、わたしが欲して捧げさせたことはなかった」

永き年月に亘り、〝霧の城〟にニエを送り込んできたのは——

「神聖帝国の為政者たちだ。ニエのしきたりを作り、ニエを選び、その手足に枷《かせ》をはめ、呪文でこしらえた石棺に押し込めてきたのは、おまえが生まれ育った故国の人間どもだ」

言葉は耳に入った。だが聞き取れなかった。何だって？　女王は何を言ってるんだ？

「ニエを食らってきたのはわたしではない」と、女王は続けた。「この城でもない。わたしはこの城であり、この城はわたしである。わたしがここに在るために、ニエの命など必要ない。わたしはわたしが在ればここに存在できる。ニエを欲し、ニエを作り出してきたのは——」

「嘘だ！」

自分の喉から飛び出した声には聞こえなかった。叫んだことさえ意識していなかった。

沈黙が落ちた。霧さえも流れるのをやめて淀んでいる。

「……嘘だ」

もう一度、イコは繰り返した。今度はずっとずっと小さな声だった。

「どうして……僕と同じ人間が、どうしてそんなことをしなくちゃならないんだよ」

「あの者らは、おまえを同じ人間と思ってはいない。おまえはニエだ。ニエでしかない」

霧がイコの頬に触れる。慰めるように。

「わたしに街をひとつ滅ぼされ、大神官将どもは目が覚めた。わたしが倒されてはいないことを悟ると、あの者どもは浅ましいほどの恐慌をきたした。そのとき、ヨルダが彼らを騙っていたことも露見した。彼らはヨルダを責め、打った」

自分でも気づかないうちに、イコは首を振り始めていた。トトの父親の狩人が、武具の手入れの合間に、子供たちの慰めに、木彫りの人形を作ることがある。首のところにばねを入れて、首振り人形を作ることもある。今のイコはその人形そっくりだった。

「ニエの子よ。救いがたいほどに愚かな彼らも、彼らの力では、たとえ光輝の書を擁《よう》していても、わたしを打ち倒すことはできないと、ようやく悟った。わたしはこの城であり、この城はわたしだ。現身《うつそみ》の姿を失ったわたしを、もう彼らは捕らえることができぬ。滅ぼすこともできぬ。海を越え、彼らがいくたりここへ渡ってこようとも、わたしはその軍勢を石に変え、風がそれを塵《ちり》に変えるのを待つだけだ」

もはや戦を起こしても意味はない——

女王は口を結んだ。イコは首を振るのをやめた。

そして初めて、女王を促した。

「だから?」

「だから——」

「大神官将は何をした?」

わずかながら、イコの方に身を乗り出すようにして、女王は答えた。

「彼らはこの城の時を停めたのだ」

パチパチと爆《は》ぜながら燃え続ける松明《たいまつ》。

刈り込まれて青々とした芝生。

その銘は薄れてもなお、整然と並ぶ墓石。

〝霧の城〟の時は停まっていた。

「時を停め、わたしをここに封じ込めることで、彼らは満足した」と、女王は続けた。

「彼らはそのために、ヨルダの身体を依《よ》り代《しろ》として使った。ヨルダの内にある光輝の書の力を利用して、時を停める魔法を発動させたのだ」

イコは村長に教わったことがある。太陽神は光の神。光は時の流れを生み出す源泉だと。光あるところに時はある。だから光輝の書の持つ力で、時を操ることもできるのだ。

「そして、あれをこの城へと送り返してきた」

ヨルダは時の娘。時を封じる要石だ。

その御身は白く輝き、光を湛えている——そこには時が閉じ込められているから。

「ニエは、わたしを見張っているのではない。ヨルダをこそ見張っているのだ。あれが魔法の力に抗《あらが》い、人の子の心を取り戻すことを防ぐために。彼らはニエを送り込み、石棺に閉じ込め、石棺はその魔力でニエを怪物に変える。一人、また一人。ニエから生まれた怪物は増えていった。城の外では時が流れる。彼らはニエを送り込み続けた。ヨルダがけっして逃れられぬように。ヨルダのうちに閉じ込められる時の量が増せば増すほど、彼らの不安もいや増した。彼らは、ニエを送り続けることをやめられなくなったのだ」

黒くたぎる渦のなかから湧き出る魔物たちが、どうして執拗《しつよう》にヨルダばかりを狙い、捕らえて連れ戻そうとしたのか。

それが答えだ。これが答えだ。

時が重なれば、罪も重なる。怒りも、恨みも積み重なってゆく。

だから、ニエを絶やすことはできなかった。

しきたりを変えることもできなかった。

生贄の人間を魔物や怪物に変え、大切な封印を守らせる。それは昔、女王が風の塔でやったこととまったく同じだ。吐き気がするほどにはっきりと、イコはそれを悟った。

女王もゆっくりとうなずいている。

「そうだ、ニエの子よ。彼らはわたしが浅ましくも恐ろしいことをしでかしたと指弾《しだん》した。しかしその舌の根も乾かぬうちに、わたしと同じことを、わたしに倣《なら》って、わたしよりもさらに大掛かりに、永い年月に亘って続けてきたのだ」

〝霧の城〟で何度となく遭遇してきた煙の怪物たち。彼らの嘆きと怒りは、イコの無知に対するものだったか。

ニエの責務に終わりはない。元の姿に戻ることもかなわない。ならば、せめて哀れみを垂れてくれ。

――おまえは我らの仲間なのに。

あの悲痛な呼びかけの、本当に意味することは、これだったのだ。

——この娘を生かす為にこそ、我らはニエとしてこの城に捧げられてきた。

イコは何も知らなかった。何もわかっちゃいなかったのだ。

「角の生えた者がニエに選ばれるのは、始祖のオズマがそれを望んだからだ」

ただ呆然《ぼうぜん》と、呼吸することさえ忘れたイコに、女王はそう語りかけた。

「ヨルダが依《よ》り代《しろ》とされると決まったとき、あの騎士は自ら名乗り出て、我と我が子孫をヨルダの守り手とさせてくれと願った。ヨルダが罪を問われるならば、我が身も同罪。ヨルダと共に〝霧の城〟に赴《おもむ》かんと」

だからオズマは、再びこの城へやって来た。

ヨルダと共に。

剣も帯びず。

封印の剣も洞窟に置き去りに。

彼の角の片方が折れているのは、罪の印。

太陽神に愛でられし、地上の守護の一族としての資格を失ったとき、角も折れた。

「わたしは二人を受け入れた」

女王の語りが、淡々と続く。今やその声の流れは、霧の流れと一体になった。

「なぜかわかるか、ニエの子よ？　わたしがなぜ唯々《いい》諾々《だくだく》と、時の封印を受け入れ、ヨルダとオズマをこの城の懐《ふところ》に入れたか、その理由がわかるか？」

イコは石になってしまったかのように動かなかった。

「わたしは満足したのだ、いい、いいか、ニエの子よ。太陽神が地上に創造し、産めよ増えよ地に満ちよ、繁栄せよ、我を称《たた》えよと、かくも深く愛でた人間どもの、これがやるべき所業であろうか。己と同じ人の子のなかから、犠牲のニエをつまみ出し、それを異形《いぎよう》の姿に変えて、海の彼方に封じ込め、その代償に得たひとときの平和を享受する。汚れた手なら、洗い落とせばそれで済むとばかりに、知らぬ顔を決め込んで。それが生き物の、正しきふるまいか？」

再び、女王の顔に嘲笑《ちようしよう》と哄笑《こうしよう》の色が広がる。両手があがり、玉座の間の天井の闇を、その向こうの空を指す。その手が動き、世界を包み込むように大きく広がる。

「人の子が進んでそのような罪を犯す、この地上はすでにして魔神の供物《くもつ》。人の恐怖、人の憎しみ、人の怒りと嘆きをこそ力とするわたしの君主、闇の魔神は、さぞかしお喜びのことであろう。わたしは勝った。闇は勝ったのだ。これが満足せずにおられようか、のう、ニエの子よ」

ニエのしきたりができたときに、光と闇の戦の、勝負はすでに決まっていたのだ。

永きに亘るニエの行列は、すなわち敗軍の行進であった。

人が同じ人を犠牲にしてはばからぬ世界は、すでにして魔神の領土なのだ。

女王はただ、この〝霧の城〟に留まり続けて、人間どもの愚かな所業が続いてゆくのを見守っていればいい。一人を殺し、ひとつの一族を殺す言い訳を思いついたならば、そこでもう道はできた。一人の犠牲を要求する理由を見つけ、その理由を満たす術《すべ》を作り出したならば、それからは遮るものなど何もない。必要があれば——必要だという考え、要求さえあるならば、人間どもはいくらでも理由を作り、術を発明し、次にはまた別の人間を、別の一族を、ためらいもなく手にかける。そうして血で血を洗い、憎しみに憎しみを重ね、殺し殺され、奪い奪われ、いつでもそれが「正しい」と主張しながら、屍《しかばね》の山を築き上げてゆくことだろう。

それはまさしく、地上を魔神の祭壇に変え、そこに新鮮な供物を絶やさず捧げてゆくことに他ならない。

そのようにして時が満ちれば、魔神は地上に蘇《よみがえ》る。〝霧の城〟は世界を統《す》べる城となり、女王は再び栄光に包まれる――

手足の力が抜け切って、がっくりと首を落とし、背中を伸ばしていることもできず、イコは石の床の上に座り込んでいた。もう涙さえ流れない。

嘘だ。声に出して、もう一度そう言いたかった。でも言えない。言葉が出てこない。

これが真実だと、イコの心が告げている。

「あんたが――僕を、殺さなかったのも」

床を見つめたまま、イコは言った。

「そんな必要なんか、最初から全然なかったからだね」

女王は黙して答えなかった。イコもまた、答えを求めて尋ねたわけではない。自問自答しているだけだった。

「あんたは僕を、運のいいニエだと言った。この御印《みしるし》の力で、僕は魔物にはならずに済んだからだ。石棺から外に出ることができた。だったら、僕はもうニエとしては用無しだ。だからあんたは僕に、とっととここから出ていけと言ったんだ」

村長と継母さまの言葉も意味も、それでわかる。この御印さえ身につけていれば、イコはトクサの村に帰れる。魔物になれない役立たずのニエなのだから。二人が、この御印の特別な織柄を神官に気づかれてはならないと言ったのも、そのためだ。もしも神官にそれと悟られては、あの場で御印を取り上げられてしまったことだろう。

「さあ、おまえはこれからどう生きる？」

女王がイコに問いかけた。

「真実を背負い、どこを歩む？　どこへ向かう？　希望はあるか、ニエの子よ」

答える言葉は、見つからない。

「まだヨルダをこの城から連れ出すことを望むか？」

いたぶるように重ねて問う。イコはまた涙がこみあげてくるのを感じた。なんて意地悪なんだろう。

が、女王はイコを苛《いじ》めるためではなく、本気で尋ねているのだった。いささかも躊躇《ためら》うことなく、こう続けた。

「望むなら、やってみるがいい。わたしはもう止めぬ」

「――え？」

「おまえならば、成し得るであろう。それはわたしにもよくわかった。おまえは選ばれし者だ。あれの手を取り、海を渡るがよい」

「だってそんなことをしたら――」

女王は深くうなずいた。

「ああ、そうだ。神聖帝国の為政者どもは、おまえを許しはせぬだろう。しかし、それが怖いか？　なぜ恐れる。おまえは強い。そしておまえの怒りは正しいものであるのに」

イコは女王を仰いだ。玉座の壇上から見おろす少女と、その足元に膝をつく少年。

「だから、もしもおまえが――おまえたちニエに過酷な義務を課し、そのような残酷な所業の後ろめたさを薄めるために、おまえたちに偽りの歴史を語り聞かせてきた者どもへの怒りに立ち上がるというのならば、今度は、わたしがおまえの主君となり、おまえの守護となろう。おまえに剣と盾を授け、率いる軍勢をも与えよう」

イコが――女王の臣下に。女王の守護の下に？　〝霧の城〟の主《あるじ》に従うと？

なぜならば――

「おまえが討つべき敵はわたしではないからだ。〝霧の城〟ではない。おまえの血族の犠牲の上に、繁栄を謳歌《おうか》し、きらびやかに君臨する帝都《みやこ》にこそ、おまえの怨敵はいるのだ」

その怨敵を討ち果たすべし。

やっとその必要を思い出したように、イコは胴震いしながら息を吸い込んだ。

「ニエの子よ」と、女王は呼びかけた。これまでのどんな呼びかけにも増して、その声は強く、その姿は雄々しく気高さに満ちていた。君主が臣下に、統べる者が統べられる者どもに呼びかけている。

思わず、イコは背筋を伸ばした。

「この城のなかに時はない。心を決めるまで、好きなだけ迷い、考えるがよい。そして仮に――おまえが目先の悲しみに負け、怯懦《きょうだ》に堕《お》ち、その怒りを胸の奥深くに収めてしまうという結論を出したときには、わたしはおまえを石に変え、ここに留め置くことにしよう。かつてオズマをそうしたように」

古びた石橋の上で、石像と化してたたずむオズマの姿。

「わたしは、慈悲を以ってあの男を石に変えてやったのだ。石には石の心がある。石の心は傷つかぬ。おまえにも、同じ慈悲を与えてやれるだろう」

その言葉と共に、女王は消えた。ヨルダの姿もかき消えた。

イコは独りぼっちに戻った。

暗黒の、真実だけを道連れに。

6

両腕で膝を抱え、膝頭の上に顎を乗せ、背中を丸めて座り込んでいる。その姿勢で、うつらうつらと、少しばかり眠ったような気もする。

イコの身体はすっかり冷え切っていた。じっとうずくまっていたせいか、節々《ふしぶし》がこわばっている。駆け回っているあいだは気づかずにいたあちこちの打ち身も疼《うず》き始めた。

とても疲れて、身体が重たい。

イコはまた目をつぶった。眠ってしまおう。このまま眠っていよう。何も考えたくないし、何もしたくない。何も決めたくないし、動き出したくもない。

もしも僕がずっと、ずうっとここでこんなふうにしていたら、女王はさっきの言葉どおり、僕を石に変えるのだろう。別にそれでかまいやしない。今だってもう、石になったみたいなものだ。それで結構。石の心は傷つかない。上手《うま》いことを言うじゃないか。そうだ、ホントに上手いこと——

いいや、イコは石になってはいない。心に傷がついている。その傷がじんじん痛む。立ち上がることができないのはそのせいだ。

ヨルダはどこに消えたのだろう。

目を上げて、女王の玉座を仰いでみる。空っぽだ。しんと静まり返っている。通路の先の窓から、明るい日差しが何事もなかったかのようにさしかけている。

ヨルダを連れ出したいのなら、もう止めないと女王は言った。なのに、ヨルダをどこかに連れ去り隠してしまった。もう一度探し出せということなのか。それとも、イコがもうすべてを諦めきって、ここに留まることを望むとお見通しなのか。

それとも、ヨルダは彼女自身の意志で姿を消したのか。イコを一人にして、〝霧の城〟から立ち去らせるために。

運のいいニエの子は、最初から素直にそうしていればよかったのか。

無事に帰れば、村長にも継母さまにも会える。二人とも喜んでくれるだろう。二人の予言どおりに、イコはトクサの村に帰還したのだ。もうニエとして捧げられることもない。平和に暮らすことができるのだ。

平和？　どんな平和だ。

トトがいないのに？　トトが石になってしまっているかもしれないのに？

トトは自分の命と引き換えに、光輝の書を手に入れてくれたのだ。だからこそイコは、石棺のなかに囚われずに済んだのだ。

そのとき、ふと誰かの気配を感じて、イコは振り返った。頭のなかがトトのことでいっぱいだったので、トトがそこにいるんじゃないかという、何の脈絡《みゃくらく》も無い直感に打たれた。

もちろん、そこにいたのはトトではなかった。イコの背後に、半円を描くようにして、あの煙のような霧のような、異形《いぎょう》の魔物たちが立ち並んでいるのだ。白く底光りする眼《まなこ》を並べて、彼らはひたとイコを見つめていた。

しばらくのあいだ、イコもただ彼らを見つめ返すことしかできなかった。せわしく呼吸しながら、魅入られたように彼らを見ていた。魔物たちは息をすることもない。その身体がふるふると震えているように見えるのは、彼らを形作る漆黒《しっこく》の霧が、室内のわずかな空気の流れにさえもかき乱される頼りない存在であるからに過ぎない。彼らが身震いしているわけではない。でもイコには、魔物たちが震えながら泣いているように見える。

ようやく、言葉を見出した。

「――ごめんなさい」

最初は、息切れみたいなかすかな囁きにしかならなかった。何度も空唾《からつばき》を飲み込み、干上がった喉を叱咤《しった》して、イコはもう一度繰り返した。

「ごめんなさい。許してください。僕は何もわかってなかった」

あなたたちは僕の仲間なのに。あなたたちの痛みを、僕は知ろうともしなかった。

通じない。魔物たちは何の反応も返してくれない。イコは立ち上がろうとして膝立ちになり、思いがけずそこで、強い眩暈《めまい》を感じてよろめいた。石敷きの床に両手をついてしまい、ぐるぐる回る視界に翻弄《ほんろう》され、やっと吐き気をこらえて頭を持ち上げてみると、魔物たちは消えていた。

イコはゆっくり立ち上がった。そろそろと足を運び、魔物たちが佇んでいたところまで歩んだ。黒い霧の残滓《ざんし》さえ見えない。

女王の謁見《えっけん》の間を出て、通路へと足を踏み出した。あまりに光がまぶしくて、目が痛い。

通路の行き止まりに、回廊へと続く石段を背にして、騎士オズマが立っていた。黒々とした彼の影が、光を遮って立っていた。

イコも立ち止まり、彼と対峙《たいじ》した。今度は長い逡巡《しゅんじゅん》を経ずに、言うべき言葉が口から溢れ出てきた。

「あんたのせいだ」

光を背負い、オズマの表情は見えない。魔物たちとは違い、彼の瞳は影の奥に隠されて、一片の光も放とうとはしない。

「みんなみんな、あんたのせいだ！」

絶叫と共に、イコは拳を振り上げてオズマに突進した。飛びかかろうとしたその寸前に、彼がひらりと身をかわし、マントの裾が翻《ひるがえ》るのが見えた。

振り下ろした拳は空《くう》を切り、勢い余って、イコは前のめりに転んだ。膝が、足が、拳が、新たな痛みに悲鳴をあげる。

「あんたの、せい、だ」

しゃにむに起き上がると、オズマが石段を登り、イコから遠ざかってゆくのが見えた。迷いのない足取りで、決然と背を伸ばし。

「みんなあんたが悪いのに……」

顎をがくがく震わせて呟きながら、イコは彼の後を追いかけた。這うようにして石段を登り、ゆるりと右にカーヴする回廊に出る。オズマはそこを歩んでゆく。回廊の壁に手をついて、イコが息を整えるわずかなあいだにも、どんどん遠く離れてゆく。

「逃げるなんて卑怯《ひきょう》だ！」

イコの手足は生気を取り戻した。追いかけっこなら負けるものか。今度こそあいつを追い詰めてやる。思わせぶりにチラチラと姿を見せるだけで、いつだって僕から、ニエたちから、自分の子孫たちから逃げ回ってきたあいつを、今度こそとっ捕まえてやる！

イコは走った。いくつもの部屋を通り抜け、石段を登り、また降りる。段差を越え、飛び降り、鎖に飛びついて反対側へと飛ぶ。走れば走るほどに速度が増し、この身が風のように身軽になってゆくのを感じる。それなのに、どうしてもオズマに追いつくことができない。いつだって黒い騎士の姿はイコよりも先を進んでおり、それでいてけっして視界から消えることがない。

まるで、イコを導いているかのように。

どのぐらいの距離を駆け抜けてきたろうか。さすがに息が切れて、両手を膝に、はあはあと激しくあえぎながら足を止めたとき、イコは見覚えのある場所に出ていた。

ここは――

最初にヨルダを連れて、あの古びた石橋を渡りきり、たどりついた小部屋ではないか？　壁と柱の具合、ぶら下がった鎖、爆《は》ぜる松明《たいまつ》の位置。間違いない。そうだ、あそこには二体の封印の像がある。その先には石橋があるはずだ。

そして石橋の欄干《らんかん》の上には、石と化したオズマが佇んでいるはずだ。

潮騒が聞こえる。海の匂いが漂ってくる。風を感じる。イコは片手で封印の像に触れながら、しばしためらった。あいつが僕をここへ連れてきた。わざと後を追いかけさせて、ここまで案内してきたんだ。

何のために？

二体の封印の像のあいだを通り抜けると、生々《なまなま》しいほどの鮮やかさで、海鳥の声が聞こえてきた。イコはあの長い長い石橋のたもとに立っている。視界の左右を埋めるのは、空の色を映した紺碧《こんぺき》の海だ。波が跳ね、足元の石橋の柱に寄せてはしぶきをあげる。小さな箱のなかから、突然、天地の狭間《はざま》に放り出されたかのようだ。

石橋は途中で崩れ、切れている。佇むオズマの像は、その切れ目の向こう側で、イコに背中を向けていた。あまりにも距離が遠く、イコの人差し指の長さほどにしか見えない。

心のなかに声が聞こえてきた。

我が子よ。

かくも深き罪障《ざいしょう》を、私はおまえたちに背負わせてきた。

不毛の年月は積み重なり、今も我が身を苛《さいな》み、〝霧の城〟へと繋ぎ止める。

初めてオズマの像を見つけ、それが元は血の通ったヒトの石に化した姿であると気づいたときと同じだ。あのときもイコはオズマの幻影を見た。兜の下で彼の口元が微笑み、瞳がイコの目をのぞきこむのを見た。そして語りかけてきた。

試練のなかにある私の子供たちよ。

いかにもイコは彼の子供だ。その血を受けた子孫なのだ。

石橋の彼方、微動だにせず立ち続けるオズマに向かって、出し抜けに、イコは泣き叫びたくなってきた。

どうして、どうして、どうして？　どうしてこんなことに？

「僕に、どうしろっていうんだよ」

気持ちに身体がついていかない。口から出たのは弱々しい泣き声だった。

「僕はどうしたらいいんだよ」

――愛がなかったわけではないのだ。

イコははっとまばたきをした。風に逆らって滞空する海鳥が、びっくりするほどすぐそばに浮かんでいて、つぶらな瞳がちらりとイコを認めると、翼を返して飛び去ってゆく。

イコは橋の崩れ目の、ぎりぎり縁のところまで歩んでいった。石橋の裂け目からはまともに海を臨むことができる。濃い蒼と薄い青、白い潮の流れが渦巻いている。すべてが停まっている〝霧の城〟。しかしそれを取り囲む海原は生きている。動いている。

潮騒《しおさい》が足元から立ち昇ってきて、イコを包み込む。イコは目を細め、対岸のオズマの像を見つめる。

彼はヨルダを一人で置き去りにすることができなかった。

時の要となったヨルダの守り手となり、ここに封じられることを望んだ。

闇を封じきることのできなかった自らの非力を悔やんだから？

神聖帝国皇帝の期待に応えることができなかったから？

たとえここに封じられずとも、もはや帝国の何処《どこ》にも自分の居場所はないとわかっていたから？

いや、違う。そうじゃないんだ。

ヨルダを助けることができなかったから。

ヨルダ一人に責めを負わせることができなかったからだ。

オズマと共にいる時、懐かしいお父さまの面影を追っていた一人の少女を、突き放し見捨てることができなかったからだ。

だからオズマは、自らここに来て留まった。

何かに突き刺されたかのように、胸が痛んだ。思わず声をあげ、前かがみになって手で押さえる。その手の下で、御印が輝いていた。

——愛がなかったわけではないのだ。

それはきっと、こう言い換えたほうが正しいのだろう。

心がなかったわけではない、と。

出会った時すぐに、イコはヨルダを助けようと思った。鳥籠のような檻《おり》に閉じ込められた彼女を見ただけで、何のまとまった考えもなく、理由もなく、彼女を助けたいと思った。

イコは強く首を振る。そうさ、そうだよ。でもあの時は、僕は何も知らなかった。だからきれい事だけで動くことができたんだ。今は違うよ。

違う——よね。

すべてを知ってしまったら、ヨルダのことなどどうでもいいか。彼女を助けることなど考えなくていいか。

ヨルダを置いて、一人で逃げる。

ヨルダを連れて城を出て、帝国からは反逆者として追われる身になる。大切な「時の要」を盗み出した者として。逃げて逃げて、追っ手から逃げて、僕たちがずっと逃げ続けたら、帝国の偉い人たちはどうするだろう。

ヨルダに代わる、新たな「時の要」を作り出すだろう。それでヨルダは救われる？

僕もそれで救われる？

それじゃあ、女王の下僕《しもべ》となろうか。そしてニエのしきたりを作って僕らに押しつけてきた帝国と戦うんだ。女王の力があれば、絶対に勝てる。勝って僕は、世界に君臨する女王の臣下になって、すべてを手にする。

だけどヨルダは？　母親の恐ろしい正体を知り、傷つき泣きながらもその討伐《とうばつ》に力を貸そうとした彼女の想いはどこへ行く？

それに——トトは？　僕が女王の下僕になっても、トトは僕の友達でいてくれるだろうか。女王の力を得たら、トトを蘇らせることだってできるだろう。でもそうやって帰ってきたトトは、僕を許してくれるだろうか。

虹色に輝きながら、複雑な織柄のなかを駆け巡る御印のエネルギーを手のなかにつかみとって、イコは目の前が明るくなるような気がした。

トトの勇気を、ヨルダの悲願を、あの涙を知りながら、どうしてそれに背を向けることができるだろう。

——我が子よ。

オズマの声が呼びかけてきた。イコは顔を上げ、くしゃくしゃになった御印を手で平らに均《なら》しながら、彼の方へと目をやった。

——封印の剣の元へ行きなさい。剣はおまえを呼んでいる。かの剣を手にすれば、おまえは道を知ることができる。

イコは自分の両の手のひらに目を落とした。

「この手に封印の剣を」

海風がイコの髪を優しく乱す。

「それで女王を倒せるということ？　ヨルダを助けることができるっていうの？　それはヘンだよ。だって——」

気づかぬうちに、イコは声に出して呼びかけていた。

「だったらあなただって、封印の剣をもう一度手にして、女王を倒すことができたはずだ！」

そうだ。光輝の書の祝福を得て、闇を切り裂く力を持った封印の剣は、他でもないこの〝霧の城〟の足元、洞窟のどこかに祀《まつ》られているのだから。

なぜそれを試みなかった？　オズマには、もうできないことだったのか。神聖帝国の誰にも不可能なことだったのか。

そうだ、考えてみればとても奇妙なことじゃないか。神聖帝国の人びとは、神官も神兵も、封印の剣の所在を知っていた。それを手にして使ってもいた。なのに、女王に向かってそれを振り上げることだけはせずに、この城の時を停めるという半端な処置で、現実から目をそらし続けてきた。

なぜだろう？　なぜ彼らはなすべきことをしなかった？　できなかったのだ？

――我らの心が閉じているが故に。

オズマの声が潮騒と共にイコの心にしみこんでくる。

――我らの眼に映るものは、すべて女王の手の内にあるが故に。

「それなら僕だって同じだ」と、イコは肩を落として呟いた。「城のなかで迷ってばっかり、行き先さえもちゃんとわからない。女王の掌の上を走り回っているだけだ」

かすかに微笑を含んで、初めて彼の顔を間近に見たときのことを思い出させるような優しい声で、オズマはイコに語りかけてきた。

――我が子よ。おまえはもう知っている。おまえだけは、女王の腕《かいな》に囚われてはいないのだ。

「わかんないよ！」

イコの叫びが風に乗る。

――思い出しなさい。女王の言葉を。そして村長の言葉を。かつて分かたれた知と勇が、おまえのなかで出会ったのだということを。

風にあおられて、イコはよろけて数歩下がった。今の言葉を最後に、オズマの思念が離れてゆく。遠く見やる彼の石の姿から、さっきまでは確かに感じ取れていたはずのぬくもりも、今は消えた。

力が尽きたのか。

行っちゃった。僕はやっぱり一人だ。

また御印を撫でてみる。あの輝きも消えている。光のうねりを摑んでいるときは、何かまっしぐらな洞察のすぐそばにいたような気がしたのに。

おまえはもう知っている？　どういう意味なんだろう。僕が何を知ってるって？

封印の剣を手にすれば、その謎が解けるのか。でもどうやって？　今までだって、さんざん城のなかを駆けずり回ってきたんだ。また同じことを繰り返せというのかよ。

イコは空を仰いだ。陽は変わらずに輝いている。城のなかでは時が停まっても、城の外では世界が動いている。空も風も海も生きている。

内と外。イコは目を瞠《みは》った。

城のなか。それは女王の領土。この〝霧の城〟そのものが女王と等しい。いくら駆け巡ろうと、堂々巡りだ。

だから、城を出るんだ――

心に光がさした。それが答えか。

封印の剣は僕を呼んでいる。招いている。女王の内から飛び出せば、剣が僕を引き寄せてくれる。オズマはそう教えてくれたのだ。

イコは前に出て、橋の崩れた切れ目から、再び海を見おろした。逆巻《さかま》いている。白い波しぶきがあがる。くちびるを舐《な》めると少し塩辛い。海は動いている。

イコは空を仰いだ。飛び交う海鳥たちを見た。こんなにも自由自在に風に乗り、空を渡る君たちは、恐れというものを知っているのか。どこかで見えない壁にぶつかり、翼が折れるなんてことはない。君たちはそれを信じている。大空を信じている。

空は無限に広く、海は広大に深甚《しんじん》に横たわる。そこにはどんな人間の思惑も届かない。たとえ女王の強靭な意志でさえも。

海を信じろ。

イコは目を閉じ、深く息を吸い込んだ。両腕を身体の脇につけると、一瞬だけ強く両の拳を握り、それからゆっくりとほどいた。

右足を踏み出し、左足を添える。もう爪先《つまさき》が空《くう》にはみ出している。

両足で強く足元を蹴った。イコは宙に身を躍らせた。彼の身体が海風のなかへ飛び出した瞬間、御印《みしるし》が流星にも似た純白の輝きを放った。光の尾を引きながら、真新しい矢のようにまっしぐらに落ちてゆく。

イコの脳裏をよぎるのは、かつてトトと探検した洞窟の奥の地底湖へ、恐れを知らず、歓声をあげて、手をつなぎあって飛び込んだときの光景だ。

青い海は、両手を広げてイコを迎えた。

7

水の音が聞こえる。

流れ落ちる水の心地よい微動に、イコは目を覚ました。

周囲は薄暗かった。岩場の一角に、砂と砂利とが集まってできた入り江。切れっ端の砂浜。イコはそこに流れ着いたのだった。半身を砂浜に乗り出すようにしてうつ伏せに倒れている。腰から下はまだ水に浸《つ》かっていた。

両手をついて身体を起こし、肘で這って水から離れた。ずぶ濡れだ。ぺたりと座り込んだまま、衣服の袖や裾、御印から水を絞っていると、大きなくしゃみが飛び出した。耳に水が入ったのかガボガボと音がこもる。

それでも、ちゃんと生きていた。海はイコを呑み込み、流して運び、吐き出してくれたのだ。

——ここは。

船着場ではない。あの傾いた桟橋は見あたらない。湿り気を帯びて黒々とした岩壁が、イコの眼前に聳《そび》え立っている。薄暗いのもそのせいだ。岩壁が太陽を遮っているのだ。

イコのいる場所から、小さな三角形の砂浜を隔ててちょうど対岸の岩壁に、左右の掌を組み合わせたような、でこぼこしたアーチを描く洞窟の入口が見える。

あの奥だ。きっと。

振り返ると、さっきの水音の源がわかった。入り江の端に岩壁が斜めに傾斜している場所があり、そこから糸の束にも似た優美な滝が流れ落ちているのだった。

背中をそらしてぐるりと仰ぎ見てみても、これも迫《せ》り出した岩壁に阻《はば》まれているのか、視界のなかに〝霧の城〟は入ってこなかった。ここは〝霧の城〟の足元、海との境界線ぎりぎりの場所なのだ。

ありがとう。肩越しに一度だけ海を振り返り、心のなかでそう呟いてから、イコは洞窟に向かって歩き出した。潮の流れに揉まれているあいだに、革のサンダルが脱げてしまうこともなかった。足取りはしっかりしている。

洞窟のなかに踏み込むと、そこには、薄暗さに慣れていたはずの目にも濃い闇が淀んでいた。

鼻先で手を振ると、かろうじてその動きが見えるくらいで、腕を伸ばせば、もう闇に呑み込まれてしまう。イコは絶え間なく両手で岩壁に触れ、その輪郭《りんかく》を確かめ、間隙を探し、爪先で足場を探りながらゆっくりと進んでいかなくてはならなかった。

それでも、少しの心細さもなければ、迷いそうな不安もなかった。ここを進んでゆけば間違いなく封印の剣の元にたどりつける。よく知っている、何度も行ったことのある場所を目指しているみたいだ。

呼ばれている——確かにそう思った。目には見えなくても、イコの心には、封印の剣が示してくれる道順が見えている。

手探り足探りで進んでゆく。大きく張り出した岩壁の曲線を、そこに張りつくようにして通過すると、それまでは遠ざかりながらも間断なく聞こえていた入り江の滝の音が消えた。かわりに、足元から水の流れる囁くような音が立ち上がってくる。

ここに来て、初めてわかった。水は生き物だ。いろいろな声で鳴き交わす。今のイコには、そのうちのどんな声も、危険な種類のものには聞こえなかった。低い声も、高い声も、大きな声も、静かな声も、みんなみんな、その道で間違いないよ、しっかり歩きなさいとイコを励ましてくれているように思われた。

危なっかしい足元に注意しながら、闇のなかで妙に心静かに、どれぐらい進んだろう。頭上からぽとりと水滴が落ちてきて、イコの頭のてっぺんで弾けた。思わず首を縮めて仰いでみると、数多《あまた》の岩の巨人が拳骨をぶつけ合わせているかのような奇観だ。それがかなり遠いところまで薄ぼんやりと見えることで、どこかから光が差しかけているのだと気がついた。外からの光だ。

両手を腰にあて、呼吸を整えながら周囲を見回してみて、驚いた。イコはここまで、ただ進んできたのではなかったのだ。実は、かなり急な傾斜を登ってきたのだった。重なり合う岩、盛り上がる岩、砕けた壁、低い天井——それらのなかを通り抜けるわずかな隘路《あいろ》を探し出すことに夢中になっていたから、体感することができなかった。これじゃ、息も切れるわけだ。

岩々で形成される傾斜は、もうしばらく続いている。そのてっぺんに位置する、光が漏れ出てくる拳骨岩と岩のあいだに、イコが身をくねらせれば通り抜けられそうな隙間が空いている。よし！

ようやく傾斜を登りきり、ぺったりと身を伏せて岩と岩との隙間へと頭を突っ込むと、また別の響きの水の音《ね》が聞こえてきた。ざあざあと降り注ぐにぎやかな音色であり、足元からこみあってくるような重低音も伴っている。肘で砂利だらけの地面を摺るようにして前に進み、広いところに抜け出して、両手足をついたまま顔を上げてみると、とたんに、猛烈な勢いで水飛沫《みずしぶき》が降り注いできた。

イコは滝の裏側に出ていたのだ。水のヴェールが目の前に、優雅に張り巡らされている。細かな霧のようになった水滴が、たちまちイコの腕や脚を濡らし始めた。

幸い、視界は明るい。不用意に水のヴェールの向こう側に出るのは危ないと思ったので、まるで母親の衣服の陰から顔を出す幼子のように、イコは滝の脇から外の景色を窺《うかが》った。

断崖だ。ざっと言うならば、全体に馬の蹄《ひづめ》の形をしている。蹄の内側を、イコの両手の指では足らないほどの数の滝が、勇壮に流れ落ちている。耳が痺《しび》れてくるような、豪壮な瀑布《ばくふ》の競演だった。

今イコのいる場所は、蹄の形の曲がっている部分の真ん中あたりに位置していた。滝の裏に隠れると、轟音が薄れる。顔を出すと音が蘇る。それを繰り返しながら、自分が立っているのは、この断崖を形作っている岩壁の中ほどに、何かの偶然でできた岩の出っ張りに過ぎず、上に登るすべは見当たらず、見おろせば、海面はくらくらするほど遠いところにあるということを知った。

発見はそれだけではなかった。滝に囲まれ、水飛沫に満ちたこの空間のなかに、どうにも理解に苦しむものが存在しているのだ。

右の崖から左の崖に、太いパイプが二本、空を横切って渡っている。たぶん銅でできているのだろう、滝の飛沫に濡れて黒く沈んでいるのでわかりにくいが、よく目をこらして見ると、管の継ぎ目の太くなっている部分に、緑色の錆《さび》が浮いているようだ。

そのパイプから、一、二、三──数えて八本、太い鎖がさがっていた。それぞれその先には、特大の車輪のようなものがくっついている。どう見ても車輪──いや、糸車だろうか。丸くて平らで、人の背の高さくらいの厚みがあって。

訝《いぶか》りながら見とれているうちに、心が急《せ》いてきた。呼ばれている。おいで、おいでと。道はこっちだよ。封印の剣の招き。

糸に引かれるように、イコはその聞こえない声を目で追った。左手の崖の上だ。こんもりと木立に覆われている。そこで何かがピカリと光った──ような気がした。

わかったよ。わかったけど、どうやってこの崖を渡って行けっていうの？

イコの心に怯えが芽生えた。もしかしたら僕は、悲しみや恐ろしさで心が壊れて、おかしくなっているのだろうか。封印の剣の招く声が聞こえる、感じ取れるというのは、壊れた心の生む幻想に過ぎないのじゃないかしら。だからこそ、こんな場所に出てしまったのではないのかな。

崖の上の森のなかに、また光が見えた。道に迷った狩人を導く一ツ星のような輝き。確かに見えた。

どうやって——あそこまで行く？

長いこと自問自答する必要はなかった。分かりきっているというより、それしかない。このパイプからぶら下げられている車輪みたいなものの上に飛び降り、次々と飛び移って行くのだ。いちばん左手にある車輪みたいなものは、崖に近いところにぶら下がっている。あそこまで飛び移って、鎖をよじ登り、パイプの上に上がることができれば、今度はパイプを伝って崖の上の森に降りることができるだろう。

八本の鎖の長さには微妙な差がある。あいにく、今イコがいる滝の場所から、精一杯飛んで、何とか届きそうな位置にある車輪みたいなものをぶら下げている鎖は、もっとも長い。つまり、その距離を落下しなければならないということだ。

鎖の長さを目で計るだけで、怖い。

海に飛び込んだらどうかしら。その方が痛くないような気がする。でも、首を伸ばしてのぞきこんだ滝つぼは、トクサの村で子供たちが近づくことを固く禁じられている滝つぼと同じく、底から沸き返るように水が逆巻いていた。あんなところに飛び込んだら、水の勢いに呑まれて二度と浮かび上がることができないだろう。

上手く飛べなくて、あの車輪みたいなものの上に降りることができなかった場合も、結果は同じだ。

——おいで。

封印の剣が差し招く。

これも試練なのか。ここを越えて行かれなければ、所詮《しょせん》、僕は封印の剣に値しないということなのかい？

——さあ、おいで。

その甘い響きは、つかの間、継母《まんかか》さまの優しい声を思い起こさせた。実際には違うのかもしれない。封印の剣が、生き物の魂に直《じか》に触れようとして放つ波動に、人の音色が備わっているわけもない。ただイコの心が、自身でも気づかぬうちに、怯えて後ずさりしようとする身体を叱咤《しった》し励ますために、無色透明の波動に、イコのいちばん慕わしい人の声を仮装させたのだ。

イコのなかの、子供らしいきかん気が頭をもたげた。御印をぎゅっとつかむと、慎重に距離を見定め、思い切って滝の真ん中から飛び出した。両手を振り回し、空で駆け足するように足も漕いで、必死にバランスを取った。

バシン！　あっけなく軽い音がして、イコは目指す車輪みたいなものの上に着地した。足元がぐらりと揺れる。あわてて鎖にしがみついた。

見回すと、そこにもここにも、頭上にも足元にも、イコの両手で包み込んでしまえそうなほどの、小さな虹がいくつも浮かんでいた。水飛沫《みずしぶき》に陽の光が反射して、虹のお花畑をつくっているのだ。

ずぶ濡れのまま、イコは思わず笑みを浮かべて、虹から虹へと目を遊ばせた。虹は、思い切って飛び降りてきたイコの勇気を褒《ほ》めてくれるかのように、光の点滅を拍手に見立て、消えたり現れたりを繰り返す。

見上げれば、頭上には青空が、これもまた蹄の形に切り取られてぽっかりと開けている。それでも、古い石橋から海に飛び込んだときよりも、青空の深みが薄れ、白っぽく霞《かす》んだように見える。夕暮れが近づいているのだ。

急がなくては。次はあっち。そこからあっち。そして崖のそばへ。指をさして位置取りをして、方向も確かめる。そうしているうちに、点滅するいくつかの虹が、イコのこれからたどろうとするルートを示してくれていることに気がついた。虹の道案内だ。

「えいや！」

声をあげて飛び移る。イコの手足は、ついさっきわずかに芽生えた怯えに圧《お》されることもなく、強靱《きょうじん》に滑らかに動いた。身体を動かせば、恐怖も遠のく。最後のジャンプを首尾よくやり遂げ、パイプに向かって鎖を登り始めたときには、イコはすっかり元気を取り戻していた。

パイプの上を渡り、森に入る直前、イコは身をよじって振り返った。それにしても、この風変わりな車輪みたいなものの、正体は何だろう？　こんなところにぶら下げて、何に使っていたのだろう。

そのとき、今までとは角度と方向が違ったからだろう、ふと気づいた。この車輪みたいなもの、檻にも見えるな。そうだよ、丸い檻。

滝の響きに囲まれ、滝つぼの上に吊るされた水牢。あのなかには、昔、人が——

ぞくりと震えた。きっとそうだ。

でもそれが、僕の道を繋いでくれた。手を貸してくれたんだ。明滅するきれいないくつもの虹は、昔あのなかに押し込められて命を落とした人びとの、魂の残り香だったのかもしれない。

みんな、〝霧の城〟の解放を求めている。

「行かなくちゃ」

声に出してそう言い、イコは走り出した。どう、どう、どうと歌い、小さな虹を繰り出す滝たちと、錆びたパイプと、もはや何を語ることもなく滝に打たれ続ける八つの水牢を後に残して。

うっそうと茂る木立のあいだを抜け、ささくれ立った岩場を渡り、そそり立つ岩壁を巡ってゆく。いつの間にか頭のなかも心も真っ白になり、そうすると、封印の剣の呼びかけが、ますますはっきり聞こえるようになってきた。

暗闇の洞窟を登ってきた距離の、半分ほどを下ったろうか。絶え間なく寄せて返す波に足元を洗われる岩壁にへばりつくようにして進んでいるとき、イコは、すぐ前方の岩と岩の隙間に、滑車と縄を組み合わせた仕掛けのようなものをちらりと見た。そこでは岩壁の狭間《はざま》に海が入り込み、細い水路を作っている。

あれはひょっとすると、神官たちに連れられて船で来たとき、通り抜けた柵のような落とし戸の一部ではあるまいか。だとしたらイコは今、船着場に通じる水路の上の岩壁を進んでいることになる。

岩壁の出っ張りやへこみに手足をかけ、それでもどうしても次の足場が見つからない時には思い切ってジャンプをし、進んで行くうちに記憶がはっきりしてきた。そう、海の景色、岩場の形、潮の流れ。ここがあの水路だ。確信を持てたので、イコは、岩壁から海面までの距離が自分の身長の三倍くらいになった位置から、海へ飛び込んだ。今度は流されるままになるのではなく、はっきりと意志を持ち、水路の先、船着場へ通じる洞窟のなかへと泳いで行った。

やがてどんぴしゃり、洞窟のなかのあの柵の前に出た。潜ってみると、柵の海中に沈んでいる部分と、水路の底の間には、イコ一人なら充分に泳いで通り抜けることのできる隙間があった。イコはするすると泳いで柵の反対側に抜け、水飛沫《みずしぶき》と共に水面に顔を出して、ふうっと声をあげた。

そのまま先へ行こうとして、急に気が変わった。やっぱりいったん岩場にあがり、近くにあるはずの仕掛けを操作して、柵を上げておくことにしようと思った。

仕掛けはすぐ見つかった。古びた滑車はぎしぎし呻《うめ》いたが、柵を引き上げるのは造作もないことだった。ぎりぎりいっぱいのところまでロープを巻き取り、高く持ち上げてゆくほどに、尖った柵の先端から水が流れ落ちてゆく。それを見ながら、なんでこんなことをしているのだろうかと、自分で自分に訝《いぶか》った。余計な手間なのに――

その答えは、呼吸《いき》をするように自然に浮かんできた。

なぜなら、イコは間もなくもう一度ここを通るからだ。必ず通る。そのときは一人ではなく、ヨルダも一緒だ。胸に誓った。ヨルダも連れてくるのだ。でも彼女がイコのように、長いこと上手に泳げるかどうかわからない。だから、通り易いように下準備をしておかなくちゃ。

僕はやっぱりヨルダを助けたい。助けようとしている。諦めきれないのだ。

再び水路に飛び込むと、イコは力強く腕で水をかいて進んだ。間もなく、船着場の傾きかけた栈橋が見えてきた。

　静かだ。ここまではもう波も届かない。泳いでいるうちに足が底についた。立ち上がってみると、胸から上が水から出てしまった。だからあとは、元気よくざぶざぶと歩いて栈橋に近づき、よじ登った。

　ようやく出発点まで戻ってきたのだ。新規まき直しの出発点だ。もう女王の配った手札に甘んじることはない。イコは自分で道を切り開く。この手と――

　封印の剣で。

　最初に訪れたときと、船着場の雰囲気が違っていた。薄明るく、暖かい。この空気の流れを、言葉でどう言い表したらいいのだろう。

　これとそっくりな空気を、イコは何度も味わったことがある。早起きの狩人たちが、トクサの村の門の前に集い、互いの装備を点検し合い、足踏みをしながら、その日の道筋と狩るべき獲物の数を確かめる。武具が鳴り、笑い声が弾け、交わす言葉は早朝の寒気に白い呼気となってゆらゆらと揺れる。さあ出かけるぞ。さあ行こう。準備はできた。

　〝霧の城〟の唯一の出入口、永劫《えいごう》の時のなかで、押し黙った覆面の神官の手で数多《あまた》のニエが運び込まれてきた忌《い》まわしい船着場に、今、生き物の活気が満ちている。その源のひとつはイコ自身だった。そしてもうひとつの源は。

　目をつぶっていても、方向を間違えることなどない。船着場の先、左右に分かれた道の右側。その先から、白い光が溢れている。それがまたたくたびに、さん、さん、さんと音が聞こえてきそうだ。さん、さん、さん。ほとんど指でその形をなぞることができそうなほどのくっきりとした光輪。実際になぞってみれば、輝く明けの明星とも、夕べの護りの夕星《ゆうずつ》とも、同じ形を描くだろう。

イコは白光の元へと歩んで行った。

右手の道の行き止まり。道が岩壁にぶつかって果てるところにそれは在った。

祭壇は、思いのほかこぢんまりとしていた。そこから放たれる白い光があまりに神々《こうごう》しく、まぶしくてつい目を細めてしまうので、その形を正確に見極めるのは難しい。それでも近づいてゆくと、祭壇の外観が、風の塔によく似ていることが見て取れた。ただ塔を覆《おお》う外壁はなく、代わりに、四方を支える柱がある。

足元は湿った砂地。イコが歩むたびに、革のサンダルがきゅっきゅと鳴る。その愛嬌《あいきょう》のある音さえも今はわくわくと弾んでいる。イコの胸の高鳴りに、祭壇から溢れる光も同調している。

四本の柱の中央、ちょうどイコの腰の高さに、封印の剣は安置されていた。鞘《さや》もなく抜き身のまま、柄《つか》を手前に向けて。すぐにも手に取ることができるように。

――さあ、おいで。

私はおまえのものだ。声ではなく力の波動が、直接イコの胸の奥に響いた。

イコは手を伸ばした。最初に右手を、そして左手を添えて柄を握り、ゆっくりと封印の剣を持ち上げた。

長剣である。しかし羽根のように軽い。両手で捧げ、二度、三度と振ってみる。ついで右手に持ち替え、前へ、後ろへ、ぐるりと回し、目の高さに掲げる。イコの腕の延長。身体の一部。

私はおまえ自身だ。

剣の波動に呼応して、胸の御印も輝きを放つ。継母さまの手で成された織柄の上を、神秘の力と浄化の光がうねるように行き交う。

再び相まみえし我ら、ここに今一度集いてひとつの光とならん！

幅広の両刃の剣に、イコは自分の顔を映してみた。なぜかしら剣がそれを望んでいるように感じたのだ。胸が熱くなった。

ぱっちりとした黒い瞳。一文字《いちもんじ》の眉。イコがまだ継母さまの膝に甘えてばかりいたころ、継母さまはこの眉毛を指で撫でては、こんなふうにおっしゃったものだ。

――おまえは意志が強いのね。まだ産毛《うぶげ》のような手触りでありながら、こんなにも真っ直ぐな眉をしているのだもの。

あのころはわからなかった。継母さまが、その後に続くどんな言葉を呑み込んでいたのか。だが今ならわかる。継母さまは何度となく、声に出さずに呟いていたのだ。

――きっと立派な大人になることでしょうに。

でもこの子は〝霧の城〟のものになってしまうのだ。わたしはこの子を〝霧の城〟に遣《や》らねばならないのだ。

遠い追想が生々しい実感に変わり、イコは目を閉じた。そしてまぶたを開いたとき、顔の前に掲げた刀身に、自分のものではない顔が映っているのを見た。

やっぱり角のある男の子だ。その目は少しだけ青みがかり、イコの瞳より色が薄い。右の頬に、かぎ裂きのような傷跡がある。

角のある子供の顔が、こちらをのぞきこんで、ぱちぱちとまばたきをした。イコは思わず話しかけようとした。声が届きそうな気がしたのだ。が、封印の剣に映った子供は、さっと身をひるがえして消えてしまった。後ろから誰かに呼ばれたかのように。

イコはその後を追いかけた。封印の剣のなかに入り込んで、剣の見せてくれる世界のなかへと駆け込んでゆく。魂が身体を離れ、駆け去る男の子の後を、風のように。

イコの五感は研《と》ぎ澄まされて、空と同じほど広く、海と同じほどに深くなった。すべてが一時に見えた。聞こえた。感じ取れた。一秒が無限になり、ひとつが無限になり、自分自身が無限大になり、同時に、大いなるひとつに収斂《しゅうれん》してゆく。

さっきの男の子が、顎鬚《あごひげ》をはやした大柄な男に肩車をしてもらい、声をたてて笑っている。二人は背の高い草が生い茂るなかを進んでいる。作物だ。畑だ。男の子は歌をうたい、顎鬚の男は口笛で唱和する。二人は声を合わせて笑い、その声が畝《うね》のあいだを渡ってゆく。

また別の光景も見える。頭に角のある——今度は女の子だ! 機《はた》の前に座り、糸巻きと糸通しを手にしている。機の脇には厳しい顔つきの老女が立ち、女の子が糸の通し方を間違うと、ぴしゃりとその手の甲を打つ。女の子は子供っぽく口を尖らせるが、すぐ真剣な表情を取り戻し、いっそう慎重な手つきになって、糸通しを操る。

これは——これはいったい何の幻像だ?

棒立ちになったまま、イコはきらめく封印の剣に見とれた。イコの目の前で、そこに映し出される光景は、くるくると変わってゆく。ただ、どんな景色のなかにも、元気に飛び跳ね、学んだり、走ったり、笑ったり、泣いたり、仲間と遊んだり、穏やかに眠ったり、イコがトクサの村でそうしていたのとそっくりの、日々の暮らしを送る、さまざまな顔をした角のある子供たちが存在している。

この子らは――ニエだ。

かつてここに運び込まれ、石棺に封じ込まれたニエたちだ。漆黒の魔物と化してしまったニエたちの、在りし日の姿を僕は見ているのだ。イコは悟り、心はさらに広がり、時の枷《かせ》さえも遠く置き去りに、飛んで、飛んで、遥かに飛翔《ひしょう》した。

ニエたちが見える。彼らの暮らしぶり。彼らの声。彼らの笑顔。彼らの交わす言葉。作物の刈り取りに、籠を背負い鎌を手に、日差しの下で働く。長い木の枝を振り回し、鳥追いの歌をうたいながら、畑のなかを歩いてゆく。簡素な木机の前で、文字を習う。浅瀬で魚を取り、せせらぎで友達と水を掛け合って歓声をあげる。

新緑と花の香りを含んだ微風に包まれる村。一日の働きに満ち足りて、薄物をかけて寝入る春の夜。添い寝してくれる育ての親の、優しい声の寝物語。夏の日の土埃と、日差しに焼けた肌の色。秋の宵の満月と満天の星。夜明けのまぶしさ。とりたての果物の味。それを齧《かじ》る健康な歯と、湧き上がる喜び。冬の寒さに首をすくめながら、見上げるかがり火の頼もしさ。血の匂いのまといつく武具をおろし、衣を脱いだ狩人たちの疲れた顔に浮かぶ誇らしい笑みを、憧れと共に見上げる瞳。

いつも輝いていた。いつも温かかった。血が通っていた。

数え切れないほどの場面。数え切れないほどの顔、顔、顔。

生きていた。どの時代のどのニエの子も。

生きていた。どの時代のどのニエの子を送り出した人びとも。トクサの村は、ニエの子供たちの悲しい出船の港。しかし、ニエの子を育《はぐく》んだかけがえのない場所でもあった。

ニエの行き止まりのこの〝霧の城〟に置き去りに、ただあてもなく祀《まつ》られてきた封印の剣。しかしそこには、すべてのニエの生きてきた日々が、流れた時が、今もありありと保存されていた。

光輝の書の与える祝福は、すなわち命を喜ぶこと。

唐突に、イコは目覚めた。大急ぎで空をよぎり、輝く雲のなかを飛び抜けて戻ってきたような気分だった。我に返った。封印の剣は手のなかに収まっている。白銀に輝く刀身に、今は再びイコの顔だけを映して。

封印の剣は、イコの覚悟を問うていた。イコに道を示すために。

イコはそれを理解した。なすべき事は何か。その答えは、真昼の太陽のように、イコの心の空の高みで輝いていた。

8

あれは昨日のことか。一昨日だったたか。それとも既にひと月を過ぎているのか。時のない、閉ざされた世界よ。覆面の神官に従い、角の生えた兜に顔を隠した二人の神兵に挟まれて、ここを通ったのはいつのことだったのか。

封印の剣の光を受けて、封印の像は粛々《しゅくしゅく》と道を譲った。イコは、まだ何もわからず、誇りと怯えの入り混じった震える心を抱えて乗り込んだあの昇降床《エレベータ》に、今、一人で足を踏み入れる。レバーを操作すると、昇降床は重々しく胴ぶるいのような音をたて、そしてゆっくりと上昇を始めた。

昇降床を降りれば、そこは石棺の広間だ。封印の剣をかざし、それでもイコは、ためらいに足を止めた。

進路に間違いはない。女王はこの先にいる。石棺の間のその奥にこそ、真の女王の玉座があるのだ。封印の剣がそれを教えてくれた。

それでも足の運びが鈍《にぶ》るのは、そこで必ずイコを待ち受けているはずの者たちと、相まみえる決意が足りないからか？　彼らを斬り伏せる力が満ちていないからか？

それは違う。イコは言葉を探しているのだ。

一対の封印の像が作り出す、石棺の広間へと続く入口の奥に、ほのかな青い光が満ちている。その不吉で怪しい色合いが何を示しているものなのか、イコはよく覚えていた。

疑念が、足を動かした。イコは石棺の広間へと入っていった。

右手には輝く封印の剣を、左手は拳に固めて身体の脇に、両足をしっかりと伸ばして、石棺の広間を遠く見渡す。すぐに、青白い光の正体は知れた。

広間の壁という壁を埋め尽くす、おびただしい数の石棺が、すべて光を帯びているのだ。正しく言うならば、石棺の表面にほどこされた呪文の模様が、生き物のように光り、うごめいているのだった。

壁にはいくつかの松明《たいまつ》が灯っている。しかしその炎の明かりは、どの石棺の面にも照り映えてはいない。石棺の模様は這いずる蛇だ。ひとつの石棺に一匹の蛇。頭も尾もない混沌《こんとん》の印がへばりついて、始まりも終わりもない巡礼のように、ずるずると這って石棺の表面を撫で回している。それだけではない。青光りする呪文の蛇の動きに合わせて、ひとつひとつの石棺が、微妙に共鳴しているのだった。

石棺たちが喜悦に身もだえし、ありもしない喉を鳴らしているかのようだ。おぞましく、しかしこの世のものでもない光のうごめきは美しくもある。イコはしばらく、この光景に見惚《みと》れた。石棺の群れの怪しい輝きに心をそらされて、封印の剣を摑んだ腕からも力が抜け、切っ先が足元にだらりと下がる。

何が——起こっている？

すうと風がよぎり、イコの御印《みしるし》をふわりとふくらませた。髪が乱れて目にかかる。まばたきをした。瞳が焦点を結び直した。

だだっ広い石棺の間には、上部へ登るための梯子や階段が設けられている。イコの真正面、階段の踊り場の部分に、誰かがいた。

それが誰か見定めようと、イコは少しずつ前に出た。よく見ろ。あれは——

いや違う。人じゃない。石の像だ。嘆くように身を折り、額《ぬか》ずいている。肘から下は石でできた踊り場にぴったりとくっついて、華奢《きゃしゃ》な背中が丸まっている。

い、い、い、いかいか、い、い、い、い、

あれはヨルダだ。あそこでヨルダが石になっている。

石棺群のまたたきに幻惑されていた心が、瞬時に理性を取り戻した。身体も動きを取り戻した。踊り場へと駆け寄ろうとしたそのとき、熱射のなかでかげろうが立ちのぼるように、影が光に形を得るように、無数の黒い煙の魔物たちが、石と化したヨルダを取り囲んで、忽然《こつぜん》と姿を現した。

ほんの数歩を進んだだけで、イコは踊り場を仰いだまま凍ったように停止した。煙の魔物たちも動かない。ただ彼らの白く底光りする眼《まなこ》が、じっとイコを見つめているだけだ。

イコは激しく呼吸をする。魔物たちは動かない。イコの胸は張り裂けそうなほどに動悸《どうき》を打つ。魔物たちは動かない。

イコは封印の剣の柄を握り締める。

「――ヨルダをどうしたんだよ？」

口をついて出たのは、かすれた問いかけだった。

「ヨルダが何者なのか、あんたたちにとってどんな存在なのか、僕にもわかった」

魔物たちのまなざしは揺るがない。

「だけど――だけどヨルダは、望んでそうなったんじゃないんだ。あんたたちを苦しめて、ヨルダはけっして――満足なんか――してやしなかった――」

膝が震える。ここに来て心が萎《な》えたのか。そうじゃない。石棺どものせいだ。うごめき輝く呪文のせいだ。やつらは喜んでいる。ニエとニエとの空《むな》しい問答に、そこから生まれる悲しみに、やつらが身を震わせて喜んでいる。その振動が伝わってきているだけだ。

封印の剣を手にしたとき、その刀身に映った幻像が、今一度イコの心に蘇《よみがえ》った。記憶の一《いっ》閃《せん》。迷いを剣で切り裂くように。

ニエの子たちの、幸せに輝く瞳。日々の喜び。人生の輝き。

今、ここでイコと向き合っているのは、実体を持たぬ黒い煙の魔物なんかじゃない。どろどろと湧きあがる黒い渦から生み出される、薄気味悪い霧の塊なんかじゃない。ニエだ。ニエの子供たちだ。オズマの子孫たち、イコの仲間たちだ。

イコそのものだ。

出し抜けに、憤怒の雄叫《おたけ》びがこみあげてきた。イコのまだほっそりとした喉をふるわせ、怒りの叫びは石棺の間の天井にまで響き渡った。

封印の剣を振り上げ、イコは突進した。階段を駆け上がる。目指すは漆黒の魔物たちではない。石棺の群れだ。壁いっぱいの青白い呪文、その力と輝きをぶち壊すのだ。

最初に目についた石棺を、封印の剣のひと振りでまっぷたつにした。返す刃で隣の石棺を叩き壊す。何と呆気《あっけ》ないことだろう！　何と脆《もろ》いものだろう！

「こんちくしょう！」

石棺から石棺へと走りながら、イコは封印の剣を振るった。石棺たちは、叩き壊される瞬間に一段と強く輝き、呪文の模様が断ち切られるとき、しゅうしゅうという音を発した。しかし石棺が砕かれると、呪文はただちに光を失い、冷え切って役たたずの石くれへと変じていった。

いつの間にか、黒い煙の魔物たちも動き出していた。角のある巨体がイコの周囲をひょこひょこと踊る。前へ出ては下がり、並んでは退く。翼あるものはぐるぐると飛び回る。イコの肩に飛び乗るかに見えてひょいと逸《そ》れ、また近づいてきては激しく羽ばたく。

けっしてイコの邪魔をしない。彼らはただ、できるだけイコの近くに、封印の剣に近づいて、彼らの悲運の源の、石棺が叩き壊されてゆく様を見届けようとしているのだ。石棺が放つ末期の悲鳴を聞き届けようとしているのだ。

上段に移るとき、破壊が生み出すあまりの熱狂にのぼせ上がり、イコは梯子《はしご》を踏み外した。しかし落ちることはなかった。漆黒の煙の鉤爪《かぎづめ》がひょいとイコの襟首をつかみ、ばたつく両足が宙に浮く。

そして足場の上に戻っていた。イコよりずっと背の高い、曲がった角の生えた魔物の顔がすぐ傍《かたわ》らにあり、瞳のない白い目がイコを見ている。

手を貸してくれるのか。

封印の剣を摑み直し、イコは頭をめぐらせた。魔物たちがひしめいている。みんながイコを取り巻いている。手を振り、足を踏み、彼らの瞳のない白い眼も、イコと同じ熱狂の炎に爛々《らんらん》と輝いている。

イコの胸に歓喜が燃え上がった。

剣を握る手にさらなる力が。剣の輝きが石棺たちの放つ呪文の光を圧倒する。イコはまたひと声高く叫ぶと、目の前の石棺を強く打ち据えた。ただの一撃で、石棺は二つに割れて鳴動をやめ、がらがらと崩れ落ちた。

竜巻。稲妻。瀑布《ばくふ》の力。とめどもなく湧き上がる巨大な力が、イコを動かしていた。封印の剣は、石棺をひとつ打ち壊すたびに、そこに描かれていた呪文を葬り去るたびに、さらに強くなってゆく。イコは広間じゅうを駆け回った。階段や梯子を登り、飛び上がり、また飛び降りる。狭い足場を駆け抜ける。破壊の音が、呪文の呟きを消してゆく。

さあ今、最後のひとつの石棺を叩き壊す！　イコは肩で息をしながら、両足を踏ん張って、目を光らせて、おぞましい呪文を秘めた模様の欠片《かけら》が動きを失ってしまうまで見張っていた。倒れた獲物の息の根が確かに止まるまで、けっして目を離すことがなく、血刀を下げぬ狩人の姿そのままに。

広間に静寂が満ちた。イコの荒い息も、だんだん静まってゆく。寝入りばなの呼吸が、安らかな眠りが深まるにつれて間隔が長くなり、やがては耳を澄まさねば聞こえないほどの穏やかな寝息に変わるように。

漆黒の魔物たちは、再びヨルダを取り囲んで、踊り場の上に戻っていた。イコは階段のあがり口に立っていた。

魔物となった同胞《はらから》を仰いで、イコは彼らに語りかけるべき唯一の言葉を見出した。

「——終わらせよう」

そして、封印の剣を頭上に掲げた。

魔物たちの後ろ、広間を形成している石壁の一面から、囁くような音がした。積み上げられた四角い石と石のつなぎ目から、目に見えないほど細かな、年月を経た埃が吐き出されて宙に漂う。

と、次の瞬間、雪崩《なだれ》を打って石壁が崩れ落ちた。壁の向こうに道が開けた。石造りの階段が延びている。

イコの眼は、真っ直ぐにその先へと向けられていた。じっと固まったまま動こうとしない漆黒の魔物たちの脇をすり抜けて、悲嘆の姿勢のままうつ伏す石のヨルダにも視線を落とさず、女王の真の居室へと通じる石段を、一歩、また一歩と踏みしめてゆく。

その部屋の天井は闇に覆われていた。その高さを計ることもできない。正面には森羅万象《しんらばんしょう》を象《かたど》って彫り込まれた装飾壁が立ちはだかり、尖塔《せんとう》の形を模したその頂点には、ぶっちがいの剣に守られた紋章の浮き彫りが飾られている。王家の紋章だ。なぜこんなところにまで？　女王にとって、自らの血筋であるこの王家の存在など、何の意味があるというのだ。いくばくかの誇りや愛着が、そこに残っているとでもいうのか？

紋章の真下、舞台のような段差の設けられた中央に、女王の真の玉座が存在した。

誰もいない。何の気配も感じられない。玉座は空いている。

部屋の中央には、正面から見たときに、ちょうど女王の玉座を挟むような位置取りに、封印の像そっくりの四角い石像が、それぞれひとつずつ配置されていた。封印の像よりも頭ひとつ分ほど大きく、刻み込まれた模様や絵柄も異なるその石像のあいだを、イコは足音をひそめて通り抜けた。封印の剣を、いつでも振り上げることができるように構えたままだ。

玉座にまで登ってみる。外形は、ヨルダと離れてしまったあの居室にあった玉座と寸分たがわない。ただ材質が違っていた。あちらの玉座は壁と同じ灰色の石でできていたが、この玉座、女王が真に〝霧の城〟の城主として君臨するべく座してきたこの玉座は、滑らかな黒曜石で造られているのだ。

石版を真っ直ぐに立てたような高い背もたれの縁には、びっしりと彫刻がほどこされている。

火竜《ドラゴン》だ。口から炎を吐く二頭の火竜が、のたくりながら背もたれの縁を取り囲んでいる。いや、彼らが吐き出しているのは炎ではない。漆黒の霧だ。

背もたれの中央にも、うっすらと浮き彫りがほどこされている。顔を近づけないと見てとることができないほど繊細な彫りだ。これは何だ？　ゆらめく火炎に取り囲まれた真円が、無数の星々を従えて宙《そら》に――

日食の光景だ。

暗黒の力に食い尽くされ、地上のすべての生き物を慈しむ光の源泉から、魔神の魔力を反射する鏡へと変えられてしまった黒い太陽。

イコはそっと、その座面に手を載せた。冷たい。手を離すと、角の生えたイコの頭の輪郭が、座面の上にぼんやりと映った。

慎重に身構えたまま後ずさりし、玉座から離れる。頭上の紋章を仰ぎ、それに背を向けて段差を降りたところで、背後から呼びかける声を聞いた。

「それがおまえの達した結論か？」

イコは鞭《むち》のように機敏に振り返った。

女王は玉座の背もたれに寄りかかり、黒く豊かな髪と、漆黒の衣装の裾を広げて、ゆったりと腰かけていた。両手は左右の肘かけに預けている。繊細な黒のレースを幾重にも重ねて仕立てられた衣装は、確かに女王の身を包んでいるはずなのに、ほとんど中身がないように虚《うつ》ろに見えた。イコを見据えている白い顔と、肘掛けの端にほんの少しだけのぞいている指がなければ、豪《ごう》奢《しゃ》な黒い衣装がそこにふわりともたせ掛けられているようにしか見えなかったろう。

「さても愚かなことよ」

叱責の言葉を、しかし女王はイコを愛で、優しく撫でるように投げかけてきた。

「所詮《しょせん》、ニエの子にはニエの子の分別しか持ち得ぬということか。わたしがおまえを守護し、おまえに力を貸そうと申し出ているというのに、おまえは背を向ける。本来おまえが討ち果たすべき怨敵からも目を背《そむ》けるというわけか」

イコは女王の白い顔を見据えた。間近に見つめるその相貌に、ヨルダに通じるものが何ひとつ見当たらないことに初めて気づいた。

この白い顔は仮面だ。ドレスの袖からのぞく指もまがい物だ。ここに在るのは空虚の闇だけだ。女王自身が何度もそう言っていたではないか。わたしには現身《うつそみ》の女の姿は最早《もはや》ない、わたしはそれを失ったと。

それならば、女王を倒すということは、この仮面を剝《は》ぐことに他ならぬ。

「あんたは嘘をついた」

イコの凛《りん》とした声が、女王の居室の闇を貫いた。

「僕がヨルダをここから連れ出したいというのなら、自由にしていいと言った。でも、ヨルダはあんなところで石になっている。あんたの言葉は嘘だったんだ」

ほう……と、女王は呟き、つと指先を動かした。

「おかしなことを言う。わたしがおまえに教え諭したのは、ただ真実だけであるというのに」

「嘘をつけ！」

「嘘ではない。あの今のヨルダの姿は、おまえが望んだヨルダの姿だ。わたしという愛しき母かおまえと手を取り合ってここから出てゆくならば、あれは必ずあの姿になる。わたしはおまえが望んだヨルダを、あの場所に用意してやっただけのこと」

含み笑いが黒いドレスの胸元を震わせた。

「だから嘘などという愚昧《ぐまい》なものではない。そう……語り残した真実とでも言うべきものであったかな、ニエの子よ」

頰に血が昇り、身体が熱くなるのをイコは感じた。封印の剣の刀身が白銀の輝きを放ち始める。それに応えて、御印《みしるし》のなかでも白きエネルギーが動き出す。

「いずれ、おまえと言葉を交わすべき時は過ぎ去ったぞ、ニエの子よ」

女王はゆるりと背もたれから起き上がる。

「おまえがその剣をわたしに向けるというのならば、わたしはおまえを滅ぼすのみ！」

座したまま、女王は素早く両手を広げた。イコは後ろ跳びに跳んで距離を開け、剣を構えた。

「哀れなり、愚かなり。おまえ如き卑小《ひしょう》の者に、どうしてわたしが倒せよう？　おまえの狭き心の荒地に、それほどの高望みを植え付け、根を張らせ、枝を茂らせたものは何だ？　ニエの子よ、おまえの浅はかな心得違いを、正してやることこそわたしの務めだ」

「もう騙されない！」

イコが剣を振りかぶって突進したそのとき、女王の両手がしなやかに踊り、宙に呪文の印を刻んだ。骨と化した十本の指が突き出され、その先から轟音と共に突風が流れ出る。

イコは風に巻かれて宙を飛んだ。凍るように冷たく、呼気を断ち切る呪いの烈風は、イコの手から呆気《あっけ》なく封印の剣を奪い去り、跳ね飛ばした。

背中から床に落ち、イコは素早く起き上がった。姿勢を立て直すとほとんど同時に、右手の封印の像の足元に、封印の剣が音をたてて落ちてきた。あんなところまで弾かれてしまったのだ。

イコは床を蹴り、頭から剣のそばへと転がり込んだ。烈風の第二波が繰り出される。剣をつかんだその瞬間に、風はイコを打ちのめした。再び剣の柄が手を離れる。風に翻弄《ほんろう》され石壁に叩きつけられ、高い音をたてて跳ね返り、切っ先から床に落ちてまた跳ねる。北風に転がる冬の枯野の小枝のようだ。

浄化の力を放つ魔法の剣を、女王は、まるで子供から玩具を取り上げるように、イコの手から奪ってもてあそぶ。

剣が落ちた場所を見定める余裕さえない。女王は玉座のなかで立ち上がっていた。両手を頭上に、さらなる呪文の風を発しようとしている。とっさにイコは、封印の像の後ろに隠れた。この風をまともに受けては、目を開けていることさえできない。千の毒針を含み、万の鋭い牙を剝き出し、無限の悪意をはらんだ氷の突風。

封印の像が女王の呪いの風を受けると、その全身に刻み込まれた文様が、稲妻の如く光り輝いた。封印の剣を使って像を動かしたときと、そっくり同じだ。風が通り過ぎると像の光も消える。変わりなく輝き続けているのは、封印の剣の刀身と、イコの胸の御印だけだった。

何とか剣を取り戻さなくては。どこに？　今度はどこへ跳ね落ちた？　広間のほとんど反対側だ。イコは女王が手を振り上げたその隙に、左側の像の後ろへと駆け込んだ。

イコの長い彷徨《ほうこう》のあいだ、その歩みを守ってくれてきた革のサンダルが、酷使《こくし》に耐え切れずにとうとう切れた。急に左足が軽くなったかと思うと、すぽんと脱げた。首尾よく身体は左側の像の後ろに隠れたが、置き去りにされた革のサンダルの片方は、底の部分を女王の玉座に向けて、左右の像の真ん中に転がっている。

女王の放った呪いの風が、まともにそれをとらえた。隠れていても、傍らを吹きすさんでゆく風の冷気に、イコは片手で顔を守った。そして手を除《の》けてみて、あっと叫びそうになった。革のサンダルは、石と化していた。切れたベルトの断面のささくれもそのままに、灰色の石になっていた。

女王の呪いの風に包まれれば、イコも同じく石にされてしまうのだ。けっしてあの風にあたってはいけない！

だけどさっきは？　風にあたったけれど大丈夫だった。あれは封印の剣の加護か。そうだ、剣を手にしてさえいれば、女王に向かっていくことができるのだ。

「逃げるか、ニエの子よ」

哄笑と嘲笑に、女王は黒衣を震わせる。

「気力が尽きるまで逃げるがよい。足が萎《な》えるまで逃げるがよい。わたしのこの城に、おまえが数える時はないぞ！」

イコは残った右足のサンダルを蹴って脱いだ。封印の剣を取り返さなくては。剣が無くてはどうにもならない。

女王は踊るように両手を動かしている。空に描かれる呪文の印《いん》が、黒い軌跡を描いて目に見える。隙を窺うのだ。あの手が次に風を繰り出してくる前に、間隙《かんげき》を縫って剣のそばへと駆け寄るのだ。

胸の御印《みしるし》をしっかりと握る。御印はイコの拳のなかでくしゃくしゃになるが、それでも流れる光に変化はない。さあ、行け！

女王が肩を後ろに引いた瞬間を見定めて、イコは封印の剣へと走った。伸ばした指先が柄に触れ、引っかくようにしてそれを掌のなかへと手繰り寄せたとき、女王の風が吹き寄せてきた。イコは封印の剣をつかんだ。刀身の輝きが、イコを包んで風から守った。

立ち上がり、イコは壁際を走った。大手を広げて玉座の前に立ちはだかる女王から、半円を描いてもとの場所へと。

また呪いの風が放たれる。イコは頭を下げ、封印の剣を掲げてそれをこらえた。一歩、二歩、三歩と玉座に近づいた。だがしかし、面をあげて剣を構えようとしたとき、さらなる呪いの風に仰向《あおむ》けに吹き上げられ、剣はまたあっさりと弾き飛ばされてしまった。イコは反り返ったまま宙に浮き、無防備に落下した。強い衝撃に、全身が悲鳴をあげる。右の角が石の床にぶつかり、血がパッと飛び散った。

痛みと吐き気に視界が回る。片肘をついて身を起こし、自分の身体から流れ出る血が、みるみる床に溜まってゆくことに気づいた。右の角が根元からぐらついている。

角が折れる。それは敗北と恥辱《ちじょく》の印。

「これが最期じゃ、ニエの子よ！」

女王の両手が躍り上がる。

氷のような灰色の風。女王の結んだ黒い印の軌跡から、生き物のように溢れ出る呪い。それが自分に向かってくるのを、残忍な歓喜にうち震えながら襲いかかってくるのを、イコは見ていた。これで終わりだ。終わってしまう。イコは石になる——

黒い影がイコを覆った。

目をつぶり、身を縮めた。しかし次の刹那《せつな》、イコは自分がまだ呼吸をしていることを悟った。まぶたが震える。頭が痛い。石に痛みがあるものか？

見上げると、大きな影が見えた。イコと同じ角を頭にいただき、盛り上がった肩に退化した足。醜く曲がった腕を開いて、イコを守るように立ちはだかっている。

漆黒の魔物だ。ニエの子の悲しき末路の姿だ。その形のままで、石になっている。そして、驚きのあまり動くこともできずにいるイコの目の前で、微塵《みじん》に砕けて塵《ちり》となった。

——臆するな、同胞《はらから》よ。

——立ち上がれ。顔を上げるのだ。

力強い声が聞こえてくる。背後から、脇から、すぐ傍らからも。

見回せば、女王の居室に、あの漆黒の魔物たちが満ちていた。さっきヨルダをそうしていたように、今度はイコを取り囲んでいる。翼ある形のものたちはイコの頭上を舞い、手足あるものたちは、イコを支え助けようと寄り添ってくる。

——今こそ、我らがおまえの盾となろう！

漆黒の魔物たちは、イコを背中にかばい、半円を描いて玉座を取り巻き、一歩、また一歩と進軍を始めた。女王と、女王の生み出した呪いとが、永劫《えいごう》の年月に亘って作り出してきた嘆きの存在が、自ら頸木《くびき》を破壊して歩き出したのだ。

「みんな——」

イコは魔物たちを見回した。頼りない黒い煙、霧の塊の彼らの姿に、封印の剣が映し出して見せてくれた、在りし日の彼らの笑顔がだぶって浮かぶ。

——剣をとれ、我らが同胞よ。

——おまえならば、女王を滅ぼすことができる。

励ましの声がイコを包み込む。腹の底から力がこみ上げてくる。

女王は玉座から動かない。蒼白の仮面には、表情の動きもない。しかし女王の放つ声は激情に高まり、湧き上がる憤怒が黒衣の裾をひるがえす。

「卑しい使い魔が、ニエの子の成れの果てが、このわたしに歯向かうというのか！」

呪いの風が吹きつける。じりじりと進む魔物たちは風になぶられ、そのそばから石へと変わり、一瞬、彼らの醜い姿を彫像《ちょうぞう》にして、次の瞬間には爆発して塵となる。しかし、それでも彼らは前進をやめない。玉座へと迫ろうとする。

イコを守る、動く城壁だ。

翼ある魔物が石と化し、塵になって降りかかってきた。顔にかかった塵の感触に、イコは自分を取り戻した。起き上がり、膝を立て、封印の剣の白き輝きを探す。まっしぐらにそこに駆け寄り、イコが両手で剣を構えたその時、すぐそばの魔物がまた石と変わった。

——その剣で。

——その力で。

——女王を倒してくれ。

——おまえにならば、必ずできる。

突然、封印の剣が力を増した。イコの身長よりも、漆黒の魔物たちよりも丈高くなり、真昼の陽光の輝きを放って、その力強い波動に、女王の居室の床が振動を始める。

――おまえには女王を見ることができる。

――御印《みしるし》の力だ。

――現身《うつそみ》の姿形を失い、この城そのものとなった女王。

――しかしおまえは、その姿を見極めることができる。

魔物たちの心の叫びに、イコはもっとも深い理解に達した。戦うために必要な、最後のひとつの鍵が開いた。

そうだ。そうなのだ。オズマは言っていた。女王の言葉を思い出せ。村長《むらおさ》の言葉を思い出せと。

女王の真の姿を見定める御印の力。

女王を倒す封印の剣。

それこそが、かつて分かたれた知と勇なのだ。剣だけでは足りぬ。御印だけでは足りぬ。ふたつが揃って、初めて白き力は蘇る。

「目に見えるものならば、倒せる！」

あまりにも自明のこと故に、イコがつかみきれなかった真実だ。イコの目には、女王が見える！

イコの叫びに、魔物たちも呼応する。一同は玉座を囲む輪を詰める。輪は小さくなってゆく。仲間が倒れても、石と化し塵と消えても、それを踏みしめ、乗り越えて進む。

ニエの子たちの軍勢は進む。

怒りの噴出に、女王の手が描く印が乱れた。

「忌々《いまいま》しい！」

イコは封印の剣を振りかぶった。段差を走り、玉座へ突っ込む。封印の剣は優美な弧を描き、白き光の尾を引きながら女王の胸元めがけて空を切る。

光の爆発。封印の剣の切っ先を中心に、女王の玉座を包んで広がり行くその輪のなかで、イコは、周りを固めてくれていた漆黒の魔物たちが、いっせいに、光に溶けて蒸発してゆくのを知った。

手ごたえはなかった。封印の剣は軽々と、女王の漆黒の衣装を刺し貫いた。イコは封印の剣もろともに、勢いのまま女王の上へと覆いかぶさる。黒曜石の玉座に、封印の剣の刀身が映る。

女王の腰が折れ、玉座の座面にすとんと落ちる。頭上高く差し伸べられていた両腕が、空《くう》を摑んでぴたりと停まる。

そして、指が力を失う。肘が曲がる。頭ががっくりと仰向けに、白い喉が剝き出しに。

肩から力が抜け、両腕が同時に肘掛けの上へと落ちる。

イコは、互いの呼気を感じられそうなほど、間近なところに女王の白い顔を見た。白い仮面を見た。瞳があるべき場所に、ぽっかりと穿《うが》たれた暗黒を見た。

その暗黒が消えてゆく。

「わたし……は……」

仮面の口元がしわしわと動く。封印の剣を摑むイコの手は緩まない。

「ほろ……び……」

イコは固く目を閉じた。そして、あらん限りの力を込めて、さらに強く封印の剣を突き刺した。

白い仮面が崩れてゆく。内側へ内側へ、見えない炎に焼かれて縮みゆく紙のように、ちぢれてめくりあがり、剝げ落ちてゆく。黒い衣装がふくらみを失い、裾から、袖から、胸飾りから、褪《あ》せた灰色へと変じ、ひだ飾りが消え、レースの縫い取りが消え、ついには布そのものの存在が薄れ、何から何まで消えて失くなってゆく。

黒曜石の玉座には、もう誰も座っていない。

封印の剣が起こした光の爆発の最後の残滓《ざんし》、最後の光の輪が、女王の居室の隅々にまで行き渡り、霧散してゆく。

イコの手から封印の剣が離れた。

玉座の上で、封印の剣はからりと音をたてて転がった。刀身はもう輝いていない。古びた銀色の剣に戻った。柄は古びて錆《さび》が浮き、刃こぼれが剣の経てきた年月を教えている。

つかの間、微妙なバランスを保って玉座の座面に留まってから、封印の剣は床に落ちた。イコのすぐ足元に。

両腕を下げ、立ちすくんだまま、イコはしばらく、それを見つめた。

胸の御印の輝きも消えていた。

イコの仲間たち、漆黒の魔物たちも姿を消していた。

身体が揺れた。イコは半歩、それから一歩後ずさり、よろめくままにふらりふらりと段差を降りた。もう、自分の意思で身体の向きを変えることさえできなかった。

右の角の根元から、新しい血が溢れ出した。首筋を伝い、肩まで濡らす。イコの心臓がひとつ打つたびに、どくん、どくんと血が噴き出す。

膝を折り、座り込んだ。顎が下がる。傷んだ角を押さえようと、右手があがる。が、それも空《むな》しく中途で力が尽きて、泳ぐように、踊るように身をよじりながら、イコはその場に倒れた。

眠るように安らかな顔をして。


〝霧の城〟は、異変に気づいた。

城の魂が、城の核が、この世から消え去ったことを悟った。

数多《あまた》の広間で、石を積み上げられた壁という壁が、そっとため息をついた。床の敷石がみしみしと音をたて始める。

我らは器。我らは虚。

我らの姿を留めていた力は去った。我らを束ねる暗黒は消えた。

どんな敏感な鳥でさえ、感じることができぬほどの微動。しかし、〝霧の城〟は震え始める。石という石、壁という壁、床という床。身動きを始める。

装飾回廊のあちこちで、天井を支える継ぎ目から、細かな石片がぱらぱらと音をたてて落ち始める。壁の松明《たいまつ》が、突然消える。銅のパイプのなかを流れていた水が止まる。塔に、テラスに、外壁通路に、吹きすさんで鳴っていた風がやむ。

我らは偽りの姿を保っていた。

とうに消えうせているはずのものであったのだ。

微動は、明らかな鳴動に変わった。崩れた石橋の上を、風の塔の周囲を、鳴き交わしながら飛び交っていた海鳥たちが、いっせいに翼を返して城から遠ざかる。

終わる。終わる。我らは終焉《しゅうえん》する。

〝霧の城〟は、滅びの刻《とき》を迎えようとしている。


女王の居室に続く石の階段を、ほっそりとした二本の足がのぼってゆく。白く輝くその脛《すね》に、裂けたドレスの裾がまといつく。

石の呪縛を解かれたヨルダは、その身を内側から白く輝かせながら、ゆっくりと女王の部屋へ踏み込んでゆく。

石敷きの床の上に、こちらに背を向け、あの少年が倒れていた。傷だらけになり、疲れ果てて。

ヨルダは彼に近づいた。そっと膝を折ってかがみこむ。指を伸ばして彼の頬に触れる。二人が初めて出会ったとき、そうしようとしたように。

少年の頬は、血と塵に汚れていた。まぶたは閉じていた。

二人の周囲で、〝霧の城〟は動揺を始めていた。耳でなく、身体で感じる重低音。深い、大切な、土台の部分がほころびてゆく音。

ヨルダは頭上を見上げ、玉座の上の紋章を仰いだ。振動は大きくなってゆく。ヨルダの視界も震え始める。

紋章のレリーフが、出し抜けに中央から真っ二つに割れた。壁から離れ、ぶっちがいの剣と共に、けたたましい音をたてて玉座の後ろへ落下した。

城の鳴動に揺さぶられ、よろける身体を支えるために、ヨルダは床に片手をついた。触れた掌からも、〝霧の城〟の悲鳴が伝わってくる。

時間がない。ヨルダは両腕をさしのべて、少年を抱き上げた。

柱が倒れる。床がめくれあがる。舞い立つ埃と倒れる壁に、しかしヨルダが臆することはなかった。軋《きし》み、うめき、泣き声をあげて震え続ける〝霧の城〟のなかを、迷いのない足取りで進んでゆく。

通り抜けた回廊が、すぐ背後で崩れた。通過した広間の床が中央から抜け、重力に引かれてがらがらと崩落してゆく様が見えた。崩壊はヨルダの踵《かかと》をかすめた。ヨルダは立ち止まろうとしない。次の間も、次の間も、破壊と倒壊が彼女の後を追いかけてくる。しかしヨルダは振り返ることさえなかった。

上昇床も絶え間なく振動し、壊れ行く城のたてる轟音《ごうおん》に揺さぶられた。それでもヨルダとイコを、無事に船着場まで運んでくれた。ヨルダは裸足《はだし》で濡れた砂を踏み、桟橋を目指した。ここにも振動は伝わってくる。刻々と激しくなる。ヨルダが桟橋に踏み出そうとしたとき、老朽化した桟橋の足が、振動に耐え切れずばきりと折れた。桟橋は、根元の部分だけを残して海に落ち、さらに二、三片の板切れになった。そのままぷかぷか浮いている。

ヨルダは微笑んだ。

少年を抱いたまま、彼女は船着場の水際から海へ踏み込んだ。城の鳴動が、静かなはずの船着場内の海をも波立たせている。横抱きにした少年の顔に水がかからぬよう、ヨルダは腕に力を込めて引き寄せた。

身体で水をかいて進み、ヨルダは元は桟橋だった板切れに近づいた。その上に、そっと少年の身体を横たえた。

少年は眠ったままだ。右の角の付け根からは、まだ血が滲み出している。それが板切れの上に染みをつくる。

少年を乗せた板切れを、ヨルダは押して進んでいった。海の水が彼女の顎の先まで届き、もう先へ進むことができなくなるところまで。

この水路を通って洞窟を抜ければ、自由の海が待っている。

華奢《きゃしゃ》な両手に力を込めて、ヨルダは少年を乗せた板切れを、できるだけ遠くへと押しやった。ヨルダの意を汲み取ってくれたかのように、潮の流れは、洞窟の外へ向けて、板切れを運び始めた。

ヨルダはそれを見送った。

洞窟のなかにも、〝霧の城〟の最後の咆哮《ほうこう》、崩れ行く轟音が届いてきた。海へと運ばれてゆく少年を見つめながら、ヨルダは何か呟いたが、たとえ少年の耳が目覚めていようと、城の悲鳴にはばまれて、彼女の言葉は聞き取れなかったことだろう。もとより、二人の言葉は通じないのだ。

「さようなら」

ヨルダはそう言ったのだった。

そして水をかきながら、静かに船着場へ、城のなかへと戻っていった。

柱が折れる。ひとつが折れればその隣が、疫病にかかり倒れるように、続けざまに折れて膝をついてゆく。

西の闘技場では、観客席がまず崩れた。かつて剣士たちが命と名誉をかけて戦った舞台の上に、瓦礫《がれき》が落ちて山となる。やがてその重さに耐えかねて、闘技場の土台そのものの底が抜けた。壁が引きずり倒され、女王の観覧席がその後を追う。

東西の反射鏡は、まぶしく光を受けながら、鳴動のなかに立っている。地割れが駆け抜け、その足元を揺るがせ、一対の反射鏡は双子のように気を合わせ、仰向けに倒れてゆく。それと同時に、その光を受けるべく造られた正門の上の玉が、木《こ》っ端微塵《ぱみじん》に砕け散った。

庭では柳の木々が揺れている。しなやかな緑の枝を、乙女の髪のように風に吹き流す木々の傍《かたわ》らで、城の内庭を仕切る塀が崩れ落ちる。墓所では墓石たちが傾き倒れ、地割れに呑み込まれ、入れ替わりに朽ちた棺が次々と土中から飛び出してくる。

地下の水牢に満たされた残酷な水の面がさざなみ立ち、城をめぐる銅の導管が、ごおんごおんと鳴り響く。弔鐘《ちょうしょう》に似たその響きに、崩壊の音も呼応する。導管がはずれて噴き溢れた水は、地割れのなかへと流れ込んでゆく。

城を包む白い霧に、灰色の石煙が混じりあう。その帳《とばり》に包まれて、〝霧の城〟は傾《かし》いでゆく。内へと倒れ、外へと落ち、積み重なった残骸の上に、新たな瓦礫が雪崩《なだれ》落ちる。

虹を道案内に立てて、イコの足場となってくれた瀑布《ばくふ》の八つの檻《おり》も、ひとつ、またひとつと鎖が切れて、滝つぼのなかへと呑み込まれてゆく。滝の流れは勢いを増し、水飛沫《みずしぶき》は霧の如く立ちこめる。しかしもう虹は現れず、多くの者の悲嘆と絶望を閉じ込めてきた拷問の檻は、役割を終えて沈んでゆく。

東棟が、西棟が、複雑に入り組んで建て増しされた数々の棟々が崩れてゆく。巨大な手が屏風を折りたたんでゆくかのように、容赦なくきっぱりと。

最後まで持ちこたえたのは、女王の統《す》べるこの城の、唯一の外界への通路を示す、あの巨大な正門だった。そしてまた、女王の統べるこの城の内、暗い歴史をつぶさに見、その内部に隠してきた風の塔だった。

我らは終わる。塵は塵に。灰は灰に。

茜色《あかね》の空の下、藍色の海に見守られ、褐色の断崖そのものから掘り出されたかのような〝霧の城〟。正門が、風の塔がゆっくりと傾いてゆく。地をどよもすような響きと共に、女王の造りし全てのものが崩壊してゆく。

風の塔が倒れるとき、その足元に延びるあの古き石橋の上では、オズマの像がそれを見上げていた。塔の外壁が崩れ落ちると、半ばで絶たれた石橋の塔に近い側が、まず重さに耐えかねて崩落した。橋の対岸、城の棟に近い側では、崩れつつ沈下してゆく城に引きずられ、端は最初じわじわと沈み、それからひとつ、ふたつと橋脚が折れて、海へと頭を下げ始める。

石と化したオズマは壊れなかった。彼が失ったものは、かの永き贖罪《しょくざい》と忍耐の年月のなかでも、ただ己の片方の角だけ。やがて橋の崩落が進み、手すりまで壊れ始めると、彼は風の塔に向かい仁王立ちの姿勢のまま、ゆるゆると仰向いて空を見た。その顔の上に、風の塔の瓦礫が降りかかる。

オズマの像は、背中を伸ばし、足を踏みしめたまま、青い海へと落ちてゆく。風の塔も、〝霧の城〟も彼に続く。放浪の騎士、異形《いぎよう》の剣士、地上の守り手の黒いマントが、今再び風のなかに翻《ひるがえ》る。オズマを先陣に、瓦解の轟音を闘いの合図の角笛《つのぶえ》に、〝霧の城〟は海へと進軍を始める。二度と戻らぬ進軍を始める。解放の進軍。自由の進軍。

空と海はそれを見ている。地を司る巨人の拳のなかで、〝霧の城〟は緩やかに緩やかに、握り潰されて自然に返る。

霧が晴れてゆく。

今このとき、遥か彼方の帝都《みやこ》では、見えない力の流れのなかで、夕べの礼拝に集う神官たちの、すべての頭から頭巾《ずきん》が飛んだ。すべての貴族たちの冠が飛んだ。すべての神兵たちの兜が脱げ、足元へと転がり落ちた。

帝都の中心、太陽神を祀《まつ》る大神殿で、その時刻でもないのに、誰がそこにいるわけでもないのに、すべての鐘がいっせいに鳴り響く。戸惑いの顔を露《あら》わに、互いの表情のなかに怯えと畏怖《いふ》を読み取りつつ、帝都の人びとは空を仰ぎ、鐘の歌に耳を傾ける。誰に命じられたわけでもなく、何の合図もなく、跪《ひざまず》いて祈り始める。

北の禁忌の山の向こう、忘れ去られた城塞都市では、長き呪いの終焉《しゅうえん》に、時が音をたてて動き出す。呪いの力に生を奪われ、死からは遠ざけられてきた人びとの、石の身体が溶けてゆく。風が彼らをさらって運び、自由の空へと解き放つ。石の牢に閉じ込められていた魂は、ここにようやく、長い長い沈黙と忍耐の末に、再び蘇ることを許されたのだ。

とうに滅びていたはずの都市の、辱《はずかし》められた石の亡骸《なきがら》が、時の流れのなかに戻って消えてゆく。風化は厳《おごそ》かな葬礼の儀式だ。

だがそのなかに、ひとつだけ生の息吹《いぶき》があった。

矢風《やふう》の馬体につややかな色が戻る。たてがみがなびき、鼻から息がぶうっと吐き出される。石の虜囚から逃れた駿馬《しゅんめ》は、しなやかな身体をよじって足踏みをし、賢い目をしばたたいて主人を探す。わたしがこの背に乗せてきた、あの小さな狩人はどこにいる？

彼は鼻面を風に向け、帰るべき家の匂いを探す。陽は傾きかけている。急ぎ家路をたどり、わたしの手綱《たづな》をとっていた、幼くも勇敢な主人の無事を確かめなくてはならない。

矢風は蹄《ひずめ》を蹴立て、ひと声いななないて走り出した。茜色の空の下、今は城塞都市の面影さえ残さぬ無人の荒野を貫いて、まっしぐらに。


村長《むらおさ》は疲れていた。猛《たけ》る心に身体が追いつかぬ。それが老齢の悲しみだ。

机にもたれ、光輝《こうき》の書の傍らに顔を伏せて、彼はつかの間、まどろんでいた。

そして闇の夢を見ていた。白き光のなかに、闇が吸い込まれて消えてゆく。どこか遠く、方角さえ見定めることのできぬ未知の場所、彼の知識が届いても、彼の知見は達することのないところで、巨大な闇が倒れる夢を。

「あなた、あなた！」

小屋の外からオネが呼んでいる。村長ははっと起き直った。窓の蔀戸《しとみど》を、夕日の色が彩っている。

机の上には光輝の書。彼の掌のすぐそばに。

「あなた、トトが、トトが！」

村長は小屋から飛び出した。あやうく、オネと鉢合わせしかけて、彼女を両腕に抱きとめた。オネの年老いても美しい顔は喜びに崩れ、頬は涙に濡れていた。

「トトが目を覚ましましたわ！」

二人は手を取り合い、トトの家へと走った。報せを聞いて飛び出し、駆けつけてきた村人たちが、口ぐちに問いかけてくる。村長は彼らをかきわけ、オネの手だけをしっかりと握り締めて突き進んだ。

簡素な木の扉の向こうで、誰かが大声で泣いている。トトの母親の声だ。トトの兄弟姉妹たちが、彼の名を呼んでいるのも聞こえる。

震える足を押し出して、村長は戸口を潜り抜けた。

父親が手ずから木を切り出し、こしらえてやった寝台に、つい先ほどまで、石となったトトは横たわっていた。今、彼は起き上がり、母親の太く優しい腕に抱かれている。驚きに目を瞠《みは》り、母親の衣服の肩をつかんで。

「トト」と、村長は呼びかけた。

少年の頬はこけて浅黒く、くちびるは乾いて荒れている。震える鼻腔《びこう》から吐き出される息は弱く、今にも絶えてしまいそうだ。

だが、瞳は生き生きと黒く動いている。

「村長。オレ、オレ――」

トトは村長を仰ぐ。村長も見つめ返す。トトの眉毛が下がり、口元がへの字に曲がる。頬がぴくりぴくりと引き攣《つ》る。

「言いつけを破って、ごめんなさい」

ぼろぼろと泣き出した少年を、二度と彼を放すまいとかき抱く母親ごと、村長は両腕で包み込んだ。

「ねえ村長」泣きじゃくりながら、トトは問いかけた。

「イコは？　イコはどこにいるの？　イコは行っちゃったの？　オレ、イコを独りで行かせたくなかったんだ。どうしても、イコを独りにしたくなかったんだよ」

村長の目にも涙が溢れた。彼はトトを抱きながら、傍らのオネを見上げた。

互いの目のなかに、ゆるぎない確信があることを知った。

「大丈夫だ」と、村長はトトの頭を撫でた。

「イコはやり遂げた。必ず戻る。もうすぐ、わしらの元に帰ってくるよ」

エピローグ　そして二人は……

こんなにも優しく、こんなにも美しい声で、子守歌をうたっているのは誰だろう。髪を撫でてくれるのは誰の指だろう。この頬に触れる柔らかな感触は、トクサの村の懐かしい我が家の、干草の匂いをいっぱいに含んだ枕だろうか。

僕はどこにいるのだろう。

ずっと夢を見ていた。長い長い夢だった。その夢のなかから、ようやく外に出る時がやってきたのだ。閉じたまぶたの裏が明るい。朝が来たのだ。もうすぐ継母《まんかか》さまの声が聞こえてくる。イコ、起きなさい。お陽さまに置いていかれてしまいますよ。

目を開ける。五感はまだ眠っている。のびのびと手足を伸ばしてうつ伏せに。肩も胸も膝頭も足先も、うっとりするほど心地よいところにあって、ほんのりと暖かい。

子守唄は続いている。高くなり低くなり、耳をくすぐってくれる——

潮騒《しおさい》だ。寄せては返す波の歌だ。

ようやく、イコは目覚めた。

ぺったりと伏せたまま、そっと手を動かしてみる。指先がさらさらしたものに触れる。顔の近くまで手を持ってくると、真っ白な粒が爪の先にまとわりついていた。

潮の香りを感じる。

イコは起き上がった。そして見た。どこまでもどこまでも果てしなく続く純白の砂浜と、輝く太陽と、浜辺を洗う波の描く緩やかな曲線を。

イコの心のなかも、記憶の蔵も、この砂浜と同じように真っ白になっていた。見渡す限り平らに凪《な》いでいた。

僕は死んだのかな。ここはあの世かな。

周囲を見回すと、砂浜の彼方に、海を臨んで岩場が連なっている。岩場の上には木立が茂り、涼やかに枝を揺らせている。

青空を海鳥たちが行きかう。鳥はあんな高いところを飛んで、どうして眩《まぶ》しくないのだろう。高く、遠く舞い上がりすぎて、淋しくなったりしないのだろうか。

そんなことを考える僕は、まだ生きているのかもしれない。

見おろせば、ひどい格好だ。衣服は生乾《なまがわ》きでゴワゴワと、縫い目のところに塩がこびりついている。筒袖の衣の襟首が裂けて、平らな胸が半分がた見えている。

イコは手で胸をさすった。もう一枚、何か着ていたような気がするのだけれど。何か足りないような気がするのだけれど。

指の爪のあいだに、血がこびりついている。よくよく見ようと頭を動かすと、ズキリと痛んだ。頭の右側。触れると、なんてことだ、角が付け根からぐらついてる！　顔の右側がべたべたするのは、そこから流れ出した血が粘りついているからだ。

急に心細くなった。慎重に腕を動かしてみる。肩が動く。肘《ひじ》が曲がる。どこも折れてはいないようだ。次は立ち上がってみよう。膝に力が入らない。浜辺のきめ細かな砂の粒子が、まだ座っていなさい、まだ動いちゃいけないと、イコを引き止めている。

海は水平線まで遠く広がり、左右に開けた砂浜も、その果てを見定めることはできない。

僕はどうやってここに来たのだろう？

イコのすぐ傍らの波打ち際に、古びた板切れが打ち上げられていた。半ばはまだ海に浸かり、波が来ては退くたびに、わずかに上下に揺れている。小さなカニが、よいしょよいしょとその上によじ登り、横切ってゆくのを、イコはぼんやり見守った。

不意に、お腹がぐうっと鳴った。

イコは笑い出した。ホントにぺこぺこだ。何か食べなくちゃ。家《うち》に帰らなくちゃ。継母さまが心配してる。

僕、今までどこにいたのだろう。何をしていたのだろう。

僕は旅をしていたんだ。どこか遠くに行っていたんだ。つかみどころがなくて取り出せない記憶、ひとかたまりの思い出が、心のいちばん奥にある。イコは目を覚ましたけれど、その記憶はまだ眠っていたいらしい。

もう一度試みる。今度は何とか立つことができた。痣《あざ》や切り傷がいっぱいだ。砂を払い落とし、膝を曲げたり伸ばしたり。大丈夫、あちこちヒリヒリ痛いけれど、骨が折れたりしていない。

この砂浜にだって、終わるところがあるはずだ。あの高い岩場の方へと、登る道があるはずだ。とにかく歩き出してみよう。

足の下で、さくりと砂が鳴る。僕は裸足だ。履物《はきもの》はどうしちゃったんだろう。砂が柔らかいから、まあいいか。

右手の遥か前方に、砂浜を横切るように、ごつごつした岩が飛び出している場所がある。そこに海鳥たちが集まっている。何の目印もないよりはいい。イコはそちらを目指すことにした。

一歩でよろめき、三歩進んでひと休み。最初のうちはそんな調子だった。でも歩き続けるうちに、身体を動かすことが心地よくなってきた。足取りがしっかりとして、リズムが生まれる。

少しずつ近づくにつれて、前方の岩場の上を飛び交う鳥たちのおしゃべりが聞こえてきた。小さな輪を描いて飛び、滑空しては舞い上がり、忙しく羽ばたいている。

イコは立ち止まり、目を凝らした。海鳥たちがあんなに騒いでいるのは、魚が打ち上げられているからかもしれない。そう——岩場の足元、波打ち際に何かが——

いや、誰かが倒れているのだ。あれは人の形をしてるじゃないか！

イコは走り出した。真っ白な砂に足をとられ、もどかしく腕が宙をかく。それでも走って、走って、走って近づいてゆくほどに、波打ち際の人の姿が、どんどんはっきりと見えてくる。

両手を振り回してバランスを取りながら駆けてくるイコに、海鳥たちは騒いで飛び去った。岩場の間近にまで走り寄り、砂地に身を投げ出して倒れている人の姿が、その濡れた髪が、華奢《きゃしゃ》な背中が、すんなりとした手足が、イコの記憶を刺激して、鼓動を早める。耳鳴りを呼ぶ。

白いドレスを身に着けた、少女が一人。

さっきまでのイコと同じように、深く眠っている。疲れきって休んでいる。それでもその胸が静かに上下して、少女が呼吸していることを教えてくれる。

寄せる波が彼女のふくらはぎを洗う。つやつやした皮膚に、太陽の光が照り映える。

かがんで、イコはそっと手を伸ばす。少女の頬に触れようと。しみひとつない色白の、でも紛れもなく人の肌の色。ほんのりと血の気が差し、長いまつげが影を落とす。

僕はこの人を知ってる。

でも――僕が出会ったときのこの人は、白い輝きに満ちた人外の存在。魔法のようにまばゆい光を身体に秘めた、精霊の仲間だった。

今ここに眠っているのは、うっとりするくらいきれいな顔立ちの、でも一人の女の子。

記憶が蘇《よみがえ》りかけて、また鎮《しず》まる。

そのとき、少女がパチリと目を開いた。つぶらな黒い瞳に、彼女をのぞきこんでいるイコの顔が映る。

イコは、少女に笑いかけた。

少女が動き、身体を起こすと、滑らかな額に垂れかかる前髪が、さらさらと風に揺れた。

イコは少女の手を取った。

少女はイコの手に手を預けた。

もうずっと以前から、こうしてきたという気がした。

つないだ手と手に、宿る永遠。

時はもう、停まってはいない。時の流れのなかにこそ、人が見出す永遠に、血のぬくもりが通って二人を結ぶ。

長い物語の終わりに、陽は高く輝く。

あとがき

この小説は、ソニー・コンピュータエンタテインメントジャパン制作のプレイステーション2用テレビゲーム『ＩＣＯ』を元に、その物語世界をノベライズした作品です。

快くノベライズの許可をくださいました制作部のプロデューサーとクリエイターの皆様、本当にありがとうございました。装丁画など、本書を彩るグラフィックにも、ゲームと共通のものを使わせていただけたことも、とてもとても嬉しかった。二重三重に篤くお礼申し上げます。

私にとってノベライズは初の試みです。

「え？　こんな話じゃなかったのに」

と、『ＩＣＯ』の生みの親の皆様をがっかりさせるような小説にだけはするまいと気張ったつもりですが……さて結果は如何に。緊張しております。

小説としては自由にふくらまさせていただきましたので、ゲーム『ＩＣＯ』の展開や世界設定とは異なる部分が多々あります。この小説を読み、ゲームをやってみようかなと思ってくださる読者の方々がもしおられたら、それは無上の光栄ですが、その際には、小説の内容が攻略のヒントにはならないことをお断りしておきます。

そして、私と同じようにゲーム『ICO』を愛し、『ICO』に魅せられ、その延長線上でこの本も手に取ってくださったゲームファンの皆様には、どうぞ、貴方の愛しい『ICO』の世界のひとつのバリエーションとして、この小説も気に入っていただけますように……と、身を小さくして祈っております。

二〇〇四年五月吉日

宮部みゆき

この作品は、「週刊現代」２００２年５月11・18日号～２００３年５月10・17日号に掲載されたものを加筆・訂正し、さらに書下ろしを加えたものです。

ICO《イコ》——霧《きり》の城《しろ》——

第一刷発行　二〇〇四年六月一五日
第二刷発行　二〇〇四年七月　六　日

著者　宮部《みやべ》みゆき

発行者　野間佐和子

発行所　株式会社講談社
東京都文京区音羽二・十二・二十一
郵便番号一一二・八〇〇一
電話［出版部］〇三・五三九五・三五〇五
［販売部］〇三・五三九五・三六二二
［業務部］〇三・五三九五・三六一五

印刷所　凸版印刷株式会社

製本所　加藤製本株式会社

定価はカバーに表示してあります。落丁本・乱丁本は購入書店名を明記のうえ、小社書籍業務部あてにお送りください。送料小社負担にてお取り替えいたします。なお、この本についてのお問い合わせは文芸局文芸図書第二出版部あてにお願いいたします。

ISBN4-06-212441-6 N.D.C.914 538p 19cm